Ogarjow Iwan Sergejewitsch, 42, ist Arzt in Moskau. Diese Rolle fühlte sich vom ersten Studientag an fremd an. Er steckt im falschen Leben. Und das falsche Leben steckt in ihm. Die Erwartungen seiner Eltern, der Tod seiner Mutter, der er nicht helfen konnte, seine Ehe, alles ist zutiefst mit seiner Entscheidung für die Medizin verwoben. Erst als er Malja trifft, die er vom ersten Augenblick an über alles liebt, wagt er den Schritt, die Medizin aufzugeben. Mit Malja bricht er nach Italien auf und wagt das Unvorstellbare. Alles zu verlieren, um eines zu gewinnen – die Freiheit, sein eigenes Leben zu führen.

Marina Stepnowa wurde 1971 in Jefremow, einer kleinen Stadt in der Region Tula, geboren. Sie wuchs in Moskau auf, wo sie heute noch lebt, und studierte dort am Gorki-Literaturinstitut sowie am Institut für Weltliteratur. Heute arbeitet sie als Chefredakteurin, als Übersetzerin und schreibt Romane und Erzählungen. Für »Die Frauen des Lazarus« (btb 71461) erhielt sie den Preis »Das große Buch« und war im selben Jahr in der engeren Wahl für den »Nationalen Bestsellerpreis« und den russischen »Booker-Preis«.

MARINA STEPNOWA

Italienische Stunden

Roman

btb

1

Von Malja ist nur das Bakleva geblieben.

Niemand wusste, was das war. Aber es schmeckte köstlich.

Hundert Walnüsse (die sind natürlich teuer, aber was soll's, Feiertag ist Feiertag) durch den Fleischwolf drehen. Der ist aus Eisen, schwer, der Hocker hat schon eine verräterische Delle, die Kurbel dreht sich mit wildem Knirschen, das zieht sich hoch bis zur Schulter. Wenn man Fleisch durchtreibt, muss man ihn zwischendurch mindestens dreimal zerlegen. Die Sehnen wickeln sich um die Foltermesser. Doch mit den Nüssen geht es gut. Schnell.

Zweieinhalb Milchbrötchen zu neun Kopeken.

Gebräunt, fast quadratisch kleben sie an den dicken Seiten zusammen. Die Oberseite glänzt tiefbraun. Für zehn Kopeken bekommt man sie mit Rosinen. Die überschüssige Hälfte in den Mund, aber nicht auf einmal, sondern genüsslich, mit kleinen Bissen. Einige mögen sie auch mit Butter, aber das ist wirklich zu viel. Für die Blutgefäße ist das der Tod. Die Katze mit ihren seltsamen Gelüsten kommt in die Küche (grüne Erbsen, Kamillentee, einmal trank sie heimlich ein Gläschen Portwein, am nächsten Morgen hat sie schrecklich gelitten). Als sie die Rosinen wittert, schreit sie fordernd wie ein Demonstrant auf dem Bolotnaja-Platz. Da heißt es teilen, aber das macht nichts, ohne Rosinen sind die Brötchen sogar noch besser. Heute gibt es solche nicht mehr, schade. Und die Katze ist schon längst tot.

Die Brötchen muss man mit den Händen zerreiben, deshalb ist es wichtig, dass sie von gestern sind, schon etwas trocken. Noch wichtiger ist es, daran zu denken, sie nicht am Morgen zum Tee zu verputzen. Also weit nach hinten in den Brotkasten mit ihnen, um nicht zu sündigen. Völlerei, Wollust, Habgier, Zorn, Trübsinn, Trägheit des Herzens, Ruhmsucht, Hochmut. Der Heilige Hierarch Ignatius Brjantschaninow. Das klirrende Schild und Schwert der Heiligkeit. Vergib mir, Herr, ich aber bin ein Wurm und kein Mensch, ein Spott der Leute. Sehr erfreut, Sie kennenzulernen. Gleichfalls. Die Protestanten ersetzen die Trägheit des Herzens durch die Faulheit – das erklärt vieles. Sehr vieles. Denn ein Christ, dem es verboten ist zu verzagen, ist einem Christen, dem es verboten ist zu faulenzen, kein Bruder. Und die Erstochenen, Gequälten, Erschlagenen in diesem Namen sind Legion.

Amen.

Die Brötchen sind natürlich keine Bedingung. Sie sind eine nachträgliche Erfindung. Ein fremdes Krickelkrakel auf einem strengen kanonischen Text. Marginalien. Ursprünglich gab es nur Honig, Walnüsse, Anis. Muskatnuss. Die Brötchen kamen zufällig in der Verbannung dazu, eigentlich nicht Brötchen, sondern Brot. Ewige Armut. Die gewachsene Angst vor dem Hunger inzwischen in der DNA. Die Supermärkte im Mittelmeerraum sind bis heute gefüllt mit verschiedensten Sorten Zwieback für jeden Geschmack. Die umsichtigen Bauern. Wir essen alles auf und wischen noch die kleinsten Krümel in die harten Hände. Wie sollte es da erst bei Flüchtlingen sein, ohne die kleinste Hoffnung auf Almosen? Wo sollten sie Brötchen hernehmen? In die Füllung kamen alle Essensreste, die sie erbetteln oder finden konnten. Sie freuten sich auf das bevorstehende Fest. Bereiteten sich vor. Waren aufgeregt.

Waren die Brötchen Mamas Einfall? Vielleicht der von Mamas Mama? Hat sie es erzählt? Weißt du das noch?

Der Blick abgewandt. Keine Antwort. Wieder einmal.

Na schön. Dann zur Rosenkonfitüre.

Früher war sie nicht zu bekommen. Dazu musste man sich schon eine südländische Verwandtschaft zulegen, sich Blut und Nerven zerstören mit mühseligen Lügengeschichten, endlosen ohrenbetäubenden Streitereien, triumphierenden Schreien, unerwarteten Besuchen der ganzen Sippe oder des ganzen Auls (am Montag, ohne Vorwarnung, morgens um halb sieben). Unsere Schuschunotschka hat geheiratet, du erinnerst dich doch an sie? Ich erinnere mich nicht, und es interessiert mich auch nicht! Aber da wird unter freundlichem Geplapper aus dem mitgebrachten Krempel, aus den berstenden Koffern das heiß ersehnte Glas hervorgeholt. Zerriebene Rosenblütenblätter mit Zucker. Eine glatte, durchdringende Herbheit. Der Geschmack und der Duft einer Frau. Aber hätte man das nicht einfach mit der Post schicken können, GottimHimmel?!

Von der Rosenkonfitüre benötigt man einen Esslöffel, nicht mehr, denn …

Mist! Telefon.

Ja, guten Tag! Nein, das haben Sie vollkommen falsch verstanden. In Ihrem Fall sind drei Millionen Einheiten angebrachter, nicht anderthalb. Die haben Sie nicht? Dann nehmen Sie eben zweimal anderthalb. Wohin, wissen Sie. Tut mir leid.

Ja. Auf Wiederhören.

Also, die Rosen. Ich muss gleich gestehen, dass ich weder südländisches Blut noch eine südländische Verwandtschaft habe. Ich bin so russisch, dass es wehtut. Reinster Alkohol, zu nichts zu gebrauchen. Nicht einmal zum Desinfizieren. Zum Saufen oder zur Wunddesinfektion muss man das Lebenswasser verdünnen. Sonst verbrennt man alles, Teufel noch mal. In seiner sechsundneunzigprozentigen Form taugt Alkohol bloß zum Sterilisieren. Es ist nicht angenehm, sich seiner Sterilität bewusst zu sein. Es ist überhaupt nicht angenehm, sich seiner selbst bewusst zu sein. Ein einziger Tropfen eines fremden Blutes würde meinem Leben einen anderen Sinn verleihen. Aber es soll nicht sein.

Darf ich mich vorstellen – Ogarjow Iwan Sergejewitsch.

Nein, kein Verwandter von diesem oder Freund von jenem.

Iwan Sergejewitsch ist auch nur eine leere Reminiszenz.

Ich bin Arzt.

Einfach nur Arzt.

*

Außerdem gibt man noch Kirschen in das Bakleva. Eigentlich Kirschkonfitüre, und zwar nicht irgendeine, sondern ganze Kirschen ohne Kerne und ohne Saft, fast trockene, dunkle, glatte Früchte, die ein Literglas füllen. Eine neben der anderen. Mit einer Haarnadel entkernt. Erinnern Sie sich an diese Haarnadeln? Ein u-förmig gebogener Draht, leicht gewellt mit winzigen Kügelchen an den spitzen Enden, damit man sich nicht die zarte Haut verletzt. Mit erhobenen Ellbogen formen die blinden Finger im Nacken flink einen Knoten, der Kopf gebeugt wie der eines Vogels. Zopf. Scheitel. Löckchen in der niedrigen zarten Stirn und hinten am Hals. Eine schnelle genuschelte Frage durch die spöttisch zwischen den Zähnen steckenden Haarnadeln. Herrlicher als eine Frau, die ihr Haar zurechtmacht, ist nur eine Frau, in die man verliebt ist. Wie schade, dass sie sich heute alle die Haare abschneiden lassen, die dummen Gänse.

Maljas Haar war lang. Malja selbst – war.

Das Entkernen dauert lange, es ist eine mühsame Arbeit, die man besser zu zweit oder sogar zu dritt verrichtet – und trotzdem bekleckerst du dich von oben bis unten, der Saft geht nie mehr raus, geh weg, treib dich nicht immer bei den Frauen herum, du bist doch ein Junge, wie meinst du das, geht nie mehr raus, meine Liebe? Das ist doch kein Problem. Du nimmst einfach einen halben Teelöffel Zitronensaft …

Ich schlendere weg, blicke immer wieder zurück und lasse absichtlich die Füße nachschleifen, ziehe die Sandalen durch den Sand, durch die trockenen Nadeln, durch die schleimigen verborgenen Geister der zukünftigen Butterpilze – eine fremde Datscha bei Moskau, die brüchigen hölzernen Dachbalken einer vergangenen Kindheit.

Ich bin ein Junge. Man schickt mich fort. Man weist mich ab.

Ich verstehe bereits, dass das eine Tragödie ist, aber noch ahne ich nicht, dass sie nicht enden wird.

Die entkernten Kirschen werden in einen Topf gegeben – in einen großen, kupfernen, mit Holzgriff – und nach einer für Agafja Michailowna neuen Methode gekocht, ohne Zusatz von Wasser. Sie kennen die Stelle in *Anna Karenina*? Aber nein, woher denn … Eine weibliche Gesellschaft auf der Terrasse, das Nähen von Wickelhemdchen und Häkeln von Windelbändern. Die schwangere Kitty. Der berühmte Anke-Kuchen. Zitronen, Butter, Hass – direkt aus dem Keller, schön kalt. Ob der arme Nikolai Bogdanowitsch Anke, der liebenswerte Arzt, Professor an der Moskauer Universität, Lehrstuhl für Pharmakologie, Allgemeinmedizin und Toxikologie, Geheimrat, geb. am 6. Dezember 1803 in einer Kaufmannsfamilie in Moskau, gest. daselbst am 17. Dezember 1872, ob er wusste, dass der Kuchen nach seinem Rezept eine solch schreckliche Unsterblichkeit erlangen würde? Ljubow Alexandrowna, ledige – o Musik der unehelichen Leidenschaft! – Islawina, verheiratete – o kaltherzige Prosa des Ehelebens! – Behrs. Die werte und ständig schwangere Gattin von Andrej Jewstafjewitsch Behrs, auch ein Arzt.

Kollegen. Giftige Bruderschaft.

Ihr Standpunkt hält keiner Kritik stand, verehrter Herr Kollege. Ihre Praxis ist ein Splitter in meinem Hintern. Ihr Erfolg ist das Resultat der bedauerlichen Dummheit der Patienten, die das Wertvollste, das sie besitzen – die eigene Gesundheit –, einem ignoranten Scharlatan anvertrauen.

Sie sind ein miserabler Diagnostiker. Aber wenn Sie an der Reihe sind zu sterben und mit kleinen Schlucken (vor, nach und anstelle der Mahlzeiten) Ihre Dosis irdischen Leidens einzunehmen, dann finden wir uns alle an Ihrem Siechbett ein, alle, bis auf den Letzten, rücken die kahlen Stirnen und verschlissenen Flügel zusammen und behandeln Sie, hingebungsvoll, inbrünstig, ohne jede Hoffnung, und trotzdem betend, ohne Geld anzunehmen, nein, nein, von unsereinem nehmen wir keinen Lohn, für unsereinen knien wir gratis, denn wir sind ohnehin zu wenige, verschwindend wenige, echte, auserwählte Priester des wahren Gottes. Ärzte.

Dreißig Minuten. Fünfunddreißig.

Pumpen Sie, Herr Kollege, ich kann nicht mehr.

Die Rippen gebrochen um des entgleitenden Lebens willen. Herzstillstand. Schwarze Ringe. Eiskalter Schweiß am Rücken. Verzweiflungstherapie. Keinerlei Lebensfunktionen. Das Gehirn war schon tot, bevor wir angefangen haben.

Pumpen Sie trotzdem weiter!

Zu spät. Er ist tot.

Am Spieß gebraten für eine falsche Diagnose, erschlagen von einer barbarischen Horde, vergiftet von auf ex getrunkenen Choleravibrionen, angesteckt von Patienten, ganz und gar ausgebrannt, vollgestopft mit Cholesterinablagerungen, in Fetzen geschnitten, zerrieben von der unerträglichen Verantwortung.

Tat seinen Dienst wie ein Kupferkessel – bis er nicht mehr ganz dicht war.

Weg mit dem Heiligenschein, Kollegen! Wieder ein Arzt weniger.

Mist, wohin bin ich jetzt wieder abgeschweift? Verzeihen Sie.

Also, Nikolai Bogdanowitsch Anke. Anke-Kuchen. Er diktierte das Rezept Ljubow Alexandrowna Behrs, der Schwiegermutter von Tolstoi (Lew Nikolajewitsch, versteht sich, die zwei anderen zählen nicht). Sie schrieb es auf und streckte dabei eifrig die schwarze Zunge heraus. Was ist mit Ihrer Zunge, Ljubotschka? Kohle. Birkenkohle. Sie nahm sie mit einer Silberzange aus einer eigenen Schatulle und würgte sie hinunter – ein Knirschen zwischen den Zähnen, Anthrazitkrümel, der Kohlenstoffkreislauf der Natur, schwarze leidende Augen, Magerkeit. Irgendwann werden wir wieder alle zu Diamanten. In einer Million oder mehr Jahren. Und warum gerade Kohle, was sind das für seltsame Vorlieben? Acht Kinder. Der alte liebestolle Ehemann. Toxikose. Eine endlose Toxikose. Kohle ist schließlich nur eine schwache Variante der Abnormität, andere Hochschwangere verdrücken feuchten Putz, brüchige Bleistiftminen, sogar Lehm. Die Mutter hat gebeichtet, dass sie, als sie mit mir schwanger war, Seife aß, Glyzerinseife, halb durchsichtig, flaschengrün. Ein einziges Stück, fast rund, glatt wie ein Kieselstein. Ein Geschenk. Importware. Die Ära des allgegenwärtigen Mangels. Sie teilte es sich so ein, dass es für die ganze Schwangerschaft reichte. Schabte mit den Vorderzähnen unter sachtem Druck Stückchen ab. Nagte daran wie eine Maus. Verknüpfte etwas in ihrem Inneren, baute, erzeugte etwas. Es wäre interessant, wofür diese Seife verwendet wurde, welcher Teil von ihr wurde zu mir? Die Blutströme? Das Knochengerüst? Die Seele, seifig, treulos, brackig im Geschmack?

O wüsstet ihr, aus welchem Unrat.

Die Konfitüre für das Bakleva – die aus *Anna Karenina*, ohne Wasser – wird auch nach Ankes Rezept zubereitet.

Sie mögen Tolstoi nicht?

Sie sind nicht normal.

*

Mama kochte eine ganz andere Konfitüre, aber auch mit Sauerkirschen aus der Umgebung von Moskau. Aus Wladimir, um genau zu sein, sechs Rubel der Eimer. Der rote zuckersüße Saft mit wenigen Früchten wurde in Liter- und Halblitergläser gefüllt. Die sind für den Winter, rühr sie nicht an! Mir stand nur der Schaum zu. Rosa, mit vielen Poren, wie ein rasch erstarrter weicher Bimsstein. Erinnern Sie sich? Wie würde der zum Tee schmecken! Der Vater befahl, bis zum Abendessen zu warten, nicht gierig zu sein – was bist du nur für ein Ferkel? Geh und wasch dir die Hände, du Faulpelz! Aus dir wird nie etwas Ordentliches. Er war aus der Arbeit gekommen, saß lange mit bis zu den Knöcheln heruntergelassener Hose im Schlafzimmer, starrte die Wand an, litt an irgendeinem erwachsenen, unbekannten, geheimnisvollen Unglück. Dann ging er in die Küche und aß Buchweizengrütze, grob, rotbraun, und anstelle von Brot dazu die runde rosa »Doktorwurst«. Ich bekam so etwas nicht. Das heißt, ich bekam sie schon, nur durfte ich die Wurst nicht wie Brot essen. Und anstelle von Brot auch nicht. Nur zusammen. Abgezählte Spielsachen, abgegriffene Bücher, Hosen, aus denen ich schneller rauswuchs, als die nächste Lohntüte im geheiligten Kassenschalter der väterlichen Fabrik einging.

Das asketische, geeichte Instrumentarium der sowjetischen Kindheit.

Hast du die Schulaufgaben gemacht?

Noch nicht.

Was bist du für ein Nichtsnutz? Von wem hast du das bloß? Hast du Brot gekauft?

Ich stand stocksteif da und wartete auf Kleingeld, das Einkaufsnetz in der Faust zusammengeknüllt, die aufgeschürften Knie, die ausgelatschten erdbraunen Sandalen aus dem Kaufhaus »Kinderwelt«. Zu klein und jämmerlich, um zu protestieren.

Worauf wartest du? Auf *Geld*? Mit Geld schafft es jeder Dummkopf. Du kannst ohne Geld einkaufen. Heulsuse.

Warum tat er das? Um mir Charakter anzuerziehen? Um Schicksal zu spielen?

Es ist schrecklich zu sagen, wie sehr ich ihn hasste.

Aber das macht nichts. Nichts hat sich bis zum heutigen Tag daran geändert.

*

Die Nüsse werden mit den zerriebenen Brötchen vermengt. Dann zwei Becher Zucker und einen halben Becher Öl dazugeben. Es müsste natürlich Olivenöl sein, doch wer kannte das damals schon? Deshalb Sonnenblumenöl. Das wurde in Glasflaschen verkauft. Die kosteten fünf Rubel. Nein, keine vier Komma neunundneunzig wie vielleicht bei Ihnen. Bei uns an der Ecke im Lebensmittelgeschäft waren das fünf Rubel. Die kühlen Gipsgewölbe, die monumentalen Marmorbüsten der Verkäuferinnen. Zu erhaben, um zu streiten.

Matronen. Zuerst zur Theke, dann zur Kasse, sich durchdrängen, dann wieder zur Theke. Hin und her wie ein Weberschiffchen. Einen halben Laib schwarzes und ein weißes. Landbutter, zweihundert Gramm. Das Wechselgeld zweimal nachzählen, ohne von der Kasse wegzugehen. Das Geld wurde, als ich gerade mit der Schule anfing, plötzlich knapp, die Löhne und Vorschüsse der Eltern stimmten so wenig mit den realen Bedürfnissen überein wie das Geburtshoroskop eines betrügerischen Astrologieanfängers. Sogar die sowjetischen Kopekenpreise bewahrten die Mutter nicht vor endlosen, erniedrigenden Rechnereien. Ich kam hervorragend mit den schweren Taschen voller Kopeken zurecht – Zehner, Zweier, selten ein gewichtiger Fünfziger. Selig sind die, die nicht rechnen können, denn sie leben in irdischem Reichtum und denken nicht an das Himmelreich. Kriecht doch selber durch euer Nadelöhr. Uns geht's auch hier nicht schlecht.

Das Kleingeld wurde zunächst lange in einer braunen indischen Kaffeedose mit einer vollbusigen traurigen Huri auf dem Blech gesammelt. Teuer. Einst von jemandem geschenkt. Der Kaffee wurde an großen Festtagen mit etwas Kondensmilch getrunken. Dann gab es keine Festtage mehr, doch die Dose blieb – wie ein Symbol, wie eine Mahnung wurde sie zum vorübergehenden Refugium für kleine Münzen. Wie könnte man eine solche Kostbarkeit wegwerfen? Die Mutter wusch sogar die Zellophantüten in Seifenwasser und trocknete lange, lange die öligen, mit schweren Tropfen behangenen Folien. In anständigen Häusern sparte man die Zehn-Kopeken-Münzen, warf sie klingend in eine sowjetische Sektflasche und beobachtete durch das dicke grüne Glas, wie das Niveau des Wohlstands und der Selbstachtung stieg.

Bei den geduldigsten wuchs es bis zum Flaschenhals – hundert Rubel.

Wir konnten davon nicht einmal träumen.

Die Kaffeedose füllte sich nie auch nur bis zur Hälfte. Die Mutter langte immer wieder hinein und schüttelte schuldbewusst den Kopf. Na schön. Keine Butter, Kind. Wir kommen ohne aus. Nur Kefir. Der Vater war über den Haushalt immer erhaben. Er war überhaupt erhaben über ihre Armut, die so unerklärlich, seltsam, wie ein Fluch war. Dabei war er doch anscheinend etwas Wichtiges in seiner Fabrik – Ingenieur, dann (allerdings nicht lange) sogar leitender Ingenieur. Er müsste doch anständig verdienen.

Wir lebten also trotz des allgemeinen Überflusses in Armut. Nein, falsch, wir lebten in Armut und schlecht. Mama schwieg. Der Vater war verärgert. Ich wuchs. Kuchen gab es auch nicht bei uns zu Hause, es gab lediglich Schmalzgebäck mit Fruchtmus aus der Kantine. Zu vier Kopeken das Stück. Gummiartiger Teig. Hingespuckte bräunliche Fülle. Fettiges Papier, durch das man lesen konnte wie durch unbekannten, nie gesehenen Glimmer. Eine Methode, die sogar den sinnlosesten Text in eine wahre Kostbarkeit verwandelt.

Also, die Nüsse, zwei Becher Zucker, die zerriebenen Brötchen, ein halber Becher Pflanzenöl, ein Ei. Sorgfältig vermengen. Die Kirschen und die Rosenkonfitüre dazugeben. Noch einmal vermengen, erst mit dem Löffel, dann mit den Händen, die ihr Glück nicht fassen können. Eine lockere süße Masse. Etwas klebrig an den Fingern. Man kann sich einfach nicht zurückhalten und sie nicht ablecken. Früher, ich hab es anscheinend schon erwähnt, gab man anstelle der Kirschen getrocknete Orangenschalen dazu und anstelle der Rosenkonfitüre Anis und Muskatnuss. Die gesprächige helläugige Frau lachte, während sie kleine Stückchen ablöste und sie verstohlen in die Münder der verschmierten, ewig hungrigen Kinder steckte – ihrer eigenen und fremden durcheinander. Und die Sonne, die sich durch das Durcheinander der engen Dächer zwängte, streichelte allen ebenso wahllos über die erhitzten Köpfchen.

Was bleibt noch? Der Teig. Das braucht man gar nicht aufzuschreiben. Das Einfachste überhaupt. Ein Ei, etwas Mehl, glattes grünes Öl in die zu einer Mulde geformte Handfläche. Weißwein aus einer schweren Flasche, der sich den ganzen Tag erwärmt hat. Eine Prise Backsoda in die noch süßen ungeschickten Finger. Zu einer dünnen Schicht ausrollen, eine Rolle formen, nah zum Herzen bringen, dorthin, wo es die gleichmäßigste Hitze gibt, den stärksten Schmerz, die dunkelste Reife. Festhalten, bis sie braun wird.

Wissen, dass man niemals loslassen wird. Dass es niemals vorbeigeht. Dass es niemals hart wird, nur von Woche zu Woche, von Jahr zu Jahr langsam trockener, ohne auch nur ein Molekül an Süße oder ein Gran an Leid zu verlieren. Und dann erscheinen wieder die helläugige Frau und die gebräunten Kinder. Und die Sonne, der nirgends auf der Erde jemand mehr ebenbürtig ist, zerzaust mit der Tatze dein Haar.

Das geht nie vorbei, Malja.

Das weißt du doch. Das hast du immer gewusst. Das ist für immer.

Sie denken, ich könnte kochen? Nein, kann ich nicht.

Nichts außer diesem Bakleva.

2

Bereits als kleinen Jungen nannte man ihn Iwan. Niemals anders. Iwan-Diwan, zeichne mir ’nen Schwan, sag mir noch das Zauberwort und scher dich fort! Scheußlich. Man erzog einen wahren Menschen. Genauer gesagt erzog ihn der Vater, stopfte ihn wie eine Weihnachtsgans damit voll, was er selbst für vernünftig und genießbar hielt. Die Mutter schwieg immer mehr. Sie war ein Niemand, dünn, fahl. Und die Wohnung um sie herum wuchs still mit dünnem, fahlem Staub zu. Die Mutter fuhr mit dem Finger durch und hinterließ einen hellbraunen Streifen auf der Politur, der flüssig, ja fast lebendig wirkte. Dann fiel die Hand wie erschöpft herab, und auf der Anrichte blieb ein unfertiger Buchstabe oder ein geheimnisvolles Zeichen zurück.

Alles umsonst.

Es war wirklich alles umsonst – aufräumen, sich bewegen, leben.

Die Wohnung (mit drei Zimmern, robust und hell wie der Vater) starrte mit der Hälfte ihrer Fenster auf ein Bahngleis. Manchmal nachts, manchmal tagsüber, aber immer unerwartet kreischten vorbeifahrende Züge so verzweifelt auf, als wären sie verletzt. Die Mutter zuckte zusammen, als würde sie kurz aufwachen, um dann wieder verständnislos zu verstummen, äußerlich wie innerlich. Eines der Zimmer, das größte, gehörte ganz allein dem Vater. Sein Arbeitszimmer. Lächerlich. Wenn der Vater arbeitete (woran? warum?), herrschte in der Wohnung eine vorsichtige Stille, zerbrechlich und unbeständig wie eine Christbaumfigur. Die Mutter ging geduckt auf Zehenspitzen umher und zischte den Sohn, den Zug und sogar die Teekanne an, die unvorsichtig auf dem Herd vor sich hin brodelte. Einen Tee, Serjoschenka? Die Zimmertür schwieg. Seufzend trug die Mutter das Tablett in die Küche zurück und stellte es möglichst leise auf den Tisch. Tasse und Untertasse waren aus Knochenporzellan, wie das wohl ins Haus geraten war? Nur für den Vater. Alle anderen tranken aus Steingut. Eine Zuckerdose. Eine Schale mit ebenjener Kirschkonfitüre, die wie eine langsam verkrustende Wunde aussah. Auf einer Untertasse waren Jubiläumskekse wie Karten aufgefächert. Die Mutter nannte sie Plätzchen. Möchtest du ein Plätzchen, Kind? Sie schnappte den kleinen ungeschickten Ogarjow an der Hand und drückte ihn an sich. Sch-sch! Mach bitte keinen Lärm. Papa arbeitet.

Weiß der Teufel, was er da drin tat. Er war ein ganz gewöhnlicher Betriebsingenieur.

Leiden? Nachdenken? Erfinden?

Neben dem Vater wohnten ebenso geheimnisvolle und leblose Gegenstände im Arbeitszimmer. In einer Ecke Hanteln, in der anderen ein völlig leerer Schreibtisch. Über dem Tisch hing ein Foto, schwarz-weiß und gewellt, das mit gewöhnlichen Reißzwecken direkt an die Tapete geheftet war.

Eine davon hatte einen Rostfleck. Das Foto zeigte die Steppe. Nur die nackte, trostlose Steppe, durch deren Mitte eine ebenso nackte, trostlose Straße führte, die den Blick hinter den unsichtbaren Horizont lenkte. Eine Übung zur Perspektive. Er musste es stundenlang betrachtet haben. Nachgedacht haben. Sich erinnert haben. Was war das für eine Steppe? Warum hielt er sie sich vor Augen? Papa, was ist das? Er schob ihn im Gehen zur Seite, achtlos wie einen lästigen Zweig. Ging weiter. Im Arbeitszimmer hatte sich außerdem eine in die Jahre gekommene hässliche Liege eingenistet, die verschämt eine flauschige schwarz-weiß karierte Decke an sich zu ziehen versuchte. Vielleicht schlief der Vater hier einfach? Horchte, wie man beim Militär sagt, an der Matratze.

Niemand wusste es. Fragen hatte keinen Zweck.

Ogarjow war es strengstens verboten, das Zimmer zu betreten. Die väterlichen Verbote durchschnitten die Welt aus den verschiedensten, mitunter unvorstellbaren Winkeln, wie rote Laserfäden eines fantastischen Überwachungssystems. Sobald man sich bewegte, berührte man ein unsichtbares scharfes Fädchen, und sofort heulte es aus allen Richtungen los, es wurde geschrien, und mit der offenen Handfläche wurde einem kurz und schmerzhaft eins übergezogen. Es war üblich, Kinder zu schlagen. Es ist immer noch üblich, zur Bestrafung, um es den Urahnen recht zu machen, um die Nachkommen zu belehren. Mit den Mädchen übte man Nachsicht, das erste geschlechtliche Privileg, eines von vielen. Sie wurden nicht geschlagen, entweder weil man sie tatsächlich bemitleidete oder weil man dieses Recht dem zukünftigen Ehemann überlassen wollte, als Sahnehäubchen für später. Ogarjow war ein Junge. Nur wenige hundert Jahre zuvor hätte der Vater ihn überhaupt umbringen dürfen. Er hätte jedes Recht dazu gehabt. Ein Übel ausmerzen. Die Tugend verbreiten.

Wen würde es nicht schaudern bei dem Gedanken, die eigene Kindheit noch einmal durchleben zu müssen, und wer würde nicht lieber sterben?

Heiliger Augustinus.

Man kann also sagen, dass Ogarjow Glück hatte.

Nach einer Ohrfeige beugte sich der Vater zu ihm herab mit seinen kräftigen Wangenknochen, den dunklen, gestrichelten Bartstoppeln, der geraden Nase, den mädchenhaft buschigen Brauen. Wie bei einem Zobel. Schön wie auf einem Plakat. Er fragte, weißt du wofür? Es war einfacher zu nicken, zuzustimmen, mit fest geschlossenen Augen durch den nächsten brennenden Reifen zu springen. Sonst folgte der Ohrfeige noch die Moralpredigt. Der Vater nahm ihn zwischen die Knie, zapple nicht herum, keinen Mucks, schau mich an, hab ich gesagt! In die Augen! Und mit knappen Worten ließ er sich vierzig Minuten lang über Verantwortung, Pflichten, Rechte und Aufgaben jedes Einzelnen aus, du wirst noch in der Gosse enden, als ich so alt war wie du. Ogarjow schwieg mit finsterem Gesicht und wartete, bis es endlich vorbei war. Er ertrug es. Beide ertrugen es. Der Vater glaubte nicht an positive Bestärkung. Ein Kind loben heißt, es zu verziehen. Hast du verstanden, was ich gesagt habe? Dann geh. Wenn du erwachsen bist, dankst du mir dafür. Ogarjow wand sich aus dem eisernen Kniegefängnis, resigniert, aber nicht bezwungen. Erwachsen sein! Ja, das wollte er unbedingt. Allerdings nicht, um sich zu bedanken.

Die Mutter bestrafte ihn nie, aber wie der Vater lobte sie ihn auch nie. Sie war still, fleischlos, zart. Sie reflektierte das Licht des Vaters wie der Mond. Serjoschenka, bist du nicht müde? Serjoschenka, kommst du heute wieder spät nach Hause? Serjoschenka, möchtest du jetzt zu Abend essen? Ogarjow versuchte, sich eifersüchtig dazwischenzudrängen, stieß seinen Scheitel in die Hand der Mutter wie eine ausgehungerte Katze – und ich, und für mich! –, sie streichelte ihn gedankenlos, zerstreut, achtlos. Schob die zerfledderte Ausgabe von *Doktor Aibolit* und die entgegengestreckten Bausteine zur Seite.

Geduld, Kind. Wir wollen Papa doch nicht stören.

Sie arbeitete auf der Post. Dort saß sie tagsüber und versteckte sich hinter einer Trennwand aus Holz, sodass die Besucher, auch wenn sie sich vorlehnten, nur ihren Scheitel und ihr helles lockiges langes Haar sahen. Schillernd und jung wie bei einer Schauspielerin vom Theater oder aus dem Kino. Was für eine wunderbare Farbe! Färben Sie selbst, AnnaWanna? Oder beim Friseur?

Die Mutter hob das lange Gesicht, blass wie aus Talg. Die farblosen Augen, der matte Mund, die weichen Bulldoggenwangen, alles strebte unerbittlich nach unten, glitt hinab. Bereits in dem Alter, in dem alle Mamas ihren Kindern noch märchenhafte Prinzessinnen sind, wusste Ogarjow, dass seine Mama hässlich war. Ein hartes Wort. Sehr hart. Die Mutter beugte sich wieder über die Belege, und die unpassende Frage über die Haarfarbe blieb in der Luft hängen. Sie unternahm nicht den geringsten Versuch, sich auch nur irgendwie attraktiver zu machen, dabei weiß doch jedes noch so unansehnliche Ding, dass oft sogar die jämmerlichsten Anstrengungen ausreichen, um, wenn schon nicht Gott, dann zumindest die Menschen gnädig zu stimmen. Zumindest die Menschen.

Aber nein, weder Lippenstift noch Puder noch Selbstmitleid.

Nichts Weibliches.

Lidschatten sah Ogarjow zum ersten Mal aus der Nähe, als Malja auftauchte. Ein glattes Kästchen wie aus Hartgummi. Ein leises Klicken. Ein Spiegel. Zarte Pinselchen. Runde bunte Vertiefungen. Wie Malfarben. Erinnern Sie sich an die Marke »Newa«? Wie das heiß begehrte »Leningrad«. Nur besser. Wenn man die Farben vorsichtig mit dem Finger berührte, blieb auf der Kuppe ein feiner Perlmuttstaub zurück. Als hätte man einen Schmetterling gestreichelt. Einen Trauermantel. Ein Pfauenauge. Einen Kohlweißling. Einen Admiral. Was für ein Admiral? Ach, so einen schwarz-braun-orangen? Nein, zu dem haben wir nicht Admiral gesagt, sondern kleiner Zar. Malja riss sich für eine Sekunde vom Spiegel los und klatschte freudig in die Hände. Ach, da ist ja meine Schminkpalette! Die hab ich schon überall gesucht. Wo hast du sie gefunden? Er zeigte schweigend auf den Schminktisch, der große Ähnlichkeit mit einem nach außen gestülpten Zirkuswagen hatte. Döschen, Flakons, Tuben, Bändchen. Abgerissene Spitze. Ein rotes Kätzchen aus Plüsch, das von unzähligen Halsketten fast erwürgt wurde. Ein Reich der zärtlichen Verkleinerungsformen. Ein fröhliches Kuddelmuddel. Wenn man bei einem der Kästchen den Deckel aufklappte, stimmte es verschämt »Lambada« an. Malja lachte, griff mitten hinein in den abgedroschenen Hit und bekam einen abgängigen Ohrring zu fassen – hier bist du also! Hastig steckte sie ihn sich ins heiße Ohrläppchen und drehte den Kopf hin und her. Schön, nicht? Ach nein, wirf ihn zurück. Wohin du willst. Ich habe den zweiten sowieso verschlampt.

So heißt das also, Schminkpalette.

Bei der Mutter gab es so etwas nicht. Sie lachte nicht, schminkte sich nicht, duftete nicht einmal. Sie trug keinen Ring, keine Ohrringe, keinerlei Schmuck. Nichts. Allerdings schenkte der Vater ihr auch nichts. Malja hingegen stieß begeisterte Laute aus – ach, du meine Güte! – und konnte sich stundenlang nicht von den Schaufenstern losreißen. Spottbillige Plastikohrclips. Schwarze Perlen auf Weißgold. Hausbackene Holzwaren Marke Eigenbau. Alles, was sie berührte, wurde schön. Lebendig. Und die Mutter ging mit dreißig her und schnitt sich die Haare ab. Kurz, sogar kürzer als bei einem Jungen. Es war, als würde ihr ohnehin lebloses Gesicht zuklappen, wie bei den abscheulichen Heiligen auf Wegkreuzen, die früher alle Kreuzungen Europas beschützt hatten. Der Vater bemerkte es erst nach ein paar Tagen. Er sah genauer hin, verzog das Gesicht und zuckte mit den Schultern. Sagte nichts. Er war ein Bild von einem Mann, mit breiten Schultern, hochgewachsen, mit Politheldenfrisur, die ihm wie bei Pawka Kortschagin aus dem Film *Wie der Stahl gehärtet wurde* als braune Welle in die breite helle Stirn fiel. Überhaupt sah er dem jungen Schauspieler

Konkin, der Kortschagin spielte, ähnlich. Dasselbe ebenmäßige ehrliche Gesicht eines guten Burschen. Ein wahrer Held. Und ein wahrer Scheißkerl.

Morgens vor dem Frühstück stemmte er im Arbeitszimmer mit nacktem Oberkörper die runden Hanteln, ließ die Muskeln spielen und grunzte dabei laut.

Ein glattes Wildschwein.

Jedes Mal, wenn eine Hantel auf den Boden krachte, fuhr die Mutter zusammen, und Ogarjow stellte sich vor, wie der 16 Kilogramm schwere Metalltropfen den Bodenbelag durchschlagen und nach unten zu den Nachbarn fliegen würde, Möbel, Kronleuchter und schwer zu beschaffendes Kristall zerschmetterte, die Nachbarn würden die Miliz rufen, und der Vater würde eingesperrt, nicht lange, vielleicht zehn Jahre, das würde ausreichen, um erwachsen zu werden, um verschnaufen zu können. Doch unten gab es keine Nachbarn, zwischen den Fußbodenbalken voller Staub und Spinnweben huschten nur Ratten lautlos herum. Die Wohnung war im Erdgeschoss. Den Vater, ein Kommunist, Dampfer, Bestarbeiter, würde niemand jemals einsperren. Er würde für immer da sein.

Völlige Hoffnungslosigkeit. Absoluter Tiefpunkt.

Der Vater kam in die Küche, ein Handtuch um den Hals, schweißnasse Zotteln unter den Achseln, eine ausgeleierte Trainingshose auf dem mächtigen prallen Arsch. Seine Brusthaare glichen einem kräftigen Filzadler. Er warf einen schnellen verächtlichen Blick auf seinen Sohn – keine Nachsicht, kein Mitleid, sie rivalisierten wie Erwachsene. Immer. Na, was starrst du denn so, du Waschlappen? Drückst du dich schon wieder vor der Morgengymnastik? Die Mutter nahm hektisch das Rührei vom Herd und kratzte mit der Gabel über das Gusseisen, als sie es auf die Teller verteilte. Ausgelatschte Pantoffeln, ein flauschiger Morgenrock mit Taschen, in die sie im Vorübergehen wie in einen Abfalleimer alles Mögliche einsteckte – vom Boden aufgesammelte Zettel, Apfelreste, den traurigen gemeinschaftlichen Unrat. Sie war fünf Jahre älter als der Vater, aber es schienen zwanzig zu sein.

Es ist vollkommen unvorstellbar, wie sie es fertiggebracht hatten zu heiraten. Wo, wann, warum? Malja hätte es natürlich gleich herausgefunden. Aber Ogarjow kam es gar nicht in den Sinn zu fragen. Mama, erzähl mir, wie du und Papa euch kennengelernt habt. Eine ganz normale Kinderfrage, kuschelig, am Abend, die Decke auf allen Seiten fest hineingestopft – ich bin im Haus! Doch die Mutter kam abends nur für einen Augenblick herein, setzte sich nicht zu ihm, sondern beugte sich nur herab und gab ihm einen flüchtigen Kuss auf die Stirn. Dann eilte sie ins Nachbarzimmer zum Vater.

Schritte, das Klacken des Lichtschalters – und der lebendige gelbe Streifen unter der geschlossenen Tür verschwand.

Morgens schrien vor den Fenstern die Spatzen.

Noch in den Fünfzigern hatten nicht einmal die Außenbezirke hierhergereicht. Es gab nur ein paar verschlafene Dörfer, die von einer verwilderten Landstraße wie von einer Nabelschnur umwunden waren, ein Wäldchen, eine Biegung der Moskwa, Flussauen, ruhige Datschas. Doch dann kam plötzlich Moskau, drängte von allen Seiten heran wie ein kräftiger Teig, der aus dem Topf hervorquillt, die Dörfer wurden nicht umgesiedelt, sondern pulverisiert, einfach von der Karte geblasen, und an ihrer Stelle entstand zunächst eine wichtige Fabrik mit vier Gebäudeblöcken, und dann drängten sich rundherum in konzentrischen Kreisen wie bei einer mittelalterlichen Zitadelle, übrigens denselben allgemeingültigen Menschheitsgesetzen gehorchend, zuerst laute Baracken und dann mächtige Chruschtschowka-Plattenbauten heran. Hinterdrein, angezogen von den Menschen aus Fleisch und Blut, entstand scheinbar wie von selbst die Infrastruktur, und hinter diesem knirschenden fremden Wort verbarg sich dieselbe uralte menschliche Lebensordnung. Nur dass Verkaufsbuden, Essensstände und Scharlatane durch Geschäfte, Kindergärten und Polikliniken ersetzt wurden. Alles war funkelnagelneu und schneeweiß und roch außen wie innen herrlich nach kühlem feuchtem Verputz.

Handwerksleute, die etwas auf sich hielten, schritten weit ausholend über die neuen Bürgersteige, bogen allerdings hin und wieder ab, um einen bequemen Pfad quer durch den jungen Rasen zu trampeln, der direkt zur Bushaltestelle oder zum Schnapsladen führte. Vorherrschaft der Vernunft über die Ästhetik. Klawk, gehst du am Abend ins Kulturhaus? Was sonst!

Der Bezirk, der auf einen Schlag erbaut wurde, wurde auch auf einen Schlag besiedelt, hauptsächlich von Arbeitern mit befristeter Wohngenehmigung, die sich der Partei und dem Fleische gehorchend bald in Paare aufteilten, sich erst die festgesetzten Nachkommen zulegten und dann die hart erkämpften, im direkten Wortsinn verdienten Quadratmeter, in den Fabrikhallen standen Altersgenossen Seite an Seite, Altersgenossinnen drängelten in Warteschlangen, sie feierten Hochzeiten, ließen sich im Streit scheiden, mit jeder Stunde, mit jedem Schritt rieben sie sich ab, hobelten sich glatt, lebten sich in der Hauptstadt ein. Brachten waschechte Moskauer zur Welt. Ja. Sie hatten es geschafft.

1969, als Ogarjow an der Reihe war, auf die Welt zu kommen, hatte sich der Bezirk bereits die Hörner abgestoßen, war erwachsen geworden und hatte sogar eine zarte Fettschicht in Form einer eigenen Intelligenzija angesetzt. Moskau, das dieses Fleckchen Erde verschlungen und verdaut hatte, kroch mit dumpfem Knurren weiter in Richtung Leningrad. Es stellte sich heraus, dass es nur fünf U-Bahnstationen bis ins Zentrum waren. Bequem. Nahe. Ob dir nach GUM oder Kreml ist. Und gleichzeitig sind es bis zum nächsten Kindergarten nur fünf Minuten zu Fuß, und die Schule ist gleich da um die Ecke.

Ogarjow wurde weder in die Schule noch in den Kindergarten begleitet, es wurde überhaupt niemand begleitet. Das war die beste Zeit des Tages, vollkommen frei, besonders im Frühling. Zum ersten Mal in diesem Jahr trug er eine kurze Hose, die Kälte biss in die noch bleichen, winterlichen Knie, Wadenstrümpfe, Schulmappe, die klebrigen Schalen der Pappelknospen. Die Schuhsohlen klapperten frisch und fröhlich über den Bürgersteig, auch ein sehr frühlingshafter Laut. Die besten Erinnerungen an die Kindheit. Völlige Einsamkeit.

Ogarjow bemerkte nicht gleich, wie alles zu verfallen, sich

mit einem zuerst unsichtbaren Netz an Rissen zu überziehen begann, doch dann bröckelten plötzlich riesige helle Schichten ab. Als Erstes verschwanden Mamas lustige junge Freundinnen, die immer zum Tee kamen. In Wirklichkeit gönnten sie sich still und heimlich in der Küche einen Wodka, nippten so lange, bis sich die Wangen röteten, und dann sangen sie mit traurigen herrlichen Stimmen von Donkosaken, die am Flussufer spazierten, am Flussufer spazierten. Statt Donkosaken verstand Ogarjow Schonkosaken in einem nuschelnden georgischen Akzent. Die Georgier handelten auf dem Chitrow-Markt mit rot- und schwarzglänzenden Kirschen zu acht Rubel das Kilogramm. Der kleine Ogarjow stand lange fasziniert am Verkaufstisch – wie konnte man so etwas Schönes essen? Im Winter froren die Georgier, bibberten über den Glaskästen, die wie Aquarien aussahen. In den Aquarien waren die Kirschen von Mandarinen abgelöst worden, deren orange warmen Seiten verschwommen durch das beschlagene Glas schimmerten. Genauso warm leuchtete in jedem Kasten eine Kerze, die eine kleine feierliche, ganz menschliche Wärme ausstrahlte. Die Georgier versteckten traurig die Nasen in den agentenmäßig hochgeklappten Kragen ihrer Lammfellmäntel, beklagten sich nur mit den riesigen tränenden Augen über die fremde, unmögliche Kälte, doch beim Anblick jedes Mädchens fuhren sie hoch, ließen einen großzügigen gutturalen Wortschwall vom Stapel und schnalzten begeistert mit der Zunge. Schonkosaken!

Die Freundinnen kamen einfach nicht mehr, und damit hatte es sich. Zu Hause sang nur manchmal noch der nüchterne, langweilige Radioempfänger, der wie zum Hohn ebenfalls in der Küche beheimatet war. Dann stieg der Vater auf einen Hocker – die Zimmerdecken waren selbst für ihn zu hoch – und schaltete ihn für immer und ewig aus. Und es wurde sogleich still. Für sehr, sehr lange Zeit.

Dann hörten die Fahrten im Sommer zur Datscha auf. Früher hatten sie ein halbes Haus in einem Dorf gemietet, er war mit der Mutter und den Sachen in einem gemieteten Kleinlaster weggefahren, glücklich, frei, träge. Oder kam es ihm nur so vor? Ogarjow saß im riesigen Fahrerhaus und verfolgte mit offenem Mund jede Drehung des mit Isolierband umwickelten Lenkrads. Dieses Lenkrad hatte sich für immer in sein Gedächtnis eingebrannt. An alles andere – den elastischen Wasserstrahl aus der Wasserzapfsäule, das hölzerne Häuschen mit dem Plumpsklo und den vielen Ritzen, die saftigen Kletten, die Sauerkirschen, die wie von Zauberhand über Nacht reif wurden – erinnerte er sich immer seltener und mühevoller, als wären es ganz märchenhafte kindische Erfindungen. Der Vater kam einmal im Monat auf die Datscha. Übers Wochenende. Machte sich mit nacktem Oberkörper im fremden Gemüsegarten zu schaffen und stieß mühelos den spitzen Spaten in die karge Erde des Moskauer Umlands. Die umgestochenen feuchten Erdschichten waren gleichermaßen von Würmern und Wurzeln durchzogen, die gleichermaßen schwach, bleich und leblos waren. Sie ließen an den Tod denken. Ogarjow beobachtete den Vater heimlich vom Himbeergebüsch aus, das ebenfalls bleich, schütter und aus dem Moskauer Umland war. Die Beeren hingen über seinem Kopf, jede von ihnen setzte sich aufwendig aus säuerlichen durchscheinenden Glasperlen zusammen. Man konnte sie mit den Lippen fassen, zerdrücken, schlucken. Sich zu eigen machen.

Der Vater grub immer weiter, unermüdlich, unbeugsam, und nur sein breiter junger Rücken glänzte wie bei einem Pferd vor Schweiß. Die Mutter trat auf die Haustreppe heraus und sah ebenfalls lange zu, sodass Ogarjow physisch spürte, wie ihre Blicke sich auf einen Punkt zwischen den Schulterblättern des Vaters konzentrierten und drohten, ein winziges unerträgliches Loch hineinzubrennen. Aber es passierte nichts, der Vater drehte sich nicht einmal um. Erst als die Mutter schließlich leise rief, Serjoschenka, das Essen ist fertig, stieß der Vater den Spaten in das unnütze Beet. Augenblicklich setzte sich eine facettenreiche, edle, schwirrende Libelle auf seinen polierten bernsteinartigen Griff, als würde sie einen Schlusspunkt hinter die getane Arbeit setzen.

Im Haus stand bereits ein Teller mit dampfenden dunkelgelben, wie aus Butter geformten Kartoffeln auf dem Tisch. Der Vater roch an einer Brotkante und steckte einen Bund Schnittlauch ins schwere kristallene Salzfass, das an ein in Silber gefasstes Wodkaglas erinnerte. Das Salzfass brachten sie ebenfalls immer mit. Bis sie damit aufhörten.

Auf die Datscha zu fahren.

Gäste zu empfangen.

Silvester zu feiern.

Das frühere Leben verblasste leise und langsam wie Sommerbräune, klang ab und verschwand endgültig, als Ogarjow bei den Oktoberkindern aufgenommen wurde. Ein festlicher Appell, ein ungeordnetes Karree in weißen Hemden, eine ganze Handvoll stacheliger Sterne mit Lenin darauf. Der kleine Lenin. Mit Lockenkopf. Ogarjow stand mit glühenden Ohren in der Reihe und verspürte – zum ersten und letzten Mal in seinem Leben – ein Gefühl der Zugehörigkeit zu seinem Staat, ein sehr warmes, einfaches und grobes Gefühlschaos. Später gelang es ihm nicht mehr, mit seinem Vaterland eins zu sein. Das war natürlich schade. Aber da kann man nichts machen. Wertschätzung kann es nur beidseitig geben.

Der Vater ließ ihn plötzlich in Ruhe und dressierte ihn nicht mehr länger. Er schien sogar erleichtert, dass er die Verantwortung der Schule übergeben konnte. Ich habe getan, was ich konnte, jetzt sollen sie sich mit ihm herumschlagen. Eine gewisse Zeitlang quälte er den Sohn aus Gewohnheit noch mit erwachsenen, höhnischen, treffsicheren Schikanen. Rechnete mit ihm auf geheimnisvolle, schreckliche Art ab. Da wären Schläge, wie früher, besser gewesen.

Dann hörte er überhaupt auf, ihn wahrzunehmen. Ganz und gar. Sowohl ihn als auch die Mutter.

Die Mutter verblasste noch mehr, verstummte, duckte sich wie ein auf die Handfläche gefallener Käfer. Und gemeinsam mit ihr verblasste die früher helle, große Wohnung. Wenn die Mutter von der Arbeit kam, ließ sie sich erschöpft vor dem schwarz-weiß flimmernden Fernseher nieder, starrte hin, ohne etwas zu sehen, wie um sich den Kopf mit fremdem, unverständlichem Geplapper füllen zu lassen. Ogarjow mochte nicht fernsehen. Das war langweilig.

Er schlenderte von Zimmer zu Zimmer, klein, mager, griesgrämig, wie er war. Man konnte natürlich in den Hof hinuntergehen, mit den anderen Kindern herumflitzen, doch irgendetwas fühlte sich auch dort nicht mehr richtig an. Es war, als hätte der Vater ihn und die Mutter verwünscht. Das war ein seltsames und schreckliches Wort – verwünscht. Er hatte es aufgeschnappt, als die Mutter leise einer Nachbarin ihr Leid klagte. Ogarjow hörte beim Türpfosten, wie sie die Tränen hinunterschluckte, laut, unbeholfen, wie abgekühlten Tee. Sie murmelte etwas Undeutliches, Klagendes, es klang sogar wie Winseln, und die Nachbarin stellte plötzlich laut mit voluminöser, schwerer Stimme fest – er hat Sie verwünscht, das ist klar. Sie müssen in die Kirche und beten.

Was dieses »verwünscht« bedeuten sollte, erfuhr Ogarjow nicht. Die Mutter runzelte auf seine Frage hin nur die Stirn, winkte ab, ging gedankenversunken in die Küche und hielt sich dabei wie eine Blinde an den Wänden fest. Das Mitleid von Kindern ist ein sehr kurzes Gefühl. Ein augenblickliches. Sie brauchen zu viel Kraft, um selbst groß zu werden. Wenn sich die Mutter wehgetan hätte, dann hätte Ogarjow mit ihr, an ihrer Stelle geweint, hätte einem bockigen Stuhl oder einer Ecke eins übergezogen – heile, heile Segen, sieben Tage Regen, sieben Tage Sonnenschein, wird alles wieder heile sein, eine leise, wahre Beschwörungsformel, etwas Wegerich auf die Wunde gestrichen, ein Kuss, und wie durch ein Wunder wurde das nicht tödliche venöse Blut gestillt. Doch was konnte er mit seinen acht Jahren bei wahrhaftiger erwachsener Verzweiflung ausrichten? Er konnte sie nur augenblicklich vergessen, verdrängen, nichts verstehen.

Die Mutter war noch nicht in der Küche angelangt, als sich Ogarjow schon an seinen Lieblingsplatz begab, zwischen der Wand und dem Sofa, unter ihm der Boden, über ihm der rettende Schatten der Fensterbank. Er kramte am Sofarücken herum, in der engen gefährlichen Ritze, die fast ganz durchging, und zog ein Buch hervor.

Wie immer streichelte er es. Kniff kurz die Augen zusammen, bevor er es öffnete.

Schwarze große Buchstaben auf einem beschichteten weißen Umschlag.

Tizian.

Weiß Gott, wie sich dieser dicke Bildband mit dem rutschigen Schutzumschlag ins Haus verirrt hatte. Wahrscheinlich war der Vater in der Fabrik damit für irgendeine verbesserte Kardanwelle belohnt worden. Hätten sie mal lieber einen echten 25-Rubel-Schein mit Lenins Rübe in tastbaren violetten Schattierungen rausgerückt. Ogarjow war nicht dieser Meinung. Ihm gefiel Tizian. Tizian war ein gestohlenes, heimliches Fest. Die Danae, die Zigeunermadonna, das Porträt einer jungen Frau. Die liebreizende Salome, die eine Schüssel mit einem toten abscheulichen Haupt emporreckt. Weiche, geschmackvolle Nacktheit. Dunkle traurige Augen, winzige Münder, zarte Hälse, Kleiderfalten, die in der Dunkelheit zerfließen, die eine unverständliche, aber deutliche Süße verheißt. Grübchen auf den Wangen und Ellbogen. Eine ausgetrocknete Kehle. Italien, Florenz, Renaissance, Santa Maria del Fiore, Santa Croce, Santissima Annunziata – herrliche Wörter ohne Bedeutung. Sie enthalten keinerlei Sinn, enthalten überhaupt nichts, außer Licht.

Der Vater, der zum falschen Zeitpunkt zurückgekommen war, ging einfach her und warf einen Schatten auf dieses Licht, im direkten und indirekten Sinne. Er beugte sich herab, riss es ihm aus der Hand und blätterte es mit lautem Rascheln durch. Er sah Ogarjow an, als wäre er hingefallen und hätte mit der Hand in fremde noch warme Kotze gefasst.

Bist du nicht zu jung für nackte Weiber?

Damit hatte es sich. Nun gab es keinen Tizian mehr.

Wahrscheinlich hatte er ihn einfach weggeworfen. Ihn jemandem zu schenken wäre ihm sicher nicht eingefallen. Schenken, das sah dem Vater überhaupt nicht ähnlich. Ja, und wem denn? Wer konnte Tizian brauchen, wer konnte ihn überhaupt begreifen? Schätzen?

Ogarjow lag in der Badewanne, war den Tränen nahe und bedauerte sich selbst. Das war normal. Schwach sein. Bedauernswert. Bleiche, runzlige Fingerkuppen, aus dem Wasser ragende eckige Knie. Warmes Wasser, warmes Salz auf den Lippen, wirre, weiche Gedanken. Aber früher oder später kühlte das Wasser ab. Früher oder später klopfte jemand an die Tür. Die Mutter, weil sie die Wäsche einweichen wollte. Der Vater, weil er das Recht dazu hatte. Man musste herausklettern, sich mit dem Handtuch abreiben, fest, bis man ganz rot war. Ogarjow rieb sich ab und überlegte fieberhaft, was er tun sollte. Der Vater versperrte ihm die ganze Welt. Es war grundsätzlich unmöglich, ihm zu gefallen, es ihm recht zu machen, auch wenn man sich noch so anstrengte. Früher hatte es Ogarjow versucht. Oft. Sehr lange war Ogarjow davon überzeugt gewesen, dass das Problem bei ihm selbst lag, dass er ein nichtsnutziger Tollpatsch war, schlecht zeichnete, mit dem Fahrrad stürzte, den Löffel nicht richtig hielt. Der Vater konnte ihm mit einem Blick bedeuten: nein, falsch, du Tölpel. Ogarjow änderte seinen Griff – nein, so auch nicht. Wieder falsch. Du bist einfach ein Tölpel.

Wie es richtig gewesen wäre, sagte ihm der Vater nie. Das wusste er wahrscheinlich selbst nicht. Er stand auf, schob den Teller von sich und ging weg. Kein Danke. Kein Auf Wiedersehen. Ogarjow konnte sich kaum erinnern, dass der Vater ihn jemals liebkost, geküsst oder nur über den Kopf gestreichelt hätte. Die grauen, unnützen, ständig unzufriedenen Katzen im Hof kraulte er. Wenn er ihn wenigstens wie die Katzen berühren würde. Nein. Wieder nicht. Ogarjow spürte körperlich, wie verfilzt, schmierig, unförmig er war. So einen rührt man nicht an. Zu widerlich. Räudig. Selbst an allem schuld. Das sagte der Vater. Du bist selbst an allem schuld. Immer.

Es ist schrecklich, welche Schuld Kinder auf sich nehmen, freiwillig, schweigend, ohne jemandem etwas davon zu sagen. Mama ist gestorben, weil ich mit Zündhölzern gespielt habe. Papa ist fortgegangen, weil ich hässlich bin und schlecht in der Schule. Streit zwischen den Eltern, das zur Neige gehende Erdöl, die Sonne, die auf der falschen Seite aufgeht, der Hamster, der sich als eiskalter struppiger Klumpen auf dem Boden des Dreiliterglases zusammengerollt hat – es gibt kein Unglück, das ein Kind nicht auf sich nehmen würde. Einfach weil es ein Kind ist. Ogarjow wusste nicht, dass man daraus einfach nur herauswachsen musste. Durchhalten, und alles würde vergehen, in Vergessenheit geraten, wie Rachitis, Windpocken, Milchzähne, pralle Pickel, die sogar den Rücken übersäen. Die Welt wird klar und erwachsen. Die Eltern schrumpfen und klettern vom Podest. Selbst die Besten belegen erst den fünfundzwanzigsten Platz und dann den hundertsiebenundzwanzigsten, stellen sich als schwach, lästig, unnütz, klein heraus.

Als die, die sie sind.

Einfach Menschen.

Wenn irgendjemand Ogarjow davon erzählt hätte, dann wäre es leichter gewesen. Doch niemand erzählte ihm etwas. Er brauchte Jahre, um eine einfache und von Anfang an offensichtliche Sache zu begreifen. Der Vater liebte ihn nicht. Liebte ihn einfach nicht, und damit hatte es sich. Gott sei Dank hatte Ogarjow bis zu diesem Zeitpunkt bereits gelernt, den Vater zu hassen.

Das war ein schwieriges Gefühl. Ein erwachsenes. Einem Kind fast unzumutbar.

Bis zum Abend wurde Ogarjow des Hasses immer so müde, dass er lange nicht einschlafen konnte. Er lag einfach da und lauschte mit aller Kraft auf quietschende Sprungfedern, auf irgendeinen Laut vom nächtlichen Leben der Eltern. Anfangs, als er noch klein und schwach war, wusste er selbst nicht, warum, als er größer wurde, lauschte er entsetzt und später hoffnungsvoll. Es schien ihm, dass der Vater dort hinter der Tür der Mutter etwas zuleide tat, es zumindest irgendwann tun würde. Das war offensichtlich, unbestreitbar. So, dass man Rache üben musste. Die erst kindlichen, jämmerlichen Fäuste wurden steinhart, füllten sich mit Hass und Kraft, über die Arme krochen hervortretende, schwere, erwachsene Adern, ihm gellten die Ohren. Wenn sie dort hinter der Tür auch nur einen Laut von sich geben. Aber es gab keinen Laut.

Ogarjow wuchs unter dieser Decke heran und lauschte in die Stille. Er wurde zum Mann. Vergebens, der Vater bemerkte es nicht einmal. Erkannte ihn nie als Ebenbürtigen an. Als den Seinen.

Nicht einmal nach dem Militär, als Ogarjow den Vater ganz leicht hätte umbringen können. Was denn? Das war einfach. Man hatte es ihm ordentlich beigebracht.

Nicht einmal, als Mama starb.

Also passierte nichts.

Wäre Ogarjow in den Neunzigern auf die Welt gekommen, wäre er zweifellos ein Verbrecher geworden. Kein einfacher Assi, kein Schlägertyp, sondern ein echter Verbrecher. Er war schnell von Begriff, hasste Machthabende in jeglicher Form und war stinksauer auf die ganze Welt, einschließlich sich selbst. Die ideale Nährlösung für einen widersinnigen Aufrührer. Doch die graue sowjetische Bezirksschule mit ihren drei niedrigen Geschossen wurde im Handumdrehen mit dem missmutigen Halbstarken fertig, indem sie ihr einfachstes Elixier anwandte: hohe moralische Prinzipien und eine erdrückende Routine. Den Schülern wurden so viele richtige und gute Sachen in die Köpfe gehämmert, dass sogar das beschränkteste Individuum früher oder später begriff, dass man im Herzen, Kinder, jung bleiben soll, sein Leben für die Genossen in die Schanze schlagen muss, dass das Kollektiv über allem steht und Mutter Heimat ruft. In der Schule wurde der junge menschliche Rohstoff geschickt zu tatsächlich anständigen Menschen verarbeitet, allerdings wurde dabei größtenteils schlampig und im Fließbandverfahren gearbeitet.

Manch einer hatte Glück und geriet in die Hände eines wahren Meisters. Statt eines provisorisch aus einer Schablone gefertigten Rohlings entstand dann eine individuell geschliffene anziehende, komplexe Persönlichkeit, die mit Liebe statt auf Bestellung gemacht war. Leider konnte so ein Meister nicht nur ein verdienter Lehrer der Sowjetunion sein, der von Physik und Kindern besessen war, sondern auch ein banaler Bandenchef, der ein verhinderter Pestalozzi, dafür aber erfolgreicher und aktiver Schurke und Dieb war, oder einfach ein Gepard wie aus dem *Jungen aus der Hölle* von den Strugatzki-Brüdern. Ogarjow fand seinen Lehrer eher spät außerhalb der Schule, deshalb kam er in der täglichen schulischen Langeweile fast um. Man hatte ihm schnell beigebracht, gut zu sein, doch was man damit anstellen sollte, wusste kein Mensch.

Ogarjow lernte nicht schlecht, doch das half nicht. Er war weder ein Vorzugsschüler noch ein ausgesprochener Rabauke noch ein Klassenkasper und stand deshalb nie im täglichen Scheinwerferlicht der Schule. Als hätte er sich geweigert einzusehen, dass es Arbeit machte, beliebt zu sein. Vielleicht wusste er es wirklich nicht. Doch es lag nicht an seiner Gewohnheit, sich im Hintergrund zu halten, schließlich bilden die Mittelmäßigen in der Welt die stumme, gesichtslose Mehrheit, die immerzu in alphabetischen Listen angeführt wird, ob im Klassenbuch, im Massengrab oder beim Appell in der Armee oder im Konzentrationslager.

Aus irgendeinem Grund hielt man sich von Ogarjow fern.

Nein, er wurde nicht verachtet, man hielt sich von ihm fern. Als wüsste (oder vielmehr spürte) man, dass etwas mit ihm nicht stimmte. Jeder Dritte in der Schule war vaterlos, jeder Zweite wurde verprügelt, mancher im Kampf auf Leben und Tod, bis es blaue Flecken gab. Natürlich waren die Ogarjows in Armut geraten, ohne zu wissen, warum, aber viele waren viel schlechter angezogen, er war zumindest immer sauber, das Haar immer kurz geschoren, trug immer ein frisches Hemd, die Mutter kümmerte sich mit letzter Kraft darum und erzog ihn auch selbst dazu.

Nichts half. Er war unbeliebt. Einfach unbeliebt, und damit hatte es sich.

Sich dagegen zu wehren, deshalb zu streiten war sinnlos.

Ogarjow hätte sein ganzes schulisches und vielleicht auch sein weiteres Leben in schläfriger Benommenheit verbracht, wenn es nicht Njetotschka gegeben hätte. Sie tauchte am 1. September 1984 auf, eingebildet, hochgeschossen, herrlich. In wenigen Monaten verwandelte sie Ogarjow von einem Versager in einen Menschen im Embryonalstadium. Als Tochter eines rangniederen Eisenbahnchefs war sie nicht wie alle anderen, selbst in Kleinigkeiten unterschied sie sich. Die Schürze war aus Spitze und nicht aus langweiligem Mönchskuttenstoff. Das ausländische Federmäppchen zierte ein phänomenales Wackelbild, auf dem abwechselnd die Micky Maus und eine andere unbekannte spitzbübische Zeichentrickfigur aufblitzten. Die Frisur, ach Gott, Njetotschka hatte keinen Zopf wie die meisten Mädchen und auch nicht den idiotischen Topfschnitt vom Friseur, sondern eine waschechte Erwachsenenfrisur. Hoch am Hinterkopf ein kupferfarbener, fast roter Knoten, bei dem von den Schläfen zwei Strähnen zusammenliefen, die so kunstfertig geflochten waren, dass klar war, dass Njetotschka beim Fertigmachen für die Schule nicht wie alle anderen überall hektisch nach den Wechselschuhen oder dem Hausaufgabenheft suchte, sondern vor dem Spiegel bedächtige Minuten voller geheimnisvoller weiblicher Würde verbrachte. Sogar ihr Komsomolabzeichen war anders, winzig klein, wie ein dunkler angetrockneter Blutstropfen. Ach was, außer ihr gab es in der Klasse noch gar keine Komsomolzen.

All das – einschließlich der Rothaarigkeit, der anmaßenden weißen Haut und der üppigen Sommersprossen auf der Stupsnase – sicherte Njetotschka den Status einer professionellen Geächteten. Aufzufallen gehörte sich nicht. Nicht in jener Zeit, nicht in jenem Alter, nicht in jenem Bezirk. Diejenigen, die nicht wie alle anderen waren, wurden verprügelt – einfältig, ordentlich, nicht einmal bösartig. Einfach, um ihnen beizubringen, dass alle über denselben Kamm geschoren werden sollen. Ein verhältnismäßiger Frieden kann nur durch Mittelmäßigkeit garantiert werden. Das hatte sogar der einsame, magere, unförmige Ogarjow begriffen. Mit seinen vierzehn Jahren. Aber Njetotschka, und das war natürlich erstaunlich, Njetotschka trug ihre Andersartigkeit mit majestätischer Sorglosigkeit. Genau wie einen Hermelinumhang. Als wäre sie von klein auf nichts anderes gewohnt. Na und, so ziehe ich mich eben an. Er ist etwas unbequem, oft schwer, und man kommt nicht immer gleich in den Bus hinein, aber dafür schauen einen alle an. Alle.

Sogar ihr Name war ungewöhnlich. Laut Klassenbuch war sie eine langweilige Natascha Stoljar, aber als sie sich den neugierigen Klassenkameraden vorstellte, war es wie eine Ohrfeige. Njetotschka! Ogarjow, der sich bei den Klassenstärksten hervortun wollte und deshalb höhnisch hervorstieß, dass es so einen Namen gar nicht gab, warf sie angewidert an den Kopf – hast du denn Dostojewski nicht gelesen? Ogarjow, der von der Neuen keinerlei Widerspruch erwartet hatte, konnte gerade noch »dumme Gans!« erwidern und trat blamiert zur Seite. Njetotschka hatte ihn in derselben Sekunde vergessen, das war klar. Und gerecht. Vielleicht war sie wirkliche eine dumme Gans. Aber Dostojewski hatte Ogarjow wirklich nicht gelesen. Nun, er hatte sich natürlich wie alle durch das Schulprogramm gequält und versucht, in den schwermütigen Absätzen auch nur ansatzweise etwas Sinnvolles zu begreifen. Aber wirklich gelesen hatte er ihn nicht, nein. Und das traf nicht nur auf Dostojewski zu.

Was würde die unglückliche Menschheit nur ohne Sexualhormone tun? Ogarjows verletzter Stolz plagte ihn auch am nächsten Tag noch und am übernächsten, sodass er es leid war, auf Njetotschkas roten Hinterkopf zu starren (Tizian schmerzte noch immer, er wollte ihn immer noch nicht loslassen), und in die Bibliothek trottete. Zu Hause gab es keine Bücher. Nicht einmal ein Platz war für sie vorgesehen. Das gegen ein Formular ausgehändigte Buch *Njetotschka Neswanowa* stellte sich als der erwartete Langweiler heraus (Ogarjow konnte sich übrigens nie für Dostojewski erwärmen, und es ärgerte ihn besonders, dass bei diesem nervösen Autor alle unaufhörlich herumheulten und vor ihm in die Knie gingen). *Die Brüder Karamasow* bewältigte Ogarjow ganz heldenhaft wie ein Elitesoldat einen verschneiten Gebirgspass, aber glücklicherweise erbarmte sich die von seinem Eifer gerührte Bibliothekarin (Stoffveilchen auf dem Kragenaufschlag, Brille, kein Prinz war auf einem Schiff mit purpurroten Segeln zu ihr gekommen) und schob ihm erst Tolstoi zu (natürlich den einzig wahren Lew Tolstoi), danach Bunin, und dann kam Ogarjow schon selbst in Fahrt, wurde immer schneller, ließ wie im Schlaf alles hinter sich zurück, Moskau, seinen heruntergekommenen Arbeiterbezirk, den Vater, sein früheres, bescheuertes, begriffsstutziges Selbst.

Martin Eden, den er bereits selbstständig, ohne Zuflüstern der Bibliothekarin aus dem Regal genommen hatte, bestärkte ihn darin, dass im Leben alles möglich war. Überhaupt alles. Wenn man sich sehr anstrengte. Also verdreifachte Ogarjow penibel, als würde er mit Jack London einer Landkarte folgen, seine intellektuellen Anstrengungen und war im neuen Jahr bereit für literarische Diskussionen. Aber es war zu spät. Zu diesem Zeitpunkt waren alle Jungen der Klasse in Njetotschka verliebt. Sich durch dieses kniefällige Pagenkorps (ganz wie bei Dostojewski) zu kämpfen war einfach unmöglich.

»Dumme Gans« blieb somit das Einzige, was Ogarjow je zu Njetotschka gesagt hatte. Leider. Sie bemerkte ihn nicht. Und sogar das klang wie der Beginn einer abgeschmackten, unmöglichen städtischen Romanze, die so heftig wie einfach das Herz bewegt. Zum Glück erwies sich das stille, unwiderstehliche Gift, mit dem die russischen Klassiker durchtränkt sind, in Ogarjows Fall als belebend wie eine

Impfung. *Die Kreutzersonate, Der erste Tag der Großen Fasten, Leichter Atem …* Ogarjow verschlang sie in einem Zug, doch anstatt zu sterben, überwand er seine Liebe zu Njetotschka in einer einzigen Nacht mit einer unmöglichen Willensanstrengung, an die er noch als Erwachsener nicht zurückdenken mochte.

Am nächsten Morgen kam ein ganz gewöhnliches rothaariges Mädchen in die Klasse. Stumpfnasig, plump, mit grober Strumpfhose. Auf der Stirn schimmerte ein explosionsgefährdeter Pickel durch eine dick aufgetragene rosafarbene, fettige Abdeckcreme. Sie pfefferte die Sporttasche auf die Schulbank (allein das Literaturbuch hätte, wenn schon nicht zerstört werden, zumindest ernsten Schaden nehmen können), setzte sich und kratzte sich mit einem Kugelschreiber eifrig am Hinterkopf. Ogarjow beobachtete mit verdrießlicher, unbarmherziger Wehmut, wie sich die kupferne Königskrone in einen gewöhnlichen schiefen, schlampigen Knoten am Hinterkopf verwandelte. Pubertäre Fettigkeit, Schuppen, die auf den bis zum Freitag dunkel verfärbten Spitzenkragen gerieselt waren. Der Kopf hätte schon vor ein paar Tagen gewaschen gehört. Nur die rote Haarfarbe war noch von Bedeutung. Nur sie war noch aufregend.

Und wie gewohnt machte sich Ogarjow auf den Weg in die Bibliothek.

Tizian, nicht der gestohlene, sondern der zum ersten Mal in der Öffentlichkeit ehrlich betrachtete, war etwas verblasst, als wäre er in Verlegenheit geraten. Die Bibliothekarin brachte noch einen Stapel schwerer Bildbände in Schutzumschlägen, hier und da mit nervösen Einrissen an den Rändern. Leonardo, Rubens, Giotto, der unfassbar herrliche Wrubel, die Peredwischniki, die auf den ersten Blick so schlicht wirkten. Ogarjows wachsende, ohne Njetotschka vereinsamte Seele forderte ständig Herrliches – das war vergleichbar mit dem Gefühl, wenn man einen Zahn verliert. Die Zunge, die an eine glatte Reihe gewöhnt ist, fährt dauernd zum Loch, das nutzlos und gerade deshalb besonders unangenehm ist. Eine klaffende Leere. Eine verkrustete Wunde.

Ogarjow saß vornübergebeugt im Lesesaal. Suchte sich einen Traum aus. Das ruhige Bibliothekslicht legte sich auf die glatten Seiten, sammelte sich in kleinen Pfützen, reflektierte. Alles war schön, aber fremd, alles trübte sich etwas, als würde es sich anstrengen, Wirklichkeit zu werden. Als Ogarjow sich an den Reproduktionen sattgesehen hatte, quälte er sich durch die mikroskopisch klein geschriebenen Aufsätze ehrwürdiger Kunsthistoriker, die unverständlich, als würden sie mit vollem Mund in ihren Bart hineinmurmeln, das wahre Wesen der Meisterwerke erläuterten, die Aufmerksamkeit auf die Perspektive lenkten, sich an den Besonderheiten der Techniken erfreuten.

Das war jedenfalls interessant.

Ogarjow, der selbst weder eine einfache Sonne noch ein Schaf zeichnen konnte, saugte mit unerwartetem Vergnügen die köstlichen Wörter auf: Tempera, Öl, Enkaustik, Aquarell. Lithografien unterschieden sich von Stichen, Manets Licht von Rembrandts Schatten. Über ein Bild lesen und es betrachten. Zwei Informationskanäle auf einmal. Nein, sogar drei. Die leisen Geräusche des Lesesaals, das Knarren des

Parketts und der alten Stühle, das Rascheln des Stanniolpapiers einer Schokoladentafel, die jemand still und heimlich hereingeschmuggelt und gegessen hatte. Flüstern, leises Atmen, das verlockende Knacksen geöffneter Buchrücken. Die Bibliothekarin brachte den letzten Stapel Bildbände und hob schuldbewusst die Arme – mehr haben wir nicht. Vielleicht solltest du einfach in die Tretjakow-Galerie gehen?

Ogarjow überlegte, hörte in sich hinein – nein, es reicht wohl.

Das bringt nichts.

Aber nicht doch, es brachte sehr wohl etwas.

Viele, viele Jahre später, als er durch europäische Pinakotheken schlenderte, war es, als würde er die Bildbände aus seiner Pubertät ein weiteres Mal durchblättern – nein, nein, Malja, das ist ein Fra Filippo Lippi, der Lehrer von Botticelli. Schau mal, wie lustig, er hat überall dasselbe Gesicht gemalt. Sogar der Blickwinkel ist überall derselbe. Als hätte er es nicht anders gekonnt. Vielleicht war es ja wirklich so. Wie? Nein, das war bereits nach dem 16. Jahrhundert. Beziehungsweise ganz am Ende des 16. Du brauchst gar nicht nachzusehen. Was soll das heißen, woher ich das weiß? Ich weiß es eben. Siehst du, wie das Hundefell gemalt ist? Das ist Lasurtechnik. Sie entstand im 16. Jahrhundert.

Malja beugte sich zu der dunklen, ölglänzenden Leinwand, betrachtete verdutzt den verspielten Rüden mit den Schlappohren, der einer weiteren schmachtenden Danae zu Füßen lag. Tiefe, seidige Falten, Entzücken, Halsband, Mähne, Krallen. Alles war verwest, tot, vor vielen Jahrhunderten vergangen. Alles verschwand ins Nichts.

Siehst du diese Pinselstriche da? Die langen, durchsichtigen? Genau das ist Lasur.

Bist du sicher, dass du Arzt bist? Malja schüttelte skeptisch den Kopf.

Natürlich.

Ich finde, du verdienst dein Geld mit dem Falschen.

Ogarjow lachte freudlos. Das war natürlich die reine Wahrheit. Mit dem Falschen. Mit dem völlig Falschen. Warum bin ich Arzt? Ist das denn das Wahre? Die Uffizien, das Wiener Kunsthistorische Museum, die Dresdner Galerie, die namenlose winzige Dorfkirche mit einem Fresko von Giotto an der Wand. Wahrscheinlich hatte er hier eine ganze Woche auf der faulen Haut gelegen, hatte Wein getrunken, den hiesigen Schönheiten in den Hintern gekniffen, einen heißen Laib Brot geküsst, bevor er ihn anbrach. Ihn in Essig und Öl getunkt. Acetum et oleum.

Hatte sich mit diesem Fresko revanchiert.

War gestorben. War ebenfalls gestorben.

Die gesamte Malerei der Welt konnte Ogarjow keinen Trost verschaffen, blieb ihm aber im Gedächtnis, legte sich als Last darin ab, zum Glück nicht als tote, setzte sich still auf stillem Grund ab. Abends erzählte er Malja Märchen über Raffael und Dürer, über Botticelli und Miro. Doch damals, mit vierzehn, fand er einfach niemanden zum Lieben. Es blieb nur die Mutter, die stille, hässliche, die niemand brauchte. Ogarjow, der bis zum Platzen von einem neu erworbenen Mitgefühl mit der Welt erfüllt war (es stellte sich heraus, dass es ganz unerlässlich war, Mitgefühl zu haben!), nahm sie plötzlich neu wahr, nicht für lange, nur für ein paar

Monate, die ihr dann bis zum Ende ihres Lebens reichten und sogar darüber hinaus, sogar noch lange darüber hinaus.

Die Mutter schleppte Taschen. Zwei Einkaufsnetze, die die Arme hinabzogen, die ohnehin schon lange und ungelenk waren und aus den zu kurzen, ausgefransten Ärmeln hervorlugten. Alle trugen modische, raschelnde Regenmäntel. Sie hatte keinen. Ein Übergangsmantel. Grober Walkstoff. Grau. Fast militärisch. Ein auf den Hinterkopf verrutschtes Kopftuch. Eine verrutschte gerötete Seele, die bis aufs Fleisch, fast bis zum Knochen aufgeschunden war. Sie trottete schwerfällig wie eine Schindmähre dahin. Sieben Kilo Kartoffeln. Zwei Flaschen Kefir. Ein krummer Rücken. Ein Stangenbrot zu zweiundzwanzig Kopeken. Eine Tüte Zucker. Steinsalz. Das war schwer.

Ogarjow holte sie ein und nahm ihr schweigend die Taschen ab. Erst die eine, dann die zweite. Ächzte. Sie waren wirklich schwer. Die Mutter wehrte sich erschrocken und presste die Einkaufsnetze an sich, als hätte sie ihren Sohn nicht gleich erkannt. Mama, gib her. Gib schon her! Nicht doch, Iwan, nicht doch, ich trag sie schon. Ogarjow schob sie fast grob weg. Du hebst dir noch einen Bruch, Kind! Nicht doch. Die Mutter trippelte ergeben neben ihm her und versuchte, mit seinem fast erwachsenen Tempo Schritt zu halten. Herbst. Stadtrand. Nebel. Straßenlaternen, jede zweite eingeschlagen, wie Zähne.

An einer Ecke fast schon beim Haus unternahm sie einen weiteren jämmerlichen Versuch, ihre Einkaufsnetze zurückzuerobern. Nein, Mama. Hör auf, hab ich gesagt! Zärtlichkeit, die sich als Grobheit ausgab. Borstig, beleidigt, jämmerlich. Bösartig. Sie begriff und war nicht gekränkt. Natürlich begriff sie. Warum half ihr der Vater nicht? Nie. Das Bett beziehen. Die Hand reichen. Etwas tragen. Die Tür aufhalten. Einfache menschliche Fürsorge. Ohne sich auch nur eine Verschnaufpause zu gönnen, schleppte sich Ogarjow bis zu ihrer Wohnung. Angepisste Ecken, mit Mennige bestrichene Wände.

Er lud alles in der Küche ab. Rieb sich die rotblauen Kerben in den Handflächen. Du brauchst keine Taschen mehr zu tragen. Die Mutter stellte sich plötzlich auf die Zehenspitzen und schmiegte für einen Moment ihr nasses bleiches Gesicht an ihn. Wurde ganz groß. Wuchs. Sprach ganz fassungslos, als wäre Ogarjows Heranwachsen in keinem Programm vorgesehen gewesen. Als würde es sie verwundern.

In der Nacht weinte Ogarjow. Erst wie ein Kind, bitterlich, verzweifelt, jämmerlich. Zum letzten Mal. Zum Morgen hin bereits ganz erwachsen, stumm. Wie ein Erwachsener legte er unerfüllbare, schwierige Schwüre mit sich ab. Schreckliche. Alles, alles wird jetzt anders. Doch alles blieb natürlich beim Alten. Zugegeben, ein paarmal ging er wirklich mit der Mutter einkaufen. Die große Runde. Zwei Lebensmittelgeschäfte, ein Haushaltswarengeschäft, eine Bäckerei, ein Feinkostladen. Sogar zum Chitrow-Markt, auf dem Kartoffeln und Gemüse verkauft wurden und je nach Saison auch Beeren, Äpfel und Zwiebeln, die gleich dort in der Nähe in den Vororten gezogen wurden. Warteschlangen, ausweglose Langeweile, ebenso ausweglose Scham.

Es zeigte sich, dass eine Familie zu ernähren langwierig, mühsam, schwierig war. Seine bereits halb vergessenen Brot- und Milcheinkäufe als Kind erschienen nun wie das Paradies. Die Augen der Mutter huschten besorgt über die Regale. Gab es hier etwas Brauchbares? Hatte sie nichts vergessen? Ein Waschmittel noch… Die Mutter nahm ihn an der Hand (vor allen anderen! vor den Burschen!). Können wir das heimtragen, Kind? Was meinst du? Schaffen wir das? Ogarjow zuckte vor Scham zurück, als hätte er sich verbrannt. Zog die Hand zurück und steckte sie zur Sicherheit in die Hosentasche. Die Mutter bemerkte es nicht. Sie freute sich über ihr unerwartetes Beisammensein, und diese stille, angeschwemmte Freude entstellte sie noch mehr als die sonstige, bereits gewohnte Erstarrung.

Sie schleppten die unmöglich schweren Taschen nach Hause, die Mutter träumte zaghaft vor sich hin, wenn es nun schon so ist, dann können wir im Sommer vielleicht renovieren. Allein schaffe ich das nicht. Aber mit dir zusammen bringen wir die Tapete auf einmal herunter. Und kleben die neue auf. Wenn der Vater aus dem Urlaub zurückkommt, ist bei uns alles fertig! Er fuhr immer allein. Für achtundzwanzig Tage ins Sanatorium. Mit einem Kurscheck aus der Fabrik. Immer. Mutter und Sohn blieben in der Stadt. Nach dem Grund zu fragen war sinnlos. Die Mutter wusste es einfach nicht. Hob die klobig gestrickten Fäustlinge. Derselbe dünne, kühle Mantel. Nur dass sie im Winter statt des Kopftuchs ein graues Daunentuch aus dem Schrank über der Tür holte. Und eben die Fäustlinge.

Ich weiß es nicht, Kind.

Renoviert wurde allerdings nicht.

Dazu kamen sie nicht.

Im neuen Jahr tat sich für Ogarjow ein neues Leben, ein neuer Traum auf. Interessant. Echt. Lebendig. Die Mutter trippelte einige Zeit noch neben ihm her, hielt sich an Ogarjow fest, als würde sie der Straßenbahn hinterherlaufen, aber dann zurückbleiben, obwohl sie bereits lief, doch sie blieb immer weiter zurück, klein, jämmerlich und schuldbewusst lächelnd.

Allein. Wieder allein.

Diesmal für immer.

Der Mann mühte sich in einem Schneehaufen ab, ruderte unbeholfen wie ein Seehund mit schweren Flossen im Schnee herum, versuchte, den wuchtigen Körper hochzustemmen. Platsch, plumps. Eine zu früh erloschene Laterne, eine dunkle Gasse, Abend. Umsonst. Zu massig. Der kommt allein nicht hoch. Ogarjow trat näher, bückte sich und hob als Erstes die heruntergefallene Mütze auf. Sie war teuer und flauschig. Hirschkalbfell. Wenn ihn eine Bande angegriffen hätte, dann hätte sie die Mütze auf jeden Fall mitgehen lassen. Er war also bloß besoffen. Würde sich noch ein bisschen abmühen, müde werden, einschlafen und nach ein paar Stunden bei lebendigem Leibe erfrieren. Nein, falsch, nicht bei lebendigem Leibe, sondern zu Tode. Ogarjow streckte schweigend die Hand aus. Der Mann schüttelte ebenso schweigend den Kopf, und Ogarjow verstand sofort und griff ihm unter die Arme. Ächzte. Ächzte noch einmal. Legte sich ins Zeug.

Geh in die Hocke, beug die Knie. So ist es leichter, riet ihm der Mann, von dem Ogarjow ein unerwarteter Geruch entgegenströmte, eine köstliche Eau-de-Cologne-Wolke, süßlich, vanillig, fast essbar. Als würde sich im Schnee kein Mensch herumwälzen, sondern ein riesiges heißes Brot. Der Vater ließ Eau de Cologne nur beim Friseur auftragen. Möchten Sie sich etwas erfrischen? Ein grünes Flakon mit Zerstäuber. Der grüne Duft von »Chypre«. Pff-pff. Beug die Knie, hab ich gesagt, sonst verreißt du dir den Rücken. Ogarjow hörte schließlich auf ihn, und – hau ruck! – zog er den Mann zügig aus der Schneewehe wie einen Korken aus einer Flasche. Klopfte die Mütze auf dem Knie aus und reichte sie ihm.

Danke!

Der Mann versuchte, einen Schritt zu machen, verzog vor Schmerzen das Gesicht, krempelte ein Hosenbein hoch und betastete die bleiche, haarlose Wade so geschickt, als wäre es nicht seine eigene, sondern eine fremde. Da siehst du's. Tatsächlich verrenkt. Er war überhaupt nicht betrunken, sondern einfach umgeknickt und hingefallen. Die Bürgersteige wurden in ihrem Bezirk nicht geräumt, und wenn die Kinder auch noch darauf herumfuhren, dann bildete sich reinstes Eis. Ogarjow blickte wie gebannt auf die aufgepumpten monströsen Beinmuskeln. Als hätte jemand schwere Baumwurzeln zu einem Strang gedreht und an einem lebendigen Menschen befestigt. Der Mann rollte das Hosenbein herunter und richtete sich auf. Er hatte ein trügerisch weiches, rundes Gesicht und eine kleine stumpfe Nase. Wie ein Knopf. Ganz kindlich.

Du bist ein toller Bursche, sagte er anerkennend. Kräftig. Ich habe fast hundert Kilo. Wie alt bist du? Vierzehn, brummte Ogarjow. Das passt, nickte der Mann fröhlich. Und das war eine weitere Auszeichnung. Ungewohnt. Noch ein Lob. Der Vater hatte ihn in seinem ganzen Leben nicht so oft gelobt wie dieser Mann in ein paar Minuten. Ogarjow vergötterte ihn natürlich bereits. Diese Mütze. Dieser Duft. Der graue gestreifte Mantel spannte über den muskulösen Schultern, die ebenso monströs waren wie die Waden. Der Mann legte ihm seine heiße Hand auf den Nacken und tätschelte ihn zärtlich wie einen Welpen. Einen mageren. Aber trotzdem kräftigen. Nur Sehnen. Komm ins Kulturhaus. Frag nach Waleri Wiktorowitsch Matjukin. Der Mann trat noch einmal auf den verletzten Fuß, als wollte er sich an den Schmerz gewöhnen, schüttelte Ogarjows Hand und hinkte über den Bürgersteig. Soll ich Sie begleiten?, besann sich Ogarjow, doch der Mann wandte sich um und beruhigte ihn – ich schaff das schon, keine Angst. Und komm unbedingt. Du wirst Champion.

Ogarjow ging hin und verbrachte in der Sektion Gewichtheben die vier glücklichsten Jahre seines Lebens. Nur Champion wurde er natürlich nicht. Matjukin hatte sich geirrt. In der winzigen verschwitzten Turnhalle zwischen den polternden Scheiben und rutschigen Matten wurde Ogarjow zum Protestanten.

Nein, es passierte kein Wunder. Natürlich fordert die literarische Tradition, die in unseren Breiten zu oft und gebieterisch das wirkliche Leben ersetzt, nachdrücklich, dass der Held für seine Anstrengungen belohnt wird. Eine Verwandlung vom Schwachkopf in einen Schwan. Die Erschaffung eines Menschen. Ein beschämter Vater, bezwungene Klassenkameraden, eine verliebte Njetotschka, ein harter und einsamer Abgang in einen von zukünftigen Ereignissen glühenden Horizont. Davor eine kurze und männliche Prügelei mit Schlägertypen, die sich von einem ehemaligen Schwächling keine so überzeugenden Haken und Hiebe erwartet hatten. Ogarjow hatte so etwas selbst tausendmal gelesen. Und dann auch gesehen, als er das Kino für sich entdeckte, eine weitere spannende Realität, die gefährlich mit der grauen, angestaubten, an den Nähten nicht zusammenpassenden Wirklichkeit konkurrierte.

Was würden wir eigentlich ohne Hollywood machen?

Worauf würden wir hoffen? Wofür leben?

Aber nein, natürlich bemerkte niemand etwas. Die Bücher, die Ogarjow weiterhin verschlang, passten überhaupt nicht zum Schulprogramm, selbst wenn sie Teil davon waren. *Krieg und Frieden*, das ihn sprachlos machte, wie es mitunter bei einfachen, riesigen mittelalterlichen Kathedralen der Fall ist, die im Inneren von Licht und Zeit durchdrungen sind, galt im Schulbuch als Repräsentant irgendeines nebulösen »Volksgedankens«, aber über das Wichtigste und Interessanteste wurde kein Wort verloren. Zugegeben, einmal versuchte Ogarjow, im Unterricht zu erzählen, was ihn in diesem Roman wohl am meisten berührt und bewegt hatte. Weder das abgeschnittene Bein von Anatol Kuragin noch der Angriff der Kavalleriegarde (glänzende reiche junge Schönlinge auf tausend Pferden, von denen nur achtzehn Mann überlebten) noch Natascha Rostowa, die er von Anfang an nicht leiden konnte, ganz wie eine kleine Schwester, sondern das Heiligenbildchen. Nun, das silberne Heiligenbildchen, das die Fürstin Marja am Anfang des Buches Andrej Bolkonski um den Hals hängt. Und am Ende nehmen Soldaten dem verwundeten Fürsten ein goldenes Heiligenbildchen an einer goldenen Kette ab – und diese kleine Ungenauigkeit von Tolstoi war ein so eindrucksvolles und unglaubliches Zeugnis der gigantischen Zeitspanne des Romans, dass Ogarjow die Haare auf den Unterarmen zu Berge standen.

Doch als er versuchte, darüber in der Klasse um Worte ringend, stotternd, mit den Armen und sogar Schultern gestikulierend zu sprechen, lachten die zu Tode gelangweilten Klassenkameraden nicht einmal, und der Literaturlehrer, ein säuerliches, anständig trinkendes Kerlchen, zuckte nur mit den Schultern und verpasste Ogarjow einen Vermerk im Klassenbuch, der sich in eine vollwertige Vier zu verwandeln drohte, wenn du Schwätzer in der nächsten Stunde …

Und so weiter und so fort, Schwambranien, Aufsätze aus dem Priesterseminar, büffeln von bis.

Ogarjows sportliche Erfolge brachten auch nichts, da sie unbemerkt blieben. Natürlich freute sich der Trainer über jedes weitere Gewicht, klopfte ihm auf die Schulter, trieb ihn zu Rekordleistungen an, aber sogar hundert gestemmte Metallkilos verliehen Ogarjow kein Quäntchen äußerer Aggression. Er wurde wie früher gestoßen, abgedrängt, in der Essensschlange, in der Pause, ohne dass seine Widersacher auch nur ahnten, dass er jedem von ihnen mühelos das Schlüsselbein brechen konnte. Übrigens ein kräftiger Knochen. Ogarjow trat gehorsam zur Seite. Verschwand freiwillig im Schatten. Versuchte nicht einmal, Aufmerksamkeit auf sich zu ziehen. So blieb er für alle ein grauer, missmutiger, schweigender Bewohner der vorletzten Schulbank.

Das war natürlich ein Persönlichkeitsdefizit. Möglicherweise angeboren. Möglicherweise einfach eine groteske Verrenkung des Willens, ein unverhofftes Geschenk des lieben Vaters, aber Ogarjow lernte sein ganzes Leben lang nicht, sich in das System einzufügen. Er wusste einfach nicht, wie. Begriff es nicht. Niemals. Deshalb blieb er auch ein gewöhnlicher Arzt, den nur die bemerkten, denen es wirklich schlecht ging.

Die Lebhaften, Lautstarken, Frechen besetzten mit Leichtigkeit die besten Plätze, und es gab keine weltweite Gerechtigkeit, wenn kräftige Ellbogen und eine genauso kräftige, unerschütterliche Eigenliebe zum Zug kamen. Während Ogarjow ernsthaft, angestrengt, qualvoll darüber nachdachte, ob er das Recht hatte, etwas zu sagen, und ob es sich lohnte, gehört zu werden, drängte sich schon jemand vor, der zum Zweifeln gar nicht imstande und deshalb glücklich, ach Gott, vollkommen glücklich war. Von sich überzeugt. Davon, dass er klug war. Der Beste. Der Einzige auf der Welt.

Die Blütezeit dieser frechen Hohlköpfigkeit war mit der Blütezeit der sozialen Netzwerke erreicht. Eigentlich bedingte das eine das andere, beziehungsweise schmarotzte das eine vom anderen, es war ein wahres Festmahl an nahrhaften Kadavern, Millionen winzige Podeste, von denen Millionen klitzekleine Napoleons auf Zehenspitzen etwas über sich selbst herunterschrien.

Ogarjow, der, Gott sei Dank, bereits erwachsen war und sich keinen vergeblichen Illusionen hingab, wunderte sich, wie Tausende und Abertausende von Menschen nicht begreifen konnten, wie viel Würde im Schweigen liegt. Dabei ist das doch offensichtlich, am lautesten klingt eben eine leere Trommel. Ehrlichkeit, Wahrheit, Glaube, Mut, Talent – das Beste, womit sich ein Mensch schmücken kann, ist lautlos, fortwährend stumm und zeigt sich nur in der beinahe unbemerkten und deshalb ergebnisreichen Arbeit. Nabokov, der über seine Genialität schwadroniert, Lew Tolstoi, der Hunderte Postings am Tag hinausschickt – gerade habe ich gegessen, dann geschissen, jetzt habe ich ein geflügeltes Wort vom Stapel gelassen. Das ist unmöglich. Physikalisch unmöglich. »Facebook« war es nur wert, erfunden zu werden, um uns unsere wahre Größe zu zeigen. Die Ära der unproduktiven Maulhelden. Leer, dreckig, kantig wie ein Glas.

Und wer weiß, hätte Ogarjow nicht die Turnhalle im Kulturhaus gehabt, dann hätte er sich vielleicht mit vierzig auch so aufgespielt wie die anderen, wäre herumgehüpft, hätte mit den Armen gerudert und herumgeschrien. Hier, hier bin ich, Gott! Schau, was für ein Draufgänger ich bin. Ich wende mich gegen das System, koche Ratatouille mit Schlangenknöterich, rette Lemminge, kämpfe gegen das Böse in der Welt. Hier meine Titten, hier meine Katze, mein süßes Söhnchen, mein Schmuck, meine nichtsnutzige, winzige, völlig unnötige Welt. Natürlich, viele schrien aus Verzweiflung, aus Angst, wie Uchow, Walentin Katajews Romanfigur Uchow, Uchow, Uchow, der verzweifelt seinen Namen an die Wand kritzelte, bevor man ihn zur Erschießung schleppte. Doch für die, die den Mut und die Würde zum Schweigen aufbrachten, gab es eine ganz andere Zeitzählung. Nachdem er ein ums andere Mal in der Turnhalle die alte ächzende Hantel gestemmt hatte (natürlich ächzte nicht die Hantel, auch nicht die Muskeln, sondern der Wille), begriff Ogarjow eine äußerst wichtige Sache. Er hatte eine Grenze. Jeder hatte eine. Jeder Einzelne. Bei jedem Training versammelten sich die knochigen, mageren Jugendlichen, nachdem sie ihre vier Aufwärmkilometer um das Stadion abgespult hatten, um einen großen Tisch, auf dem unter einer trüben Plexiglasscheibe der Übungsplan lag.

Liegendes Stemmen, Kreuzheben, Umsetzen auf die Brust, der unerschütterliche Matjukin berechnete ihr tägliches Gewicht in Prozent der Gewichtsgrenze. Die Grenze war leicht zu bestimmen, das war das Gewicht, das man nicht vom Boden hochbekam. Das Vorhandensein dieser Grenze machte den Menschen zum Menschen. Doch das Wichtigste war nicht, dass die Grenze existierte, sondern dass man sie verschieben konnte. Hunderte, Tausende monotone Bewegungen, Anstrengung über Anstrengung, ein Reißen nach dem anderen, und die Grenze erweiterte sich. Sechzig Kilogramm beim Stoßen verwandelten sich in siebzig. In fünfundsiebzig. Das war ein sichtbares Ergebnis der schweren Mühen. Das war die Wahrheit. Die reine und nackte Wahrheit. Abgeriebene Haare auf den Oberschenkeln, steinharte Schwielen auf den Handflächen, eine ausgefeilte Rille auf den Daumennägeln für einen besseren Griff, Harz, Magnesium, das auf Oberschenkeln und Brust verteilt wurde. Daran, dass Beharrlichkeit zum Ziel führt, glaubte Ogarjow nur dank Matjukin. Nur eine Vielzahl von unbemerkten, ehrlichen, schweren Anstrengungen führte zum wahren Ergebnis. Mit Schwung konnte man es nur einmal schaffen. Und auch dann nur zufällig. Das Los der Feiglinge und Fieslinge. Echte Freude brachte nur echte Arbeit. Den genialen Ausspruch des Dichters Gumiljow – ich soll ein Intelligenzler sein? Ich habe, Gott sei Dank, einen Beruf – begriff und vollzog Ogarjow in der Turnhalle nach.

Und was machte es schon, dass niemand bemerkte, was für ein Kraftprotz er geworden war. Wie er gewachsen war. Was für eine stille Würde er sich angeeignet hatte. Wie er sich selbst respektierte, unauffällig, schweigsam, für seine Taten, nicht fürs Prahlen. Von 1985 bis 1987 schaffte Ogarjow das Wichtigste – er wurde zum Menschen. Nun musste er sich nur noch für einen Beruf entscheiden. Eine Tätigkeit nach deinem Geschmack. Mein Lieber. Eine Tätigkeit, in der du dienst. Ich bin für alles verantwortlich. Stinklangweilige Bücher. Bei den Titeln schüttelt es einen schon. Ogarjow kam Medizin nie in den Sinn. Heiligkeit war auch überhaupt nichts für ihn. Fangen wir gar nicht erst davon an.

Wie es oft der Fall ist, wurde sein ganzes restliches Leben von einer Abfolge kleiner unmerklicher Schritte bestimmt. Leise Häkchen, Zahnräder, unsichtbare Zähnchen, eine Taubenfeder, die schwerelos auf den Rücken eines vor Erschöpfung dösenden Stiers herabsank – Gott war es nie leid um die Zeit für Kleinigkeiten, die Feinjustierung von Details, für nette, nur von Ihm selbst bemerkte Bagatellen. Allein der Aufwand für die Evolution, ach Gott, es lässt sich nur schwer ein unumstößlicherer Beweis für die Existenz Gottes finden. Diese für jeden Naturwissenschaftler erkennbare wunderbare Tüftelei – ein Herz mit einer Kammer, mit zwei, drei und schließlich vier Kammern –, das habe ich mir schön ausgedacht, eine gute Idee, probieren wir noch ein bisschen herum und schauen wir, was herauskommt. Hallo, Krokodil! An deinem Herzen habe ich für die Erschaffung des ersten Menschen geübt. Eine geräumige Werkbank, Millionen Jahre erstaunlich genauer Arbeit, ein angenehmes Ziehen in den Schultern, raue Finger, der leise Stolz eines Handwerkers und Profis.

In der zehnten Klasse wurden die Abiturienten unaufhörlich zu Tagen der offenen Türen verschiedener Hochschulen geschleppt, die soziale Mobilität knirschte zwar bereits vor Altersschwäche, funktionierte jedoch immer noch problemlos. Dem Land war es gewohnheitsmäßig nicht egal, wie es weiterging. Ein Niemand zu bleiben gelang nur wirklich hirnlosen und faulen Individuen sowie echten Genies. Alle anderen wurden munter ausgelesen, die Talentiertesten wurden von klein auf rigoros geführt, gehegt und gepflegt, von der Spreu getrennt, die menschliche Schale wurde weggeblasen, bis in der hohlen Hand nur vollwertige, reife, heiße Körner zurückblieben. Um den kräftigen, ehrlichen, mittelmäßigen Ogarjow riss sich naturgemäß niemand. Deshalb hatte er völlig naiv und ganz bewusst keine Ahnung, was er werden sollte, bis man sie alle durch die kürzlich renovierte, glänzende, überirdische Zweite Meduni trieb. Riesige Hörsäle, funkelnagelneue Labore, unglaubliche dreihundert Meter lange Korridore, durch die Studenten in weißen Kitteln geschäftig eilten, und von jedem wehte der kräftige Luftzug einer ebenfalls überirdischen und erstaunlich erwachsenen Freiheit.

Mannomann, da muss man ja Frösche zerschneiden, verzog Njetotschka angewidert das Gesicht (mein Gott, was für eine Gans! Wirklich wahr!). Sie war nun endgültig gestorben. Für immer. Ogarjow verliebte sich auf den ersten Blick, nicht in die Medizin, sondern in die Medizinische Universität. Zu Hause war es schmutzig, eng und trostlos, der heimische Außenbezirk wurde zusehends schlecht, begann säuerlich zu stinken wie ein im Eimer vergessener alter Scheuerlappen, während dieses riesige neue Gebäude aus der Zukunft stammte. Ogarjow wählte das Morgen. Eine saubere, sterile, freie Welt.

Und es war die falsche Wahl.

Die Medizin stellte sich als eine ihm völlig fremde, unverständliche und unangenehme Sache heraus. Der verhältnismäßig einfachen Aufnahme (männlich, Sportler, Moskauer, braucht keinen Studentenheimplatz, geht nicht in Mutterschutz, ist psychisch stabil) folgte die unfassbare Hölle des ersten Studienjahrs. Latein, dreimal Chemie, Physik, Biologie, Geschichte der KPdSU, das alles war wie in der Schule weder etwas für den Geist noch fürs Herz, sondern nur langweilig, langweilig, langweilig. Aber Anatomie! Vor der gewarnt wurde, mit der Angst eingejagt wurde und die sich als viel schlimmer erwies, als Ogarjow sich je hatte vorstellen können. Eine stumpfsinnige, sinnlose, endlose Büffelei. Begriffe, die grundsätzlich keinen Sinn ergaben, die Blutskizze aus dem Atlas, die vor Müdigkeit verschwamm, weißliche Nervenbündel, Bahnen, Organe, Höhlen, Muskelfasern. Nachdem Ogarjow mit unglaublicher Mühe die erste Prüfungsphase überstanden hatte, war er im Frühling bereit, sich einzugestehen, dass er einen Fehler gemacht hatte. Er gab den Sport auf (armer, armer Matjukin), war chronisch, nein, das trifft es nicht ganz, perniziös unausgeschlafen, aber es wurde nicht leichter. Der Vater hatte recht gehabt – Trottel haben auf der Universität nichts zu suchen. Er musste die Medizin hinwerfen, bevor es zu spät war, solange man noch Reste von Selbstachtung auf dem Boden des Mülleimers ausmachen konnte. Doch aufgeben wollte er auf keinen Fall. Schließlich hatten es im ersten Jahr alle schwer. Das Überwinden des anatomischen Atlas von Sinelnikow fiel nur den Idioten leicht, die jede beliebige Informationsmenge sinnlos auswendig lernen konnten. *Rain Man*. Wie viele Jahre würde er noch ohne diesen Film leben müssen … Aber nein, ich kann nicht, ich kann mich einfach nicht länger stundenlang dahinterklemmen wie ein mittelalterlicher Bacchant, der vor sich hin leiert – Ingentes ac immortales habendas esse gratias iis, qui opus antiquioribus elaboratum temporibus restituunt … Und noch einmal – Ingentes ac immortales habendas …

Und all das nur, um noch ein paar Jahre durch die geräumigen Korridore zu gehen und dann sein ganzes Leben Doktor Aibolit zu spielen?

Ogarjow, der fast neunzehn war, hochgewachsen, kräftig und großzügig mit Muskeln bepackt (übrigens hielt das sein Leben lang an, viele Jahre später staunte Malja, als sie sich bei ihm unterhakte – eine heiße leichte Hand, ein heißer runder Bizeps, der sich seine Idealform für immer eingeprägt hatte), war nachts vor Erschöpfung und Verzweiflung den Tränen nahe. Irgendjemand musste für ihn eine Entscheidung treffen, egal wer, Hauptsache nicht er. Aber die Eltern konnten ihm auf keinen Fall helfen, der Vater wollte nicht, wie immer, und die Mutter litt leise an stillschweigenden Migräneanfällen, die immer häufiger, immer übelkeiterregender wurden. Wenn du Arzt wirst, Kind, kannst du mir manchmal den Blutdruck messen … Sie blickte dabei bittend, bedauernswert drein. Streckte die zaghafte Hand aus, um ihn zu berühren. Wagte es dann doch nicht.

Wenn doch nur irgendein Krieg beginnen würde …

Rettung kam durch Jasow, den Verteidigungsminister der UdSSR, der plötzlich auf die Idee kam, auch die zuvor unberührbaren Studenten als Rekruten einzuberufen, als würde er tatsächlich einen bevorstehenden Krieg vorausahnen, sie alle sehnten sich schließlich danach, jeder einzelne von ihnen, alle brummten – immer stärker tobe Sturmwind. Der siebenundzwanzigste Parteitag der KPdSU. Kurs auf Perestroika und Beschleunigung. Der vom Alter ganz schiefe Briefkasten im vor Ekel ganz schiefen Hauseingang. Die Katze der Picharews aus dem zweiten Stock wird da bald ein Loch hineinpissen, Scheiße noch mal!

Ogarjow hielt seinen Einberufungsbescheid in den Händen, und es gab, Ehrenwort, keinen glücklicheren Menschen auf der Welt als ihn. Nur das Militär konnte die Lösung für all seine Probleme sein. Militär, Krieg. Das ist oft so. Das Gesetz vom Erhalt des Leids. Um das Leben eines Menschen zu retten, ist es manchmal nötig, eine Vielzahl anderer Leben zu opfern. Oder im Gegenzug ein einziges zu nehmen, wieder ein ganz unschuldiges, fremdes. Ogarjow wusste noch nichts davon, deshalb war es ihm völlig egal.

Er ging zum Militär, verdammt noch mal. Er war einberufen worden. Wenigstens eine Zeit lang nicht denken müssen. Keine Entscheidung treffen. In der städtischen Sammelstelle Ugreschka wählten die »Kunden« ihn als einen der Ersten aus. Ein Student im ersten Studienjahr, ein Leistungssportler im Gewichtheben, klare Augen, helles Haar, dichte Unterwolle, die Schädelform, die Nationalität, die Größe, das Gewicht. Ordentliche Pranken. Das Jahr 1988. Frühling. Der Marsch »Verabschiedung der Slawin«.

Hurraaaa!

Ich höre nichts, Soldaten!

Hurraaaaaa!

Am 3. Juli 1989 stand Ogarjow Wache.

Genauer gesagt stand er nicht, sondern schritt gemäß Wachdienstvorschrift die gewohnte Strecke ab. Ein trostloses Rechenzentrum, langgezogen wie eine Baracke mit gefängnisartig vergitterten schmalen Fenstern. Noch ein Rechenzentrum, diesmal rund, riesig, aus Beton. Jawohl, rund wie ein Zirkus. Gerüchteweise türmte sich darin eine gewaltige EDV-Anlage auf. Vielleicht befand sich auch gar nichts darin. Oder es wurden Kartoffeln für den Winter gelagert. Schweig, der Feind hört mit! Eine Weltraumschüssel mit Antennenspeiseleitung. Reihen von Stacheldrähten rechts und links, die Drahtsysteme »Radiant«, »Kiefer«, ein weiterer unsichtbarer Stacheldraht, der sich gemütlich durchs Gras schlängelte, bereit für einen unaufmerksamen Feind, ein Kontrollstreifen. Aus irgendeinem Grund war Ogarjow meist hier bei der Antenne auf Posten, sodass er die Anlage schon als etwas Eigenes, fast Vertrautes empfand. Ein monströses Riesending, das seinen persönlichen Schutz brauchte.

Keine Angst, Kleines, dir tut niemand was.

Hinter allen Wachgrenzen stand die Taiga, als hätte sie sich dicht an das Objekt herangeschlichen. Vor dem Wehrdienst hatte Ogarjow sie sich so wie den Wald aus *Die Schnecke am Hang* der Strugatzki-Brüder vorgestellt, eine wirre heulende und seufzende Biomasse voller gefährlicher Geheimnisse, undurchlässig und undurchdringlich. Das war dummes Zeug, papierener Blödsinn. Absurde Hirngespinste von Moskauern. Die Taiga in Krasnojarsk-26 war erstaunlich sauber, sogar stimmungsvoll. Ein strenger durchgehender Kiefernwald, der nur ganz tief drinnen, wo die Blicke kaum hinreichten, sich in einem dichten schrecklichen Dunstschleier verlief. Die grandiosen geraden Stämme knarrten sogar bei völliger Windstille schwer und unaufhörlich, und im Winter erschreckten sie die Soldaten mit einem ganz ungeheuerlich tiefen, brummenden Stöhnen, als würde dort in der Taiga jemand an die Grenzen des Schmerzes und der Verzweiflung stoßen – und zum Menschen werden.

Im Winter war es übrigens kalt, einfach unglaublich kalt. Sogar im Pelzmantel der Wache.

Besonders schrecklich fror man am Hintern.

Doch am 3. Juli war es in Krasnojarsk-26 brütend heiß.

Ogarjow marschierte auf dem Postenweg. Diese Wortverbindung hatte etwas Spannendes, Jungenhaftes an sich. Fast Glückliches. Postenweg. So wie Kriegspfad. Ogarjow hatte bereits ein gutes Jahr gedient und sich vollständig ans Militär gewöhnt, so wie an Schuhe, die erst nicht besonders bequem sind. Es waren einfach keine anderen da, und barfuß, das versteht sich von selbst, kommt man nicht weit. Der Wehrdienst, in den er so viel Hoffnung gesetzt hatte, machte ihn anfangs mit seiner unverhohlenen Beschränktheit rasend: Glupschaugen, endloses aufgesetztes Herumschreien, hundertmal erteilte und völlig sinnlose Befehle. Nicht zu denken und nichts zu entscheiden stellte sich als ebenso schwierig heraus, wie eben zu denken. Doch klammheimlich, ganz allmählich erhielt das Militär einen Inhalt. Und sogar einen Sinn.

Dank seines Vaters, der sich nie zu Erklärungen herabließ, konnte Ogarjow sich unterordnen, auch wenn er es nicht mochte. Und Gewalt hielt er überhaupt nicht aus. Das gebrüllte »Hinlegen-Aufstehen«, die Kehrtwendungen und das Stillstehen auf der Stelle, all dieser stundenlange und stumpfsinnige Drill von simplen und konditionierten Reflexen schien ihm lange Zeit als Gipfel der Stupidität. Er wollte verstehen, was er tat und warum. Das war erniedrigend, verdammt noch mal. Ogarjow hatte überhaupt nichts dagegen, wie ein Affe herumzuhampeln, mit vollem Gepäck zu rennen oder mit dem Bauch im Dreck zu kriechen, schließlich war das ein ziemlich männlicher Zeitvertreib, herrliches Kriegspielen, nur mit echten Waffen und echter Müdigkeit. Sogar ein Tritt mit einem beschlagenen Stiefel in die Magengrube war akzeptabel, einen Waschbrettbauch muss man bearbeiten, das verstand Ogarjow, in der Turnhalle war es teilweise auch schmerzhaft zugegangen, aber dort waren das Ergebnis und das endgültige Ziel verständlich und klar, wurden letztlich wie vorgesehen eins. Hunderte Wiederholungen und Anläufe verwandelten sich in Muskelmasse, in ein massives, festes Korsett, das den Rücken umschloss, der Rücken richtete sich reißend, stoßend auf – das Gewicht wird schließlich mit dem Rücken genommen, wissen Sie? –, und die von den schweren Gewichtscheiben durchgebogene Hantelstange erhob sich in die nächste Rekordhöhe. Ogarjow schaffte hundertzehn im Stoßen. Nicht schlecht für einen Burschen aus einem Arbeiterrandbezirk. Doch auf eins in Liegestütz zu gehen und auf zwei dreißig Minuten lang zu pumpen, wofür sollte das gut sein? Zur Verteidigung des Vaterlandes? Ogarjow schoss am besten von allen in der Kompanie. Ehrlich gesagt wären dreißig Minuten am Schießstand besser, Genosse Hauptmann.

Der Kompaniechef, Hauptmann Zybulin, ein komischer und schrecklicher Mann mit schiefer Wampe und runder alberner Dobroljubow-Brille, die er aus irgendeinem Grund »Okular« nannte (Töten ist ein ganz normaler Beruf, den jeder ausüben kann, ich zum Beispiel trotz meines Okulars), seufzte missmutig. Moskauer, noch dazu Studenten, mochte er aus rein gesetzlichen, militärischen Gründen nicht, und das völlig zu recht. Aber Ogarjow gefiel ihm, er war widerborstig, hatte Köpfchen und war kein Drückeberger. Es war klar, dass Ogarjow einen hundsmiserablen Soldaten abgeben würde, er war einfach zu klug. Dafür konnte er ein erstklassiger Offizier werden. Hör auf zu denken, Ogarjow, empfahl Zybulin ihm aus ganzem Herzen. Denken tut weh. Führ einfach den Befehl aus. Das tat Ogarjow, runzelte dabei aber demonstrativ die Stirn und stichelte mit gedämpfter Stimme, aber so, dass der Kompaniechef es hörte und die Moral der Zybulin anvertrauten Truppeneinheit untergraben wurde.

Bis es sich ausgestichelt hatte.

Die entspannten und nach dem Sparring verschwitzten Soldaten qualmten beim Furnierbrett mit dem Eigenbau-Plakat »Erweise deiner Heimat den besten Dienst!«, das übrigens Ogarjow aufgemalt hatte, mit der Feder, sogar ohne Schablone, ein durchaus talentierter Bursche, schade, dass er aus Moskau ist. Sie rauchten jeden Dreck, die billigen sowjetischen »Prima«-Zigaretten zu ergattern galt als großes Glück. Im Soldatengeschäft wurden nur die nordkoreanischen »Chindallae« in einer weißen Packung mit blauem Leuchtturm verkauft und die »Kumsudae« mit einem gelben Vogel. Man nannte sie noch Ho-Chi-Minh-Fußlappen. Bestialisches Zeug. Unglaublich ekelhaft. Eine Massenvernichtungswaffe. Und trotzdem rauchten sie es, saugten es gierig ein und husteten nicht einmal dabei, diese jungen, gesunden, fröhlichen Draufhauer mit ihren nackten Oberkörpern. Kanonenfutter. Sie bleckten beim Lachen ihre weißen Zähne. Wie die Großen, Erwachsenen spielten sie sich auf und spuckten in den Staub. Ogarjow hatte sich gerade leicht vorgebeugt, um sich seine Zigarette vom winzigen Streichholzflämmchen eines Kameraden anzuzünden und dabei mit den Nasenlöchern genüsslich den frischen Schwefelgeruch einzusaugen, denn er hatte Streichhölzer schon immer geliebt, sie waren übrigens auch köstlich zum Knabbern, als ihn der plötzliche Zuruf »Runter!« eiskalt erwischte. Seine beiden Hände waren mit dem Abschirmen des Feuers beschäftigt, zwischen den Zähnen steckte die unangezündete Zigarette, der Rücken war gebeugt, die Beine – weiß der Teufel, was die Beine da machten, Ogarjow hatte sie vergessen, denn im nächsten Sekundenbruchteil hatte er bereits die großen Poren des staubigen Asphalts vor der Nase und eine schwarze Ameise, die bedächtig um sie herumkrabbelte. Nicht weit weg lag das wertvolle Streichholz. Wo sich gerade erst Ogarjows kurz geschorener Kopf befunden hatte, ragte ein zitternder Pionierspaten aus dem Brett. Das Spatenblatt, das von Hauptmann Zybulin liebevoll geschärft worden war, steckte wie ein Akzentzeichen über dem Buchstaben »a« des Wortes »Heimat«, als würde es von einem Ausländer ausgesprochen.

Die anderen Soldaten standen wie gelähmt da, als hätten sie mit dem Kompaniechef »Ochs vorm Berg« gespielt. Auf dem Platz lag allein Ogarjow.

Hast du jetzt verstanden?, fragte Zybulin und zog den Spaten mühelos aus dem Brett. Ogarjow erhob sich langsam wie im Schlaf und nickte. Die Ameise krabbelte noch immer. Das Streichholz brannte noch immer und krümmte sich. Viele Jahre würde es so sein. Viele, viele Jahre.

Ich habe doch gesagt, dass du ein erstklassiger Offizier wirst, befand der Kompaniechef zufrieden und räumte den Spaten weg. Nur an Wut fehlt es dir noch.

Aber da lag er falsch.

Wut hatte Ogarjow bis zum Abwinken.

3. Juli 1989. Montag. Mittag. Zwanzigstes Jahrhundert. Hitze. Wie Ogarjow die Strugatzki-Brüder liebte, sogar ihre unmöglichen *Praktikanten*! Er liebte sie trotzdem. Lesen. Lie-

gend, sitzend, stehend. Bei Tisch. In der Toilette. Kommst du endlich raus? Bist du etwa reingefallen? Im Bus mit der Hand am Haltegriff. In der U-Bahn mit dem Rücken an die vibrierende, dahinrasende Wand gelehnt. Lesen hieß leben.

In der Taiga wurde plötzlich geballert, es hallte nicht sehr weit weg. Kein Wunder, die Einheimischen hatten bereits von der Taiga gelebt, als von Krasnojarsk-26 noch lange keine Rede war, hier jagten alle, auch die Knirpse, die kaum die Doppelflinte überragten. Gewildert wurde natürlich still und heimlich. Man muss doch was fressen. Besonders im Jahr 1989, die UdSSR brach auseinander, sank kraftlos in den Schmutz, war abstoßend, bedauernswert wie ein betrunkener Alter, der seine Mütze, seine Frau, sein Gewissen, seine menschliche Gestalt verloren hatte, doch immer noch am Leben war, aus irgendeinem Grund immer noch lebte. Rundherum zischten die auseinanderstrebenden Republiken davon, jede mit ihrer gestohlenen Souveränität zwischen den Zähnen, in der *Iswestija* wurde erstmals private Geschäftsreklame abgedruckt, im Land wurde die Arbeit niedergelegt, Streiks wurden ausgerufen, alles geriet aus den Fugen – und Ogarjow merkte nichts davon. Es erschienen Bücher, Bücher, Bücher. Nachdrucke, lebendige Archivbestände, die nie zuvor veröffentlicht worden waren, druckfrisch, noch warm, gerade erst vom Schreibtisch.

Lesen war sogar interessanter als leben.

In seiner dienstfreien Zeit besorgte sich Ogarjow im Buchgeschäft Bulgakows *Der Meister und Margarita* und trug es außer sich vor Freude an seinen festen jungen Bauch gedrückt nach Hause, wie einen Säugling aus der Geburtsklinik, nein, wie eine in der Warteschlange schwer erkämpfte und heiß ersehnte Wodkaflasche. Der Offizier vom Dienst, Oberleutnant Slotnikow, warf einen Blick auf den Umschlag, stöhnte und entfernte sich unerlaubt vom Dienst, eine verwandte Seele, ein durchgedrehter sowjetischer Leser, ein edler Don, er wurde später selbst Science-Fiction-Autor, sogar ein ziemlich bekannter, und jedes Mal, wenn Ogarjow seine Werke in einem Geschäft sah, lächelte er und erinnerte sich an Krasnojarks-26, die Schulstraße, den kaputten Asphalt, den warmen Einband, Korowjew, Behemoth.

Das Einzige, was einen tödlich verwundeten Kater retten kann, ist ein Schluck Benzin …

Er lachte die ganze Nacht in der Kaserne so laut, dass man ihn fast vermöbelt hätte, wäre da nicht Stankus gewesen, der, kaum dass er sich die Augen gerieben hatte, einen Brüller losließ, sodass sich alle wie Kakerlaken in die Ecken verzogen. Er war ein kräftiger Litauer, groß wie ein Berg, er respektierte Ogarjow, betrachtete ihn als einen der Seinen mit ländlichem, bäuerlichem Hintergrund, obwohl diese aufrichtige Überzeugung offensichtlich Unsinn war. Auf dieselbe Art betrachteten die Polen Ogarjow als einen der Ihren, und auch die Litauer, die mit Stankus tief verfeindet waren, irgendein Speck war nicht geteilt worden, sie konnten einander ein uraltes Blutvergießen nicht verzeihen.

Alle betrachteten Ogarjow als den Ihren. Alle, außer ihm selbst.

Er hätte natürlich beim Militär bleiben müssen. Jetzt hätte er sich bereits bis zum soliden Major hochgedient, eine Verschwörung angezettelt und diesen ganzen Abschaum zum

Teufel gejagt. Na ja, wenigstens hätte er es versucht. Er wäre als böser Held gestorben, erschossen worden, hätte wie in einem guten Kinderbuch an einer Ziegelwand gestanden, hätte einen bitteren Grashalm gekaut, hätte gelacht, wie ein Mann, wie Nikolai Gumiljow, nein, er wäre durch einen Korridor gegangen wie in einem Gruselfilm für Erwachsene, vorbei an fest verschlossenen Türen, vorbei, Leser, vorbei, auf die unsichtbare Kamera zu, ein Klirren, ein Schritt zur Wand, ein Schritt hinein, Genickschuss. Blut, das durch eine Betonrinne direkt zu Gott strömt.

Oder, was wahrscheinlicher war, er hätte sich längst dem Suff hingegeben, vor Verzweiflung, vor Scham, vor Langeweile, in einer fernen Garnison.

Alles, nur nicht so wie jetzt.

Es knallte noch ein Schuss. Etwas näher. Er klang irgendwie seltsam, fast unwirklich, und Ogarjow erschrak wieder nicht, sie jagten eben wieder, vielleicht wollten sie Tauben fürs Mittagessen schießen, gab es hier überhaupt Tauben? Die Soldaten zum Beispiel fraßen Schlangen, wenn es sich ergab, da war nichts dabei, die schmeckten sogar. Natürlich verschwendete niemand Patronen für sie. Das war der erste Fehler – nicht das Schlangenfressen, natürlich, sondern nicht an den Montag zu denken. Die Einheimischen jagten nur am Wochenende. Das war eine kurze Zeit der Besäufnisse und der Freiheit. Von Montag bis Freitag ließen sie sich, wie es sich für anständige Bürger gehörte, in ein niederdrückendes Zaumzeug spannen, um Schritt für Schritt ihr völlig überladenes Leben hin zu ihrem unvermeidlichen Tod zu ziehen.

Der 3. Juli war ein Montag. Ein Montag. Aber beim

Militär waren für Ogarjow alle Tage Montage. Absolut alle ununterscheidbaren Tage.

Er ging noch zehn Schritte, die Stiefel knirschten angenehm auf dem Schotter, das runde Rechenzentrum blieb links hinter ihm zurück, noch dreihundert Meter, dann würde er einen kaum merklichen Bogen um die Antenne machen und auf das Wachhäuschen zugehen. Gleich kam die Fernmeldestelle, ein ziemlich lächerliches Ding, eine Säule, die aus der Erde ragte. Man musste einen Telefonhörer aus der Tasche holen, bei dem die Gabel direkt auf dem schwarzen Hartgummihintern saß. Der Hörer wurde in eine Anschlussdose gesteckt, der Wachposten erstattete Meldung, soundsovielte Fernmeldestelle, alles in Ordnung, Houston, wir haben kein Problem. In der Nähe der Fernmeldestelle befand sich ein Bunker, eigentlich eher ein niedriger, etwa hüfthoher Erdwall mit Graben, aus dem man auf den mutmaßlichen Feind schießen sollte, wenn er sich plötzlich nicht nur als mutmaßlich, sondern auch augenscheinlich herausstellen sollte.

Ogarjow holte den Hörer aus der Tasche, befestigte ihn an der Säule und wartete auf das Klicken. Es roch nach heißem Teer. Die Hitze ließ die Luft sirren und golden erscheinen. Er lechzte nach einer Zigarette. Vierte Fernmeldestelle, begann er träge, aber der Operator unterbrach ihn – vierter »Radiant«, in Alarmbereitschaft! Ogarjow spuckte aus. Er wollte wirklich nicht laufen. Wahrscheinlich war nur das System »Kiefer« ausgelöst worden. Im Wachhäuschen ertönte ein scheußlicher, nervenaufreibender Alarm, vor der Nase des Operators blinkte ein Lämpchen auf dem Schaltpult. Stankus, der vor Langeweile seinen schweren Kürbis auf den Tisch hatte sinken lassen, war wahrscheinlich nicht einmal aufgewacht. Wiederholen Sie das, bat Ogarjow nicht im Geringsten beunruhigt. »Kiefer« schlug oft an – vom Wind, von heftigem Regen, weiß der Teufel, wovon noch. Vor Langeweile und aus Altersschwäche. Sie waren daran gewöhnt. Der Alarm bedeutete nie etwas. Schlimmes konnte allen möglichen passieren, nur nicht ihnen, den neunzehnjährigen Schwachköpfen, den begriffsstutzigen Verteidigern ihres Vaterlandes, das es gar nicht mehr nach Größe verlangte. Das war Fehler Nummer zwei. Man muss nicht an den Feind glauben. Auch nicht an den Tod. Aber man darf nie Gott unterschätzen.

Vierter »Radiant«, in Alarmbereitschaft!, brüllte der Operator noch einmal, wacher jetzt. Der Stimme nach zu urteilen hatten er und Stankus dort beide gedöst. Es war heiß. Nachdem Ogarjow seinen Postenweg beim Wachhäuschen beendet hätte, wäre er ebenfalls selig weggepennt. Er schulterte das Sturmgewehr und schritt weit aus. Etwas stimmte nicht. In seinem erhitzten Kopf rumorte es, etwas war falsch, verhakte sich, störte. »Radiant«, begriff er plötzlich. Der Operator hatte »Radiant« gesagt. Das hieß, dass »Kiefer« bereits geschrillt hatte. Es war also nicht der Wind. Es gab überhaupt keinen Wind, verdammt noch mal!

Ogarjow riss sich das Sturmgewehr von der Schulter und rannte los. Das war der dritte und letzte Fehler. Überhaupt der letzte, den er sich in diesem Leben erlauben durfte. Wenn er nur das Sturmgewehr nicht in der Hand gehalten hätte. Zehn Sekunden zu viel. Vielleicht fünf. Wenn nur.

Wenn nur. Irgendwo in der Ferne rannte aus der anderen Richtung Stankus mit polternden Stiefeln aus dem Wachhäuschen los.

Ogarjow kam als Erster an.

Doch vorher noch sah er den Mann. Er sah ihn. Einen großen Mann, der beim »Radiant« in der Hocke saß. Ogarjow kam es einen Augenblick so vor, als wäre der Mann vollkommen schwarz und glatt wie ein Seehund oder ein Kampftaucher, das war dumm und irgendwie komisch, zehn Bücher rauschten gleichzeitig mit schnellen Seiten durch seinen Kopf, lauter Spionageromane, Agentenheldentaten, Amphibienmenschen und seltsamerweise sogar der nasse, schlammverschmierte Duremar. Ein Messer am Hals von Mowgli, ein Messer am Gürtel von Ichthyander. Der Borschtsch tropfte vom vergessenen Löffel auf die geöffnete Seite. Lies nicht bei Tisch, wie oft muss ich dir das noch sagen, du Missgeburt!

Der Mann richtete sich auf.

Weiß der Teufel, wie er überhaupt alle Hindernisse überwunden hatte.

Halt, zurück!, brüllte Ogarjow.

Der Mann gehorchte nicht, er schritt ihm auf seltsame Art entgegen, mit ausgestreckten Armen balancierend, als würde er nicht auf dem Boden gehen, sondern über ein Seil, das über erstarrten Schaulustigen gespannt war, wie der ungeschickte Tibul, ein schwarzer Akrobat, der versucht, sich über eine Dachluke vom Platz der Sterne zu retten.

Halt, oder ich schieße!

Der Mann schwenkte noch einmal die Arme, und Ogarjow erblickte eine Pistole.

Sofort wurde es vollkommen still.

Ogarjow betätigte lautlos den Sicherungshebel, das federleichte, spielzeugartige Gewehr zuckte, als es eine einzige Kugel in die heiße Luft hinaussandte, lautlos lief Stankus mit aufgerissenem schrecklichem schwarzem Mund ganz nah, sehr nah.

Der Mann ging noch einen Schritt weiter und machte dann eine seltsame Bewegung, als würde er halb versuchen, sich zu bedecken, halb loszufliegen, und da endeten schließlich die ihm und Ogarjow zugestandenen zehn Sekunden. Die Sicherung sprang um eine weitere Markierung nach unten, und kurz und keck, wie bei den Schießübungen, traf Ogarjow die bewegliche Zielscheibe mit einer präzisen, sparsamen Salve.

Der Mann ging sofort zu Boden. Als gäbe es ihn nicht mehr.

Ogarjow kam immer noch völlig lautlos näher und bewegte dabei kaum die riesigen aufgedunsenen Stiefel. Das Sturmgewehr in seinen Händen konnte sich einfach nicht beruhigen, es ruckte nach vorn, als wäre es lebendig, lebendig, bewegte seinen räuberischen Stachel auf der Suche nach dem nächsten Ziel.

Und da, wieder wie bei den Strugatzkis – erinnern Sie sich? –, wurde plötzlich die Sonne eingeschaltet.

Licht, Ton, alles kehrte auf einmal zu Ogarjow zurück, als wäre eine ganze Welt in seinem Kopf explodiert. 3. Juli 1989. Mittag. Malja war zwei Jahre alt, sie schob Holzwürfel über den sonnigen Fußboden, auf ihrem Lieblingswürfel mit den leidenschaftlich angekauten Rändern stand das Wort »ich«.

Siehst du, Maljetschka, das ist das »Ich«. Ich. Ich. Ich. Was für ein seltsames Wort. Das soll ich sein?

Auf dem Postenweg lag ein Junge. Vierzehn Jahre alt.

Die Salve hatte seinen Brustkorb präzise diagonal durchlöchert. Fast genau in der Mitte. Als Ogarjow näher kam, lebte der Junge noch, vielmehr schaute er noch, obwohl er kaum noch etwas sah, auf jeden Fall nicht Ogarjow, nicht den endlich angelangten Stankus, jetzt hörte Ogarjow, wie Stankus hinter ihm keuchte, er puffte wie eine abgenützte Tscherepanow-Dampfmaschine. Der Junge trug einen schwarzen Trainingsanzug, einen ganz billigen aus Baumwolle mit ständig ausgebeulten Knien und traurig durchhängendem Hintern. So etwas trugen nur die armseligsten Versager in der Schule beim Turnen.

Und genau so einen hatte Ogarjow vor sich.

In der Nähe lag eine leere alte Leuchtpistole.

Der Junge stieß einen kurzen Laut aus, als würde er gleich sein letztes Frühstück auf die Brust erbrechen – was aßen er und seine Mama morgens? Das Abendessen vom Vortag? Rührei mit Speck? Graubrot mit Süßrahmbutter und Streuzucker? Aber er konnte nicht, streckte nur den Hals und würgte einen Schwall dunkles Blut auf sein Kinn hervor, Scheiße, stöhnte Stankus, Scheiße, Scheiße, als würde er selbst Blut spucken, und Ogarjow schaute die ganze Zeit, schaute, obwohl der Junge nicht mehr bei ihnen war, nichts war da – kein schwarzer Tunnel, kein Licht, keine Engel, nichts. Es schrie nur der Leiter der Wache, der alle in Alarmbereitschaft brachte, nachdem er die Schüsse gehört hatte, und ihn verlangte es nach einer Zigarette.

So sehr.

Er lechzte danach.

Sogar noch stärker als vorher.

Ogarjow sicherte das Sturmgewähr sorgfältig, machte kehrt und ging zum Wachhäuschen.

Eine Woche später schleppte man ihn vom Einheitskommandanten zum Geheimdienstler, dann zum Psychologen und wieder zum Geheimdienstler, mitten in der Nacht rüttelte man ihn an der Schulter, bot ihm Baldriantropfen an, Wodka, das Strafbataillon, Heimurlaub, wieder Wodka, vielleicht sollte man diesem Dreckskerl doch eine Spritze geben, Genosse Hauptmann? Oder ordentlich die Fresse polieren?

Alles umsonst.

Ogarjow war vollkommen, vollkommen ruhig.

Er musste sich nicht einmal übergeben.

Er hatte einfach einen Menschen getötet.

Nichts hatte sich verändert, nein. Zumindest in Ogarjows Innerem, das war sicher. Wie bisher aß und schlief er dem Alter und Appetit entsprechend gut, antwortete schnell und deutlich auf Fragen, und als man ihn schließlich in Ruhe ließ, entwickelte er keine Anzeichen einer seelischen Verstörung oder auch nur eines leichten Kummers und zog Bücher wie früher allem anderen auf der Welt vor. Was lesen Sie, Soldat Ogarjow? Die Werke von Graf Lew Nikolajewitsch Tolstoi, Euer Wohlgeboren! Legt den Halunken in Ketten. Peitscht ihn zu Tode! Kommando zurück. Rühren. Sie können rauchen.

Dennoch entstand in der Einheit um Ogarjow herum wie von selbst eine argwöhnische Stimmung, eine Art Quarantäne- oder Rettungsring, eine Kreidelinie, die ein verängstigter Seminarist auf den Boden einer alten Kirche gemalt hatte. Hinfort! Nichts Böses konnte diese Linie überschreiten, nur dass plötzlich Ogarjow sich als der Böse erwies, der innerhalb eines unsichtbaren Feuerkreises stand. Er war ganz mit schwarzer Erde bedeckt. Voller Entsetzen merkte Choma, dass sein Gesicht aus Eisen war… Sogar Stankus versuchte, sich fernzuhalten, als würde er sich vor Pestmiasmen fürchten. Sogar der Kompaniechef. Sogar er! Der einwandfrei ausgeführte Befehl schien nicht nur den ungeschickten Jugendlichen von der Liste der Lebenden gestrichen zu haben (ein Gutachten zeigte, dass der ohne Schuld Getötete bis zu den Mandeln, bis zu den kindlich geschwollenen Drüsen mit selbst gebrautem Bier abgefüllt war), sondern auch Ogarjow selbst. Dabei hatte er einfach das Kommando »Runter« ausgeführt. Wie man es ihm beigebracht hatte. Auf Befehl.

Wie es oft beim Militär und im Gefängnis der Fall ist, kam Rettung von oben. Die Wirkung eines Befehls wurde durch die Wirkung eines anderen aufgehoben. Während die väterlichen Kommandanten sich die Gehirne zermarterten, ob sie Ogarjow in den unverdienten Urlaub schicken oder ihn gleich in eine andere Einheit versetzen sollten, erließ der Oberste Sowjet der UdSSR eine Verfügung »Über die Entlassung bestimmter Soldatengruppen im Grundwehrdienst aus dem aktiven Wehrdienst«. Alle Studenten, die auf Jasows Erlass einberufen worden waren, wurden mit derselben automatischen Dringlichkeit, mit der sie damals aufgenommen worden waren, vom Militär wieder zurück zu Mamas Rockzipfel geschubst. In Ogarjows Fall arbeitete die Maschine besonders zackig. Das Militär stieß ihn ab, drückte ihn wie einen Splitter aus einem gesunden Finger. Die unermüdliche Arbeit der polymorphkernigen Lymphozyten, Sauerstoff und Halogene, die sich in Wasserstoffperoxid und Aktivchlor verwandeln. Das große Wunder der Entstehung von Eiter. Wir desinfizieren uns selbst, wir können das. Chlor, Peroxid. All meinen Besitz trage ich bei mir. Der Splitter wird aus dem Finger geschwemmt, die Wunde schließt sich, das Bindegewebe flickt eilig die Ränder. Die Zaubertür verbirgt sich wieder unter einer bemalten Leinwand.

Du bist ein Zar: So bleib allein. Verpiss dich, wir können dich hier nicht brauchen. Nicht einmal geschenkt.

Die Verfügung erging am 11. Juli 1989, und am 12. August stand Ogarjow bereits vor dem Eingang seines Hauses, in seiner nichtsnutzigen, billigen grauen Hose, im blau karierten Hemd, eine Sporttasche über der Schulter, rissiges altes Lederimitat. Die Uniform war in der Einheit geblieben. Geh lieber in Zivil, Ogarjow, du musst noch im Großraumwagen durch das ganze Land gondeln. Die Inneren Truppen sind im Moment nicht sehr beliebt, wie du weißt.

Sie hatten Angst. Vor ihm natürlich. Nicht um ihn.

Ogarjow hatte genickt und für den ganzen ihm zugeteilten Sold ein Flugticket gekauft. Die Mutter lief heraus, schlug die Hände über dem Kopf zusammen und weinte. Derselbe trostlose herunterhängende Morgenmantel, dieselbe aufgedunsene Blässe, der leise klamme Geruch von Langeweile und Schwermut. Neu waren nur die Schulterblätter unter Ogarjows Händen, sie standen riesig und hart heraus, als ob sie bereits abgenagt wären. Als ob. Wie lange er die Mutter nicht mehr umarmt hatte. Wie lange. Sie hatte noch mehr abgenommen, mehr ging nun wirklich nicht. Was ist nur in unserem Land los, Kind? Man weiß nicht, was man denken soll. Komm rein, komm rein, warum stehen wir hier auf der Schwelle …

Die Zimmerdecke und Bäume waren niedrig geworden. Die Tapete war noch mehr gealtert. Der Vater war nicht da. Wie immer. Wenigstens in dieser Hinsicht hatte sich nichts geändert. Er kam erst am späten Abend, gab Ogarjow geschäftsmäßig die Hand und schlug geschäftsmäßig vor, auf sein Heimkommen anzustoßen. Ogarjow lehnte ab, ruppig wie ein kleiner Junge, umsonst. Leider wirkte es nicht, als würde er nicht wollen, sondern als würde er sich nicht trauen. Der Vater pfiff auf beide Varianten gleichermaßen. Am Abend gab die Mutter Ogarjow wie gewohnt einen Kuss auf die Stirn, und wie gewohnt schloss sie die Tür zum Elternschlafzimmer hinter sich, nachdem sie das schmutzige Licht ausgeschaltet hatte, das so schwach war, als wäre es ebenfalls hoffnungslos müde. Wie in der Kindheit biss Ogarjow vor Wut in die Fäuste, unter ihm knarrte das alte Sofa, das der Vater »Lenin ist mit uns« nannte. Nichts hatte sich verändert. Wieso merkte das niemand? Überhaupt nichts!

Außer dem Wichtigsten.

Statt sich von der Medizin abzumelden, was eindeutig das Richtige gewesen wäre, wechselte Ogarjow einfach in die Pädiatrie. Kinder zu heilen ist eine gute Sache, nickte die alte Sekretärin des Dekans, die so gelb und hart wie ein Schläfenbein war. Es gibt wenig Männer bei uns in der Pädiatrie, die Männer kann man bei uns mit Gold aufwiegen. Sie sprudelte immer mehr ihrer senilen, wie Kichererbsen trockenen Binsenweisheiten hervor. Ogarjow sah gleichgültig über ihren Kopf hinweg aus dem Fenster – mit leeren, hellen, erwachsenen Augen. Im Grunde genommen kehrte er genau dorthin zurück, wovon er weggegangen war, dasselbe Zimmer, dieselben Hörsäle, dieselben ein kleines bisschen, nur ganz wenig verblassten Korridore. Nur die Fakultät war jetzt eine andere, und seine ehemaligen Studienkollegen, die ihn um ein ganzes Jahr überholt hatten, grüßten ihn kaum mehr und nahmen sich selbst sehr wichtig. Fühlten sich groß. Ogarjow schmunzelte nur und zog an der nächsten Zigarette. Es war genauso schwer wie früher, wahrscheinlich sogar noch schwerer. Nur wusste er nun mit Bestimmtheit, dass er Arzt werden musste.

Unbedingt Arzt. Nichts anderes.

Kinder heilen, ha.

Ogarjow schloss sein Studium 1994 ab.

Die letzten vier Studienjahre – das dritte, vierte, fünfte, sechste – nur mit Einsen. In pathologischer Anatomie ging ihm plötzlich ein Licht auf, als hätte jemand einen langen Spinnfaden von seinen Wimpern genommen, klebriges Zeug, das man fast nicht spürte, das aber störte, weniger beim Sehen, sondern bei der Schärfeeinstellung. Das trostlose Büffeln und die ebenso trostlosen, ihn zur Verzweiflung treibenden Dreien der ersten Studienjahre (die ganze Scheiße hinzuwerfen, sich auszuschlafen und in der Fabrik anzufangen war ihm mehr als einmal in den Sinn gekommen) ließ er hinter sich wie Pickel nach der Pubertät. Alles wurde klar, Ogarjow verstand plötzlich, wie der menschliche Organismus aufgebaut war. Der Satz, der später sein Markenzeichen wurde – schauen wir einmal, wie das funktioniert –, entstand genau in dieser Zeit, in den Vorlesungen über pathologische Anatomie.

Diese Vorlesungen hielt Professor Alexander Gawrilowitsch Talalajew (ein Namensvetter des renommierten Pathologie-Anatomen aus den vierziger Jahren, eine seltsame Laune des Schicksals, als würden Gott plötzlich die Details beim Erschaffen ausgehen, oder als hätte Er einen kurzen Aussetzer gehabt). Die Vorlesungen waren brillant, der Hörsaal war zum Bersten gefüllt, und Ogarjow versuchte, sich auf die Armlehne des Stuhls des hübschesten Mädchens zu setzen. Sie fand natürlich immer einen Platz, erinnern Sie sich an Henry Miller? Die Welt ist gerecht, und eine schöne Frau geht selten hungrig schlafen. Der virtuose, glatzköpfige, hagere, präzise gestikulierende Talalajew begegnete seinen Zuhörern demonstrativ ohne Kittel, sondern im dunklen Anzug, wie sein Lehrer, der große Ippolit Wassiljewitsch Dawydowski. Dieser kleine, vollkommen kahle, fledermausartige Mann trat im stickig-schwarzen Dreiteiler vor seine erschütterten Medizinneulinge, zog eine wuchtige goldene zwiebelförmige Uhr heraus und schnarrte – nun denn, fangen wir an. Er war ein wahrer Gott, wenn auch ein kleiner. Ein Schöpfer aus dem B-Kader. Ein Demiurg. Ein gütiger Todesengel.

Merken Sie sich das, Kollegen. Es gibt keine pathologische Physiologie. Es gibt pathologische Physiologen.

Dawydowski, der Jahrgang 1887 war, alterte und veränderte sich sein ganzes Leben lang nicht. Viele Generationen von Ärzten erinnerten sich an seine Vorlesungen, wie man sich an Opernaufführungen großer Tenöre erinnert. Mit klopfendem Herzen. Mit dem Gefühl eines vor den Augen erschaffenen frischen, warmen, gerade erst gebackenen Wunders. Er trank täglich fünfzig Gramm reinsten Alkohol, und mit 81 Jahren legte er sich auf seinen eigenen Prosekturtisch, immer noch kräftig, glatzköpfig, untersetzt, unsterblich. Die Obduktion zeigte eine ideale Reinheit der Gefäße, die filigrane Arbeit der Evolution, die Vergeblichkeit und Vergänglichkeit von allem. Akademiemitglied, Held der sozialistischen Arbeit, zwei Leninorden, Leninpreis, Schüler, Monografien, Nowodewitschi-Friedhof, eine Büste mit großen Ohren beim 23. Krankenhaus. Ein unschätzbarer Beitrag.

Als Witwer fuhr er mit weit über sechzig Jahren mit einem Freund auf die Jagd im Gebiet Rjasan, er ging über eine sonnige Straße, knabberte an einer aromatischen Tannennadel, ahmte den Ruf der Stieglitze nach. Erholte sich vom Tod. Kurz vor einem Dorf zog eine junge Frau einem dickwanstigen Pferd den Gurt fest und stemmte dabei ein kräftiges, tief gebräuntes Bein hoch dagegen. Ein kurzes Kattunkleid, ein Wagen mit polternden Blechkannen, goldener Schweiß auf der Oberlippe, die wie bei einem Kind aufgeworfen war. Sie blickte sich um und schaute fröhlich unter ihrem weißen Kopftuch hervor. Ein Windhauch zerrte an ihrem Saum, als würde er ein Tuch von einem Schatz ziehen: frische, warme Haut, weiblich, lebendig, kühl wie die in den Kannen schlummernde glatte Milch. Unter ihrem einfachen Kleid war sie nicht gebräunt. Vollkommen, vollkommen lebendig.

Juri Olescha. Neid. Freude. Leben.

Blut, das als raues Gerinne abfließt.

Dawydowski ächzte. Blickte seinen Freund an, der vom Alter knirschte, vertrocknet war. Ein Altersgenosse, der es sich versehentlich erlaubt hatte zu altern.

Soll ich euch irgendwohin bringen, Onkelchen?, fragte sie arglos. In singendem Tonfall.

Ich werde wohl heiraten, antwortete Dawydowski ganz unangebracht. Und er heiratete. Und es blieben noch knapp zwanzig Jahre in Freud und Leid. Die Enkel aus der ersten Ehe passten auf die Kinder aus der zweiten auf. Der Herbst des Patriarchen.

Ogarjow zuckte zusammen, als wäre er bei Dämmerung vor Kälte aufgewacht, die durch das zerknüllte Bettlaken gedrungen war. Das hübsche warme Mädchen direkt neben ihm war vergessen, beiseitegeschoben, für immer links liegen gelassen. Talalajew ging vor ihm sacht, gemächlich auf und ab und betonte jede Wendung mit einer schnellen Bewegung der Gedanken, die an das Aufflattern eines Regenmantels erinnerte. »Versucht nicht, euch etwas einzuprägen, alle Fakten sind ohnehin hoffnungslos veraltet, bis eure Zeit als Ärzte kommt. Versucht einfach zu verstehen.«

Ogarjow nickte, ja, jetzt verstand er. Endlich. Auf jede Einwirkung, wie auch immer diese aussehen mochte, gab der menschliche Organismus eine eindeutige Antwort. Und die erstrangige Aufgabe des Arztes war es, diese Antwort zu erkennen. Wir erfahren vielleicht nie, was passiert ist, aber wir sehen immer die Antwort. Der Mensch trennt sich von allem Unnötigen, das ist unsere Antwort auf die Welt, unser einzig möglicher Dialog mit ihr. Alles, was wir Gott sagen können, ist »nein«. Und wenn das Abtrennen, Abstoßen nicht funktioniert, versuchen wir, das Problem einzukapseln, es zu isolieren, einen für Tod und Leben undurchdringlichen Kokon darum zu bilden, tausendundeine Hülle, Wachgrenzen, wie beim Militär, auf dem Postenweg. »Skorpion«, »Radiant«, ein Stacheldraht, der sich wie eine Schlange, wie ein Igel auf dem Gras windet, der mit ausgebreiteten Armen daliegende Körper eines toten Kindes.

Der menschliche Körper öffnete sich vor Ogarjow wie ein anatomischer Atlas, innen rot und glatt, warm, endlich verstehbar. Alles hing zusammen und war so vernünftig, dass nur der faulste und verschlafenste Student etwas verwechseln konnte. Stellen wir uns einmal die humorale Immunantwort vor … Oje, nein. Die hübsche Studentin, die Ogarjow auf ihrer Armstütze Unterschlupf gewährt hatte, klimperte mit den schwarzen Wimpern, deren Spitzen kunstvoll mit blauer Wimperntusche geschminkt waren. Zarte Schlüsselbeine unter dem weißen Kittel, Locken, die nach »Anmut« und heißem Lockenstab dufteten. Die Hieroglyphen ihrer Lippen, Ellbogen, Knie. Eine Malwina, die mit dem Stethoskop spielt. Sie wird heiraten und Kinder kriegen, zum Glück, sie kapiert einfach nichts. Zu hübsch für Leid. Geschweige denn Mitleid.

Deshalb wollen wir uns etwas Verständlicheres, Gewöhnlicheres, Einfacheres vorstellen, zum Beispiel ein Furunkel.

Eine akute eitrig-nekrotische Entzündung eines Haarfollikels. Mittwoch. Verotschka kratzt sich neben dem runden, rosigen, verschnörkelten Ohr. Verotschka ist fünfundzwanzig und hat zwei Töchter, eine zweieinhalb, die andere ein Jahr und zwei Monate alt, das Übliche, während die erste noch gestillt wurde, nutzte Witalik die Gelegenheit und tat, was er nicht lassen konnte. Laktation, Ausbleiben der Menstruation, ein regelmäßiges und unzüchtiges Sexualleben. Die ganze Herrlichkeit einer glücklichen Ehe. Verotschkas Witalik ist Offizier, ein schlaksiger Leutnant, linkisch und zärtlich wie ein Kalb. Seine Knie sind ständig rot und aufgeschlagen wie bei einem Kind. Leidenschaftlich. Verotschka hat schon immer davon geträumt, einen vom Militär zu heiraten. Spitzen auf dem Kragen, Spitzen auf dem Saum, ja, Offiziersfrau werden ist mein Traum. Die Eltern waren dagegen, der Vater brach sogar in Tränen aus – wenn du fortgehst, lässt du deine Mutter und mich einsam sterben! Verotschka ging natürlich trotzdem fort. Garnison, Garnison, eine Tochter, noch eine Tochter. Moskau Umgebung! Glücklich!

Hier juckt es, jammert Verotschka und zeigt Witalik die rote geschwollene Stelle beim Ohr. Die Entzündung liegt noch innen, aber die Durchblutung hat schon aufgehört. Ein schreckliches Symptom. Ein untrügliches Anzeichen. Der erste Versuch, die alles hassende, allmächtige Hand Gottes aufzuhalten, abzulenken. Witalik streckt sich zu seiner Frau hinüber und küsst ergeben die kribbelnde Stelle. Er kommt aus dem Süden Russlands, frikatives »G«, lustiger Schnurrbart. Warte, ich blase auf dein Wehweh. Verotschka lacht, es kitzelt, sie ist rothaarig, überall, sogar dort kupferfarbene

Löckchen, lustige Sommersprossen. In Purpurrot und Gold gekleidet Wald und Flur! Beim Wehweh hört es nicht auf, Witalik macht weiter, Verotschka lacht noch lauter, weil es kitzelt, mach schon, während die Kinder schlafen, die runden lustigen Kleinen in ihren runden lustigen Wiegen. Und sie machen schon, vergnügt, keuchend, gedämpft, um nicht die Nachbarn im nächsten Zimmer zu stören, gebe Gott, dass wir eine eigene Wohnung bekommen. Einfach nur eine kleine mit zwei Zimmern! Wenn wir ganz viel Glück haben, dann mit drei.

Mittwoch. Zwei Uhr Nachmittag. Das Jucken wird von einem leichten, lästigen Schmerz abgelöst, tief unter der heißen Haut bildet sich ein unsichtbares Infiltrat, eine verborgene, unaufhaltbare Arbeit, die Entstehung eines Pfropfens, penible schreckliche Anstrengungen. Verotschka verätzt die Schwellung mit einem süßen, billigen Parfüm, das sie in einer Unterführung gekauft hat. Sie kann noch lesen, wie es heißt, Anaïs Anaïs, aber den Firmennamen schon nicht mehr. Das gefälschte Cacharel reizt nur die Haut. Nach kurzem Überlegen beschließt Verotschka, die Beule noch mit Jod einzuschmieren. Aber das Jod ist alle. Sie schüttelt das dunkelbraune ausgetrocknete Fläschchen. Leer.

Eiter. Noch mehr Eiter. Nein, wir schaffen es nicht. Zu spät.

Am nächsten Morgen, am Donnerstag, steht sie mit einer monströs geschwollenen Wange auf, und nachdem Witalik den Nachwuchs bei der herzkranken Nachbarin abgeliefert hat, fährt er Verotschka ins Hospital, unterwegs lachen sie beide, Verotschka hat heiße und verschwitzte Hände, sie küsst ihn, sie küsst ihn. Küsst ihn. Und bittet ihn, ihr unbedingt die *Angélique (und den König)* zu bringen und das Strickzeug. Dann strick ich dir gleich den Pullover fertig.

Am Freitag kommt Witalik mit der *Angélique (und dem König)*, dem unfertigen Pullover (es fehlt nur mehr das Vorderteil und ein Ärmel), mit einer Dose Brühe und steinharten Simirenko-Äpfeln (Verotschka mag sie säuerlich und hart) ins Hospital zu Verotschka, die anderthalb Stunden zuvor gestorben ist. Die Infektion hat sich über Anastomosen ins Gefäßsystem des Gehirns ausgebreitet. Die Ärzte zucken bedauernd mit den Schultern, niemand konnte das wissen. Witalik heult durchs ganze Hospital, heult buchstäblich, über den harten Boden rollen die harten Äpfel, in der Leichenhalle verhärtet sich Verotschkas entstellter Kopf. Ein Jahr später wird Witalik heiraten und damit seine Psyche retten, seine kleinen Töchter, den Frieden auf der ganzen Welt, das Leben auf Erden. Verotschka wird zu Humus, nahrhaftem Staub, lässt Gras aus sich wachsen, wird zu Schwefelwasserstoff, Luft, Methyl, Fettsäure, zu säuerlichen Äpfeln, die ihre Mädchen ihren heranwachsenden Söhnen zum Verputzen geben werden.

Und das Menschengeschlecht bleibt ewiglich.

Nein, Sie haben natürlich nicht verstanden.

Niemand versteht es, nur der Herr, der Ursache und Wirkung zu einem feinen und komplizierten Knoten von Symptomen verknüpft, dessen Entwirrung nicht jedem gegeben ist.

Doch Ogarjow verstand es.

Die Welt war sehr einfach aufgebaut.

Immunität und Evolution arbeiten für den Erhalt der Art und nicht eines Individuums.

Das heißt, wenn man Sie nicht retten kann, dann bringt man Sie einfach um.

Man muss nur rechtzeitig die erste Bewegung des Mörders bemerken.

Ogarjow ging es gleich viel besser. Er musste nicht mehr büffeln, und die Lehrbücher aus der Hölle wurden zum Vergnügen. Aus reiner Extravaganz begann er gleich mehrere Monografien verschiedener Autoren zu überfliegen und bemerkte dabei mit jugendlicher Schadenfreude, wie die fremde Logik ins Schleudern geriet, wie ehrwürdige Köpfe nicht nur sich gegenseitig widersprachen, sondern auch dem gesunden Menschenverstand. Grandiose medizinische Autoritäten stürzten sich aufeinander wie Kampfhähne und stieben wieder auseinander, wobei sie Gedankenfetzen, kleine Streitereien und zänkisch gerupfte Federn in der Luft zurückließen. Es wurde davon ausgegangen, dass er von diesen, mit Verlaub, Leuchten zumindest irgendetwas lernen konnte. Dass sie alles konnten. In Wirklichkeit gab es in der Medizin genauso oft Mutmaßungen, Dummheiten und Aberglauben wie zu Äskulaps Zeit.

Ogarjow, der sich früher als unsichtbarer luftiger Schatten am Rande seiner Studienkollegen aufgehalten hatte, gab plötzlich unaufgefordert Antworten, tat bei der Vorführung von Patienten überzeugt seine Meinung kund und versuchte dabei, so langsam und bedeutungsvoll wie möglich zu sprechen, die Professoren nickten mit eifersüchtiger Wichtigkeit, dieser griesgrämige Kauz begann sich als anständiger Arzt zu entpuppen, so einen Luxus gab es nicht in jedem Studienjahr, bei Weitem nicht, sagen Sie mir bitte, werte Kollegen, was meinen Sie in diesem Fall … Die Studienkollegen senkten erschrocken die Augen, versteckten sich hintereinander. Ogarjow nicht. Die Logik konnte ihn nicht im Stich lassen – und tat es auch nicht.

Der Höhepunkt seiner Karriere als unabhängiger Freidenker waren die Infektionskrankheiten, die von sich aus außergewöhnlich interessant waren. Man schleppte die Studenten in das dritte Infektionskrankenhaus, es war ungünstig gelegen, alles war ungünstig, zusätzlich schmerzte Ogarjow an diesem herbeigesehnten Tag ein Zahn, der schon lange eine ordentliche Plombe brauchte, aber Pustekuchen, hat man jemals schon gehört, dass ein Arzt zum Arzt geht, noch dazu rechtzeitig? Das ist schließlich unprofessionell. Außerdem müssen wir sowieso alle sterben.

Die Gruppe hing vor dem Eingang herum und wartete auf den Lektor, und Ogarjow, der spürte, wie kräftig ihm das stramme Gummiband des Schmerzes den Wangenknochen zusammenzog, träumte verzweifelt davon, dass er endlich ausschlafen konnte, und außerdem, dass Tanja Solowejtschik sich wie letztes Mal bei ihm unterhakte und sich an ihn schmiegte mit ihrem kleinen festen Busen, der Schulter und dem Knie, das von glattem, glasartigem Lycra umgeben war. Hast du eine Zigarette für mich, Ogarjow? Ich hab meine zu Hause vergessen. Nein, sie kam nicht zu ihm. Schade. Ogarjow gefielen der Reihe nach alle hübschen Mädchen aus seinem Studienjahr, doch keine schloss er ernsthaft in sein Herz. Keine Zeit. Also frühe Vorübungen im Leerlauf.

Der Lektor kam japsend und zerzaust angelaufen. Hatte er etwa einen Cognac in der Pause getrunken? Aber nein, es stellte sich heraus, dass es einen einzigartigen Fall gab. Eine seltene Gelegenheit. Will keiner schauen kommen? Er wackelte mit dem Kopf, fuchtelte mit den Armen, in den Winkeln seines hässlichen Mundes bildeten sich bräunliche Spuckebläschen. Sommersprossen. Krummer Rücken. Fünfundvierzig Jahre alt. Die Frau hatte ihn, wie immer, nicht rangelassen. Was wollte er denn? Ogarjow schnippte den Zigarettenstummel weg und zählte in Gedanken die restlichen Zigaretten durch – würden sie bis zum Ende des Tages reichen? Nein, würden sie nicht. Und er trat etwas näher heran. Hier haben wir also, was uns so Angst macht. Im dritten Infektionskrankenhaus gibt es einen Pestkranken, ja genau, die Beulenpest, Kollegen, sie zeichnet sich durch eine hohe Sterblichkeit und extrem hohe Virulenz aus. Die Inkubationszeit liegt zwischen ein paar Stunden und ein paar Tagen, die Sterblichkeit bei 99 Prozent. Pralle Geschwüre auf den Lymphknoten, Blut, das aus allen Poren quillt, schwarze Fahnen, Schnabelmasken, biblisches Stöhnen und Zähneknirschen. Sterbende Völker.

Also, wie sieht's aus, Kollegen? Wer möchte sich das anschauen?

Die Gruppe wich augenblicklich zurück und warf einander Blicke zu. Anderen zu dienen, das war ja gut und schön, aber sich selbst zu verzehren, hier und jetzt, an diesem klaren sonnigen Herbstmorgen, der mit den Absätzen klapperte, wenn der ganze Wald wie aus Kristall gemacht schien, wenn … Haben Sie bemerkt, wie Moskau im September riecht? Wie himmlisch es riecht! Ich komme mit, sagte Ogarjow einfach. Welcher Stock? Der Lektor sah ihn respektvoll an, wie einen Ebenbürtigen. Wenn ihn der Vater nur einmal so angesehen hätte. Nur einmal. Haben Sie keine Angst, Iwan Sergejewitsch? Nein, antwortete Ogarjow. Ich habe keine Angst. Also, welcher Stock?

Tanja Solowejtschik kam nun zu ihm, berührte ihn aber nicht, schmiegte sich nicht an ihn, sondern zupfte ihn nur erschrocken am Ärmel. Als wollte sie ihn vom gähnenden Lektor wegziehen. Hast du völlig durchgedreht, Ogarjow? Hm? Es geht um die Beulenpest! Ogarjow lachte fröhlich und frei, es war eine solche Freude, ein solches Vergnügen zu denken. Zu denken und zu verstehen. Wenn es hier die Beulenpest geben würde, Tanja, wären wir nicht weiter als bis drei Häuserblöcke an das Krankenhaus herangekommen. Es wäre alles abgesperrt. Gehen wir, Viktor Iwanowitsch. Schauen wir uns das an. Lymphadenitis unspezifischer Ursache, nehme ich an? Virale Form?

Tanja blickte ihnen nach – die Lycra-Strumpfhose, die Lycra-Brust, die Schlüsselbeine, die von einem roten Mantel umfasste Taille –, das alles hatte keine Macht mehr über ihn. Minus eine. Nicht die Richtige. Wieder nicht die Richtige.

Der Zahn verstummte beschämt. Der Lektor nickte zufrieden.

In Infektionskrankheiten gab er Ogarjow ein Sehr gut. Automatisch.

Aber nur zu denken war nicht genug. Man brauchte auch Hände, gute Hände, und einfach selbst Hand anzulegen war unmöglich. Man könnte an Katzen üben, aber sogar dann müsste man Hunderte quälen, um etwas zu lernen. Das hatte Ogarjow begriffen. Deshalb fing er in einem Kinderkrankenhaus als Krankenpfleger an. Eine komische Berufswahl. Eine Krankenschwester in Hosen. Eine bärtige Kinderfrau. Die Abteilung Hämatologie, die mit Blutungen drohte, mit kleinen Todeskandidaten, die trotzdem herumalbern wollten, sich eine Katze wünschten, ein Schaukelpferd von Väterchen Frost, eine Eisenbahn zum Geburtstag, leben, einfach leben wollten. Manchmal funktionierte das sogar, und die Eltern trugen ihr auf wundersame Weise geheiltes Kind hastig, mit leicht gebeugten Knien fort. Sogar die fast Erwachsenen, Jugendlichen schleppten sie auf den Armen, schirmten sie mit dem Ellbogen ab und blickten sich fieberhaft um, als wütete hinter ihnen ein Waldbrand - nein, nein, Liebes, wein doch nicht, wir sind schon über den Fluss, siehst du? Siehst du?

Hierher kommt es nicht. Wir haben es hinter uns.

Wir sind gerettet. Gerettet...

Ogarjow gewöhnte sich leicht in der Abteilung ein, er war geschickt, beherzt, trank nicht, schlief (aus reiner Gerechtigkeit) mit niemandem und lernte deshalb rasch das Wichtigste in der Medizin, ohne das man grundsätzlich nicht arbeiten kann. Abstrahieren.

Katheterisierungen, Venenpunktionen, Injektionen, Verbandswechsel, fast jeder Handgriff war schmerzhaft. Daran durfte man auf keinen Fall denken. Mitleid war der Feind des Arztes, es störte nur.

Natürlich gewannen sie alle die Kranken lieb. Wie sollte es auch anders sein? Der fünfjährige Jaschka mit seinen Locken und hellen Augen, Sohn eines Berufsverbrechers und Liebling der ganzen Abteilung. Wie hat heute dein Aa ausgesehen, Jaschka? Wie Brei oder wie eine Wurst? Er lächelte fröhlich – nein, wie Scheiße! Er hatte ein unglaublich schmutziges Mundwerk. Aus anderen Kindern sprudelten Gedichte, Märchenanfänge, Refrains hervor. Aus Jaschka hingegen krauses, dreckiges, unflätiges Gefluche. Ein magerer, fröhlicher Draufgänger. Leukämie. Endlose Infusionen. Winzige Venen. Ein Broviac-Katheter, der direkt in den Vorhof des Herzens eingeführt wurde. Er aß den Krankenhausbrei besser als alle anderen, er gab sich große Mühe. Wirklich große. Der Vater besuchte ihn jeden Tag, ein dürrer furchterregender Krimineller mit Metallzähnen, weiß der Teufel, welche krummen Dinger er auf dem Gewissen hatte und ob er überhaupt ein Gewissen besaß, aber jetzt hatte er schon einige Jahre nicht mehr gesessen. Seinem Sohn zuliebe. Er wartete, bis er geheilt war – oder starb. Geduldete sich.

Wo ist denn deine Mama, Jaschka? Hast du eine Mama?

Ja, aber meine Mama ist eine Schlampe!

Fast all seine Sätze enthielten ein Aber.

Aber ich. Aber bei mir. Aber. Aber. Aber.

Eines Nachts, während Ogarjow Dienst hatte, begann Jaschka plötzlich verzweifelt zu weinen und konnte sich einfach nicht beruhigen, nicht erklären, was und warum, und Ogarjow trug lange, fast eine Stunde, den unerwartet schweren, heißen, unbequemen Jaschka herum, der immer weiter weinte, sodass Ogarjows Kittel auf der Schulter von Tränen,

Spucke, Rotz und wer weiß was sonst noch ganz durchweicht war, was hast du denn, Jaschka, was hast du denn? Soll ich dir eine Spritze schenken? Hm? Du wolltest doch eine. Eine große Zehn-Kubik-Spritze … Aber Jaschka wollte keine Spritze, er wollte nichts, sondern drückte sich nur mit dem ganzen Körper an Ogarjow, als versuchte er, in ihn hineinzukriechen und sich zu verstecken, und Ogarjow, der im Korridor auf und ab ging, begriff plötzlich, wovor er sich fürchtete – hinter ihnen her, vom Fenster zur Tür, schritt sorgfältig Jaschkas leiser, eintöniger, unabwendbarer Tod. Er streckte sich, um über die Schulter zu blicken, direkt in die Augen.

Jaschka sah ihn. Sah ihn.

Ogarjow nicht.

Da trug er Jaschka ins Behandlungszimmer und zog schweigend mit der Spritze Relanium auf, eigentlich war er nicht berechtigt, Beruhigungsmittel zu verordnen, in der Akte stand nichts davon, aber pfeif drauf, das musste schnellstens beendet werden, einfach ausgeschaltet. Und damit hatte es sich. Als Jaschka die Spritze sah, brüllte er noch lauter, er war ganz außer sich und weckte beinahe die ganze Abteilung auf, doch Ogarjow sah ihn bereits nicht mehr, sah nichts mehr außer dem oberen äußeren Quadranten des Gesäßes, der Haut, dem Muskelhöcker und der schräg abgeschnittenen Nadelspitze, die er in einem bestimmten Winkel einführen musste.

Man durfte den Patienten nicht als Menschen betrachten. Man durfte selbst kein Mensch bleiben. Beim Eingriff durfte man das einfach nicht.

Jaschka brüllte noch ein wenig, nun vor allem wegen der Kränkung, dann schluchzte er ein paarmal auf und fluchte ganz ungewohnt langweilig, geistlos, wie ein Erwachsener. Und schlief ein. Sein Tod schlief wahrscheinlich ebenfalls ein. Vielleicht ging er auch einfach weg. Ogarjow wusste es nicht.

Jaschka starb ohne ihn. Nachts. Als jemand anders Dienst hatte.

Mama starb 1990. Am 19. Oktober. Allein.

Der Wald verliert sein purpurnes Gewand.

Ogarjow war im Unterricht, in der Propädeutik und genoss seine neue Macht über die Welt. Viertes städtisches Krankenhaus. Allgemeiner Zugang zum Patienten. Diagnostikmethoden, Symptomatologie und Syndromologie von Erkrankungen. Achtbettzimmer, ein Gefolge. Eine vor Langeweile und Herzschmerz vergehende Dreißigjährige gab sich gleichmütig den Krankenhauslegenden hin. Palpation, Perkussion, Auskultation. Wo Milch und Honig fließen. Die Kuh, die Romulus und Remus säugte. Feststellung des Herzspitzenstoßes.

Iwan Sergejewitsch, ich bitte Sie.

Der Vater arbeitete noch immer in seiner Fabrik, alle gingen dorthin wie auf den Friedhof und wussten selbst nicht, warum, obwohl sie seit dem Frühling keinen Lohn mehr bekommen hatten und ab August auch keiner mehr versprochen wurde. Niemand brauchte mehr ihre dämlichen Bremsen für Raketen. Oder was stellten sie dort noch mal her? Schnellkocher mit Senkrechtstart? Militärgeheimnis! Alle diskutierten die bevorstehende Privatisierung und dass es überhaupt nichts zu fressen gab. Wenn man schon bei der Privatisierung nichts kapierte, aber zu fressen gab es wirklich nichts. Tatsache. Auf den Regalen in den Geschäften standen Gläser mit Chmeli-Suneli-Kräutermischung, weiß der Teufel, wann man sie in so großen Mengen abgefüllt haben konnte. Ein strategischer Vorrat, was sonst. Zum Würzen, wenn es denn etwas gäbe.

Seltsamerweise war der Vater nicht bedrückt, obwohl er es hätte sein müssen, im Gegenteil, die allgemeine Niedergeschlagenheit schien ihm eine Art unnatürliche Lebendigkeit zu verleihen. Plötzlich begann er, wie schon seit Jahren nicht mehr, beim Abendessen zu plaudern, machte widersinnige Pläne für seine unnützen Patente, sobald die da oben die Marktwirtschaft eingeführt haben, geht's aufwärts mit uns, dann wird's ehrlich zugehen, vernünftig, statt nach ihren beschissenen Bedürfnissen. Einmal kam er vollkommen glücklich nach Hause und versuchte sogar, seinen Sohn im Gang zu umarmen. Er stank nach etwas Schlechtverdautem, Ekelhaftem, Alkoholischem. Ogarjow wich wie vor einem Fremden zurück, er war von seinem Vater keine Berührungen gewohnt, sie verhießen nie etwas Gutes. Nicht einmal in der Kindheit. Vor allem nicht in der Kindheit. Der Vater bemerkte es anscheinend nicht, ging weiter in die Küche und spielte gewohnheitsmäßig mit den Schultern wie ein junger Mann. In Wirklichkeit war er das auch. Dreiundvierzig. Erst dreiundvierzig. Er hatte noch gar keine grauen Haare. Nur seine allmorgendlichen Hanteln hatte er aufgegeben. Vielleicht hatte sein Rücken zu schmerzen begonnen. Vielleicht war er ihrer einfach überdrüssig geworden.

Er sprach mit niemandem darüber.

Niemals.

In der Küche traf der Vater auf die magere, bucklige, fast glatzköpfige Mutter – und sank im selben Moment in sich zusammen. Die mitgebrachte Freude verließ ihn mit einem dünnen, fast greifbaren Pfeifen, das klang wie ein weinender Luftballon, der sich weigert zu sterben.

Umsonst. Alles umsonst.

Nichts Gutes erwartet uns. Uns nicht.

Also, die Bestimmung des Herzspitzenstoßes. Die rechte Hand wird auf die Herzgegend gelegt. Der Daumen entlang des Brustbeinrandes. Die restlichen Finger zeigen in Richtung Achsel. Die Frau fühlte sich weich, warm und ein klein wenig feucht an, wie eine junge Kuh, die erst am frühen Morgen im Nebel nach Hause zurückgekehrt war. Sie trottete durch eine schläfrige Wolke und muhte fordernd und zärtlich unter dem Fenster. Sie wollte gemolken werden oder einfach in den heimischen Stall, in die gemütliche, weiche, von Mist erwärmte Dunkelheit. Beim Versuch, den stärksten Pulsbereich festzustellen, drückte Ogarjow vorsichtig die schwere Brust, und die Frau kicherte. Das kitzelt, beschwerte sie sich. Durch die Gruppe huschte flink ein winziger verlegener Lacher, der sich einmal hinter dem einen, dann hinter dem anderen versteckte. Iwan Sergejewitsch!, rief ihn sogleich der Dozent Bykow zur Ordnung. Lassen Sie sich nicht ablenken. Schalten Sie den Arztmodus ein.

Ogarjow schaltete ihn ein. Die junge Frau hörte auf zu kichern.

Die Mutter rieb sich Stirn und Schläfen. Das linke Auge war von innen angeschwollen, als würde es nach draußen gedrückt. Migräne. Mouches volantes. Der süßliche Geruch von Schmorfleisch aus der Dose, das in der Pfanne brutzelte. Die Große Chinesische Mauer. Die Dose war so rot, dass es in den Augen schmerzte. Eine Zwiebel dazugeben. Kartoffeln kochen. Nicht zählen, wie viele Kartoffeln noch in der Kiste auf dem Balkon sind. Fleischdosen sind noch zwei da. Zwei kann man nur schwer nicht zählen. Sie schaltete das Gas aus und suchte in der Schachtel von den längst verschlissenen Schuhen nach Zitramon. Ein paar abgelaufene Tablettenpackungen von Oletetrin, Brillantgrün, Kaliumpermanganat, No-Spa, ein staubiger Verband. Bettler werden nicht krank. Wenn Iwan fertig studiert hat, wird alles anders ... Gefunden. Sie zermahlte die säuerliche Tablette mit den Vorderzähnen wie ein Hase. Die Großmutter hatte früher welche gehalten, die waren lustig, weich, machten immer so mit ihren Näschen. Sie stanken nur furchtbar. Und Gras fraßen die, meine Güte, man kam gar nicht mit dem Mähen nach. Sie aßen alle auf, bis zum letzten. Die Felle wollten sie verkaufen, aber sie verdarben. Wurden alle schwarz. Schade.

Die Mutter kontrollierte noch einmal das Gas, der Schmerz verwirrte sie, warf sie aus ihrem gewohnten, eingespielten Rhythmus. Die Welt rückte vorsichtig von ihr weg, beäugte sie von der Seite wie eine verfrorene Stadttaube. Misstrauisch. Heißes Wasser, das brauchte sie jetzt. Fast kochendes. Dann sich fest in ein Handtuch einwickeln und, wenn möglich, ein paar Stunden schlafen. Und dann würden die Männer heimkommen.

Iwan und Serjoschenka. Zuerst der eine, dann der andere. Sohn und Ehemann.

Nein, Ehemann und Sohn, korrigierte sie sich und brachte die Prioritäten in die richtige, ehrliche Reihenfolge, wie die glücklichen Elefanten auf der Kommode. Je mehr Elefanten, desto mehr Glück. Gar nicht wahr! Bei uns ist alles gut. Alles gut. Nur der Kopf tut weh. Ich muss eine Tablette schlucken. Angestrengt würgte sie noch ein Zitramon hinunter, da sie die erste Tablette ganz vergessen hatte. Das Gedächtnis ließ sie bereits im Stich, wandte sich von ihr ab. Serjoschenka, Herr im Himmel. Serjoschenka!

Ich muss den Kopf waschen. Den Kopf waschen. Den Kopf waschen. Ihn einfach waschen.

Ogarjow klopfte sanft über der vierten Rippe, sein Finger berührte kaum die Haut. Er wurde ganz zu diesem Plessimeterfinger, wie ein Retter, der wie gelähmt vor einem Trümmerfeld steht, das einen ganzen Kindergarten unter sich begraben hat. Weint nur weiter, quengelt wenigstens, meine Lieben. Dann höre ich euch. Die Stadt Spitak. Das Erdbeben von 1988. Ein einstürzender Keller, eine Mutter, die ihrer Tochter das eigene Blut zu trinken gibt. Zwei Wochen verschüttet. Biblisches Stöhnen und Zähneknirschen. Wie bestürzt damals alle waren! Das ganze Land! Der weinende Ryschkow. Niemand hätte geglaubt, dass der Vorsitzende des Ministerrats sich als echter Mensch herausstellen würde. Niemand hätte geglaubt, dass auch das irgendwann vorübergeht.

Der Klang wurde stumpf, Ogarjow markierte die Stelle

mit Brillantgrün, er sah nicht mehr die junge Frau, sah auch nicht ihren prallen Euter. Nein, Blödsinn, papperlapapp, was tat hier Spitak zur Sache? Die Perkussion war ein lustiger Eingriff, den man sich von den Weinbauern abgeschaut hatte. Das Plessimeter ist ein klingendes Knochenplättchen, es kann auch aus Kupfer sein, Hauptsache, es klingt. Die lockigen, rot lackierten Griechen hielten das Plessimeter an riesige, ebenfalls rot lackierte Amphoren, nein, schon wieder gelogen, die Griechen hatten gar kein Plessimeter, es wurde in Europa von mittelalterlichen Böttchern und Weinbauern erfunden, das waren dickbäuchige lustige Gesellen, Meister großmächtiger Gilden. Das Plättchen wurde angelegt, dann wurde mit dem Hammer draufgeklopft, und es klang. Noch einmal ein Klopfen, ein dumpfer, tonloser Laut, das hieß, es gab noch Wein, er stand hüfthoch im berühmten zweifudrigen Fass.

Hoffmanns Erzählungen. Die Regeln der Weinbauern.

»In der Regel befindet sich der Herzspitzenstoß im Bereich des 5. Interkostalraums, 1–2 cm von der linken Medioklavikularlinie einwärts«, sagte das auswendig gelernte Lehrbuch leise vor. Einwärts! Raue, abwegige Begriffe aus der Bedienungsanleitung des Menschen. Die junge Frau entsprach nicht der Regel, ihr Herzspitzenstoß trat links von der betreffenden Linie auf. Der Brustkorb bebte bei Berührung keineswegs aus Leidenschaft. Das Symptom »Katzenschnurren«. Eine sterbende Mieze. Hypertrophie der rechten Herzkammer, Herzfehlbildung, urteilte Ogarjow leise, und der Dozent Bykow nickte anerkennend.

Heißes Wasser gab es, Gott sei Dank, mit Eimern voll kochendem Wasser herumzuhantieren hätte die Mutter auf keinen Fall ausgehalten, sie hätte sich verbrüht, sich alles auf den Bauch gekippt. Dabei hatte sie früher den vollen Auskochtopf auf den Herd gehoben: die langsam vor sich hin blubbernde Wäsche, der graue Schaum, der elastische Druck der großen Holzzange. Triumph und Glanz des sowjetischen Alltags. Wir kochen die Wäsche aus! Der Hof, der die blendenden Bettwäschesegel aufblähte. Serjoschenka mag sie schneeweiß.

Die Mutter stellte den Strahl stärker ein, eingetrocknete Dichtungen, verstopfte Löcher im Duschkopf, die heilsame Massage des rostigen Lebenswassers. Schläfe, Augenhöhle, Nacken, Stirn. Wieder die Schläfe. Bis hundert zählen. Gleich fängt das Zitramon zu wirken an. Kartoffeln schälen. Die Zwiebel schneiden. Das Gas ausschalten. Und dann kommt schon Serjoschenka. Und Wanja. Iwan. Der Schmerz, der das heiße Wasser überholte, presste den Kopf der Mutter zusammen, breitete sich aus, ließ alles rundherum schwarz und rot aufflackern, schwarz und rot, dann nahm das Schwarz überhand, wurde so übermächtig, dass die Mutter blind aus der rutschigen Badewanne kletterte und den Morgenmantel oder wenigstens das Handtuch zu ertasten versuchte, aber sie begriff, dass sie es nicht schaffen würde. Das war das letzte, was sie jemals begriff. Ins Zimmer kroch, eine lange nasse Spur hinter sich herziehend, bereits nicht mehr die Mutter, nicht einmal mehr ein Mensch, sondern einfach nur ein Lebewesen, fast ein von Gott hinterlassenes Protoplasma, ein langweilig gewordenes Plastilinspielzeug, das mit dem Ellbogen vom Werktisch gestoßen worden war. Ein Aneurysma, eine stille, schreckliche Beere, ein unsichtbares Bläschen in einem Blutgefäß war schließlich geplatzt. Das Gehirn wurde von schwerem schwarzem Blut überschwemmt, die Blutgefäße verstopften sich der Reihe nach, Klappen fielen zu, hektischer Tumult, Panik, das durchdrehende Leben stürzte in verschiedene Richtungen davon.

Die Mutter kroch in Richtung Diele, um ihre Lieben zu empfangen. Sie dachte an nichts mehr, wollte nichts mehr. Es tat ihr nicht einmal etwas weh. Und das letzte Bild, das ihr der Herr zum Abschied zeigte, war die Große Chinesische Mauer, nicht die von der Schmorfleischdose, sondern die echte, endlose antike Linie, die sogar aus dem Weltall zu sehen ist.

Die von Menschenhand geschaffene Aorta des Planeten. Ausgezeichnete Arbeit, Kinder. Aber ihr hättet nicht so dreist sein sollen.

Vom Weltall aus blickte die Mutter noch einmal zurück, sah aber nichts.

Zu spät.

Platzend vor Stolz klingelte Ogarjow das vereinbarte Signal an der Tür, wartete kurz und schloss dann mit seinem Schlüssel auf. Die Grenze der absoluten Herzdämpfung! Die hatte er ebenfalls bestimmt. Goldene Hände, hatte Dozent Bykow gesagt. Na schön, gesagt hatte er es nicht. Aber gedacht sicher. Goldene Hände. Und Ohren. Und Augen. Und natürlich ein goldener Kopf. Was zu fressen wäre jetzt gut und vier Stunden schlafen vor dem Dienst.

Die Mutter lag nackt auf dem Boden, vollkommen nackt, und das war so schrecklich, dass Ogarjow fest die Augen zupresste und zurückprallte. Er schloss nie die Augen, nicht einmal in der Traumatologie, nicht einmal, als ein Jugendlicher eingeliefert wurde, der in einen Aufzugsschacht gefallen war. Hackfleisch, mehr als fünfzig Brüche, weiße scharfe Knochen ragten aus ihm heraus wie aus einem Nadelkissen, und dort, wo nichts herausragte, war alles flüssig, einfach flüssig, und im Flüssigen knirschten unsichtbare Splitter. Er lag fast im Koma, doch aus diesem Koma, von ganz unten herauf, stöhnte er mit einer tiefen, schaurigen Stimme, als hätte nicht nur er Schmerzen, sondern wäre außerdem noch ein furchteinflößender, riesiger, halb zerquetschter, krepierender Saurier.

Eine Verletzung, die den Boden der Evolution erreicht hatte.

Ogarjow hatte sich nicht einmal da abgewandt. Er handelte schnell, klar, präzise. Er freute sich insgeheim darüber, wie einfach und rasch er den Menschen in sich ausgeschaltet hatte. Alles, außer den Kopf.

Er wusste einfach noch nicht, was es hieß, die nackte Mutter zu entdecken.

Er hätte zu ihr eilen müssen. Hätte. Er konnte es. Er wusste, wie das ging. Erste Hilfe lag ihm im Blut. Zwei Finger auf die Halsschlagader, die Pupillen anleuchten, auf Azetongeruch achten. Ogarjow sah zu, wie ein Arzt des Rettungsdienstes, den anscheinend die Nachbarin gerufen hatte, das alles machte. Er selbst war nicht einmal in der Lage, die Mutter mit dem Morgenmantel zu bedecken. Oder mit sonst etwas. So hockte er in der Diele, drückte sich in die Ecke, wurde zu ihr.

Welches Studienjahr?, fragte der Arzt beiläufig, offenbar hatte die Nachbarin, die schrecklich stolz war, dass es in ihrem Treppenhaus einen eigenen Mediziner gab, getratscht. Ogarjow hatte ihr einmal ein Furunkel auf dem Hintern weggeätzt. Vollkommen uninteressant. Der Hintern übrigens auch. Drittes, antwortete Ogarjow. Und der Arzt sah ihn geringschätzig an. Also, ein Student im dritten Jahr auf der Meduni sollte bereits Tote von Lebenden unterscheiden können. Da wachsen ja schöne Nachfolger heran.

Ruft den Leichenwagen, vernahm Ogarjow. Damit war auch Mama gemeint.

Der Vater kam erst am Morgen. Er hatte auswärts übernachtet.

Absolute Herzdämpfung.

Ogarjow kam erst auf der Beerdigung zur Besinnung, plötzlich fand er sich auf einem unbequemen Pfad zwischen zwei Gräbern wieder. Ein Fuß auf dem festgetretenen rutschigen Lehm, der andere drohte versehentlich auf jemandes ehemaliges Leben zu steigen. Die durchgehende Trübheit der letzten drei Tage verdichtete sich endlich und wurde zu einem gewöhnlichen grauen, fahlen Moskauer Regen, der die ebenfalls graue und fahle Luft vollständig ausfüllte. Die kühle unsichtbare Feuchtigkeit war wie eine Wand, tief einzuatmen bedeutete, sich zu verschlucken.

Mama war schon eingegraben.

Vielleicht hatte sie gar nicht in die tiefe enge Grube gewollt, die an den Rändern und im Inneren von weißlichen Wurzeln durchzogen war. Vielleicht hätte sie dem Wasser und der Erde das Feuer vorgezogen. Man hatte sie nicht gefragt. Ogarjow schon gar nicht. Alles wurde von einer kleinen, dicken, gut aussehenden Frau bestimmt. Ihr kindlich rundliches Handgelenk wurde von einer Armbanduhr eingeschnitten. Dreckspritzer auf der Strumpfhose. Mit Graberde beschmutzte Absätze. Wahrscheinlich eine Postlerin aus Mamas Arbeit.

Es waren nicht viele Leute da, hauptsächlich Frauen vom Postamt. An einige erinnerte sich Ogarjow aus der Kindheit, er hatte es geliebt, Mama bei der Arbeit zu besuchen. Wer hätte es nicht geliebt? Auf dem Postamt konnte man mit Papierbindfaden herumhantieren, der auf runden, dicken Spulen wohnte (Vorsicht, wenn du ihn verhedderst, wird Mama sofort entlassen!), und ungewöhnlich köstlich, noch köstlicher als Kekse, roch der Siegellack. Eine gewöhnliche Konservendose (von schwer zu beschaffenden Erbsen), die stundenlang auf dem Elektrokocher vor sich hin schmorte. Eine glatte braune Masse wie Kakao, nein, wie flüssige wunderbare Schokolade. Reife, ebenfalls glatte Blasen. Wenn man das auf die Hand kleckert, brennt es bis zum Knochen durch.

In den Kellerraum, der beinahe so tief wie ein Brunnen war und wo die Postlerinnen ihre endlosen Tees schlürften, schien auf wunderbare Weise die ganze Zeit die Sonne hinein. Sogar im Herbst. Sogar bei trübem Wetter. Sogar im Winter. Die Sonne stand ganz in der Mitte als verstaubte fröhliche Säule, wie ein zu Gehorsam erzogenes Kind, wärmte den Postlerinnen die Wangen und Hände und befeuerte das leere Geschwätz. Ein unbezahlbares Geschenk, eine Gnade des Herrn in Reinform, eine leise Kompensation für das jämmerliche Gehalt, die kargen Schicksale, das verkümmerte Leben. Niemand bemerkte es, niemand war dafür dankbar. Nein, niemand.

In der Ecke türmten sich unzählige, verschiedenste Versandkisten mit abblätternden Deckeln auf. Tausendmal hingeschriebene und wieder entfernte Adressen. Manche Kisten hatten dunkle Flecken von Äpfeln, Pfirsichen, Birnen. Jede Frucht wurde in eine *Prawda* oder *Iswestija* eingewickelt. Jede durchreiste das riesige Land von einem Ende zum anderen. Walnüsse, Honig. Wollsocken für Waletschka. Haferkekse. Für Mama legen wir einen Kilo Krokant und eine Pralinenschachtel »Vogelmilch« dazu. Die waren schwer zu bekommen!

Mama war tot.

Ogarjow strich die leichte Feuchtigkeit mit der Handfläche von der Schulter, als würde er Tränen wegwischen.

Tot.

Der Vater stand abseits. Neben ihm trat ein zwölfjähriges Mädchen von einem langen Bein aufs andere, das Ogarjow auch nicht kannte. Das Mädchen war dünn, wie es sich für eine Halbwüchsige gehörte, ungelenk, aber durch den ungestalten, noch nicht ausgewachsenen Leib trat schon die Zukunft hervor – die Wangenknochen, die Wimpern, das Schicksal, die fedrige rotbraune Strähne über der hohen Stirn, die dunkel an etwas (an jemanden?) erinnerte. Die gut aussehende dicke Frau, die sich eigenmächtig zur Oberaufseherin über die Beerdigung ernannt hatte, ging zum Vater und begann mit flinken Gesten etwas zu erklären. Er nickte, stimmte ihr zu, und das Mädchen, das näher herangerückt war, nickte ebenfalls mit ihrem halb offenstehenden runden Kindermund. Und als der Vater, ohne es selbst recht zu merken, ihr den Arm auf die Schulter legte und sie zärtlich an sich zog, begriff Ogarjow plötzlich, dass die drei zusammengehörten. Schon lange. Sehr lange. Vielleicht sogar schon immer.

Das Mädchen lehnte sich mit dem ganzen dünnen Körper an den Vater wie ein zutrauliches Fohlen, und er rückte, ohne hinzusehen, abwesend, fürsorglich den fliederfarbenen selbst gestrickten Schal mit Lochmuster zurecht. Ihr ist kalt, nicht dass sie sich noch erkältet. Mama konnte nicht stricken. Stricken, nähen, kochen, leben. Nichts davon. Ogarjow versuchte, sich zu erinnern, wann der Vater ihm das letzte Mal den Schal zurechtgerückt hatte, nein, nicht den Schal. Im Zoo. Käfige. Luftballons. Freigehege. Fünf Jahre alt. Ogarjow jagte hinter den faulen Moskauer Tauben her und fiel tollpatschig hin, wie es nur Kinder können. Mit voller Wucht. Er hatte noch nicht einmal losschreien, geschweige denn sich erschrecken können, als bereits starke Arme nach ihm griffen. Sie drehten ihn herum und stellten ihn richtig herum auf. Auf den richtigen Weg. Klopften die Asphaltkörnchen von den aufgeschürften Knien. Der Vater. Damals noch nicht der Vater, sondern Papa. Siebenundzwanzig, schön wie ein Erbauer des Kommunismus auf einem Plakat. Breite Schultern. Gutherzig. Jung. Aber was ist denn, hatte er gesagt und ihn genauso wie dieses Mädchen für einen Moment zärtlich an sich gezogen. Gehen wir uns lieber die Affen anschauen. Du darfst auf meinen Schultern reiten.

Und Ogarjow glitt feierlich und wichtig über der Menschenmenge dahin, hoch, so hoch. Ein glücklicher sowjetischer Junge mit aufgeschlagenen Knien. Staubige Sandalen, lächerliche Stirnfransen auf einem sonst kahlen Kopf, eine helle Zukunft. Mama trippelte neben ihnen her, reckte den Kopf, lächelte. Dann kauften sie Eis im Café, zwei Becher und in jedem drei Kugeln. Ogarjow bekam je eine – mit dem Löffel, vorsichtig, damit du dich nicht erkältest – Kugel von Mama und eine Kugel von Papa. Schokolade und Crème brûlée. Plus ein Glas Sprudel.

Der letzte glückliche Tag, an den er sich erinnerte. Der letzte, den sie zu dritt hatten. Danach wurde es schlechter, immer schlechter und ganz schlimm. Der Vater entfernte sich erst, wie ein Stern, dann stellte sich der Stern als böse heraus, durchlief alle quälenden Etappen der Spektralevolution, vom Blauen Riesen bis zum Roten Zwerg und weiter bis zum Schwarzen Loch, bis zum absoluten Nichts. Nur dass dieses Nichts nicht alles Lebendige in sich hineinzog, sondern es wegstieß, von sich weg, sodass Ogarjow und Mama immer weiter fortflogen, bis sie den Ereignishorizont überquerten, hinter dem das Schwarze Loch nicht mehr sichtbar war, hinter dem es nur mehr fremdes, gekrümmtes, kaltes Licht gab, das aus dem Nichts ins Nichts flog. Genau da musste wohl diese gut aussehende Dicke aufgetaucht sein, und der Vater hörte einfach auf sie zu lieben – ihn und Mama. Vielleicht hatte es auch andere Frauen gegeben,

Ogarjow wusste es nicht, wollte es gar nicht wissen. Er wollte nicht einmal daran denken. Doch das Tüpfelchen auf dem i war dieses Mädchen. Sie war es, die ihn endgültig aus der Umlaufbahn gedrängt hatte. Sie hatte ihm alles genommen. Schweigen, Verachtung, Wut, Bösartigkeit, Einsamkeit. Wo ist Papa? Er kommt heute Nacht nicht heim. Wieder nicht. Und morgen auch nicht.

Es stellte sich heraus, dass er einfach eine andere Frau liebte. Nicht Mama. Ein anderes Kind in die Welt gesetzt hatte. Nicht Ogarjow. Ein Mädchen. Eine Tochter. Ogarjow zählte nicht mehr.

Der Vater erwiderte plötzlich seinen Blick, als hätte er ihn gespürt. Er schob die Tochter weg, ging los, stieg über Gräber, umrundete Grabzäune, Kränze. Die Frau und das Mädchen eilten ihm hinterher, als wären sie angebunden. Wie Luftballons an unsichtbaren Fäden. Das Mädchen stolperte. Fast wäre sie hingefallen. Tollpatschig. Ogarjow stand nur da, er hätte sich natürlich umdrehen sollen, weggehen, statt zu warten auf das klassische »Nun Lexej, du bist keine Medaille, die ich mir an den Hals hängen kann – ich habe keinen Platz mehr für dich, geh unter die Leute«.

Darf ich vorstellen, Sohn. Er sagte es schwerfällig, zähflüssig. Soooohn.

Das ist Valentina Nikolajewna. Du kannst Tante Walja sagen. Und das ist …

Ogarjows Kopf zuckte, als hätte er eine Ohrfeige bekommen.

Er drehte sich um und ging, dann hielt er es nicht mehr aus und lief fast los.

Der Friedhofsbus stand mit einladend geöffneten Türen da. Ist der Leichenschmaus bei euch zu Hause, Wanetschka?, brüllte ihm irgendeine dicke Frau aus dem Bus entgegen, die Fußknöchel quollen ihr über die Schuhe, die Wangen hingen auf die Brust hinab, Besenreiser, ein rotes Gesicht (Bluthochdruck, arterielle Hypertonie zweiten Grades, Risiko 4). Ogarjow antwortete nicht. Die U-Bahn war schneller.

Ohne hinzusehen, warf er Zeug in die Tasche, mit der er aus dem Militär zurückgekommen war. Mit der er zurückgekommen war. Der Schlüssel, an den er seit seiner Kindheit gewöhnt war, früher hing er an einer Schnur um den Hals, wärmte den Bauch, verdrehte sich wie ein umgehängtes Kruzifix. Jetzt hing ein Schlüsselanhänger dran. Ein olympischer Bär. Von Mama geschenkt. Auf Wiedersehen, bis zum nächsten Mal.

Ogarjow nahm den Bär ab und steckte ihn in die Tasche.

Schlug die Tür hinter sich zu.

Und dann noch die Haustür.

3

Man kann nicht sagen, dass sie unansehnlich war. Ein schmales dreieckiges Gesicht, dunkles langes Haar, gerader Pony, gerade Brauen, gerade Nase. Ihr Blick hingegen war ausweichend, ständig zur Seite gerichtet, verstohlen. Nein, sie war doch unansehnlich, sie sah aus wie ein Vogel, der gleich lospickt. Ein kleiner Mund, runde braune Augen. Ein wohlwollender Betrachter hätte gesagt – ein Gesicht wie auf einer Ikone. Ogarjow war nicht wohlwollend. Ein Vogel bleibt ein Vogel.

Sie sah ihn noch ein paar Sekunden aus einem nur ihr bekannten, undenkbaren Winkel an und lächelte dann.

Guten Tag. Wie kann ich Ihnen helfen?

Und es war, als hätte sich eine Finsternis aufgelöst, eine ganz normale junge Frau, eine Sekretärin (das neumodische Wort »Receptionist« konnte Ogarjow nicht ausstehen – pfui, so ein Schwachsinn, als hätte man den ganzen Mund voll Wolle, ehrlich wahr). Etwas müde, aber wer wird nicht müde bei dieser Drecksarbeit?, aber ganz nett. Ein blauweißes Kostüm, eine wilde Mischung aus einem Matrosenkleid und einer Schwesterntracht, offensichtlich ein großartiger Einfall des Vorgesetzten, um die Unternehmenskultur zu prägen. Die Finger ballten sich um einen Stift, kein Anzeichen von Nagellack, kurze Nägel, nicht einmal wie bei einem Kind, sondern wie bei einem Chirurgen.

Sie lächelte noch einmal – kann ich Ihnen helfen? –, und Ogarjow spürte einen leichten noch schwachen Stich von Schuld. Wer weiß, wofür man sie tadelte und rüffelte, diese armen Mädchen für alles. Keine Fertigkeiten, kein Wille, kein Hirn, nur ein attraktives Äußeres, nur die krampfhafte Bereitschaft, gefällig zu sein. Verbrauchsmaterial. Köder für die Kunden. Die vorderste Front der Sklaverei. Wenn sich der Kunde aufregt, wird sie bestraft. Wenn er zufrieden ist, wird der Verdienst jemand anders zugeschrieben. Sie verliert in hundert von hundert Fällen. Ogarjow fühlte sich noch immer schuldig und erkannte noch immer nicht, wie mies das war. Sehr mies.

Zu Herrn Schuster, sagte er und versuchte, entgegenkommend und freundlich zu sein. Das war alles, was er für die Ärmste tun konnte, andere geizten sogar mit einer solchen Kleinigkeit. Wir haben einen Termin um zehn Uhr. Die Sekretärin blickte auf den Monitor und – zur Sicherheit – in ihr Notizbuch. Ein Kind der Schreibblöcke, Kugelschreiber und auswendig gelernten Telefonnummern. Eine Gleichaltrige. Plus-minus. Eher minus als plus.

Sie sind also Arzt? Und haben ein Vorstellungsgespräch?

Sie freute sich so, dass sie für einen Augenblick nicht mehr nur attraktiv, sondern schön war. Tatsächlich schön. Ogarjow sah sie zum ersten und zum letzten Mal als Ganzes, im Gesamten. So wie sie der Schöpfer beabsichtigt hatte. Ein langer Hals, anmutige Schlüsselbeine im blauen dreieckigen

Ausschnitt. Dunkles glattes Haar, dunkle glatte Augen, die glänzten und schimmerten, als würde man reife, frisch geschlüpfte Kastanien auf der Handfläche herumrollen. Kühl. Sie blickte mit solcher Begeisterung, als hätte Ogarjow den Tod besiegt. Mindestens. Ein weiteres beunruhigendes Symptom. Ogarjow drehte sich unwillkürlich um, fühlte sich als Usurpator. Aber hinter ihm war kein heiliges Heer, nur die Eingangstür. Helles Furnier. Kupferne Beschläge. Ein seltsames Gewirr von Röhrchen und Glöckchen, die unmelodisch das Eintreffen des nächsten Leidenden bekannt gaben.

Ogarjow schaffte es nicht zu antworten, da Schuster durch den Korridor der Klinik angerollt kam. Er war noch immer so rund, lustig und frech wie an der Universität. Ach, leuchtender Ball. Runder Kristall. Wie schön ist dieser Mond. An der Uni sagten sie Schustrik zu ihm. Er hatte sich auf Herzchirurgie spezialisiert – ein goldenes Skalpell. Gold war dabei ganz im edelmetallischen Sinne zu verstehen. In der Abteilung, in der Schustrik landete, nahmen sie ungeheuerliche Schmiergelder. Doch die Operationen dieser Schnösel waren auch von höchster Qualität. Ihr Leiter war ein echtes Ekel, klug, besonnen, prinzipientreu. Ein Fiesling aus Berufung und innerer Überzeugung. Aber seine Technik, großer Gott… Was für eine Technik! Er zog zwei Paar Operationshandschuhe an, schwang das Skalpell – Achtung, ich führe es an mir selbst vor. Und ein Paar war kaputt, mit mikroskopischer Genauigkeit zerschnitten. Sogar erfahrene Ärzte wandten sich ab, wenn sie sich vorstellten, wie der makellose Stahl durch die Haut, Muskeln und Sehnen schnitt – die verstümmelten Hände eines Chirurgen, die man danach auf keinen Fall wieder zusammennähen, zusammensetzen konnte. Doch das zweite Paar blieb ganz. Mit schrecklich fröhlich blitzenden Augen über der Maske hob der Chef die geretteten fahlen Silikonhände gen Himmel in der charakteristischen Geste eines Chirurgen.

Oder eines Priesters.

Höchster Gott! Bevor ich mit meiner heiligen Arbeit beginne – die Geschöpfe deiner Hände zu heilen –, flehe ich dich an, mir den Mut und die Kraft zu geben, meine Arbeit gewissenhaft zu verrichten. Das Begehren, Vermögen oder Güter anzuhäufen soll meine Augen nicht verblenden, das Richtige zu sehen.

Aus dem täglichen Gebet des Maimonides.

Und dann noch so:

Schätze den Arzt, weil man ihn braucht; denn auch ihn hat Gott erschaffen. Von Gott hat der Arzt die Weisheit, vom König empfängt er Geschenke. Das Wissen des Arztes erhöht sein Haupt, bei Fürsten hat er Zutritt. Gott bringt aus der Erde Heilmittel hervor, der Einsichtige verschmähe sie nicht.

Bibel. Sirach. Kapitel 38.

Aber noch besser so:

Hier stehe ich, Herr, vor dir und lache. Meine Hände sind steril und mein Herz frei von Angst und Mitleid. Wenn du nicht helfen willst, bitte. Halt dich einfach raus.

Ogarjow. Doktor Ogarjow. 30 Jahre.

Ogarjow konnte seine Handschuhe nicht so zerschneiden. Er hatte Angst. Schustrik hingegen hatte keine Angst, und deshalb konnte er es. Natürlich konnten sie beide dieselben Operationshandschuhe so zusammennähen, dass die Naht danach kein Wasser durchließ, ein weiterer alter Trick, fast zirkusreif. Nur für sie selbst. Ein paarmal schnipp, schnapp mit der Schere, ein paar Minuten Fummelei mit der Klemme und dem Nadelhalter, chromiertes Catgut, mit Instrumenten geformte Knoten, eine vor Anstrengung schülerhaft hervorgestreckte Zunge. Nicht schlecht, aber … Leider, Kollegen. Die Herzchirurgie ist nicht Ihr Weg. Ogarjow schluckte, wandte sich ab. Wieder nicht der Beste. Einfach nur ein Mensch. Nur ein Mensch. Aber Schustrik war in dieses Lager von Himmelsbewohnern aufgenommen worden und ließ dann lange nichts mehr von sich hören, allerdings war es in Zeiten wie diesen schwierig, sich gegenseitig im Auge zu behalten. Es gab immer weniger wissenschaftliche Publikationen, Stellen in Abteilungen, Nullen in Gehaltsabrechnungen, obwohl, das stimmte nicht, Nullen gab es eigentlich mehr, die Preise stiegen, Inflation, Deflation, Denomination. Der Staat spielte ein garstiges Spiel, als wollte er sie alle auf Belastbarkeit testen. Als würde er sie nachäffen. Sie verstehen kein Wort? Sie wissen nicht, was Sie tun sollen? Es tut trotzdem weh? Und so? Ah, so tut es noch mehr weh. Nun, trösten Sie sich mit der Diagnose, mit einer Liste stacheliger Begriffe, von denen Sie keinen Buchstaben verstehen, sowie mit einer Handvoll bunter Pillen – Kreide, Gelatine, Soda, ein wenig Glauben. Ein halbes Körnchen. Eine winzige Messerspitze. Ich wasche mir die Hände.

Das war beleidigend.

Das verdienten sie wirklich nicht. Niemand verdiente das.

Immer mehr Leute verließen die Medizin. Einfach um

sich über Wasser zu halten. Gingen zu Pharmakonzernen. Zum Sicherheitsdienst. Zur Kirche. Jeder woandershin. Nach einiger Zeit hier und dort versuchte sich Ogarjow ebenfalls in der Pharmaindustrie, doch er gab einen schlechten Pharmareferenten ab. Er konnte kein Englisch, war zum Dienen nicht gern bereit, und das Dienern machte ihm Schwierigkeiten. Durch einen Spalt einzudringen und seinesgleichen allen möglichen pharmazeutischen Mumpitz aufzuschwatzen war genauso unangenehm, wie sich zum Kranken ins Zimmer zu setzen, um mit ihm darüber zu sprechen, die außerplanmäßige Operation schwarz in die Tasche zu bezahlen. Oder die planmäßige. War das nicht ganz egal?

Ogarjow kehrte ins Krankenhaus zurück, nahm eine Stelle in der Poliklinik an und beschloss, noch ein Jahr durchzuhalten. Sozusagen die Luft anzuhalten und in Gedanken bis zwölf zu zählen. Und dann die Medizin zu verlassen. Aus. Schluss. Basta. Dafür, Chef, habe ich schon gesessen.

In der elften Minute, im November, traf er Schustrik.

Ogarjow trottete durch eine Unterführung und kaute etwas wie Bulgakows Behemoth (erinnern Sie sich? »Er treibt Missbrauch mit dem Dienstwagen!«, petzte der Kater und kaute den Pilz), allerdings keinen Pilz, sondern irgendeinen traurigen Hotdog-Abklatsch. Das Brötchen unterschied sich im Geschmack nicht vom Würstchen, also hätte man glauben können, Ketchup mit Senf zu essen. Ein Armeleuteschmaus. Billige Sülze. Leb wohl, Magen. Hallo, Gastritis. Jemand klopfte Ogarjow von hinten auf den Rücken, haute ordentlich drauf, sodass er sich gleichzeitig verschluckte und stolperte. Während er zusammenklappte und momentan nichts sah, überlegte er sich, wie er mit einer Kehrtwendung und einem Tritt kontern konnte, was für ein Dreckskerl, scheiße, dafür war ich nicht beim Militär, als aus dem schmutzigen unterirdischen Nebel die jubelnde runde Visage von Schustrik auftauchte. Sergejitsch!, brüllte er fröhlich, Sergejitsch, da gehe ich so dahin und überlege, bist du's oder nicht? Und du bist es!

Ogarjow kam endlich wieder zu Atem und richtete sich auf. Ketchup und Senf waren aus dem Hotdog auf die Jeans übersiedelt, die sowieso dreckig und über den Knien ausgeleiert war. Der rechte Schuh war durchgelaufen, und Ogarjow hatte einen Plastikbeutel über die Socke gewickelt. Über die Jacke sprechen wir lieber gar nicht. Ist besser so. Das war er, ganz genau er. Ogarjow. Wer hätte das bestreiten können? In seinen besten Jahren. Auf dem Höhepunkt seiner Kräfte.

Du bist ganz schön brutal geworden, Olegytsch, sagte er freudlos. Anstelle einer Begrüßung. Eine idiotische Angewohnheit, sich mit dem Vatersnamen anzureden. Das stammte noch von der Uni. Schuster hieß Oleg Olegowitsch. Olegytsch. Das passte zu ihm.

Schustrik strahlte. Er war rund, auffällig fröhlich und trug einen auffällig hellen Kaschmirmantel, der in der schmutzigen Unterführung absurd und ganz unwirklich wirkte. Oh, diese Seidenschals und spitzen Schuhe gegen Ende der 90er! Was machst du hier?, fragte Ogarjow mürrisch. Ist der Mercedes in der Werkstatt? Der rothaarige, pummelige, lustige Schustrik sprang vor Begeisterung fast in die Luft. Wie hast du das erraten? Erst gestern hab ich ihn zum Service gestellt. Das war ein Witz, Schustrik. Ogarjow war plötzlich gelangweilt. Ein lustiger Witz, übrigens. Nur dass ihn schon alle kannten. Sogar die minderjährigen dummen Gänschen, auf die er theoretisch einen bleibenden Eindruck machen müsste.

Was für ein Witz? Das stimmt! Stell dir vor, irgendein Blödmann hat mir mit einem Nagel den Kotflügel zerkratzt. Sie haben gesagt, dass sie es unter zwei Wochen nicht schaffen werden. Ich habe eine coole Spezialfarbe. Die muss man in Deutschland bestellen. Luzifer heißt sie. So ein metallicrot.

Du fährst also ein Feuerwehrauto? Respekt.

Warum Feuerwehrauto?!, wunderte sich Schustrik wieder. Dann begriff er endlich und lachte herzhaft los, sodass er sich dicke Tränen abwischen musste und sogar wieherte. Er hatte einen komischen Sinn für Humor mit einer Verzögerung wie bei einer Granate. Man zog den Splint heraus und zählte, zweiundzwanzig, dreiundzwanzig. Und erst dann knallte es. Feuerwehrauto!, keuchte er und fasste Ogarjow abwechselnd an den Arm und die Schulter. Ich halt's nicht aus! Feuerwehrauto! Und Ogarjow konnte nicht anders, als ebenfalls loszuprusten wie ein Lausebengel, wie auf der Uni, Schustrik und er waren zwar nicht befreundet, aber sie waren einander vertraut, und das war ein warmes Gefühl. Erstaunlich warm. Hier mit dem Kumpel in der Unterführung zwischen den Händlern und Bettlern zu stehen und sich totzulachen.

Kumpel. Schustrik war sein Kumpel. Andere Kumpel hatte er nicht.

Schustrik hörte ebenso plötzlich zu lachen auf, wie er losgelegt hatte. Wie ausgeschaltet. Er musterte Ogarjow mit der Präzision eines Apothekers. Du warst doch als einer der Ersten aus unserem Jahrgang mit dem Studium fertig, sagte er vorwurfsvoll. Ogarjow verzog das Gesicht, sagte aber nichts. Langweilig. Die Wärme war augenblicklich weggeblasen, zwischen ihm und Schustrik lag wieder die schmutzige Unterführung. Ein unüberwindliches Hindernis. Die Tasche von Schustriks Kaschmirmantel, selbst wenn man sie abriss, kostete mehr als Ogarjows ganzes Leben. Schustrik schaute noch immer, war aber jetzt ganz in Gedanken versunken. Er nahm einige Kärtchen aus einem unsichtbaren Regal und legte sie in ein anderes. Ogarjow hätte ihm eine reinhauen können, aber wozu? Was würde das ändern? Schustrik war schon immer feige, dick, dienstwillig gewesen. Zu feige. Zu dick. Zu dienstwillig. Das Judentum der übelsten Art quoll hässlich und zäh aus ihm wie Kotze. Aber er war ein brillanter Arzt. Das wusste Ogarjow. Er hatte es selbst gesehen. Er würde einen solchen Arzt nicht schlagen wollen. Nein. Nicht so. Er könnte es nicht.

Du bist doch Internist, oder?

Schustriks gedankliche Anstrengungen hatten schließlich zu einem Ergebnis geführt. Ogarjow nickte. Schustrik neigte sich zur Seite und zog eine geräumige Brieftasche mit vielen Fächern hervor. Sogar mit eigenem Platz für die von Ogarjow noch nie gesehenen (zumindest nicht aus der Nähe) Kreditkarten. Es glänzte golden, schwarzgrau, wichtig. Hier. Er steckte Ogarjow seine Visitenkarte zu. Komm morgen um zehn vorbei. Aber verspäte dich nicht, ich habe um elf Vorstandssitzung.

Er schüttelte Ogarjow die Hand und hastete weiter durch die Unterführung. Die Menschen machten ihm Platz, automatisch, ohne es selbst zu bemerken. Schustrik war sauber, satt, ruhig. Reich. Ein unsichtbarer Wohlstandskokon schützte ihn so gut wie eine kugelsichere Weste. Ogarjow drehte die Karte in seiner Hand um. Klinik Dr. Schuster. Adresse. Telefonnummer. Die Karte verströmte ebenfalls Ruhe, Kraft, Selbstbewusstsein. Klinik Dr. Schuster. So war das also. Aber was für einen Chirurgen er abgegeben hätte. Ogarjow sah sich vergeblich nach einem Mülleimer um und warf die Visitenkarte auf den klebrigen Boden.

Nie im Leben, schwor er sich. Niemals. Da verkaufe ich noch lieber chinesischen Ramsch. Oder gehe betteln.

Am nächsten Morgen stand er bereits fünf vor zehn vor der Tür der Klinik.

Die Hälfte einer Villa. Nicht ganz im Zentrum, aber auch nicht zu weit draußen. Ein paar Schritte von der U-Bahn, nur zweihundert Meter von der Chaussee. Eine bescheidene Tafel, aber mit goldenen Buchstaben. Ogarjow drückte die Klinke herunter. Ein Glöckchen erklang und zählte die ersten Sekunden des neuen Lebens ab.

Vom Empfangstresen aus musterte ihn eine junge Frau mit etwas schief gelegtem Kopf aufmerksam. Ein schmales dreieckiges Gesicht, dunkles langes Haar, gerader Pony, gerade Brauen. Sie war nicht gerade unansehnlich. Oder doch. Unansehnlich.

Guten Tag. Wie kann ich Ihnen helfen?

Ogarjow begann eine Woche später zu arbeiten. Nach drei Monaten bestellte Schuster bereits zusätzliche Wartesofas für die Patienten (mit ordentlicher Federung! Wir sorgen uns um unsere Kunden!). Bei ihrem Anblick vollführte Ogarjow wie Bulgakows Hund so etwas wie einen Freudentanz. Ogarjow war wie geboren für die Privatmedizin. Einfach dafür geboren. Als die ganze bedrückende peinliche Angelegenheit des Geldes, der Leistungen, der Gespräche über Leistungen und Geld auf den Schultern anderer ruhte, begriff Ogarjow plötzlich, dass das Einzige, was man jetzt von ihm verlangte, Behandlungen waren. Nur Behandlungen. Gut.

Und er begann mit den Behandlungen.

Ein paar Monate später heiratete Ogarjow dann. Die Eine, die einmal schön, einmal unansehnlich war, mit dem geraden Pony und dem ausweichenden Blick. Darf ich vorstellen, Iwan Sergejewitsch, das ist unsere Pospelowa. Pospelowa, das ist unser neuer Doktor, ein Internist.

Ich weiß, sagte sie langsam. Sie sind Ogarjow Iwan Sergejewitsch.

Und sie stand Habt-Acht wie bei einem General.

Sie war natürlich überhaupt nicht »unsere Pospelowa«.

Sie beschloss ganz allein, seine Frau zu werden. Und das wurde sie auch.

Es war wie Ertrinken. Nein. Wie langsames Ersticken. Ein Schluck Zyanid. Hemmung der Zellatmung. Hypoxie der Zellen. Man atmet Luft durch den geöffneten Mund ein, röchelt, doch alles umsonst. Der Sauerstoff strömt immer noch frei in die Lunge, der Himmel ist immer noch hoch und blau, immer noch saugen die Bäume das belebende Kohlendioxid ein. Doch die Zyanide verbinden sich bereits mit dreiwertigem Eisen und blockieren dabei die Zytochrome zu Tode, eine schöne, tödlich schöne Kombination, wenn man noch atmet, aber in Wirklichkeit schon tot ist. Sauerstoff gelangt ins Blut, wird aber nicht aufgenommen. Venöses Blut verwandelt sich in arterielles. Beide haben nicht die geringste Bedeutung mehr.

Sie ließ ihn nicht in Ruhe. Ließ ihn einfach nicht in Ruhe.

Anna Pospelowa.

In der Klinik sagte man »unsere Pospelowa« und behandelte sie nicht nur mit Respekt, sondern mit einer respektvollen Zurückhaltung, die Menschen in einfachen Berufen üblicherweise nicht zugestanden wird. Schustrik dachte sich sogar eine spezielle Berufsbezeichnung für sie aus: Patient Registration Specialist. Der gleiche Blödsinn wie Facility Cleaning Manager. Sie war eine ganz gewöhnliche Sekretärin. Wozu da etwas erfinden? Achtundzwanzig Jahre alt. Weder dick noch dünn. Keine Ausbildung, keine Beziehungen. Nichts. Eine offene Stelle. Schwieg, schaute, hin und wieder lächelte sie.

Zuerst glaubte Ogarjow, dass Schustrik einfach mit ihr schlief, doch das stimmte nicht. Wie sich schnell herausstellte, war Schustrik ein Feinschmecker mit einer Schwäche für Mädchen, die so unwahrscheinlich wie Einhörner waren. Das hieß, mindestens einen Meter achtzig groß, Beine bis zum Hals und Titten ab Körbchengröße E. Und das Aussehen eines Models. Der gesunde Menschenverstand und die medizinische Ausbildung sagten einem, dass das unmöglich ist. Fünfzig Kilo bei knapp zwei Meter Größe, das ist nicht einmal mehr Asthenie, Olegytsch, dozierte Ogarjow hämisch. Das ist Dystrophie. Titten mit E-Körbchen sind Fett. Viel Fett. Sehr viel. Plus ein paar Milchdrüsen. Man kann nicht das ganze Fett nehmen und an eine Stelle packen. Schalt dein Hirn ein. Du bist doch Arzt.

Du kannst mich mal, grummelte Schustrik, das weiß ich doch. Aber das Herz will es trotzdem. Und rauch nicht in meinem Zimmer, du Drecksack!

Ach, Herz nennt man das jetzt? Ogarjow lachte lauthals und steckte sich demonstrativ die nächste köstliche, teure Zigarette an. Wissen Sie, womit der Wohlstand beginnt? Damit, dass man das Geld fürs Rauchen nicht mehr zählt. Dann das fürs Essen. Das nächste Dann kannte Ogarjow noch nicht, aber er glaubte, dass es auch eine Ebene höher etwas Gutes sein würde. Zum Beispiel, wer weiß, könnte man dann auf ein Auto sparen. Er hatte sich schnell eingewöhnt und genauso schnell begonnen, immer frecher zu werden. Schustrik ärgerte sich, war beleidigt und verteidigte mit letzter Kraft seine Autorität, aber es war alles umsonst. Schustrik, den Chirurgen, hatte Ogarjow bedingungslos respektiert, doch das gehörte der Vergangenheit an. Schustrik, der Chefarzt und Besitzer einer eigenen Klinik, war lächerlich. Lächerlich und dumm, wie ein Pudel im Anzug, der auf den Hinterpfoten herumhopst. Nein, ein Pudel, das ist traurig, Schustrik. Der Pudel tut mir leid. Du tust mir nicht leid. Warum zum Teufel soll ich auf einen Mann hören, der sich selbst zum Quacksalber gemacht hat?

Warum Quacksalber?! Schustrik war noch schlimmer beleidigt, drehte sich weg wie ein kleiner Junge und kaute auf seinen zitternden dicken Lippen herum. Akupunktur ist eine normale wissenschaftliche Methode ... Klinisch getestet ... An Idioten, ergänzte Ogarjow und zitierte greinend: Außerdem gibt es noch den Punkt Taichong, einen Fußpunkt des Lebermeridians Jue Yin. Eine Einwirkung auf diesen Punkt stillt den Wind in der Leber, führt zu Harmonie im Blut, nährt das Blut, normalisiert die Zirkulation des Qi und vertreibt außerdem alle Arten von Wind. Ist dir das denn gar nicht peinlich?

Nein, ist es nicht! Stell dir vor! Ich war in China! Das heißt, in Tibet! Ich habe es dort gelernt!

Du hättest dir dort lieber eine Ladung Turnschuhe kaufen sollen. Oder Fleischdosen. Du bist doch Arzt, Olegytsch. Chirurg! Ich kann gar nicht hinschauen, wie du hier herumpfuschst!

Ich pfusche nicht! Ich habe Patienten! Sie stehen Schlange! Schustrik explodierte ganz jämmerlich, unschön, wie nur sehr schwache, intelligente, mit gutem Grund beleidigte Menschen explodieren. Bei McDonald's stehen sie auch Schlange. Genug, ich gehe, auf mich warten echte Patienten. Ohne Wind in der Milz. Ogarjow stand auf und reckte sich siegesbewusst, mitleidslos, undankbar. Schustrik begleitete ihn mit einem Hundeblick, geschlagen, hungrig, leidend. Um nicht durchzudrehen, hatte er in der Anfangszeit noch chirurgische Knoten geknüpft. Mit der linken Hand, ohne hinzusehen, in der geschlossenen Tischlade. Dann hatte er aufgehört. Einfach aufgehört.

Er besaß schließlich eine Klinik. Einen roten Mercedes. Hämorrhoiden. Mädchen mit strammen Silikontitten. Und

Rita, natürlich. Seine Ritotschka. Seine rechtmäßig angetraute Ehefrau und die zwei Söhne. Boris Olegowitsch und Gleb Olegowitsch Schuster. Die Namen Boris und Gleb waren ein jämmerlicher Versuch, ihr unnützes, unschuldiges Wesen mit heiligem großfürstlichem Samt zu verdecken. Trotzdem würde ihnen nicht der Pass, sondern die Fresse poliert werden. Doch was tat man nicht alles den Kindern zuliebe? Den Kindern zuliebe…

Mit Pospelowa schlief er natürlich nicht. Mit ihr schlief überhaupt niemand.

In der Klinik beunruhigte ihre Anwesenheit jeden. Es gab eine unsichtbare Mauer vorsichtiger Distanziertheit. Zwar transparent, doch fest ist die Membran, der spitze Flügel kann sie nicht durchstoßen, man kann nicht fliegen übers Blaue dort, hinan, mit dem befangnen Herzen, mit den Flügelchen des Vogels. Ogarjow kannte das nur zu gut. Das Militär, Stankus, der sich von ihm abgewandt hatte, der Kompaniechef, der ihm hingegen nicht den Rücken zuzukehren wagte. Angst. Einsamkeit. Befremden.

Irgendetwas wusste sie über die Menschen, diese Sekretärin. Irgendetwas hatte sie über sie verstanden, mehr als andere. Eine böse Zauberin, die aber nicht praktizierte.

Ogarjow kollidierte beinahe sofort mit dem Phänomen Pospelowa. Er kam zum Rauchen aus dem Zimmer und entdeckte beim Empfangstresen einen rührenden alten Mann, der so adrett wie ein Zwerg war. Eine süße rosige Glatze, ein putziger Stock, eine Brille mit Goldrand wie aus dem genialen Film mit Noiret. Er strahlte eine altmodische Gemütlichkeit aus, die an eine gute Bibliothek denken ließ, die die

Ahnen bereits im 19. Jahrhundert zusammenzustellen begonnen hatten, an ein Doppelstudium, an einen ehrlichen Lebensabend, in dem die Würde mit aller Kraft gewahrt wird. Parteilos, liebenswürdig, krank. Eindeutig krank. Der Alte schnäuzte sich trompetend in ein schneeweißes, altmodisches, putziges Taschentuch und verlangte von Pospelowa einen Termin beim besten Arzt. Haben Sie doch Mitleid, Kindchen, sehen Sie denn nicht, ich habe eiden Schdupf'n. Schwambranien. Ein nicht vorhandener Großvater. Die vergangene Kindheit.

Pospelowa senkte den Kopf, blickte zur Seite und erklärte mit leiser, mitleidsloser, ausdrucksloser Stimme, dass im Moment leider alle Ärzte beschäftigt seien und dass in den nächsten zwei Monaten kein Termin mehr frei sei. Nichts Menschliches lag in ihrer Stimme. Überhaupt nichts. Als würde sie sich mit einem Staubsauger unterhalten. Während sie selbst eine Betonmischmaschine war. Oder sonst irgendetwas Mechanisches, Graues, Herzloses, das an den Rändern von Schlacke, Staub und unbarmherzigem Rost überzogen war. Ogarjow hatte nicht gewusst, dass es so etwas gab. Der Alte anscheinend auch nicht. Der Arme war den Tränen nahe.

Was für eine Schlampe. Der werd ich's zeigen!

Ogarjow ging zu ihnen, ohne Pospelowa eines Blickes zu würdigen, als wäre sie das Letzte, wie ein Soldat, der vor dem Angriff die Hosen voll hat, oder ein Direktor eines Kinderheims, der – von den Seinen! von den Seinen! – stiehlt. Kommen Sie zu mir, sagte er zum Alten, der sogleich langsam und dankbar mit zitterndem grauem Kopf lostapste.

Man wollte ihn einfach wie einen Verwandten umarmen. Er war so bedauernswert.

Nicht doch, Iwan Sergejewitsch, bat Pospelowa leise. Er sah sich unwillkürlich um, sie war wieder ein Mensch, war eindeutig erschrocken, blickte flehend und machte ihm sogar Zeichen, als wollte sie ihn beschwören oder würde in einer unsichtbaren Tiefe ertrinken. Bitte nicht! Was für ein Miststück! Ich werde mit Schustrik sprechen, er soll sie hinauswerfen, verdammt noch mal. Ogarjow öffnete dem Alten die Zimmertür. Ließ ihm den Vortritt. Und verwünschte sich fast einen Monat lang für seine Überheblichkeit und bekam auch Schustriks Verwünschungen zu hören, die er, wie man zugeben musste, vollkommen verdient hatte. Nicht Pospelowa musste hinausgeworfen werden, sondern er selbst. Ja, er selbst.

Der liebenswerte erkältete (das war er übrigens wirklich, ohne Spaß) Alte stellte sich als teuflischer Querulant heraus, der beinahe die ganze Klinik ins Verderben gestürzt hätte, indem er ihnen alle erdenklichen Kontrollen auf den Hals hetzte, darunter einen Strahlungstest, eine Bereichsüberprüfung, eine Brandschutzbegehung, eine Steuerprüfung und eine Kontrolle durch den staatlichen sanitär-epidemiologischen Dienst (allen, allen mussten die schamlosen, bodenlosen Mäuler gestopft werden, und das alles ganz umsonst, für nichts, für nichts und wieder nichts). Ein Gerichtsverfahren konnte gerade noch von einer teuren Rechtsanwaltskanzlei abgewendet werden, der in der Klinik angestellte Jurist war hoffnungslos überfordert, zuckte einfach ehrlich mit den Schultern. Dass der Alte eine ganz offizielle Diagnose hatte (paranoischer Typ der paranoiden Schizophrenie), änderte nichts. Überhaupt nichts. Sogar als gesetzlich anerkannter Verrückter verlor der dreiste Alte nicht seine bürgerlichen und sonstigen Rechte, die er bis zum Letzten ausnutzte und das zugegebenermaßen mit großem Wissen und Geschick. Der Streitsüchtige konnte nur mit großer Mühe besänftigt werden, und Ogarjow, der von diesem ganzen Chaos tief beeindruckt war, zog wichtige Schlüsse daraus. Erstens gab es unter den Patienten eine große und für ihn leider noch nicht erkennbare Kategorie von Menschen, die anderes als Heilung im Sinn hatten. Zweitens stellte sich heraus, dass Pospelowa keine gewöhnliche Sekretärin war, die mit ihrem hohen Alter von achtundzwanzig hinter dem Empfangstresen saß.

Hast du etwa gedacht, ich zahle ihr Gehalt umsonst, du Schwachkopf? Schustrik tauchte seine Lippen in seinen Cognac und schmatzte widerlich. Er griff immer öfter zum Glas, einstweilen nippte er noch und trank nicht, aber Ogarjow sah, dass es nur eine Frage der Zeit war bis zum alltäglichen, unbemerkten Alkoholismus, der so grotesk wie schrecklich ist. Als Chirurg hätte Schustrik anders getrunken, ganz anders. Mehr, leichter, freier. Es gab nichts Schöneres für einen Handwerker. Es gab nichts Schrecklicheres für einen verlorenen Menschen. Möchtest du? Ogarjow schüttelte den Kopf. Er hatte keinen Grund zum Trinken. Es gab einfach keinen. Also, ich weiß ja nicht, wie sie das macht, die Pospelowa meine ich, aber an ihr ist noch kein einziger Psycho vorbeigekommen. Ich weiß auch nicht, das geht ganz automatisch. Wenn wir sie nicht hätten, wären wir schon lange pleitegegangen. Schustrik dachte etwas nach und sagte dann vorsichtig – kein Schwanz weiß, wie sie das macht!

Ogarjow musste lachen. Das Wort Schwanz passte überhaupt nicht zu Schustrik. Es gab eine Kluft zwischen einem kräftigen russisch-tatarischen Schwanz, wie dem werten Genossen Limonow, und dem weichen ungeschickten Schustrik. Was heißt Schwanz auf Jüdisch?, fragte Ogarjow plötzlich. Schustrik verschluckte sich und glotzte verblüfft. Welches Jüdisch? Welches du willst. Zum Beispiel auf Hebräisch. Zajin, sagte Schustrik verschämt. Nein, das passt nicht. Und auf Jiddisch? Potz. Das ist schon besser. Dann sag das. Am besten fluchst du gar nicht mehr so vulgär, in Ordnung? Ogarjow klopfte Schustrik unvermittelt auf die Schulter, fast zärtlich, wie einem verwirrten kleinen Bruder, der in ein Fettnäpfchen getreten war. Und die Sache mit dem Alten tut mir leid.

Bitte lieber die Pospelowa um Verzeihung, sagte Schustrik und schüttelte Ogarjows Hand automatisch ab. Er schützte sein Territorium. Seine mikroskopisch kleine Freiheit. Seine jämmerliche, schmollende, pickelfarbige Selbstachtung. Mach ich, versprach Ogarjow, und noch am selben Abend nach dem letzten Patienten stellte er eine Torte vor Pospelowa auf den Tresen. Die traditionelle Bestechung der Ärzte für das Dienstpersonal. Wenn man gut arbeiten will, muss man die Krankenschwestern mit Süßem verwöhnen, die Stationshilfen beachten, sich mit den Sekretärinnen anfreunden. Freigiebig sein. Die Torte hatte Ogarjow übrigens eigenhändig gekauft. Das war die höchste Form der Erkenntlichkeit und Anerkennung. Gewöhnlich wurden nur

Dankesgeschenke der Patienten weitergereicht, eine der endlosen Pralinenschachteln, Blumensträuße und Flaschen, einfältige Opfergaben, die befangen am Fuße des Altars niedergelegt wurden. Sich verneigen, mit der Stirn den Boden berühren, mit wackelndem Hintern zurückkriechen.

Doch diese Schachtel hatte Ogarjow selbst gekauft. »Vogelmilch«. Der unerreichbare Traum aller sowjetischen Schüler. Pospelowa klatschte wie ein Kind in die Hände. Strahlte. Danke, vielen, vielen Dank. Die beste Torte der Welt. Ich habe als Kind davon geträumt, dass ich, wenn ich groß bin, im Restaurant »Prag« eine echte »Vogelmilch« bestelle, ein ganzes Kilogramm, und dann esse ich sie als Ganzes auf. Sie sind also Moskauerin? Fast. Aus Krasnogorsk. Die Eltern haben dort eine Wohnung bekommen, also … Sie sind aber beide in Moskau geboren. Sowohl Mama als auch Papa. Ogarjow hörte aus Höflichkeit zu, es war noch zu früh, um wegzugehen, und außerdem, scheiße, musste er noch etwas erledigen … Ach ja.

Entschuldigen Sie bitte, dass ich damals nicht auf Sie gehört habe. Bei diesem streitsüchtigen Alten. Na, der schizophrene. Das macht doch nichts. Es ist ja alles überstanden. Vorbei. Sie sah von unten hinter dem Tresen zu ihm hinauf, mit leicht gerunzelter Stirn wie von der Sonne geblendet. Mit unangenehm beharrlicher Begeisterung. Als würde sie ihn irgendwohin schieben. Auf das Schafott, auf eine Tribüne. Zu einer Heldentat. Nun konnte er endlich gehen. Es wurde Zeit. Also, auf Wiedersehen, Anna … Mist, ich habe ihren Vatersnamen vergessen. Ogarjow hing in der Luft wie ein vom Trapez gestürzter Akrobat. Es war nicht schlimm, weil es ein Sicherungsseil gab. Aber trotzdem unangenehm. Nikolajewna, sagte sie ihm vor. Aber lassen Sie den Vatersnamen ruhig weg. Wir arbeiten doch gemeinsam. Gut, fügte sich Ogarjow, der endlich wegwollte. Wie lange denn noch? Noch einmal danke und auf Wiedersehen, Anna.

Antoschka, sagte sie wieder vor, als würde sie Ogarjows Arm nehmen und ihn über die Straße führen. Sie schob ihn mehr, als sie ihn stützte. Die ganze Zeit schob sie ihn. Dorthin, wohin sie selbst wollte.

Was? Ogarjow verstand nicht.

Meine Freunde nennen mich so. Nicht Anna, sondern Antoschka.

Ogarjow lächelte höflich und gleichgültig, wie um Pospelowa zur Seite zu drängen. Er hatte schon als Krankenpfleger gelernt, Anbiederungsversuchen mit einem Blick Einhalt zu gebieten. Sich langweilende mollige Muttis, Krankenschwestern, die nicht wussten, mit wem sie den Nachtdienst totschlagen sollten. Das hatte ihm gerade noch gefehlt. Er ließ sich nicht einmal zu einem weiteren »Auf Wiedersehen« herab. Er nickte nur und ging mit ihrem schmachtenden Blick im Rücken davon.

Ziemlich unangenehm. Genau, unangenehm.

Antoschka! Wie war sie denn darauf gekommen?

Kein einziges Mal nannte er sie später so. Kein einziges Mal. Wie sehr sie ihn auch darum bat.

4

Sehr lange dachte Antoschka, dass es so sein musste. Das es einfach so war.

Als Kind nahm sie alles, was mit ihr geschah, als normal wahr. Als den einzig möglichen Standard. Das ist meine Welt. Mein Lebensraum. Spielen und leben kann man überall. Kinderzeichnungen aus dem Ghetto Theresienstadt. Grossmanns jämmerliches Kätzchen, das in einem Bombenkrater geboren wurde. Es bat um nichts und klagte über nichts in der Meinung, dass dies – Getöse, Hunger, Feuer – eben das Leben auf Erden sei. Leben und Schicksal. Antoschka dachte ebenfalls, dass alle dasselbe sahen wie sie. Dass das normal war. Dass es gar nichts anderes gab.

Da ging eine Frau mit einem Einkaufsnetz über die Straße. Das war ein seltsames Wort, Ein-kaufs-netz. Durchsichtig, löchrig. Die Frau trug darin Kartoffeln und Kefir. Hat im Netze sich gefangen. Die Kartoffeln waren groß und schmutzig. Auf der Kefirflasche glänzte eine Kappe aus Folie. Eine grüne. Alles ganz normal, nur mit der Frau stimmte etwas nicht, Antoschka sah das. Beziehungsweise wusste es. Die Frau war nicht wie alle anderen. Man konnte das nicht erklären, zumindest Antoschka konnte es nicht. Noch nicht.

Nicht einmal sich selbst. Die Frau war gut gekleidet, sie trug Lackschuhe, einen hellen Mantel, der hinten in der Taille statt von einem Gurt (noch ein seltsames Wort – Gurt) von einem Band mit Knöpfen zusammengezogen wurde. Einem Bändchen. Das Bändchen gefiel Antoschka. Kefir gefiel ihr auch, aber Sauermilch noch besser. Die Folie auf der Sauermilch war rosa, sie sah ganz kalt aus. Einmal nur ablecken. Antoschka tat das immer, und ihre ebenfalls rosa Zunge wurde davon kalt. Die Sauermilch lag klumpig in der Tasse, und wenn man sie zuckerte, begann sie langsam abzusinken und zu schmelzen, wurde porig wie ein Schneehaufen im Tauwetter. Das hieß, dass es bald Frühling wurde.

Antoschka kannte alle Jahreszeiten. Sie war schon groß. Nach dem Frühling kam der Sommer, und im Herbst würde Antoschka in die Schule gehen. Sie ließ die Frau nicht aus den Augen, sie konnte gar nicht anders. Es waren viele Leute auf der Straße, alle hasteten irgendwohin, aber Antoschka sah nur den hellen Mantel, das Gurtband, den Kefir und die glänzenden schwarzen Schuhe, in denen sich die Straße und die Wolken spiegelten. Die Frau war nicht wie alle anderen. Sie war anders. Sie bewegte sich anders. Hielt den Kopf anders. Als wären alle um sie herum echt und sie nicht. Oder umgekehrt. Alle gezeichnet, und nur diese Frau wölbte sich vor, als versuchte sie, aus einem Malbuch auszubrechen. Antoschka war nicht ängstlich zumute, sondern nur etwas unbehaglich. Sie wollte lieber nicht hinschauen. Aber sie konnte nicht anders.

Die Frau spürte ihren Blick und drehte sich um. Eine ganze Sekunde lang sahen sie einander an. Die Frau wusste, dass Antoschka Bescheid wusste. Antoschka auch. Die

Augen der Frau waren absolut schwarz. Ganz und gar. Kein Weiß, keine Iris, nichts. Das stimmte natürlich nicht, aber Antoschka sah sie genauso. Die Frau blickte schwermütig, von weit her, aus einer undurchdringlichen Tiefe, deren Bezeichnung Antoschka noch nicht kannte. Antoschka hörte einen leisen Ruf, einen kaum vernehmbaren Laut, den sie auch nicht verstand. Es kam ihr so vor, als würde die Frau um Hilfe rufen. Stumm. Der Frau ging es schlecht. Dieses Schlechte stieg langsam hoch, umfloss Antoschkas Knie, dann ihre Brust, stieg weiter zum Hals. Dunkel. Dicht. Die Frau stand immer noch da, dann machte sie plötzlich einen Schritt auf Antoschka zu, als wäre zwischen ihnen ein Faden gespannt, an dem gezogen wurde, gezogen, gezogen, man wusste nicht, woher. Oder von wem.

Antoschka hielt einen Stoffhasen an der Pfote und wusste, dass er nicht helfen würde. Niemand würde helfen. Nur sie selbst. Die Frau machte noch einen langsamen Schritt. Antoschka, marsch, nach Hause!, rief die zornige Mama aus dem Fenster, und das Dunkle wich augenblicklich zurück. Die Frau drehte sich gleichgültig weg, nahm das Einkaufsnetz in die andere Hand und ging weiter, die Straße und Wolken auf ihren Schuhen trug sie mit sich fort. Antoschka sah ihr noch einen Moment hinterher, ihr war schwindlig im Kopf, schwindlig im Magen, das Schwarze wich zurück, zog sich widerwillig dahin. Es war zäh. Dicht. Die Frau tat ihr unglaublich leid. Sie war nicht wie alle anderen. Sie war allein. Als wäre sie von einem anderen Planeten. Es war sehr schlecht, wenn man von einem anderen Planeten war – man war vollkommen allein.

Antoschka! Die Mutter schrie wie abgestochen. Papa sagte so, du schreist wie abgestochen. Obwohl Antoschka, als sie sich mit der Messerspitze in den Finger gestochen hatte, überhaupt nicht geschrien hatte. Obwohl es sehr wehtat. Die Klinge knirschte leise über den Knochen, sie quietschte sogar. Antoschka hatte es gehört. Schwarzes Brot. Rosa Wurst. Gelbe Butter. Noch viele Jahre später würde sie Brot brechen. Nicht schneiden. Brechen. Und keine belegten Brote. Es tat zu weh. Sie merken das wirklich nicht? Es tut zu weh!

Antoschka ging zum Hauseingang und kickte ein Steinchen vor sich her. Tz-tz. Der Hase ließ eine leblose Pfote über den Asphalt schleifen. Antoschka hörte und sah, was anderen verborgen blieb. Aber das wusste sie noch nicht. Sie dachte, dass alle die Frau sahen. Dass sie allen leidtat. An der Eingangstür wandte sich Antoschka noch einmal um. Keine Frau. Kein Schwarz. Weg. Zurückgewichen. Die Straße war voller Erdbewohner, zu Hause wurde ein Teller Hühnersuppe mit Nudeln und Fleischklößchen kalt, wegen der gekochten Zwiebel würde es mit Mama wieder Streit geben. Antoschka war ein ganz normales Kind. Ein aufgeweckter Knirps von gut sechs Jahren.

Wahnsinn. Das war es, was sie sah. Menschlichen Wahnsinn. Antoschka war die Königin der Verrückten. Der Zünder. Der Leiter. Wie ein Draht. Rot, weiß, grün. Ziffern, die über einen schwarzen Bildschirm springen. Rückwärtszählen. Zehn Sekunden bis zur Explosion. Acht. Sieben. Fünf. Davon, wie man die Drähte verbindet, hängt das Schicksal der ganzen Welt ab. Antoschka erstarrte vor der Türglocke, hielt in der einen Hand den roten Draht, in der anderen den weißen. Im Hauseingang stank es nach Katzen, Urin, klebrigen Pappelknospen, der Kindheit. Irgendwann würde Antoschka erwachsen werden. Irgendwann würde sie Ärztin werden. Das war so einfach und klar wie der Schlüssel unter der Fußmatte, den sie unter der Fußsohle spürte. Den Schlüssel gab es immer. Man musste gar nicht nach ihm suchen. Man musste sich nur vorstellen, wo man ihn selbst versteckt hätte. Richtig. Genau da. Hinunterbeugen und ihn nehmen.

Die Tür flog auf, und Mama stand wütend auf der Schwelle. Sogar ihre Haare waren erbost. Ich hätte mir fast die Kehle aus dem Hals geschrien! Zweimal habe ich schon das Mittagessen aufgewärmt! Und du treibst dich für nichts und wieder nichts eine geschlagene Stunde draußen rum! Mamas Augen waren ganz hell. Sogar wenn sie schrie. Mama war völlig normal. Papa auch. Antoschka warf sich plötzlich vor und umarmte die weiche, warme, vertraute Mama, bohrte ihren Kopf in sie. Die Schürze roch nach Wäsche und Küche. Mama. Mama! Bist du etwa krank? Lass mich deine Stirn fühlen. Kratzt dir der Hals? Antoschka schüttelte den Kopf. Nein, sie war vollkommen gesund. Wie Mama. Wie Papa. Sie stammte ebenfalls von diesem Planeten. Sie alle.

Doch in Antoschkas Händen befand sich ein bunter Knäuel Drähte, die nirgendwohin führten.

Antoschka hatte es schon immer geliebt, andere zu heilen, von klein auf.

Das war nicht das gewöhnliche kleinkindhafte Herumdoktern an krank spielenden Kuscheltieren. Nein, aus jedem Puppenhaufen fischte sie unfehlbar das unglücklichste Wesen heraus – keinen klassischen abgeknuddelten Teddybären mit abgerissener Pfote, sondern ein tatsächlich armes, nutzloses, elendes Monstrum. Ein hässlicher, kaum erkennbarer Hase, ein hohles Plastikbaby mit unmerklichen Herstellungsfehlern oder eine Puppe, die für immer ihre stecken gebliebenen Glasaugen nach innen gedreht hatte. Übrigens das ideale Modell für die Darstellung von Schizophrenie. Als sie bereits Anna Nikolajewna war, konnte sich Antoschka dessen viele Male vergewissern.

Nachdem sie den hoffnungslosesten Patienten bestimmt hatte, begann Antoschka ruhig, sachlich, mitleidslos mit der Behandlung, die auch überhaupt nicht kindlich war. Statt ihn zu verbinden, abzutasten, zu fragen, was uns denn fehle, den imaginären Blinddarm rauszuschneiden, oder wie man sonst noch erwachsene, echte Ärzte nachmachen konnte, drückte sie das missgestalte Kuscheltier einfach fest an sich und saß so einige Minuten sehr ernst, sehr verantwortungsbewusst da und schien nicht einmal zu atmen.

Warum sitzt du denn wie versteinert da, Antoschka?, fragte Mama, die aus der Küche ins Zimmer blickte. Geht so spielen?

Antoschka zog verärgert die Brauen zusammen, die kurz und gerade waren, auf einer Linie mit dem ebenfalls geraden kurzen Pony.

Ich spiele nicht, antwortete sie. Ich heile!

Wer heilt denn so?, wunderte sich Mama. Sie war eine Paukerin (korrekt muss man Pädagogin sagen!), und deshalb konnte sie, nachdem sie sich im alltäglichen Erziehungshamsterrad abgestrampelt hatte, nicht einmal abends, daheim aufhören. Was heißt hier abends, nachts: Was soll das, jetzt hast du mir schon wieder die Frisur zerdrückt, leiser, sonst wacht das Kind noch auf! Der Vater seufzte schwer und drehte sich zur Wand. Und synchron mit ihm drehte sich im Nachbarzimmer Antoschka auf die andere Seite, die von der Erwachsenenwelt durch völliges Unverständnis, eine blaue Flauschdecke und eine Ziegelwand sicher getrennt war. Ein eigenes Zimmer! Ein unerhörter Luxus, mein Spielzeug, mein Tisch, mein Bett. Winzige Pantoffeln, die strammstanden – Fersen zusammen, Fußspitzen auseinander. Eine unkindliche, austarierte, grimmige Ordnung. Nein, meine wirft ihre Sachen nie durcheinander! Nicht so wie andere. Antoschka war nie »unsere«. Meine. Mamas. Mamas Antoschka. Papa zählte nicht. Beziehungsweise fiel die Rechnung nie zu seinen Gunsten aus. Die Wand teilte die Wohnung, wuchs gemächlich, unsichtbar und unüberwindbar. Und jeden Tag kam ein Ziegel dazu.

Mama trocknete sich die Hände mit einem steifen Waffelhandtuch ab (bleichen, auskochen, von beiden Seiten bügeln). Warum umklammerst du den Hasen so? Heilen geht anders. Zuerst muss man schauen, was ihm wehtut. Wenn es die Pfote ist, muss man sie verbinden. Wenn der Hals rot ist, gibt man ihm einen Himbeertee. Oder Tee mit Honig. Weißt du noch, wie ich dir Honig gegeben habe, als du erkältest warst? Nein, blieb Antoschka stur. Sie konnte nicht erklären, dass keine Himbeeren und kein Honig dem Hasen helfen konnten, wieder glücklich zu werden, dass er etwas ganz anderes brauchte, und Mama verschwand mit aufeinandergepressten Lippen verstimmt in der Küche. Das Kind hat überhaupt keine Fantasie, wie soll sie später durch die Schule kommen? Der Vater zuckte mit den Schultern, als würde er eine unsichtbare Last abschütteln, und langte nach der nächsten Zigarette. Irgendwie wird sie schon durchkommen, sagte er und beobachtete gebannt die flinken Hände seiner Frau, wie geschickt das Küchenmesser über die Kartoffel glitt, die gelbe Schale sich herunterschraubte und die nächste glatte nackte Knolle glucksend ins kalte Wasser fiel.

Die Schule und danach die Berufsschule lassen schon kein Kind auf der Strecke bleiben.

Die Mutter schnaubte ungehalten, sie fand die Witze des Vaters idiotisch, ein Jahr später, als Antoschka in die erste Klasse ging, ließen sie sich scheiden, wohnten aber weiter unter demselben Dach. Wie intelligente Menschen. In Wirklichkeit hatten beide einfach keine andere Möglichkeit. Antoschka zog zu Mama ins ehemalige Elternschlafzimmer, und der Vater blieb für immer und ewig in ihrem Kinderzimmer. Er war das fünfte Rad am Wagen. Menschen sind halt Menschen, aber der! Mama sprach so über ihn. Und Antoschka trennte den Vater noch lange in Gedanken von allen anderen Menschen ab, erst mit dem einen Vorzeichen (mein Papa ist nicht wie die anderen, er ist der allerbeste), dann mit dem anderen (mein Papa ist ein Feigling und Versager).

Bis sich alles fügte und endgültig durcheinandergeriet.

Nachdem sie einige Minuten in heilender Unbeweglichkeit dagesessen hatte, löste Antoschka die Umarmung und brachte das genesene Kuscheltier an seinen Platz. Danach spielten sie nie mehr miteinander. Rückfälle kamen nach

Antoschkas Heilung nicht vor, und für die Gesunden interessierte sie sich nicht. Die Gesunden waren gesund, und Antoschka wusste einfach nicht, was sie mit ihnen tun sollte. Sie wurden ohnehin von allen geliebt. Was sollte da sie noch?

Mit der Liebe in Antoschkas Leben verhielt es sich überhaupt sehr, sehr kompliziert. Es gab viel Liebe, zu viel, man konnte sich gar nicht vor dieser Liebe retten. Von klein auf und auch schon vorher. Man wollte ihr sogar den Namen Ljuba, also Liebe, geben … Himmelblaues Röckchen, hübsches Band im Zöpfchen. Ein schrecklicher Name. Einfach schrecklich! Papa begehrte auf wie Spartacus im Buch von Raffaello Giovagnoli, das war ein schöner Name, wie eine Praline mit Kokosraspeln in zartem Spitzenpapier. Meine Tochter wird nicht wie eine Putzfrau heißen! Wer hat dir überhaupt gesagt, dass es deine Tochter ist?! Patsch! Da hatte, entgegen jeder Logik, Papa und nicht Mama eine Ohrfeige sitzen. Sie hatte eine schnelle, feste, geschickte Hand, wie Antoschkas Hinterteil bestens wusste. Mama war in Sachen Erziehung eine Anhängerin der strengen sowjetischen Schule. Der große Pädagoge Makarenko hatte seine Kinder auch geschlagen. Das waren nicht einmal seine eigenen, sondern elternlose Kinder!

Als Folge langwieriger blutiger Kämpfe verwandelte sich Ljuba in eine neutrale Anna, was zwar auch keinem gefiel, aber zumindest beiden gleich wenig. Antoschka begann sie sich selbst zu nennen, nachdem sie den gleichnamigen Zeichentrickfilm gesehen hatte, in dem die Kinderköpfe beim Aufwachsen mit allerlei seichtem sprachlichem Müll gefüllt wurden. So begann es. Mit zwei kamen aus dem Mund der Mutter in der Dunkelheit Melodien, Geplapper, Pfeifen. Wörter hingegen tauchten erst um das dritte Jahr auf. Der rothaarige sommersprossige Junge aus dem Film, der unter dem Verdacht stand, seinen Großvater (mit der Schaufel) erschlagen zu haben, gefiel Antoschka so sehr, dass sie ganz von selbst seine Sünde, seine Einsamkeit, seinen Namen auf sich nahm. Sie hörte einfach nicht mehr auf Anja, Anetschka, Anna Nikolajewna. Sie wollte rothaarig, sommersprossig, nichtsnutzig sein, nicht wie alle anderen. Verdächtig. Das erste und schreckliche Beispiel für die Empathie, die fast ihr ganzes späteres Leben verderben würde.

Was heißt fast?

Es verdarb es.

Doch damals, mit drei Jahren, bemerkte niemand etwas, außer einer unerhörten Sturheit, einfach unerhört, ein Kind in diesem Alter konnte und durfte nicht so dickköpfig sein. Antoschka. Antoschka. Sie hörte auf nichts anders. Bei dieser Gelegenheit soll auch ein geheimer Gruß an Anton Semjonowitsch Makarenko gesendet werden, den sowjetischen Schriftsteller und Pädagogen. Die zwei Rettungsringe vorn sind seine Brille. Weißgardist, Ziehkinder, Kälte, Hunger, der Versuch, sich zu erschießen, alles schlecht, alles schlecht, nichts funktioniert, niemand hört auf mich, es wird nichts. Nichts aus diesen Kindern, nichts aus mir. Die Kritiker zerrissen all seine Bücher in der Luft. Den Kollegen war seine Methodik keinen Heller wert. Am 1. April 1939 starb er einen plötzlichen Tod in einem S-Bahn-Waggon. Der tote Kopf stieß noch lange an die eisige Scheibe, im Takt mit den Rädern, Fugen, Gleisen-Gleisen, Schwellen-Schwellen. Bücher sind gebundene Menschen. Davon wusste Antoschka natürlich nichts. Sie las zwar mit 15 sein *Pädagogisches Poem* aus Mamas Bücherregal, aber stöhnend und nur mit Ach und Krach. Sie las nie gerne. Obwohl ihr Sadorow und Osadtschi aus dem Buch gefielen, die waren nicht schlecht.

Lesen hatte keinen Sinn. Sinnvoll war nur das Heilen.

Wie gesagt, es hatte sich viel Liebe angesammelt, viel zu viel.

Antoschka selbst war, wenn man darüber nachdachte, ein klassisches Kind der Liebe, das Ergebnis wild durcheinandergemischter kräftiger sowjetischer Getränke von nicht allzu hoher Qualität: der furchtbare Portwein »Solnzedar«, ein namenloser Wodka für drei zweiundsechzig, den die Leute einfach »Ästchen« nannten, und mehrere Flaschen säuerlicher Wein der Marke »Algerien«. Der einzige Tribut an etwas Kultur war eine Tüte Visiga-Teigtaschen aus dem Feinkostladen des Hotels »Angleterre«, mit denen war alles gut und schön, aber der Rest ließ Antoschkas Mama am nächsten Morgen ziemlich leiden. Oh Gott, stöhnte sie und presste zum wiederholten Male die feuchte Stirn an kühles Porzellan. Sogar in dieser Situation versuchte sie, den Anschein eines intellektuellen und intelligenten Sowjetmädchens zu wahren. Oh Gott, das war kein »Ästchen«, sondern ein ordentlicher Ast auf den Kopf! Lass das Klugscheißen beim Kotzen, sagte Tanka, die allerbeste Freundin, eine bessere gab es nicht, ganz erbarmungslos, und der Geist von Boris Vian verließ die Damentoilette des Studentenheims der Leningrader Fakultät für Geschichte, er war von niemanden erkannt worden, aber sehr zufrieden. Am

Abend desselben Tages, als alle schon ganz durchgefroren waren und es einfach nicht in die Eremitage oder ins Russische Museum geschafft hatten (diese verfluchten Schüler mit ihren Neujahrsferien!), verließ die Studentengruppe vom Moskauer Pädagogischen Institut die Wiege der Revolution und kehrte zurück in die heimatliche Hauptstadt Moskau.

Im Zug war es noch kälter als draußen, vor dem Fenster rasten namenlose Haltepunkte und riesige Laternen vorbei, unter der Decke schwebten schmutzig gelbe Lampen. Antoschkas Mama war immer noch übel, Tanka schaute sie völlig mitleidslos an und schlug vor, hinaus in den Einstiegsbereich zum Rauchen zu gehen. Sicher ist sicher. Antoschkas Mama lehnte ab, und Tanka ging mit zwei unerträglich lachenden Kavalieren hinaus, anscheinend Sportstudenten, die Teilnehmer an der Studentenkonferenz waren wie Kraut und Rüben durcheinandergeworfen worden, nun wer, fragt man sich, wer organisiert eine Konferenz in den Ferien? Antoschkas Mama rollte sich auf dem harten Liegesitz zusammen, zog die frierenden Beine an und kniff die Augen zu, um weder die Haltepunkte noch die Laternen sehen zu müssen, Geld für Bettwäsche hatte niemand. Furchtbar, wie kann man nur so viel trinken? Wie peinlich! So peinlich! Dafür habe ich eine Urkunde bekommen, lobte sich Antoschkas Mama selbst und dämmerte weg, im Waggon schnauften, stöhnten im Schlaf, rochen nach alten Socken und schlecht verdautem widerlichem Essen die glücklichsten Menschen der Welt – die Sowjetbürger, eine große Gemeinschaft, ein großes Volk, und wer in diesen Worten auch nur die leiseste

Ironie wahrnimmt, hat alles vergessen oder, weitaus schlimmer, ist nach 1985 geboren worden.

Jemand deckte Antoschkas Mama vorsichtig mit etwas Schwerem und Warmem zu, sie zuckte zusammen und öffnete die Augen. Das war der Kleine, Magere mit den Zotteln, mit dem sie, Antoschkas Mama verzog das Gesicht, bei diesem furchtbaren Besäufnis geknutscht hatte. Und anscheinend nicht nur geknutscht. Genug, genug, keinen Portwein mehr, keine Visiga-Teigtaschen mehr! Danke, flüsterte sie und zog den nach Tabak und einem fremden Heim riechenden grauen Mantel zu den Schultern hoch. Er sah so kindisch aus, als käme er direkt aus dem Kaufhaus »Kinderwelt«. Schuljungen trugen solche Mäntel. Dreierschüler aus zerrütteten Familien. Sie versuchte, sich zu erinnern, wie der Zottelige hieß, aber es fiel ihr nicht ein, die ekelhafte Brühe im Magen schwappte hoch bis zum Hals. Vielleicht Igor? Oder Ljoscha? Aber auf jeden Fall war er von der Geschichtsfakultät, ein Unsriger, anscheinend ein Jahr über mir.

Weiter zu schweigen war unangenehm, und Antoschkas Mama schloss wieder die Lider über die trockenen, fast schon rauen Augäpfel. Der Zottelige stand noch einen Moment über ihr und strahlte ein stilles Mitleid aus, dann verschwand er gehorsam, und zwar so gründlich, dass Antoschkas Mama, ganz verheult, aufgedunsen und abscheulich wie eine frisch gefangene Wasserleiche, die ihren schrecklichen Tod selbst noch nicht wahrhaben wollte, ihn zwei Monate später fast nicht ausfindig machen konnte. Noch einen Monat später heirateten sie schnell-schnell, und im Herbst 1972 wurde Antoschka geboren.

Der Zottelige hieß übrigens Nikolai. Und Antoschkas Mama Jekaterina Semjonowna. Jekaterina Semjonowna Pospelowa. Antoschka war auch eine Pospelowa. Papa ein Staruchin. Wie grässlich, nie im Leben heiße ich Staruchina – »die Alte«! Und meine Tochter auch nicht! Du brauchst gar nicht erst zu fragen. Vielleicht hatte er auch gar nicht gefragt, Antoschka wusste es nicht. Von Papa bekam sie nur den Vatersnamen. Den konnte ihr nicht einmal Mama wegnehmen. Urkunden sind schließlich Urkunden. Das Kind muss einen Vater haben! Wenn auch nur so einen wie dich.

Als Kind war Antoschka sehr froh, dass sie eine Mama und einen Papa hatte. Dass sie zusammen waren. Dann, als sie heranwuchs, bedauerte sie genauso sehr, dass sich die Eltern nicht scheiden ließen. Immerhin hatten sie nur die Liebe zu Antoschka gemeinsam. Sie rissen sie beinahe entzwei mit dieser Liebe.

Ihr solltet euch lieber scheiden lassen! Ihr solltet euch lieber scheiden lassen! Ihr solltet euch lieber scheiden lassen!

Aber sie ließen sich schließlich auch scheiden. Antoschka bemerkte es nur nicht gleich.

Ihre Kindheit war zum Bersten gefüllt. Eine anilingefärbte, giftig grelle, knallrote und goldene sowjetische Kindheit. Wenn man die Augen schloss, flackerten auf der versengten Netzhaut noch einige Sekunden kleine brennende Halluzinationen weiter. Die Buchserie *Der flammende Revolutionär*. Die Demonstration am ersten Mai, die Siegesparade am neunten, der siebte November. Das waren überhaupt keine Pro-forma-Feiertage, das stimmt nicht. Sie waren den Menschen genauso lieb wie Neujahr. Zu Ostern färbte man Eier, für die Erster-Mai-Demonstration bastelte man Blumen aus Zigarettenpapier, die waren bauschig und fast so schön wie die auf dem Friedhof. Sie wurden mit Drähten auf echten nackten Zweigen befestigt und jubelnd vor den Tribünen geschwenkt. Nach der Parade (auf dem Roten Platz marschierten die Mitarbeiter des Rotbannerinstituts des sowjetischen Verteidigungsministeriums ein, warte noch ein bisschen, gleich sind wir dran) gingen alle spazieren, glückliche Erwachsene und Kinder mit offenen Mänteln. Lackschühchen, weiße Strumpfhosen auf den stämmigen lustigen Beinchen. Nein, Antoschka, geh vom Gras weg, du machst dir noch die Strumpfhose grün. Wir haben keine andere. Weiße Strumpfhosen waren Mangelware und wurden nur am Feiertag, nur bei der Parade getragen. So nannte man sie auch: Paradestrumpfhosen. Es war überhaupt alles Leichte, industriell Hergestellte schwer zu bekommen, dafür wurde ein Überschuss an unverfälschter menschlicher Freude produziert. Und die Produzenten waren die Menschen selbst.

Antoschka wurde 1972 geboren, und ihre Kindheit fiel in makellose, doch, wirklich makellose Zeiten. Die goldenen Jahre der großartigen, ein klein wenig ramponierten Stagnation. Die Maslow'sche Pyramide war unerschütterlich und solide in allen Punkten erfüllt. Antoschka sprang leichtfüßig und fröhlich über die Stufen dieser im Grunde düsteren Zikkurat – ein sowjetisches Mädchen, eine kleine Beinahe-Moskauerin, die eindeutig alles hatte, wovon man nur träumen konnte.

Physiologische Bedürfnisse? Sie hungerte nicht, wohnte

in einem wunderbaren Haus, hatte ein eigenes Zimmer. Weiße Strumpfhosen waren natürlich schwer zu bekommen, aber sie hatte welche, Mama besaß einen Crimplene-Mantel, Papa hatte einen Samtanzug und einen Rollkragenpullover wie Hemingway auf dem berühmten Foto, außerdem hatten beide einen Universitätsabschluss, und Würstchen konnte man auch kaufen und glasierte Quarkriegel und Bananen. Zugegeben, man musste sich dafür in einer langen Schlange anstellen und konnte dabei auch leer ausgehen, aber davon wurden die Riegel nur noch begehrter und köstlicher.

Sicherheitsbedürfnisse? Ein Gefühl der Zuversicht? Freiheit von Angst und Misserfolgen? Heißa, hopsa, wenn sie vom Spielen im Hof müde geworden war, ging die ganze Meute – nein, Schar, was für ein schönes und fast vergessenes Wort –, die ganze Kinderschar in die nächste Wohnung, egal von wem, es gab kein Haus, in dem sie nicht gefüttert worden wären, es gab keinen Erwachsenen, der sie nicht angeschrien hätte, wenn ihnen einfiel, übermütiger zu werden, als der Kodex der Erbauer des Kommunismus und die Gesetze des sowjetischen Gemeinschaftsleben es erlaubten. Die Wohnungstür war bei niemandem abgesperrt – Nataschik, bist du zu Hause? Kannst du mir Salz leihen? Tante Katja, Mama hat Kuchen gebacken, und ich soll dir einen vorbeibringen. Ha, du Schlampe! Warst wohl aus, was? Ich werde dir gleich den Arsch aufreißen … Ach, liebe Leute, so helft doch, Wowka schlägt Lenka schon wieder! Ruft den Milizionär, den Milizionär! Nicht doch, nicht doch, Genosse Leutnant, ich bin selbst schuld, ich schwör's.

Der Genosse Leutnant ging mit strengem Gruß weg,

während die Leute ehrfurchtsvoll vor ihm auseinanderwichen. Er verkörperte Macht und Gerechtigkeit. Dieser Kartaschow, der jüngere, ist wirklich ein Schwachkopf, er hat aus dem Propagandaraum eine Schreibmaschine geklaut, weiß der Teufel wofür, er sagte, er wolle Schriftsteller werden. Und was war?! Er wurde nicht eingesperrt! Er hat nur einen Arschtritt bekommen, und das war's. Na, der alte Stepa ist halt ein Mensch! Ein Milizionär. Zu Antoschka hatte man gesagt – wenn du dich verläufst oder Angst bekommst, dann such einen Mann in Uniform, einen Soldaten oder Milizionär. Er hilft dir auf jeden Fall. Antoschka glaubte es, sie schaute sich nach einer grauen Jacke um, der vertrauten Feldbluse, Sternen auf den Schulterklappen, nach einem köstlich riechenden Riemen. Vom Anschauen allein verging einem schon die Angst. Dort sind wilde Jungs. Kannst du bitte mit mir mitgehen?

In den Zweitausenderjahren, als sie bereits Anna Nikolajewna Pospelowa war, wechselte sie bei jedem Uniformierten sofort die Straßenseite, um aus der Schusslinie zu kommen. Banditen, das wusste sie aus den Neunzigern, ließen noch mit sich sprechen, vor Hooligans konnte man weglaufen, aber bei den Bullen konnte man das vergessen, ihnen entkam niemand lebend, und nachdem die Miliz in Polizei umbenannt worden war, wurde sie nur noch abscheulicher, wie ein Irrer, der in der S-Bahn versucht, ein nettes Gespräch mit irgendeiner Passagierin anzufangen. Wissen Sie, ich habe meine eigene Datscha in Solnetschnogorsk, was machen Sie denn so spät hier ganz allein? Ratter-ratter, der Waggon wird mit jeder Haltestelle immer leerer, das Fenster überzieht sich mit Schwärze, das Gespräch kommt nicht in Gang, zerbröckelt in Stückchen, sie zieht ständig das Kleidchen über die Knie, und er lächelt, lächelt und vergisst dabei, dass er bereits letztes Mal gelächelt hat, sodass sie nichts anderes mehr sieht als dieses monströse, unmenschliche Grinsen, denn es liegt nichts Menschliches in einer Macht, die auf der Straffreiheit der einen und dem ausgelieferten Entsetzen der anderen beruht.

Und mit dem Messer kratze ich mir aus den Nägeln fremdes Blut.

Das Zugehörigkeits- und Liebesbedürfnis. Ein enormer Granitblock, das Fundament jeder normalen Psyche. Praktisch ein Reflex. Wie der Saug- oder Schluckreflex. Es erlischt nie, man kann sogar sagen, es ist unauslöschlich. Ich liebe dich, also bin ich. Antoschka war von niemandem geplant worden, von niemandem erwartet, aber geliebt wurde sie mit Hingabe. Die Flitterwochen der Eltern, Studenten, die sich im Grunde kaum kannten, dehnten sich auf ganze sieben Monate aus – bis zu Antoschkas Geburt. Um die Hochzeitsfeier und Hochzeitsreise gebracht (wenigstens an die Wolga, auf die Datscha oder auf einen lausigen Campingausflug) lenkten sie alle Leidenschaft, die sie nicht miteinander erleben konnten, auf den noch nicht sichtbaren Embryo.

Sie hatten dieses Kind leben lassen! Sie hatten es verschont!

Jeder dachte, das sei sein Verdienst, jeder verlangte persönliche Dankbarkeit. Wen liebst du mehr, Mama oder Papa? Sie beugten sich über Antoschkas runden Kopf und sahen sie so an, als würden sie keine Antwort erwarten, sondern ein Urteil. Antoschka, die so schrecklich in die Zange genommen wurde, begriff bereits mit drei Jahren, dass man darauf nicht antworten durfte. Auf keinen Fall. Wie bei einem Verhör. Besser zu Tode geprügelt werden, als zu reden. Mama und Papa konnte man nur getrennt lieben. Deshalb lebte Antoschka zwei parallele Leben auf einmal, und diese Leben kreuzten sich nicht, ungeachtet der fieberhaften Einbildungen eines Kasaner Mathematikprofessors mit dem glatten Namen Lobatschweski. Mama steckte die Decke vor dem Schlafen schön fest, ganz eng wie bei einem Baby, Papa schüttelte das Kissen auf, sodass der Hals zu schmerzen begann. Für Mama liebte Antoschka den »Doktor Aibolit« und Frikadellen mit Kartoffelpüree. Papa las ihr – dein Lieblingsbuch, mein Äffchen – *Das bucklige Pferdchen* vor und überschlug sich beim Ergattern von – dein Lieblingsessen! – Milchwürstchen. Wenn er frische erwischte, dann konnte man sie aus dem rutschigen Zellophan herausdrücken und heimlich, damit Mama es nicht sah, ein glattes, rosa, biegsames Würstchen mit Papa gemeinsam aufessen. Roh. Mama musste man ins Ohr prusten, leise, ganz leise, als wären wir zwei Igel, nicht wahr, Antoschka? Mit Papa spielte sie Hoppe Hoppe Reiter, wenn er fällt, dann schreit er. Fällt er in den Graben, fressen ihn die Raben. Fällt er in den Sumpf, macht der Reiter plumps! Antoschka flog über die harten Knie des Vaters und lachte aus vollem Hals.

Papa ging mit ihr Karussellfahren, Mama in den Zirkus. Sie war ein aufgeregtes, glückliches Mädchen mit Zöpfchen. Auf den Zöpfchen saßen obenauf Kapronschleifen mit lustigen roten Plüscherbsen drauf. Die Übelkeit erregenden Spielzeugpferdchen drehten sich im Kreis und wippten auf und ab, Papa winkte, lief den Pferdchen stolpernd hinterher und freute sich, dass sich das Töchterlein freute. So nannte der arme Tropf sie: Töchterlein. Antoschka strahlte ihn an, winkte ebenfalls und schluckte den bitteren Speichel mühsam hinunter. Ihr wurde auf Karussells schlecht, müssen Sie wissen. Speiübel. Die ganze Zeit. Das verging auch nie. Und Zuckerwatte hasste sie. Die echten Zirkuspferde wirbelten in der Arena im selben Rhythmus im Kreis umher, auf ihren Rücken schaukelten märchenhafte pompöse Sultane, drehten sich unter die verschwitzten Pferdebäuche, zeigten die Wunder des Voltigierens und des Dschigiten-Kunstreitens, dürre abgemergelte Männchen. Das Wort Voltigieren selbst fraß sich wie eine stumpfe, schauerliche, gewollt langsam geführte Säge in Antoschkas Herz.

Ist das nicht wundervoll?, fragte Mama, drückte Antoschkas feuchte Hand, und die Krone der besten Mama der Welt strahlte stechend und blendend auf ihrem Haar. Antoschka, die ihren Part aus dem Effeff kannte, nickte, gehorchte der unsichtbaren Reitgerte und – allez hopp! – sprang folgsam durch den von echten Flammen lodernden Reifen. Sie hasste den Zirkus wegen der unzumutbaren Konzentration von Angst, Verzweiflung und Schmerz. Im Zirkus ging es allen schlecht, sogar den Pudeln und Löwen, die gehetzt jede Bewegung des ebenso gehetzten Dompteurs verfolgten. Jedes »allez« oder »hopp« barg einen schnellen, brennenden, unsichtbaren, aber ganz echten Peitschenschlag in sich.

Aua!

Und noch einmal – aua.

Hepp!

Antoschka betrachtete mit vor Entsetzen offen stehendem Mund die alternden, trinkenden, unglücklichen Turner und Clowns. Unter dicken Schichten von weißer Schminke, Federn und Flitter blickten sie menschliche Augen an, die müde und vor Anstrengung blutunterlaufen waren, eine gelbliche Lederhaut hatten und schmerzten. Das gewohnte Gliederreißen, die gewohnte Angst vor einer Verkrüppelung, der jämmerliche Lohn, der jämmerliche Neid, die unerträgliche Plackerei auf Gastspielreisen, der Gestank, die Menschenmenge, die an den Rändern waberte, die gefährliche, unsichere Platzkarte …

Niemand bemerkte etwas. Weder Mama. Noch Papa. Antoschka riskierte es nicht, sie hängen zu lassen. Das traute sie sich nicht. So rackerte sie sich mit der riesigen, berghoch auf dem Rücken aufgetürmten Liebe ab. Mit sechs Jahren erreichte sie virtuose Höhepunkte im Verstellen, wurde zu einer professionellen, vollendeten, vollkommenen Lügnerin, einer kleinen Königin der Mimikry. Nein, nicht ganz. Aus ihr wurden zwei. Eine für Mama, eine für Papa. Keine für sie selbst. Das war das schreckliche Urteil für die Eltern, das endgültig und nicht berufungsfähig war. Antoschka wurde eine Außerirdische wie bei Bradbury. Ein weiteres ungelesenes Buch. Gott sei Dank. Hätte Antoschka auch noch erfundene Menschen bemitleidet, hätte das ihren sicheren Tod bedeutet.

Wirklich. Tatsächlich. In echt.

Ihr war auch so schon zum Kotzen, wenn die Eltern, was

zum Glück selten vorkam, gleichzeitig über sie herfielen. Der einzige gemeinsam verbrachte Urlaub (das Kind muss ans Meer! Nur so ein Waschlappen wie du kann keinen Ferienscheck organisieren!) endete für Antoschka im Krankenhaus, einem ganz echten Infektionskrankenhaus für Kinder. Vierzig Grad Fieber, Schwäche, Delirium, übermäßiges Erbrechen, Dehydrierung, häufiges Harnlassen – die Symptome widersprachen einander, die Kinderärzte schüttelten die Köpfe, alles sprach für eine akute Infektion, aber gleichzeitig war das Blutbild ideal. Die fünfjährige abgemagerte, erwachsene, erschöpfte Antoschka (im Krankenhaus ging es ihr augenblicklich besser, allerdings nur physisch) stand am Fenster und schaute auf ihre Eltern hinab, die stundenlang unten warteten.

Der feuerspeiende Juli, die Stadt Anapa, Kiefern. Mama und Papa.

Sie hoben die Köpfe und suchten mit erschrockenen feuchten Augen nach der Tochter.

Jeder nach seiner.

Im Krankenhaus begriff Antoschka schließlich, dass sie Ärztin werden wollte. Sie begriff es ganz erwachsen, unsentimental, traf einfach eine Entscheidung. Im Krankenhaus gefiel ihr alles, vor allem der eiserne, unumstößliche, geordnete Ablauf. Ein echtes Gerüst für den Tag. Sein Gewissen. Daheim herrschte ein ewiges Tohuwabohu, Papa ging gegen zehn in die Arbeit, Mama sprang um sechs aus dem Bett, einmal gab es trostlose Pelmeni aus dem Geschäft, dann kriegte Mama, wie sie es selbst ausdrückte, plötzlich einen Rappel, und es gab kein Entkommen vor Piroggen mit unerhört schlechter Füllung, die sie sich selbst ausdachte und den ganzen Sonntag lang in einer von einem pestilenzialischen Qualm verrauchten Küche buk. Einmal wurde plötzlich Kunstunterricht für Antoschka organisiert, doch bereits nach drei Stunden stellte sich heraus, dass es unbequem war, sie dienstags und donnerstags dorthin zu fahren, und es hatte auch niemand dafür Zeit. Und Antoschka, die sich gerade an den großen unbekannten Raum gewöhnt hatte, in dem reihenweise Staffeleien standen und ganz in der Mitte ein großer kupferner Krug auf einem kunstvoll drapierten Tuch thronte, war wieder gezwungen, ihr gerade erst in Fahrt gekommenes Leben zu ändern. Wie jedes Kind brauchte sie einfache Wiederholungen einfacher Dinge. Schließlich ist die Welt eines Kindes sehr alt, primitiv, flach. Drei einfältige Elefanten, die auf einer riesigen Schildkröte von einem Bein aufs andere treten. Das ganze Weltall dreht sich gleichmäßig um eine unbewegliche Wiege.

Der Mittelpunkt der Welt.

Für Antoschka änderte sich dieser Mittelpunkt ständig, geriet aus dem Visier. Entglitt ihr.

Das war schwierig.

Im Krankenhaus hingegen hatte alles seinen ein für alle Mal vorgesehenen Platz. Die Betten. Die Infusionsständer. Die Stunde, in der die lächerlich kleinen Becher mit den Tabletten gebracht wurden. Der Grießbreiteller mit sonniger Butterpfütze in der Mitte. Die Visite zu einer festgelegten Zeit, pünktlich wie der Sonnenaufgang. Oder Untergang. Was auch passieren mochte, die Sonne erscheint in dieser Richtung.

Ruhig. Im Krankenhaus war es ruhig.

Aber am meisten von allem gefielen Antoschka die Ärzte. Sie wussten alles. Alles. Zweifelten an nichts. Hetzten nicht herum. Gewaltige, bedächtige Götter, die nach Kühle, Jod und Eau de Javel rochen. Antoschka, die noch nie zuvor von etwas geträumt hatte (sie hatte schließlich alles, alles, sogar eine Puppe aus dem »Leipzig«-Kaufhaus), wollte nun mit unkindlicher, unerwarteter Intensität genauso werden: allvermögend, allmächtig, allgewaltig. Genauso durch die Korridore gehen mit riesigen Flügeln, die zwischen den Falten des Kittels verborgen waren. Sich tröstend herabbeugen. Lautlos dahinschweben. Glänzende Spritzen. Das Klirren von Metall. Durchsichtige Ampullen. Die runde graue Pappe, deren Rand von scharfem Diamantstaub überzogen war. Eingeschnittenes rundes Glas.

Das war ihre Welt. Ihr Platz. Verstehen Sie das?

Bei der Entlassung brach sie in Tränen aus und wollte einfach nicht fortgehen. Sie beruhigte sich erst, als sie ein altes kaputtes Stethoskop geschenkt bekam. Es lag seitdem in einem Kästchen mit ihren wertvollsten Schätzen. Das Kästchen war fast leer, es enthielt nur das Stethoskop und die Heiratsurkunde. Andere Schätze hatten sich ihr ganzes Leben lang nicht angesammelt.

Bedürfnis nach Selbstverwirklichung und persönlichem Wachstum. Die allerletzte Stufe. Die oberste Spitze der Pyramide, über der es nur mehr den Himmel gibt, fast schwarz von der unfassbaren Höhe. Der Gipfel der Welt. Sie hätte umkehren müssen. Hätte Ärztin werden müssen. Aber sie sprang zu kurz. Schaffte es nicht.

Weder die Mutter noch der Vater konnten ihr dabei helfen. Sie konnten ihr überhaupt nie helfen. Antoschka konnte auf niemanden zählen. Im Prinzip war sie die einzig wirklich Erwachsene in der Familie. Sie stand mit dem Wecker auf (sogar Mama brachte es manchmal fertig zu verschlafen), vergaß nicht, sich die Hände vor dem Essen zu waschen, räumte selbst ohne Erinnerung ihre Spielsachen auf. Verlangte Antworten auf Fragen. Keine Ausflüchte. Antworten. Wie wird man Arzt? Na, da muss man sehr viel lernen. Mama legte sich bequemer auf dem Sofa zurecht und hielt einen Finger in die *Roman-Zeitung*. Nummer 5/1977. Astafjews *Der Zarenfisch*. Wie viel genau? Antoschka schaute Mama hartnäckig und mit finsterem Blick an. Sie zupfte an Mamas rutschigem Kapronmorgenmantel. Viel ist viel. Erst musst du die Schule fertig machen. Du bist ja noch nicht einmal in der ersten Klasse. Die Mutter zog ihr großes glattes Bein an. Rollte sich fröstelnd zusammen. Bring mir lieber die Decke. Sie ist beim Vater im Zimmer. Weißt du, welche? Die braune. Karierte.

Antoschka wusste es. Was wo lag. Was wo versteckt war. Vaters Sparbuch. Mutters Ohrringe, die hastig aus dem Schmuckkästchen getürmt waren. Die heilen Strumpfhosen. Die gestopften Strumpfhosen, die man unter der Hose trug. Die Socken, die als bunt gescheckter schlaffer Haufen in die Kommodenlade geworfen worden waren. Antoschka holte sie seufzend heraus und sortierte sie zu Paaren, grau zu grau und schwarz zu schwarz, bei dieser Socke schimmerte an der Ferse bereits ein zukünftiges helles Loch durch. Mit dem hölzernen Pilz zu stopfen hatte Antoschka von der Nachbarin gelernt, sie hatte den gleichen Pilz, der an den Rändern des braunen Hutes merklich von einem inzwischen längst erwachsenen und bereits gealterten Säugling angeknabbert worden war. Tante Mascha. Eine einsame, dicke, alte Frau. Sie hatte es nie eilig. Die Eltern immer. Aber wozu? Eile mit Weile. Also, setz dich her zu mir. Siehst du die große Nadel? Die haben früher die Zigeuner verkauft. Sie eignet sich am besten fürs Stopfen. Antoschka stellte sich ein buntes, sich wie ein Kreisel drehendes Zigeunerlager vor, aus dem in alle Richtungen wie bei einem Igel spitze Nadeln hervorstanden. Stopfnadeln. Das Loch an der Ferse wurde erst mit großzügigen Nadelstichen gestrichelt, dann wurden die Stiche immer enger gesetzt, die Lücken immer weniger, und schließlich schlossen sie sich ganz, und kein Lichtschimmer und kein Fleckchen waren mehr zu sehen. Durchgängiger, dichter wiederauferstandener Stoff.

Stielstich. Kettenstich. Der schwierige Zuschnitt eines Ärmels. Hohlnaht.

Gut gemacht. Du hast tüchtige Hände. Geschickte. Wenn du groß bist, wirst du eine Meisterin. Du kannst die Kleider für die ganze Familie nähen und wirst immer ein gutes Auskommen haben.

Aber das geschah nicht. Es kam nicht dazu. Schade.

Als ihr Mann aus der Kommodenlade eine sorgfältig, Stich für Stich gestopfte Socke herausfischte, drehte er sich langsam wie im Schlaf um. Zorn bremste ihn. Das wusste Antoschka. Er hielt gleichzeitig die Zeit und sich selbst an. Damit er nicht explodierte. Niemanden umbrachte. Er fragte leise, sehr leise – verdiene ich etwa so wenig? Antoschka senkte nur den Kopf und schluckte. Er war der Boss. Endlich, Allmächtiger. Wenigstens ein Boss in ihrem Leben. Nicht sie selbst. Er traf blitzschnell Entscheidungen. War unfehlbar klug. Unfehlbar schön. Schweigsam. Steinharte Muskeln auf dem breiten Rücken, Antoschka kannte jeden auswendig, sie betete beim Einschlafen jeden einzelnen an, und sie konnte sich lange nicht entscheiden, ob sie ihren Mann streicheln, umarmen oder sich mit der Wange an ihn schmiegen sollte. Er schlief immer auf der rechten Seite mit dem Gesicht zum Fenster ein. Er mochte es so. Ihr Mann. Arzt. Sie verwendete nicht einmal in ihren Gedanken seinen Namen. Sie wollte es nicht. Ehemann und Arzt. Das war das Wichtigste. Das Beste. Während Antoschka zwischen seinem Rücken und der eisigen Wand dalag, die mit einem alten, völlig fremden Teppich geschmückt war, fühlte sie sich wie der glücklichste Mensch auf der Erde.

Frieden, Sicherheit, Behaglichkeit. Ich bin im Haus!

Sich um ihn kümmern, ihn beschützen, sich hinter ihm verstecken. In ihm.

Ich möchte in dich hineinkriechen. Wie ein Känguru.

Er schaute sie verständnislos an, senkte dann den Kopf und wandte sich wieder seinem Buch zu. Bücher gab es im Haus überall, man stolperte über sie, sie rotteten sich in Ecken zusammen, fielen einem auf den Kopf, manchmal erschreckten sie einen, manchmal ärgerten sie einen. Als wären sie lebendig. Seine Bücher. Beim Staubwischen streichelte Antoschka über ihre Rücken. Seine Bücher. Seine Socken. Seine Arbeit. Sein Leben. Wenn sie gekonnt hätte, hätte sie sich in Luft verwandelt, Ehrenwort. Wäre eine atmosphärische Erscheinung geworden. Eine Wolke von Zärtlichkeit.

Hauptsache er. Hauptsache ihm. Hauptsache für ihn.

Er war alles, was Antoschka nicht geworden war. Absolut alles.

Ein guter Arzt. Ein guter, starker Mensch. Ein Gott. Einfach ein Gott.

Die gestopften Socken warf sie in den Mülleimer. Sie drehte sie zu einem kleinen Ball zusammen und begrub sie neben einer leeren Eierschachtel und einem Milchkarton. Morgens gab es Omelett. Mittags belegte Brote, die in kühle Alufolie eingedreht waren, Roggenbrot, Doktorwurst, etwas Senf, eine frische Gurkenscheibe, ihr eigenes Herz. Samstags gab es Borschtsch. Sonntags Piroggen, die immer etwas krumm ausfielen, wahrscheinlich war das Backrohr schlecht. Nicht ganz bei sich. Für das Abendessen denke ich mir was Besonderes aus, ich dünste Sauerkraut mit Kümmel, und er wird es essen, schnell, unaufmerksam, ohne sich von seinem Buch loszureißen, und dabei fallen auf das alte Wachstuch (neues kaufen nicht vergessen!) Krümel und Stückchen, Tröpfchen von Licht und kurze – von den kurzen Haaren – Schatten.

Ihr Mann. Arzt. Das Wichtigste war, dass er Arzt war.

Antoschka hatte mit ihm das Glückslos gezogen.

Er war der Allerbeste auf der ganzen Welt.

Sie hätte selbst genauso sein müssen wie er.

Papa arbeitete in einem Museum als Archivar. Das Wort ließ an aufgezwirbelte Schnurrbartantennen denken, an einen Gehrock mit einem hohen mit Tressen besetzten Kragen, der unbarmherzig den Hals aufscheuerte. Genügsamkeit und Genauigkeit. In Wirklichkeit hatte Papa einen gekrümmten Rücken und war klein. Seine traurigen Haarsträhnen reichten bis zum Kragen, der immer schmutzig war. Nachdem sie sich hatten scheiden lassen und in verschiedenen Zimmern wohnten, wusch Mama nur mehr für sich und Antoschka. Papa konnte nicht waschen. Und lernte es auch nie. Er weichte einen Pullover in einer gelben klingenden Emailschüssel ein, schüttete Waschpulver dazu – und dachte eine Woche lang nicht mehr daran. Der Pullover ertrank im gräulichen flockigen Schaum, der dann schwarz wurde und sich in stehendes, albtraumhaft dickflüssiges Wasser verwandelte. Wenn Mama ins Badezimmer ging, runzelte sie erst die Stirn, rümpfte dann die Nase und begann schließlich lautstark, über den unglaublichen Saustall und den menschlichen Sittenverfall zu klagen. Willst du, dass das Kind die Pest kriegt? Aus diesem Lappen werden bald die Frösche herausspringen! Beim Wort »Frösche« warf Mama Antoschka einen gehetzten Blick zu – das ist nur ein Scherz, du brauchst keine Angst zu haben. Lustig, oder? Es war überhaupt nicht lustig.

Den Kühlschrank teilten sie auch auf. Ein Fach für Papa, zwei für Mama und Antoschka. Antoschka legte Papa heimlich aufgesparte Stückchen hin, aber Mama fand sie und weinte in der Nacht, wobei sie sich von Antoschka abwandte und das Schniefen unterdrückte, um sie nicht aufzuwecken.

Antoschka hörte es natürlich trotzdem.

Mama liebte sie. Papa liebte sie. Opas und Omas gab es

zum Glück keine. Gott sei Dank. Es gab nur das Gespenst von Papas Mutter. Sie hatte an der U-Bahn-Station »Kropotkinskaja« in einer riesigen hallenden Zweizimmerwohnung gelebt. Veteranin des Großen Vaterländischen Krieges. Heldin der Sowjetunion. Scharfschützin. Hundertsechsundzwanzig Fritze. Schuhgröße dreiunddreißig. Den einzigen Sohn bekam sie spät. Vergötterte ihn. Sagte nie, von wem. Sie starb, als Antoschka fünf Monate alt war. Die Wohnung fiel an den Staat. Sie hatte niemanden dort angemeldet. Hatte ihren eigenen Sohn nicht in der Wohnung angemeldet. So sehr hat sie mich gehasst! Mama biss sich hasserfüllt auf die Lippe, und auf ihren Wangen erblühten hektische rote Flecken. Dann stand sie auf und schlug die Balkontür hinter sich zu. Rauchte verstohlen, sodass Antoschka es nicht sah.

Als Antoschka herangewachsen war, fuhr sie einmal zur Station Kropotkinskaja. Sie starrte lange auf die Fenster der Wohnung, in der sie hätte leben können. Ein Mädchen aus dem Zentrum. Ostoschenka-Straße. Pretschistenka-Straße. Gogolewski-Boulevard. Wenn man diese Wohnung heute verkaufen würde, dann würde es für das ganze Leben reichen. Die goldene Meile.

Mit fünfzehn hoffte Antoschka nicht einfach nur, dass sich alles gut entwickeln würde. Sie wusste es. Das Jahr 1986. Der siebenundzwanzigste Parteitag der KPdSU. Das Ende der Stagnation. Jelzins Selbstanklage. Gorbatschows Selbstgefälligkeit. Das Atomkraftwerk Tschernobyl, »Admiral Nachimow«. Dabei hatte man erst vor einem Jahr Kurs auf Beschleunigung und Perestroika genommen. An Antoschka ging das alles vorbei, sie steckte bis über die Ohren im Lernen. Sie bereitete sich auf die Medizinische Universität vor, lernte ununterbrochen und besuchte zwei Lerngruppen, für Chemie und Biologie, Turgor der Zellen, Koagulation von Eiweiß, weiße Wände, weiße Decken, die sich in der Ferne zu einem blendenden, leuchtenden Punkt zusammenzogen. Ein weißer Kittel.

In der Schule war sie mit niemandem befreundet, war dünn (das war noch nicht modern und wurde nicht geschätzt), groß, sehr stur. Zu viel. Gespannt wie ein Gewehrabzug. Schweigsam. Seltsam. Sehr seltsam. Hob fast nie die Augen. War bestrebt, nie allein auf der Straße zu gehen. Heftete sich an die allgemeine Gruppe von Jugendlichen, hielt sich aber am Rand und sah sich immer wieder um.

Bist du etwa eine Spionin, Pospelowa? Hm? Gib's zu! Bist du eine?

Antoschka lächelte nicht einmal.

Sie war keine Spionin. Sondern eine Verbindungsfrau.

Alles begann sehr früh. Zu früh. Mit fünf Jahren. Vielleicht sogar noch früher, doch sie hatte es einfach nicht bemerkt. Konnte es nicht. Die Eltern erforderten zu viel Zeit und Kraft. Außerdem war ihre Welt, wie es sich für die Welt eines Kindes gehört, anfangs zu winzig. Gitterbett, Laufstall, Zimmer. Die Dämonen drangen nicht dorthin. Und wenn sie es doch taten, dann hätte Antoschka sie wohl kaum als Dämonen erkannt.

Engel an der Wiege. Ein schlummerndes Kind.

In den Kindergarten wurde sie nicht gegeben. Genauer gesagt wurde sie nicht genommen. Noch genauer gesagt wurde sie hingegeben und genommen, aber Antoschka war so häufig krank, dass die Eltern vom ständigen Krankfeiern genug hatten und beschlossen, den Sozialisierungsprozess des Kindes einstweilen zu unterbrechen. Soll sie lieber zu Hause bleiben. Die hellblauen Krankmeldungen, die Antoschka so liebte (entweder blieb Papa oder Mama bei ihr, nie beide gemeinsam, und das machte das Leben erträglich, durchaus erträglich, manchmal sogar interessant), verschwanden aus der Kristallvase, die Antoschka ebenfalls sehr liebte. Ein geschliffener Nachen, der an den Rändern wie der Kreml gezahnt war. Wenn man durch sie hindurch die Welt betrachtete, wurde sie fröhlich, hell, unwirklich. Eines traurigen Tages zerbrach sie, Mama verdächtigte Papa und Antoschka, Antoschka das Schicksal, und Papa hüllte sich in Schweigen, wandte sich ab, entfernte sich mit schlenkernden Armen. Ein winziger leerer Taucheranzug in einem riesigen und ebenfalls leeren Raum.

Als Halbwüchsige schaute Antoschka einmal bei ihm in der Arbeit vorbei, um von ihm die Hausschlüssel zu holen. Ihre eigenen wurden ihr gemeinsam mit der Brieftasche gestohlen – lebt wohl, ihr zweiundzwanzig Kopeken für Süßigkeiten! Zu Mama in die Nachbarstraße wollte sie nicht gehen. Lieber den Autobus zum Archiv nehmen. So war es näher. Als die Frauen – im Archiv arbeiteten nur Frauen – Antoschka sahen, machten sie viel freudiges Aufhebens – Kolja, Kolenka, du hast Besuch, und Papa kam aus einem entfernten Zimmer, strich sich im Gehen über das Haar und lächelte so glücklich wie zu Hause nie. Er war groß, wirklich groß und überhaupt nicht gekrümmt, er war der helläugige, junge, intelligente, glorreiche Kolenka. Diese Frauen beteten ihn an. Fremde Frauen. Sie beteten ihn wirklich an. Sogar die Schlüssel, die er aus der Tasche zog und Antoschka reichte, waren heiß vor Anbetung. Und der Tee war heiß und das Gebäck, mit dem man sie verwöhnte, und das Sofa in Papas Kabuff. Er hatte ein eigenes Sofa in der Arbeit, überhaupt gehörte alles ihm! Diese Frauen. Und er lächelte. Er lächelte die ganze Zeit.

Bis es Zeit zum Heimgehen war.

Bei Mama in der Arbeit lächelte niemand. Wahrscheinlich weil sie keinen Kolenka hatten. Nur Paukerinnen. Mama unterrichtete Geschichte in der sechsten Klasse.

Eine Hundearbeit.

Das Aufpassen auf die asoziale Antoschka wurde Tante Mascha übertragen.

Mit fünf Jahren erlaubte sie Antoschka, allein in den Hof zu gehen.

Das war ganz normal. Es war ein ruhiger Hof. Und ein ruhiges Haus. Und es war in Krasnogorsk. Tante Mascha wohnte im Erdgeschoss und konnte ihren Gouvernantenpflichten nachkommen, indem sie einfach aus dem Fenster blickte. Die Sandkiste mit dem pilzförmigen Sonnenschutz und die Schaukel befanden sich genau gegenüber. Antoschka, die übrigens augenblicklich mit dem Kranksein aufhörte, knüpfte erste Freundschaften und Feindschaften, kochte eifrig Breisüppchen (dazu goss man Wasser in eine Sandgrube und rührte die köstliche zähe Brühe lange mit einem Stock um), formte Küchlein, aß Sandkuchen und Schneeballen, die tatsächlich essbaren, die es dort überall gab, bei der Bank, beim Haus, beim Zaun. Überall.

Die Welt war freundlich. Sonne erhellt unsere Welt.

Nichts bedrohte sie. Sie alle nicht.

Keine Gefahren. Überhaupt keine.

Deshalb dachte Antoschka nicht einmal daran zu erschrecken, als sich ein dunkelblauer Schatten auf ihren Scheitel legte. Sie hatte von niemandem etwas zu befürchten. Der Hof war voller Leute. Bald war es Zeit fürs Mittagessen, Tante Mascha wird zu Pellkartoffeln mit Salzgurken rufen. Und mit Doktorwurst. Die Wurst mochte Antoschka nur wegen ihres Namens. Die Gurken jedoch um ihrer selbst willen. Vor allem die aus dem Fass. Tante Mascha sagte immer, dass sie einen Beigeschmack hatten, dafür aber knackig waren.

Der Schatten kroch auf Antoschkas nackte Knie und dann auf den gelben Plastikeimer.

Geh weg, Wolke, sagte Antoschka verärgert. Du störst.

Und hob den Kopf.

Der Hof war vollkommen leer. Nicht einmal Tante Mascha war hinter dem Fenster zu sehen.

Er stand nur über Antoschka, leicht schwankend, als würde er ausprobieren, wie er besser zuschlagen konnte, ein riesiger roter Mann. Und über seinem Kopf, ganz hoch oben, sodass sie die Sonne verdunkelte, glänzte die lilafarbene schwere Klinge einer erhobenen Axt.

Er hatte alles in allem vier Personen umgebracht.

Alles in allem. Man denke nur – alles in allem.

Zwei Kinder – seine eigenen. Den Sohn und die Tochter. Die eigene Frau. Ihre Mutter, die aus der Küche mit dem

Nudelholz angerannt kam, das ganz voller Mehl war, nutzlos und ohnmächtig. Sie schaffte es nicht einmal mehr zu schreien. Nein. Halb fertige Pelmeni. Viele. Als der Kriminalbeamte den hauchdünnen, bereits angetrockneten Teig sah, die Schüssel mit saftigem, porösem Hackfleisch, wandte er sich ab und musste unwillkürlich geräuschvoll schlucken.

Halb Schweinefleisch, halb Rindfleisch. Eiskaltes Wasser. Pfeffer. Zwiebel.

Antoschka war die fünfte.

Man fand sie eine Stunde später im Keller.

Nein, das stimmt nicht.

Nicht sie allein, sondern sie beide. Sie und den Mann. Die Axt lag auch dort in der Nähe, und Antoschka war ganz leise, als würde sie die Augen zusammenpressen. Nein, nein! Das war ich nicht! Tat so, als wäre nichts passiert. Antoschka saß an der Wand und weinte nicht, fürchtete sich überhaupt nicht, sondern hielt den Mann nur ganz fest, mit aller Kraft an der Hand. Sodass man ihr kaum die Finger öffnen konnte, einen Finger nach dem anderen, ganz vorsichtig. Der riesige, grobe Fahndungsbeamte, der ganz wie ein Bär aussah, es fehlte nur das Plüschgesicht, war den Tränen nahe und schluchzte mit dünner Stimme – meine Kleine, meine Kleine, hab keine Angst. Und er schützte Antoschka mit seinem ganzen Körper, versuchte sie zu schützen, obwohl auf den Mann mit der Axt vier schwitzende, scharf nach Angst riechende Männer losgingen, und die Fingerknöchel von einem waren ganz hell und frisch aufgeschürft, als wäre er gerade erst vom Fahrrad auf den heißen Asphalt gefallen.

Man hatte Antoschka kaum von dem Mann losgerissen, der so schlaff und schläfrig war, als wäre er randvoll mit etwas Weichem, Leisem, Schrecklichem gestopft worden, als man sie einige Wochen lang zu verschiedenen Ärzten schleppte. Und außerdem schrie Mama noch anständig herum. Anständig. Mit Papa, mit Tante Mascha, mit dem bärenhaften Fahndungsbeamten. Und dann einfach so – aaaaa!

Tante Mascha sagte anerkennend – sie heult wie eine aus dem Dorf.

Über die Ärzte war Antoschka froh. Wirklich froh. Sogar über die Gynäkologin, die sie lange und unangenehm in einem kalten hohen Stuhl untersuchte. Antoschka, der man bereits eingehämmert hatte, dass Mädchen um jeden Preis ihr Unterhöschen vor der Welt verborgen halten müssen, schämte sich sehr, aber die Gynäkologin, eine unschöne ernste Frau, richtete sich schließlich auf, zog die Handschuhe aus und sagte mit offensichtlicher Erleichterung – keine Spuren einer Vergewaltigung. Mama heulte wieder los, ihr ganzes Gesicht verzog sich, doch diesmal weinte sie leise, verzweifelt, als hätte sie sich den Finger eingeklemmt und könnte ihn einfach nicht mehr herausziehen, er war schrecklich angeschwollen, und in seinem Inneren pochte ein runder heißer Schmerz. Gott sei Dank, murmelte die Gynäkologin und streichelte Antoschka plötzlich über den Kopf. Das war merkwürdig, Ärzte berührten sonst niemanden einfach so, ohne Grund. Antoschka wusste das ganz genau. Ärzte griffen einen nur an, um Schmerz zuzufügen oder zu heilen.

Gott sei Dank.

Was ist eine Vergewaltigung?, fragte Antoschka.

Und niemand antwortete ihr.

Der Mann wurde für zurechnungsfähig erklärt und zehn Monate später erschossen. Ein Jahr nach dem Irren aus Kuibyschew. Antoschka erfuhr natürlich nichts davon. Sie vergaß überhaupt sehr schnell alles, was passiert war. Und nur manchmal, wenn sie mitten in der Nacht aufwachte, hörte sie plötzlich wieder ein leises und monotones Geräusch – die Tropfen, die vom heißen, grob mit Glaswolle umwickelten Rohr fielen, das wie ein niedriges gruseliges Kreuz den Keller durchzog. Und von Zeit zu Zeit seufzte der Mann neben ihr leise und unendlich müde, und dann drückte Antoschka mit aller Kraft seine sehr heiße, sehr große, auf der Innenseite feuchte, willenlose Hand.

Solche wie ihn gab es viele. Sogar zu viele.

Arme Leute – ein Beispiel für Tautologie. Wer hat das gesagt? Vielleicht war ich das.

Anfangs sah Antoschka sie einfach. Sonst nichts. Sie sah sie nur. Sie waren nicht wie alle anderen. Genauer gesagt, alle anderen waren nicht wie sie. Anders. Die Wörter kamen später, bedeutungslose, klingende, leere Wörter. Schwachkopf, Blödian, Spinner, Gnom, Irrer, Abartiger. Manchmal sogar abartiger Irrer. Spasti. Knalltüte. Idiot. Kinder nehmen diese Wörter begeistert auf und beschimpfen einander damit. Sie werfen sie anderen nicht nur an den Kopf, sondern drücken sie wie kleine Kügelchen aus zerkautem Papier in die Stirn des Gegners. Sie sind geborene Verfechter der Norm, Sklaven eines unsichtbaren Paradigmas und hassen Andersartige aufrichtig. Jeder, der anders über das Springseil hüpft, Eier nicht am richtigen Ende aufklopft, lispelt, humpelt, vom benachbarten Hof kommt, wird einem unbarmherzigen Scherbengericht unterzogen.

Kinder wissen, wie etwas sein muss. Wie es sein soll. Sie sind aufgeschrammte und erbitterte Träger primitiver animalischer Gesetze. Die Herren der Fliegen.

Antoschka beschimpfte nie jemanden. Das wütende Schrapnell traf ohnehin das falsche Ziel. Echte Verrückte unterschieden sich überhaupt nicht von Normalen. Na ja, fast nicht. Sie machten alles, wie es sich gehörte. Wie es sein sollte.

Nur dass Antoschka sie sah.

Und später begriff sie, dass sie sie auch sahen.

Sie allein. Sonst niemanden.

Das war noch kein Schicksal. Nur eine Bestimmung. Oder ein Bekenntnis. Ein leiser Vorschuss.

Die Rechnung kam später. Sehr viel später.

Mit elf Jahren hatte Antoschka es satt, dass die Zeit so unerträglich langsam verging, also beschloss sie, sie anzutreiben. Los, komm schon! Wenigstens ein bisschen schneller! Ich muss Ärztin werden! Ich will! Es ist meine Pflicht, verdammt noch mal. Die Schuljahre schleppten sich eines nach dem anderen dahin, so leer und polternd wie ein nächtlicher, nicht sichtbarer und deshalb besonders endloser Güterzug. Antoschka schrieb sich in der städtischen Bibliothek ein und wurde ein ständiger Gast im Lesesaal, in dem sich die medizinische Literatur befand. Sie nutzte die Arglosigkeit der Bibliotheksjungfern und las unter dem Deckmantel einer Kinderenzyklopädie (die in jeder Hinsicht kindisch war) unaufhörlich und immer wieder die verstaubten und veralteten Bände, ohne auch nur irgendetwas davon zu verstehen und ohne selbst zu merken, dass sie lächelte.

Das Handbuch des praktischen Arztes aus dem Jahr neunzehnhundertneunundsechzig. Praxiswissen für Internisten. Ein vielbändiges Nachschlagewerk zu Therapien. Innere Erkrankungen. Klinische Bilder von Kollagenkrankheiten mit scheußlichen Abbildungen. Antoschka kniff sogar angsterfüllt die Augen zusammen, zwang sich aber trotzdem hinzusehen und staunte, wie abscheulich ein Mensch werden konnte, wenn er keine Hilfe erhielt, keine Hoffnung, keine Rettung, einfach keine Hoffnung. Klumpen garstig verwachsenen Fleisches, mittelalterliche Geschwüre, Gejammer, Gestöhne, mit den Flammen im Takt tanzende Glöckchen. Eine unbekannte, unbegreifliche, schreckliche Verhöhnung durch Gott. Erst erschaffen, dann langsam, ganz langsam verstümmeln. In der Faust zerdrücken, zu einer Kugel zusammenrollen, gleichgültig zerquetschen und weiter, immer weiter.

Fallen lassen.

Welche Sünden musste man begangen haben, um das zu verdienen?

Antoschka wusste es nicht. Wusste es wirklich nicht. Niemand wusste es.

Noch schrecklicher war ein dicker Wälzer mit schwarzweißen Abbildungen: *Geburtshilfe und Gynäkologie*. Das war das nackte Grauen bar jeglicher Illusionen, das blendete wie eine Tausend-Watt-Lampe unter der Decke eines Folterkellers. Steißlage. Armvorfall. Medizinische Abtreibung. Haken für die Dekapitation, Scheren, Spritzen. Ein toter Säugling, der aus einer lebendigen Frau gezogen wurde wie aus einem Kühlschrank, stückchenweise. Nach der Zerteilung der Wirbel wird das weiche Gewebe mit einem Haken oder einer Schere abgetrennt. Einladung zur Enthauptung.

Das war das völlig ungeschminkte und objektive Ergebnis der Beziehungen zwischen Mann und Frau. Und Antoschka, die noch nie in ihrem Leben verliebt gewesen war, die noch nicht einmal ein Teenager war, verlor somit, bevor sie überhaupt ihre aktive Wachstumsphase begonnen hatte, für immer jegliche Illusionen über die sogenannte Liebe.

Mit ihr würde das auf keinen Fall passieren! Nicht mit ihr.

Sie brachte die *Geburtshilfe und Gynäkologie* zurück ins Regal und schob den Wälzer tief hinein, als wollte sie sich davon lossagen. Das nächste Buch im Stapel hieß *Kunstwerke von Geisteskranken*. Bevor sie die erste Seite aufblätterte, biss Antoschka wie gewohnt die Zähne zusammen, kniff die Augen zu, als träte sie aus der Wärme eines Raumschiffs in einen luftleeren Raum – und war zu Hause. Tausendäugige Menschen, gefiederte Engel, Babylons endloser geometrischer Figuren, Linien, die aus dem Nirgendwo ins Nirgendwo glitten. Die Welt der Wahnsinnigen war voller rätselhafter, herrlicher Einzelheiten. Antoschka, die ganz fasziniert von diesem besessenen Wirbel war, las einen Auszug aus der Geschichte der Krankheiten nach dem anderen.

Endlich begriff sie alles.

Es war so einfach, so einfach, dass es seltsam anmutete, dass noch niemand es bemerkt hatte. Der Wahnsinn war einfach eine andere Welt, die nicht wie die unsere war, aber völlig real. Vollkommen echt. Von Zeit zu Zeit, Antoschka wusste noch nicht, warum, glaubte aber, dass sie es an der Medizinischen Universität erfahren würde, versuchte eine Welt zur anderen durchzudringen, konnte es aber nicht, konnte es einfach nicht und stieß an der Grenze nur verwirrte Flüchtlinge aus, die die Sprache, die Parolen, die örtlichen Gepflogenheiten nicht kannten und überhaupt nichts begriffen. Die Unglücklichen. Alles passte zusammen, die Symptome, die Anzeichen, die Stimmen. All diese armen Kerle bestätigten auf verschiedene Weisen ein und dasselbe: Es war das leise und elende Geheul derjenigen, die nicht einmal mehr davon träumten, nach Hause zurückzukehren.

Ein echter Kreuzzug der Geistesgestörten.

Und in jeder großen Stadt hielten sie an und fragten, ob es sich hier nicht um Jerusalem handle.

Mischa ist gestorben, er weiß von nichts!

Darum waren sie so traurig, die Armen.

Sie wollten nach Hause.

Antoschka stellte sich vor, wie sie den ersten an der Hand nahm, dann den zweiten, den dritten – alle. Wie sie sie zurückführte, die Strauchelnden, Ungeschickten, Seltsamen, Wimmernden, durch den Nebel, der von den anderen Menschen nicht bemerkt wurde und deshalb besonders schrecklich war. Wie sie sich vorsichtig an den Abgrund herantasteten, der wegen des Roggens nicht zu sehen war. Man musste sie nicht hierherschleppen. Nicht mit eiskaltem Wasser übergießen, nicht mit elektrischem Strom foltern, nicht mit Insulin entkräften. Man musste ihnen nur den Weg nach Hause zeigen.

Sie musste so schnell wie möglich erwachsen werden! Das war es, wofür sie gebraucht wurde! Von ihnen. Ihnen allen.

Warum sitzt du im Dunkeln, Antoschka?

Geh doch raus. Immer hängst du allein zu Hause rum. Schau, wie bleich du bist, wie ein Champignon. So wirst du bald den Verstand verlieren.

Antoschka stand gehorsam auf, ging in den Hof hinaus und ließ sich auf der nächsten Bank nieder. Sie musste einfach nur warten. Warten, bis die Schule zu Ende war. Und an der Medizinischen Universität aufgenommen werden. An der Zweiten Meduni. Es hieß, dass die Aufnahme dort leichter sei.

Im Sommer 1989. Im Sommer 1989. Im Sommer 1989.

Während sie darauf wartete, entging Antoschka alles auf der Welt, sogar, dass Mama und Papa wieder zusammenzuleben begannen, was sie armselig vor der eigenen Tochter geheim hielten, sie stritten sich, schämten sich, das zweite Mal, sie küssten sich verstohlen am helllichten Tag, und das alles taten sie unter demselben Dach und tappten in dieselben Fallen. Die Prüfungsfragen für Physik und Chemie wurden gebüffelt, bis sie saßen, Aufsätze geschrieben und ebenfalls gelernt, zur Sicherheit über die Partei, über Alexander Puschkin und über ein freies Thema – warum habe ich mich für einen medizinischen Beruf entschieden? Und dazu noch – wie muss ein sowjetischer Arzt sein? Biologie konnte Antoschka einfach und das gut, ohne zu büffeln. Sie begriff sie einfach. In der Lerngruppe im Pionierpalast konnte ihr keiner das Wasser reichen.

Eigentlich war Antoschka fast gar nicht aufgeregt.

Sie ging durch den breiten Korridor, lief fast, weil sie mit der ersten Fünfergruppe drankommen wollte, nicht um als Musterschülerin dazustehen, sondern um so schnell wie möglich auf die nächste Stufe zu gelangen. Dunkelblauer Rock, weiße Bluse, Pony, Komsomolabzeichen, eine Weiblichkeit, die sich ihrer selbst nicht bewusst war, so undurchdringlich und blendend wie eine Rüstung. Antoschka schaffte es fast bis zu ihrem Hörsaal. Fast. Es fehlten nur etwa zwanzig Meter. Da stieß sie mit einem großen, hellhaarigen, mürrischen Mann zusammen, der einen weißen Kittel trug! Er war schon Student. Der Glückliche! Antoschka beneidete ihn augenblicklich, kurz und schmerzlos, und verzieh ihm ebenso augenblicklich, dass er sich nicht entschuldigte. Er ging weiter, als gäbe es Antoschka gar nicht. Macht nichts, versicherte sie sich, im September werde ich auch so sein!

Und da tauchte im Korridor eine Frau auf und kam auf sie zu.

Sie war riesig. Massiv. Nein, nicht dick, sondern massiv, wie eine in aller Eile aus schwerem Lehm zusammengeklatschte Figur mit Abdrücken von den Fingern, feuchten Klumpen, abstoßenden Dellen. Herabhängende Lefzen, Brüste, die auf dem ungeheuren Bauch auflagen. Ein urzeitliches Götzenbild. Die dicken Brillengläser blitzten im Sonnenlicht, als wäre sie gar keine Frau, sondern ein unaufhörlich auf Antoschka zuschleichender Güterzug.

Sie sahen einander sofort. Natürlich. Sofort.

Antoschka blieb stehen. Als wäre sie gegen eine Wand gelaufen.

Die Frau auch.

Hass stand schwer und unbeweglich wie eine Wand um sie herum.

Sie war natürlich verrückt. Absolut unnormal. Absolut. Aber nicht wie andere. Zum ersten Mal hatte Antoschka keinen verirrten Reisenden von einem anderen Planeten vor sich, sondern einen Unmenschen. Ganz und gar. Einen Feind.

Na, du Tschekistenschlampe, sagte die Frau nur mit den Lippen, und so etwas wie ein Funken Freude kroch über ihr dunkles, schwammiges, schreckliches Gesicht. Die vorgewölbte Freude des Erkennens. Die Frau flackerte leicht und stand plötzlich einen Meter näher vor Antoschka. Als hätte sie sich nicht durch den Raum bewegt, nein. Durch die Zeit.

Antoschka trat beiseite und presste sich an die Wand. Ihre Stirn, die Handflächen und sogar der Rücken begannen augenblicklich zu schwitzen. Sie spürte plötzlich, dass sie sich jeden Moment in die Hose machen würde, vor allen. Genau hier. Im überfüllten Korridor der Medizinischen Universität. Morgens um acht Uhr dreißig am dritten Juli neunzehnhundertneunundachtzig. Ihr Körper bereitete sich nicht auf eine Flucht vor. Sondern auf den Tod.

Die Frau rückte noch näher, langsam, ganz ohne Eile. Als würde sie von einer Kraft zu Antoschka gezogen werden, die unsichtbar und unabwendbar war wie die Schwerkraft. Nein, nicht so. Als wäre Antoschka ein Zünder und die Frau eine Bombe, und ihre Vereinigung wäre keine Frage der Zeit, sondern der Geschicklichkeit der Hände eines enormen unsichtbaren Pioniers.

Antoschka versuchte zu schreien, konnte aber nicht, sie öffnete nur den ausgetrockneten schiefen Mund und rutschte mit dem Rücken die Wand hinab, bis sie sich in der Hocke befand. Sie konnte auch nicht die Augen zukneifen und schaute deshalb nur. Schaute nur. Schaute nur.

Das ist also dieser Wahnsinn. So sieht er also aus.

Niemand beachtete sie. Niemand sah etwas. Als würde es die Frau und Antoschka gar nicht geben.

Die Frau machte noch einen Schritt, und Antoschka bemerkte plötzlich, dass sie auf ihrem riesigen Kopf, übergestülpt wie ein rührendes Kinderhäubchen, einen Schopf lebendiger menschlicher Haare hatte. Ein Pagenschnitt. Antoschka hatte diese Frisur in der Kindheit getragen. Genau diese Frisur hatte Zwetajewa, als sie ihren Kopf in die Schlinge steckte.

Antoschka begriff gar nicht, woher der Mann kam, der sie vorhin gestoßen hatte, und wie sie hinter seinen Rücken gelangt war. Na, der mürrische, dem es nicht eingefallen war, sich zu entschuldigen. Er war offenbar aus einem anderen Grund umgekehrt. Die Frau stemmte sich gegen seinen ausgestreckten Arm und versuchte, Antoschka zu fassen zu kriegen, wenigstens ihr Gesicht – und hörte plötzlich auf. Als wäre sie zur Besinnung gekommen. Der Mann sah in ihre Brille, die nicht mehr feurig war, sondern gewöhnlich. Bifokalgläser. Gehen Sie in die Bibliothek, Lera, sagte er ruhig. Dort gibt es schon eine Warteschlange, und Sie spazieren hier durch die Gänge.

Die Frau nickte, hatte verstanden und machte eine Kurve um den Mann und Antoschka, die sie nicht mehr sah. Sie watschelte schwerfällig durch den Korridor und wirkte gar nicht mehr schrecklich, dafür unglücklich, hässlich und (sehr bald) alt. Ein klinischer Fall, diagnostizierte der Mann. Keine Ahnung, wer sie eingestellt hat. Und du bist für die Prüfung hier?

Nein, sagte Antoschka. Nein. Ich bin nur so da. Zufällig.

Und sie drängte sich durch die Menschen und lief durch den Korridor davon.

Das warst doch du? Nicht wahr? Sag, dass du das warst.

Red keinen Blödsinn, Anja. Neunundachtzig war ich beim Militär.

Trotzdem. Das war er. Kein Zweifel, dass er das war.

Antoschka begriff das sofort, als er in Schustriks Klinik auftauchte. Schustriks Klinik. Das war natürlich ein jämmerlicher Kompromiss, doch ohne ihn hätte es Antoschka auf keinen Fall ausgehalten. Sie wäre gestorben. Wenn sie nur zu irgendeinem Krankenhaus gehören konnte. Einfach in der Nähe sein. Wenn sie schon nicht selbst heilen konnte, dann wenigstens dabei zuschauen. Tantalusqualen.

Zuerst hatte sie im Ersten Städtischen Krankenhaus als Stationshilfe begonnen, zu einem so lächerlichen Gehalt, dass man darauf sogar stolz sein konnte. Reine Selbstaufgabe. Eine Heldentat des Geistes. Vielleicht sogar Askese. Ihre aufgebrachte und peinlich berührte Mama, die sich plötzlich als eifrige und lautstarke Anhängerin der Reform entpuppt hatte, redete sich fast heiser beim Versuch, sie davon abzubringen. Zu diesem Zeitpunkt hatte sie selbst ihre idiotische Schule hingeworfen – aber wegen der Geschäfte, Antoschka. Warum verstehst du das nicht? Wegen der Geschäfte! Es haben sich schließlich andere Perspektiven aufgetan!

Nachdem sie den Staub der verhassten Geschichte von den Füßen geschüttelt hatte, stellte sich Mama aus den in jeder Hinsicht ehemaligen Kollegen eine Art Zugvogelschwarm zusammen, der nun von einer Grenze zur nächsten zog, sich niederließ, krächzte, sich abrackerte, mit Bündeln hantierte und Bestechungsgelder verteilte. Waren. Geld. Schnapsfahnen. Karierte Taschen. Ramsch aus der Türkei und Polen, Vorboten des großen chinesischen Ramsches. Einen Marktstand als höchstes Lebensziel. Die Herrschaft des menschlichen Geistes über die wirtschaftliche Materie. Von ihrer allerersten Geschäftsreise brachte Mama eine Lederjacke für Papa mit, Mawin-Jeans für Antoschka und für sich selbst sieben verschiedenfarbige Strickjacken aus feinster Angorawolle, die mit einfachen Glasperlen und prächtigen Stiftperlen reich bestückt waren. Eine Art »Wochenausstattung« für den Beginn als Neureiche. Der Vater blieb in seinem Archiv und vergrub sich unter ruhigen Papier- und Dokumentenstapeln, die jetzt niemand mehr brauchte. Er bewahrte sich seine Treue zur Geschichte. Wahrscheinlich hatte er einfach Angst, nach draußen zu gehen.

Abends saßen sie an einem Tisch und hatten füreinander nur schweigende, aber eindeutige Verachtung übrig. Das Geschirr wäscht der, der nichts verdient!, sagte Mama und stand auf. Und Papa und Antoschka drängten sich um das Waschbecken.

Dann wurde Mama ausgeraubt, nicht einmal an der Grenze, sondern bei ihnen zu Hause, in Krasnogorsk. Ihr wurden die ganzen idiotischen Waren abgenommen, und sie wurde anständig verprügelt. Vielleicht widerfuhr ihr sogar noch Schlimmeres, Antoschka konnte die Frage einfach nicht stellen. Brachte es nicht über sich. Was eine Vergewaltigung war, brauchte sie nicht mehr zu fragen. Das wusste sie. Nachdem Mama aus dem Krankenhaus entlassen worden war, lag sie zu Hause und konnte sich nicht einmal zur Wand drehen, um ihre Hoffnungen, ihren Verlust, ihren unter den Fingern zerronnenen, in fremde Hände geratenen Ramsch zu beweinen. Rippenfrakturen. Gehirnerschütterung. Ein geschienter Kiefer. Eine schwarzviolette Schwellung, die das Auge bedeckte. Eine fremde Frau. Vollkommen fremd. Gott sei Dank war sie wenigstens schweigsam. Durch die mit Drähten umspannten Zähne erwies sich das Herrschen als schwierig. Antoschka pflegte sie geschickt und freute sich über die Gelegenheit, all das, was sie früher in dem dicken grauen Buch *Allgemeine Krankenpflege* gelesen hatte, anwenden zu können. Papa warf einen Blick ins Zimmer und flüsterte schüchtern – wie geht es ihr denn? Weinte verstohlen. Was konnte er sonst tun? Nichts. Absolut nichts. Antoschka nickte eifrig – alles in Ordnung, mach dir keine Sorgen. Es ist nicht schlimm. Als Stationshilfe arbeitete sie in der Zeit bereits nicht mehr, sie hatte gekündigt. Nicht weil sie wenig bezahlten, sondern weil man sie nicht zu den Kranken ließ. Überhaupt nicht, nicht einmal eine extra Sekunde während der Visite durfte man sich aufhalten. Ganz davon zu schweigen, eine Frage zu stellen oder auch nur ein Wort mit den Ärzten zu wechseln. Lohnte es sich denn, dieses Kreuz bis zum Ende zu tragen? Böden wischen, Nachttische putzen und wüst fluchen konnte sie auch ohne das Erste Städtische Krankenhaus bestens.

Aus diesem Grund begann Antoschka, nachdem es Mama endlich besser ging, als Empfangsdame in Schustriks Klinik zu arbeiten. Die Schulden für die gestohlenen Waren zahlten sie noch drei Jahre lang zurück, was sie zu einer verzweifelten, sich abstrampelnden und ins Zeug legenden Gemeinschaft zusammenschweißte und sie endlich dazu werden ließ, als das sie sich all die leeren vergangenen Jahre bereits gesehen hatten – zu einer Familie. Sie zahlten alles zurück. Dank Schustrik ohne Zinsen. Übrigens war er der Erste, der Antoschkas Potenzial erkannte und schätzte. Deshalb borgte er der Neuen, die kaum drei Monate für ihn gearbeitet hatte, eine Summe, die ihr unerschwinglich, unerhört, astronomisch schien, während es für ihn nur Geld war. Fünftausend Dollar. Ach Gott. Da gab er jeden Monat mehr für seine Weiber aus!

Also, sollen wir fünfzig Prozent von Pospelowas Gehalt monatlich einbehalten?, fragte die Buchhalterin, eine weiche, große und träge Frau, die völlig unbarmherzig war in allem, was Zahlen betraf. Schustrik kaute auf seiner dicken Lippe herum, erinnerte sich, wie er früher einmal lange, brav und beflissen auf ein Fahrrad gespart hatte, sich heldenhaft von Süßigkeiten, der Limonade »Buratino« und dem Kino losgesagt hatte, er fühlte den süßen, prickelnden Geschmack dieser nicht getrunkenen »Buratino« und den Luftzug der auf ewig über die Leinwand sausenden *Unfassbaren Rächer* und versagte sich sogleich die Schwärmerei. Sagen wir dreißig. Die Buchhalterin zuckte mit den Schultern, vermerkte etwas in ihrer Liste und zuckte noch einmal, als hätte sie Flöhe. Wie Sie wollen.

Schustrik hätte vielleicht auch anders gewollt. Doch Papa war gestorben. Ganz plötzlich. Hatte sich in der Arbeit auf die Brusttasche gegriffen, gestöhnt – und alles war aus. Herzinfarkt. Mama und er blieben allein zurück. Also hatte es nie ein Fahrrad für Schustrik gegeben. Nur einen Mercedes. Doch Sand ist bekanntlich ein schlechter Ersatz für Hafer.

Sind wir Menschen oder nicht? Natürlich sind wir Menschen.

Antoschka war dankbar, weiß Gott. Sehr dankbar. Nicht für das Geld, natürlich. Nicht nur dafür. Für den Aufenthaltsraum, der aus fester Gewohnheit Ordinationszimmer genannt wurde. Das Ordinationszimmer gehörte allen. Der Allgemeinheit. Antoschka konnte jederzeit dorthin gehen, sich aus einer modernen elektrischen Teekanne heißes Wasser eingießen, einen modernen Teebeutel in die Tasse eintauchen, kurz mit den Ärzten zusammensitzen. Zuhören. Einfach zuhören. In Gedanken zugreifen und ihr unglaubliches, erstaunliches Schicksal anprobieren. Manchmal, sehr selten, sogar etwas sagen. Man hörte auf sie. Sie war höflich und nett. Gehörte dazu. Außerdem war sie Expertin für Irre. Sie war eine große Hilfe für alle.

Wie machst du das eigentlich, Antoschka?

Riechst du es, oder spürst du es?

Sie lächelte verlegen. Dankbar.

Ich weiß es nicht. Das geht wie von selbst.

Nur er fragte sie nie.

Ihr Mann. Der Arzt.

Aber was machte das?

Antoschka wusste auch so, dass es keinen Besseren gab.

Ihr Ein und Alles. Das war er. Ihr Ein und Alles.

Antoschka hatte lange nicht gewusst, wie sie an ihn herankommen sollte. Oder ihm auch nur direkt in die Augen schauen. Ehrlich gesagt wusste das sonst auch niemand. Der große, distanzierte Ogarjow betrat immer schnell das Ordinationszimmer, nachdem er sich den Kittel wie einen Offiziersmantel über die breiten Schultern gehängt hatte. Es war ein ganz normaler weißer einfacher Krankenhauskittel. Die blauweißen Anzüge, die für alle in der Klinik verpflichtend waren, trug er aus Prinzip nicht. Er machte überhaupt, was er wollte. Nein, das stimmt nicht, er machte, was er für nötig hielt. Das war keine Anmaßung, kein Widerstand, keine Wichtigtuerei, sondern der ruhige und starke Glaube an die eigenen Stärken. Nur an die eigenen. An keine anderen. Antoschka kapierte erst später, dass er tatsächlich ganz allein war, ihr Mann. Der Arzt. Im Krankenhaus konnte man in der Intensivstation anrufen, ein Konsilium einberufen, alles auf den Oberarzt, den Chefarzt oder sonst wen schieben, also einen Schritt zurückmachen, sich einfach hinter dem Rücken eines anderen verstecken.

In der Klinik hatte Ogarjow niemanden, auf den er zählen konnte. Er war allein. Niemand hätte sich im Fall der Fälle für ihn eingesetzt. Niemand wäre ihm beigestanden. Hätte eine Entscheidung getroffen. Die Verantwortung auf sich genommen. Allenfalls wäre aus dem benachbarten Zimmer der erschrockene Schustrik angelaufen gekommen oder der Zahnarzt, ein eleganter, gut riechender durchtriebener Kerl, der sich aus Metallkeramik ein ganzes Vermögen zusammengestoppelt hatte und der ewig geschieden und ewig auf der Suche nach neuen Amoretten und Zephyren war.

Ogarjow stand an vorderster Front. In der Schusslinie. Er wusste nicht, wer als Nächster in sein Zimmer kommen würde und wie ihm geholfen werden konnte. Er wusste nur, dass ihm geholfen werden musste. Und er eignete sich methodisch mit einer Spezialisierung nach der anderen neue Fertigkeiten an. HNO-Krankheiten. Kardiologie. Lungenheilkunde. Gastroenterologie. Endoskopie. Sonografie. Schustrik musste ganz schön viel Geld lockermachen für die Apparate, die Ogarjow wollte, und für die Kurse, die er für seine Person als würdig befand. Und für Laser natürlich. Laser waren cool. Laserchirurgie.

Ogarjow lernte natürlich dazu. Entwickelte seine eigene Methodik, noch eine. Dann sein eigenes Instrument, winzig und filigran. Schustrik jubelte – Alter, das musst du gleich schützen lassen, patentieren! Und nach Amerika verkaufen!

Dann verkauf es, sagte Ogarjow lustlos. Und lass es schützen. Ich mache das nicht. In alte graue Hintern kriechen ist nicht mein Ding. Ich rede doch von der Wissenschaft, entrüstete sich Schustrik. Von der großen Wissenschaft! Ich doch auch, antwortete Ogarjow.

Antoschka, die auch im Ordinationszimmer saß, konnte sich nicht zurückhalten und musste lachen. Nicht um sich einzuschmeicheln, nein. Vor Freude.

Ogarjow drehte sich um. Schaute sie an. Graue Augen.

Helle Wimpern. Um den harten Mund frühe, verdiente, erwachsene Falten. Zur vollkommenen Seriosität fehlte noch graues Haar, niemand will von einem jungen Arzt behandelt werden. Aber nein, da war nichts grau. Ein soldatenmäßig weit hinaufrasierter Nacken, eine offene Stirn und ein Haarschopf, der warm, weich, reif, golden war, ein klein wenig venezianisch, fast roggenfarbig.

Antoschka hörte auf zu lachen.

War er beleidigt? Wütend?

Doch Ogarjow lächelte plötzlich und zwinkerte ihr kaum merklich zu.

Ihr allein, Allmächtiger! Ihr allein!

Es war, als steckte er mitten in einem perfekt abgeschliffenen Eisbrocken. Man sah ihn ausgezeichnet, aber beim Versuch, ihn zu berühren, zu ihm durchzudringen, stießen die Handflächen auf etwas Glattes, Kaltes, Unbelebtes. Er erwärmte sich nur für seine Patienten. Und auch da nur ein kleines bisschen. Die ganze restliche Zeit stand er im Zentrum eines undurchdringlichen unsichtbaren Kreises. Ganz allein. Antoschka sah ihn nur einmal lachen. Sie erfuhr aber nie, warum oder worüber. Er lachte einfach und schüttelte die Hand seiner Patientin, ein dickes, hässliches siebenjähriges Mädchen, das Hals über Kopf, bis zur Besinnungslosigkeit in ihn verliebt war – wie Antoschka selbst.

Sie alle versuchten, durch diese Kälte, dieses Eis zu dringen. Die Grenzen des schrecklichen Kreises zu überschreiten. Ogarjows Freundschaft, seine Aufmerksamkeit wurden von Kollegen, Patienten, Gesunden, Kranken, von jedem gesucht. Das war natürlich etwas Abwegiges. Als wollte man hochspringen zu Aprikosen, die sich zwischen Blättern verstecken, um sie zu erreichen. Sie abzureißen. Wenigstens mit den Fingern über ihre heißen Seiten zu streichen.

Vergebens. Hören Sie? Vergebens.

Antoschka half die Migräne.

Den anderen blieb nur, auf Gott zu vertrauen.

Antoschkas Kopf begann mit fünfzehn so zu schmerzen, dass ihr davon übel wurde, dass sie erbrechen und weinen musste. Ein Anfall pirschte sich still und heimlich im Schlaf auf immer gleiche Weise an: Unsichtbare Hände wickelten Antoschka in glatte blutrote Stoffstreifen, die erstaunlich fest waren, feucht und heiß wie Fleisch, und in dem Moment, in dem Antoschka begriff, dass es tatsächlich Fleisch war – lange Stücke rohen, sogar leicht dampfenden Fleisches – läutete der Wecker, und sie wachte ganz zerschlagen und verheult mit einem vor Schmerz pulsierendem, irgendwie vieleckigem Kopf auf.

Schmerzmittel halfen nicht. Heißes Wasser, Massagen auch nicht, nicht einmal Schustriks belebende, unnütze Nadeln. Man konnte es nur ertragen. Sich damit abfinden.

Ogarjow betrat das Ordinationszimmer und rührte sich einen Kaffee an. Im direkten Wortsinn. Er rührte einige Löffel eines braunen ekligen Pulvers mit etwas kalter Milch an. Trank ihn und wurde sogleich munter. Praktisch. Er warf einen Blick auf Antoschka, die mit gekrümmtem Rücken in der Ecke saß. Noch ein Blick, diesmal aufmerksamer. Sie hob schuldbewusst den Kopf – ich komme schon, Iwan Sergejewitsch. Sofort. Es sind schon Patienten da, nicht wahr?

Ogarjow stellte die Tasse hin, trat näher und legte seine mächtige ruhige Hand auf ihren Nacken. Als wollte er ihren Kopf zurückwerfen. Sie küssen. Er ertastete an der Schädelbasis unfehlbar einen winzigen unerträglichen Punkt. Da? Antoschka, die versuchte, keinen Schmerzlaut auszustoßen, nickte. Spannungsschmerz. Sie sitzen viel. Und das ganz verquer. Mein ganzes Leben ist verquer, gestand Antoschka plötzlich, als säße sie bei einem Priester. Als könnte man etwas ändern.

Ogarjow hob vorsichtig ihr Gesicht an, musterte es, zog mit den Fingern nur ihm bekannte Bahnen und Muster nach. Aber der Kopf tut nicht deshalb weh. Nicht nur deshalb. Er zog ein Etui mit einem Otoskop aus der Tasche. Schraubte es ohne Hast zusammen, als würde er sich auf den Kampf vorbereiten. Als würde er eine Waffe zusammenschrauben. Die erste Stunde des letzten Kriegstages. Schweres geripptes Metall, das den männlichen Fingern gehorcht. Ein Vogel, der in einer Lichtung in Vorahnung des Artilleriebeschusses aufschreit.

Herbst. Lehm. Hülsen. Verbände.

Ogarjow berührte wieder Antoschkas Gesicht, und sie konnte kaum den Wunsch unterdrücken, seine Hand zu küssen. Sie war so warm. Stark. Einfach. Eine Hand, die alles konnte. Alles klar. Es ist nichts Schlimmes. Nur eine Blutstauung im Flügelgaumenganglion. Dagegen nehmen Sie – Ogarjow nannte ein Präparat, das sie sogleich wieder vergaß. Er begriff sofort, nahm kommentarlos ein Blatt Papier und schrieb es mit seiner für einen Arzt erstaunlichen, demonstrativ leserlichen, Handschrift auf. Hier. Lassen Sie den

Schmerz nicht ausbrechen. Nehmen Sie es gleich. Schmerzen muss man nicht aushalten. Sie sind einfach nur ein Signal zum Handeln.

Er hatte Antoschka bereits vergessen, augenblicklich vergessen, als wäre sie gar nicht da gewesen, wandte sich wieder seinem Kaffee zu, seinem Buch, er schleppte immer Bücher mit sich herum, um sich wenigstens eine Minute zwischen den Patienten zu stehlen. Sie wurden immer weniger, die Minuten, immer mehr Leidende drängten sich im Gang. Antoschka schaute immer noch, dankbar, begeistert, sogar ehrfürchtig, als würde kein Mann vor ihr sitzen, der sterblich war, nach Tabak roch, namenlose Jeans aus einem namenlosen Geschäft trug, sondern als erstrahlte vor ihr in strenger Rüstung ein junger Erzengel, der bereits nicht mehr gegen Gott ankämpfen wollte, aber immer noch liebte. Der noch nicht aufgehört hatte, Hoffnung zu schenken.

Der Schmerz ging zurück, ohne irgendein Präparat, schlich sich fort, verging, nur weil er in der Nähe war. Nur weil es ihn gab.

In den darauffolgenden paar Wochen war Antoschka durchgehend krank. Genauer gesagt log Antoschka in den darauffolgenden paar Wochen unaufhörlich wie gedruckt, wie eine Fünftklässlerin, die am nächsten Tag nicht zur Klausur antreten will. Ein Symptom nach dem anderen wurde erfunden, sie klagte über Schmerzen, Übelkeit, Krämpfe, Pünktchen und Fusseln vor ihren Augen, ging so weit, wie die legendäre Tante Mascha aus der Kindheit – mir tut alles total weh. Nur damit Ogarjow sie wenigstens einmal noch berührte.

Ogarjow war erst geduldig und zog nur verblüfft die Brauen hoch. Später, als er Antoschka ein paarmal bei einer offensichtlichen Lüge ertappt hatte, begann er sich zu verstecken, ihr auszuweichen, ebenfalls wie ein Fünftklässler. Sobald er sie sah, schlüpfte er in das erstbeste Zimmer, den Gang, die Toilette. Redete sich darauf aus, dass er zu tun hatte, müde war, dass Patienten warteten. Blieb mit aller Kraft höflich. Korrekt. Distanziert. An einem Freitagabend erwischte sie ihn schließlich. Ertappte ihn. Überführte ihn. Sie kam als Letzte ins Zimmer, nach einem großen Andrang, und gab sich als Patientin aus. Das tat man hier sonst nicht. Das tat man einander nicht an. Niemals.

Ogarjow hob den Kopf. Er war so müde, dass er gar nicht gleich begriff, dass sie es war. Der Arme. Er runzelte nicht einmal die Stirn, als wäre er sofort erstarrt. Später erfuhr Antoschka, was das eigentlich für ein schreckliches Zeichen war. Was dann drohte. Er fragte trocken – was versuchen Sie zu erreichen, Anna Nikolajewna? Sie sind doch vollkommen gesund.

Er schaffte es nicht einmal aufzustehen, obwohl er es versuchte, als sie sich schon auf ihn gestürzt hatte, so stark und schrecklich wie eine echte Verrückte, sie wusste nur zu gut, wie stark sie waren. Jeder war wie ein konzentriertes Epizentrum einer Atomexplosion. Ich liebe Sie, murmelte sie, ich liebe, liebe Sie, Sie sind der Allerbeste, Sie wissen es nur selbst nicht, aber ich weiß es, ich weiß es, niemand weiß das besser als ich. Antoschka merkte nicht, dass sie kniete und Ogarjow die Hände küsste. All diese Wochen hatte sie nur davon geträumt, ihm die Hände zu küssen, die rau und rot waren von Polyhexamethylenbiguanid-Hydrochlorid und D-Limonen. Sie selbst bestellte das Dermasept für die ganze Klinik.

Ogarjow stand schließlich auf, schaffte es, sich loszureißen, indem er sie am Kragen festhielt. Sie hing fast in der Luft. Wie ein wild gewordenes Kätzchen. Oder ein Kind. Vorsichtig. Ganz vorsichtig. Sonst beißt es.

Er sagte – beruhigen Sie sich, Anja. Das sind nur die Nerven. Die vielen Leute. Die viele Arbeit. Schustrik stresst Sie, der alte Mistkerl. Sie müssen Phenibut nehmen. Ich schreibe es Ihnen auf. Machen Sie sich keine Sorgen.

Was soll ich nehmen?, fragte die elende, zittrige Antoschka – nein, es hatte natürlich nicht geholfen. Nein. Wie hatte sie überhaupt darauf hoffen können?

Phenibut. Ein hervorragendes Präparat. Alt. Erprobt. Es hemmt die Wiederaufnahme von Neurotransmittern. Serotonin …

Antoschka wischte sich die Tränen ab. Anscheinend hatte sie geweint. Die ganze Zeit. Geheult wie ein Schlosshund.

Und Noradrenalin, nicht wahr?

Sind Sie Medizinerin? Ogarjow schaute ungläubig, als hätte er auf einem unbekannten Planeten zwischen sprechenden Schleimklumpen und violetten Blitzen plötzlich einen vernunftbegabten Menschen entdeckt. Einen wie ihn. Antoschka lächelte gequält – aber woher denn. Nur eine Interessierte. Ich habe hier und da etwas aufgeschnappt. Sie kennen das doch?

Ja, nickte Ogarjow. Und fragte nur – haben Sie die Aufnahmeprüfung an der Meduni verbockt?

Antoschka nickte und heulte wieder los. Nur dieses Mal leise. Ja. Mein ganzes Leben habe ich davon geträumt, Ärztin zu werden, Iwan Sergejewitsch. Mein ganzes Leben – und jetzt! Sie hob die Hände, ihre leeren, nutzlosen, unbegabten Hände.

Aber nicht doch, sagte Ogarjow sanft. Phenibut hat schon ganz anderes geschafft. Ich habe es selbst nach dem Militärdienst genommen. Ich sage Ihnen, das ist ein ausgezeichnetes Präparat. Als würde man in einem Panzer sitzen. Es ist ruhig, eng, warm. Und man kann auf alles da draußen pfeifen.

Kann man auch schießen? Antoschka war begeistert wie ein Kind.

Nein, sagte Ogarjow sehr ernst. Schießen kann man leider nicht. Kommen Sie, ich begleite Sie nach Hause. Es ist schon spät. Am Ende fallen Sie unterwegs über noch jemanden her.

Das mache ich nicht, erwiderte Antoschka. Solche wie Sie gibt es sonst nicht. Überhaupt nicht.

Wer hätte da widerstehen können? Welcher Mann?

Einen Monat später heirateten sie.

Der glücklichste aller Tage.

In der Klinik überreichte man ihnen ein Set Teflonpfannen und eine Fritteuse. Ogarjow sah sich flüchtig die überstürzt gemietete Einzimmerwohnung an, die borstig und etwas schaurig war wie jedes beliebige Mietobjekt. Er sagte – ich habe eine Bedingung, Anja. Nur eine. Keine Kinder. Antoschka nickte schnell und eifrig mit dem Kopf wie ein Wackeldackel, der auf einer Oberfläche festgeklebt ist, von der er nicht herunterspringen, sich nicht losreißen, nicht entkommen kann. Keine Kinder. Ach Gott. Geburtshilfe und Gynäkologie. Wozu brauchte man sie überhaupt?!

Dezember. Januar. Februar.

Das erste gemeinsame Neujahr. Der erste Tag der Vaterlandsverteidiger.

Anfang März saß sie in der Badewanne, die mit trübem rosafarbenem, nicht schrecklichem blutigem Wasser gefüllt war, schluckte nicht schreckliche rosafarbene Tränen hinunter und krümmte sich vor stechenden, schneidenden Schmerzen im leeren Bauch.

Gut, dass ich es ihm noch nicht habe sagen können.

Eine Fehlgeburt. Eine Kaulquappe mit halb bedeckten Augen wie bei einem Saurier oder einem Chamäleon. Ganz und gar durchsichtig. Winzig. Blutig. Tot. Was hat bei dir nicht gepasst? Was hat sich nicht ordnungsgemäß entwickelt? Gegen deinen oder unseren Willen?

Ogarjow klopfte an die Tür. Fragte – alles in Ordnung bei dir?

Alles in Ordnung, Schatz. Ich komme gleich raus.

Antoschka rieb sich die Tränen, Haare, Lenden, Augen trocken. Sie übergoss die Wanne mit wohltuendem heißem Wasser und wusch damit die letzten Spuren des Verbrechens der Natur gegen die Natur weg.

Geh fort aus dieser Welt. Es hat dich sowieso niemand gewollt.

Es ging fort. Und kehrte nicht mehr zurück.

Das zweite Neujahr. Das dritte. Und vierte.

Zusammen. Gemeinsam.

Montag, Mittwoch, Freitag von zwei bis acht. Dienstag, Donnerstag, Samstag von zehn bis zwei. Jeden Tag vom Abend bis zum Morgen.

Möge es niemals aufhören. Möge es für immer sein.

Antoschka rieb sich die Schläfen, nein, das war bestimmt eine Erkältung. Sie marterte Antoschka durch und durch, nahm sie langsam, ohne Eile in die Mangel. Fühlte ihr auf den Zahn. Ihr Mann würde böse sein. Er mochte es nicht, wenn sie krank war, er hatte da kein Mitleid mit ihr. Er mochte es einfach nicht. Ein Attentat des Virenreichs auf sein persönliches Leben. Antoschka kontrollierte die Termine aller Fachärzte und konnte sich nicht zurückhalten und streichelte mit dem Finger über den Namen Ogarjow. Der Arme, siebenunddreißig Patienten! Macht nichts, bald geht's nach Hause. Sie stand auf, um schnell ins Ordinationszimmer zu gehen – wenigstens einen Tee trinken, sonst halte ich es weiß Gott nicht aus. Unterwegs schaute sie bei der sich ewig langweilenden, hübschen, schmachtenden, muskulösen Masseurin vorbei. Kannst du für mich einspringen, Tanja? Nur für eine halbe Stunde. Ich brauche eine Pause. Anscheinend bin ich krank geworden.

Ogarjow macht dich ruck, zuck wieder gesund, schnurrte die Masseurin neidisch. Allerdings bringt er dich vorher um. Damit du ihm die Statistik nicht verdirbst. Aber mach dir keine Sorgen, wir lassen ihn nicht lange Witwer bleiben.

Antoschka lächelte gequält. Was für eine Schlampe. Wie sie sich ranschmeißt. Sie alle sind so. Gott sei Dank ist wenigstens er nicht so.

Eine Tasse Tee. Ein Aspirin. Zehn Minuten auf dem Sofa liegen. Nicht die Augen zumachen, sonst schlafe ich ein.

Der alte, fast vergessene Traum fiel über sie her, der so fest, klebrig, schrecklich war. Lange Stücke rohen, heißen, glatten Fleisches umschnürten ihren Körper, ihr Gesicht, ließen sie nicht atmen. Antoschka schrie erschrocken auf, versuchte, sich zu befreien, und wachte nicht auf. Sie fiel nur noch tiefer hinein in eine völlige Dunkelheit. Und in dieser Dunkelheit weinte jemand ganz sanft, leise, jämmerlich, vollkommen allein und suchte immerzu ihre nicht sichtbare Hand, suchte, konnte sie aber nicht ertasten. Konnte sie nicht finden.

Antoschka setzte sich auf dem Sofa auf und war ganz erschrocken, verschwitzt, bereits vollkommen erkältet. Krank. Das Herz pochte ihr einmal am Handgelenk, einmal im Hals, der unerträglich brannte, als wäre jemand innen mit einem groben, gekörnten Schmirgelpapier durchgefahren.

Antoschka sah auf die Uhr, stöhnte, eilte zurück zum Empfangstresen und steckte sich im Laufen die ebenfalls erkälteten Haare fest. Am Empfang war keine Masseurin zu sehen.

Was für eine Ziege. Ich habe sie doch ganz normal gefragt!

Antoschka setzte sich an ihren Platz, griff sich den Stift und das Heft und beruhigte sich. Das ist nur eine Virusinfektion. Sonst nichts. Schlaf nicht, Pospelowa. Schlaf nicht. Na? Sie lächelte. Stand auf. Guten Tag. Zu wem wollen Sie?

Aus dem Korridor der Klinik, als wäre es von dieser Frage aufgerufen worden, trat plötzlich ein Mädchen hervor, das sich im Gehen einen flauschigen, ganz lebendig aussehenden Pelz zuknöpfte. Die Knöpfe in ihren Fingern waren ganz rund, glänzend, schillernd. Faszinierend. Antoschka konnte kaum ihren Blick abwenden – wer war das? Warum war sie hier? War sie zum ersten Mal da? Oder schon öfter? Sie merkte sich alle Patienten ganz genau, das war eine berufliche Angewohnheit, die sie manchmal gerne losgeworden wäre. Dutzende. Hunderte. Tausende fremder und unnötiger Gesichter. Dieses Gesicht kam in der Kartei nicht vor.

Guten Tag, zu wem wollen Sie?, fragte Antoschka mit der gewohnten Höflichkeit. Nun bereits laut.

Das Mädchen drehte sich um, und Antoschka hätte fast laut aufgestöhnt.

Über dem Kopf des Mädchens stand eine hohe schreckliche Strahlenkrone völligen Wahnsinns. So etwas hatte sie noch nie gesehen, Allmächtiger. Seit dem Prüfungstag an der Medizinischen Universität. Nein, nicht einmal damals …

Sie schauten sich einige Sekunden lang in die Augen, dann hatte das Mädchen den letzten Perlmuttknopf zubekommen und ging wortlos unter dem klaren Gebimmel der Glöckchen hinaus.

In Wirklichkeit waren es gar keine Glöckchen.

Sondern ein Traumfänger.

Ein schreckliches, dämonisches Teil, das der naive Schustrik als Souvenir aus China mitgebracht hatte. Eigenhändig hatte er das reinrassige Böse an die Tür gehängt.

Wahrscheinlich hatte sie sich in der Tür geirrt. Die andere Hälfte der Villa beherbergte eine Notariatskanzlei. Dort schneiten oft Verrückte herein.

Die eisernen Glöckchen klingelten noch einmal.

Wir wollen zu Iwan Sergejewitsch Ogarjow!

Antoschka kniff die Augen zusammen – normale Leute. Gott sei Dank. Ganz normal. Vater, Mutter, ein rotziger, mürrischer Sechsjähriger.

Der nächste Termin bei Iwan Sergejewitsch ist erst am Samstag frei. Leider, ich kann nichts machen. Es wollen sehr viele zu ihm.

5

Montag, Mittwoch, Freitag von zwei bis acht. Dienstag, Donnerstag, Samstag von zehn bis zwei. Samstag war der schwerste Tag. Alle, die es nicht durch den Stau schafften, vom Chef nicht freibekamen, nicht einmal eine Stunde für sich selbst abzwacken konnten. Muttis mit ihren Kindern. Das war eine eigene Geschichte. Die Kinder waren kein Problem, nein, Ogarjow hatte nichts gegen sie. Mit Kindern kam er gut aus, ohne herumzusülzen, er war einfach sehr streng und geradlinig. Respektvoll. Er sagte nie, es würde wehtun. Er warnte sie ehrlich, dass es unangenehm sein würde, aber nur kurz. In schwierigen Fällen beriet er sich mit ihnen – was sagen Sie, Herr Kollege? Schauen wir uns gemeinsam das Röntgenbild an. Schalten Sie bitte den Leuchtschirm ein. Hier ist die Fernbedienung. Seien Sie so nett und fahren Sie den Sessel hoch. Hier mit diesem Knopf. Genug. Ja, genau so. Und jetzt öffnen wir den Mund. Er zeigte mit den zusammengelegten Handflächen, wie er es meinte – wie ein gähnendes Katzenmaul. Sie lächelten schüchtern, durch die zurückweichende Angst hindurch. Blaue Ringe unter den Augen. Aufgedunsene Schnäuzchen. Schlaffheit. Bleiche Stadtgesichtchen. Kellerkinder.

Ogarjow liebte es, wenn er sie nach einem halben oder ganzen Jahr nicht mehr erkannte. Wenn statt eines Kartoffelkeimlings plötzlich ein zerkratztes, pausbäckiges Menschlein ins Zimmer rannte. Ein gesundes. Man sah ihm an den Augen an, dass es gesund war. Die Katze quälte, Konfitüre stahl. Wuchs. Wir waren den ganzen Winter nicht krank, Iwan Sergejewitsch. Wir sind nur zur Sicherheit zu Ihnen gekommen. Freude. Das war natürlich eine Freude. Aber selten. Sehr selten. Die meisten Genesenen verschwanden für immer.

Die Muttis waren eine andere Sache. Da war höchstens eine von hundert normal, vielleicht auch eine von zweihundert. Alle anderen waren eindeutig verrückt – nach Volksheilkunde, nach chinesischer Akupunktur, nach gesunder Ernährung, nach Ogarjow selbst. Das waren die Schlimmsten. Doktor, Sie sind unsere letzte Hoffnung! Mit einem unerträglichen widerlichen Winseln, als wären sie Straßenköter vom kaiserlichen Maly-Theater. Wenn es nach ihm gegangen wäre, hätte er sie gleich nach diesem Satz auf die Straße gejagt. Ohne Recht auf Briefverkehr. Für immer. Diejenigen, für die Ogarjow tatsächlich die letzte Hoffnung war, schwiegen viel eher. Klammerten sich an das Piepsen der Geräte wie an ein über den Tod gespanntes Sicherungsseil. Versuchten mit aller Kraft, nicht abzugleiten. Sie hofften nicht, nein. Höchstens auf Gott. Manchmal berücksichtigte er das sogar und zog einen ordentlichen Schlussstrich unter die Gleichung. Aufgegessen, ausgetrunken, genug gelitten für vier. Der da drüben am Tisch sechs will die Rechnung, bitte.

Eine weitere unangenehme Kategorie: die Sieistdochdiemutter. Ihre einzige Errungenschaft war der (oft zufällig und holterdiepolter) zusammengeschusterte Säugling, dessen Hauptziel und Bestimmung es war, dem Leben der Sieistdochdiemutter einen lächerlichen Sinn zu geben. Sie war gleichzeitig frech, anmaßend und feige. Ich weiß selbst, was mein Kind braucht! Und außerdem steht das im Internet! Ogarjow senkte die Augen und zählte in Gedanken bis zehn. Und noch einmal bis zehn. Langsam. Ganz langsam. Nur für dein unglückliches Junges, du dumme Kuh. Das du nicht von deinen sinnlosen Titten entwöhnst, bis es fünf ist, und ihm damit die Zahnstellung, die Verdauung, die Psyche, das ganze Leben ruinierst. Eine Sieistdochdiemutter konnte nur eines ausgezeichnet, mit Eins plus – hassen. Die Sippschaft, die Arbeit, die ganze Welt. Solche Mütter verfluchten Antibiotika, erkannten Impfungen nicht an, waren unterbelichtet, boshaft und genauso wie die, die sich einige hundert Jahre früher auf dem Platz zur Richtstätte durchgedrängt hatten – alles sehen, nichts verpassen, alles zur Gänze auskosten. Feuer, verbrenne ihn! Verbrenne ihn! Häutet ihn bei lebendigem Leibe!

Anfangs hatte Ogarjow versucht, alles aufrichtig zu erklären – Sie machen es für Ihr Kind nur schlimmer, verstehen Sie das doch. Man darf die Impfungen gegen Diphterie, Kinderlähmung und Tetanus nicht weglassen. Das ist ein zu schrecklicher Tod. In den schlimmsten Fällen werden Sie beten, dass er schneller eintritt. Man darf auch nicht auf Antibiotika verzichten, das Kind hat eine eitrige Mittelohrentzündung, Sie Vollidiotin! In ein paar Stunden entsteht eine Mastoiditis, eine Entzündung im Warzenfortsatz des Schläfenbeins. Der Eiter dringt in den Schädelbereich ein, und das Gehirn des Kindes wird praktisch gekocht. Meningitis.

Abszess. Bei mir in der Abteilung ist einer daran gestorben. Einen Tag vorher war er noch ein pummeliger, aufgeweckter Dreijähriger. Was für Schmerzen er hatte, ach Gott! Was für Schmerzen! Hier, schauen Sie sich das Bild an. Das ist eine Lungenentzündung, vor hundert Jahren noch hätte sie Ihr Kind schnell ins Jenseits befördert, innerhalb einer Woche, heute wird es langsam und lange über einem schwachen, kaum sichtbaren und dadurch nur noch schrecklicheren Feuer geröstet. Die hirnlosen Hühner, sie nickten, während sich ihre leeren Augen mit einem weißlichen sinnlosen Film überzogen. Sie begriffen nichts, wollten nichts begreifen. Unsere Großeltern waren jedenfalls keine Dummköpfe. Die kannten keine Antibiotika. Bei Ihren Großeltern überlebte nur jeder zweite das erste Jahr! Zählt einmal mit einszwei durch. Du, du und du, vortreten. Ihr seid tot. Alle gestorben. Durch Mandelentzündung, Krupp, Schwindsucht, Antoniusfeuer. Da rumorte es in ihrem Wanst, und schon gaben sie den Löffel ab, um so die gleichgültige Statistik zu erfüllen. Vielleicht war das auch gut so? Natürliche Auslese.

Ogarjow dachte an alle, die ihr Leben dafür gegeben hatten, um diese natürliche Auslese zu besiegen. Dafür, dass Kinder weiterlebten. Jahrelange Arbeit des Herantastens, der Eingebungen, leere Hoffnungen, der Spott der Kollegen, eine wütende Menschenmenge. Hussa, auf ihn! Die langsame qualvolle Evolution vom Schamanen zum Heiler. Vom Heiler zum Medikus. Vom Medikus zum Arzt. Vom Arzt zum Menschen. In die Lehrbücher schafften es kaum zehn Namen, die restlichen starben anonym, aber sie hatten die Medizin ein Stückchen weitergebracht. Ein ganzes

Stückchen. Ihr ganzes Leben unter Unfreien und Unwissenden verbracht. Für die Unfreien und Unwissenden. Ein ungerechter Dienst. Der einzig mögliche von allen. Der einzig wichtige. Als Ogarjow abgestumpft wurde vor Erschöpfung, von der undankbaren Dummheit derer, für die er kämpfen musste, dachte er an Lawson Tait und Paré. An Lister und Pasteur. An den unglücklichen gequälten Semmelweis. Und dann noch an den Jungen, den er umgebracht hatte. Er hatte die Reihe am 3. Juli 1989 unterbrochen. Der Junge war nirgendwohin verschwunden. War immer in der Nähe. Wenn er nicht gewesen wäre, hätte Ogarjow die Medizin schon lange hingeworfen. Hätte aufgehört, Arzt zu sein.

Im Grunde hatte er nie Arzt werden wollen. Er hatte einfach keine Wahl gehabt.

Zum Glück wurden die tatsächlich klinisch Durchgeknallten gleich zu Beginn von Anja ausgesiebt. Wenigstens davon war Ogarjow überzeugt. Dass kein einziger echter Irrer zu ihm ins Zimmer kam. Die Irren hätten ihm gerade noch gefehlt.

*

Malja kam am Samstag. Als zweiunddreißigster Termin. Am 22. Oktober 2011. 13:30 Uhr. Die persönliche Numerologie eines Arztes. Der Abreißkalender der Erschöpfung. Das Rückgrat tat so weh, dass man heulen könnte wie einst Nabokovs Sina Merz. Ogarjow stand auf und knackte mit dem Hals. Im Korridor warteten noch sechs. Nein, lieber nicht rauchen. Nachher. Er öffnete die Tür, ließ den Blick über die Wartenden schweifen, stellte automatisch fest – zwei von den sechs sind zum ersten Mal hier, das kostet wieder massenhaft Zeit, die anderen habe ich schnell abgefertigt. Polypen, noch einmal Polypen, postoperative Kontrolle, die alte Saklezkaja ist überhaupt gesund. Ihr ist einfach langweilig ohne Gespräche über das Schöne. Sie drückte irgendein Buch an ihren Bauch, lächelte freudig, wie ein Konspirant, wie ein blutjunger, achtzehnjähriger, unsterblicher Kornett, der davon träumt, im Morgengrauen erschossen zu werden. Sie hatte wieder etwas in den dahingeschiedenen Büchern ihres dahingeschiedenen Mannes ausgegraben, die Ärmste. Guten Tag, Iraida Jakowlewna. Warten Sie bitte noch ein bisschen, in Ordnung? Der Nächste.

Ein Mädchen stand auf. Ogarjow kam sie noch sehr jung vor. Ein Teenager. Sie betrat das Zimmer und blickte sich neugierig um. Ganz ohne Angst. Hübsch. Nein, eigentlich war sie eher niedlich. Eine Stupsnase, die von kaum merklichen Sommersprossen gesprenkelt war, als hätte man einen Aquarellpinsel darübergeschüttelt. Helle Augen. Ihr Haar war großartig, das ja. Rötlich, dicht, und an der Stirn und den Schläfen schimmerte es golden. Wellte sich bis zu den Schulterblättern hinab. Ein Lockenkopf. Wie Mama früher einmal. Bevor sie zum Friseur ging. Ogarjow fiel plötzlich ein, dass vor zwei Tagen der 19. Oktober gewesen war. Mama war vor 21 Jahren und zwei Tagen gestorben. Er hatte es vergessen. Anja natürlich auch. Sie brauchte sich auch nicht daran zu erinnern.

Es wäre interessant, ob der Vater daran gedacht hatte.

Nein. Natürlich nicht.

Ein Grab, das niemand brauchte. Eine kaum erkennbare Spur auf einer fast sauber gewischten Tafel.

Das Mädchen blickte sich noch einmal um und lächelte. Klasse haben Sie's hier, sagte sie vergnügt, als hätte Ogarjow sie eingeladen, um mit einer neuen Sanierung oder einer alten Bibliothek anzugeben, und sie erfüllte seine Erwartungen. Das Mädchen sah vollkommen gesund aus, sogar unerträglich gesund. Das enge graue Trägerkleid, der schwarze Rollkragenpullover, die stramm sitzende Strumpfhose – alles war rund, stark, ausgefüllt. Ein Teenager in voller Blüte. Mit gutem Appetit. Wenn sie nicht aufhört, vor dem Schlafengehen Pfannkuchen hineinzuschaufeln, wird sie sich sehr bald in einen Kürbis verwandeln.

Wo sind Ihre Eltern?

Das Mädchen war plötzlich ganz verwirrt, Ogarjow kam es sogar erschrocken vor, als hätte er unfehlbar einen empfindlichen Punkt ertastet, den sie sorgfältig vor den anderen verbarg. Die Fontanelle. Eine offene Stelle. Ein ganz ungeschützter Zugang zum Inneren. Der tat gar nicht weh. Es gab ihn nur. Und genau deshalb war er schrecklich.

Eltern? Meine?

Kinder unter achtzehn dürfen nur in Begleitung ihrer Eltern in die Sprechstunde kommen. Es tut mir sehr leid. Auf Wiedersehen.

Sie lachte los und setzte sich, ohne Aufforderung, einfach so, in den Behandlungsstuhl. Baumelte mit den Beinen – die übrigens sehr schön waren, definitiv. Stark. Schmale Knöchel. Niedrige Wildlederstiefeletten mit glänzenden Knöpfen. Der geschickte Versuch eines Designers, das neunzehnte Jahrhundert in einem Multikultikontext zurückzubringen.

Wenn Sie ein Barkeeper wären, hätte man meinen können, dass Sie auf ein gutes Trinkgeld aus sind. Ich bin schon vierundzwanzig. Ich kann Ihnen meinen Pass zeigen.

Eine ganz normale Halbstarke.

Ogarjow unterdrückte nur schwer den Wunsch, sie hinauszuschmeißen. Zwei Stunden seit der letzten Zigarette, Samstag, die zweiunddreißigste Patientin, eine halbe Stunde bis zum Ende der Sprechstunde, und draußen warteten noch fünf, eine freche Halbstarke hatte ihm gerade noch gefehlt, aber mit Halbstarken hatte er, Gott sei Dank, bereits umzugehen gelernt, als diese Tussi noch nicht einmal ihren Puppen die Beine ausreißen konnte. Ich werde sie gar nicht untersuchen. Ich habe sie satt. Sie hängen mir alle zum Hals heraus. Ich bin müde. Die Schlüssel werde ich Schwonder geben, soll er doch operieren.

Werden Sie nicht böse, sagte sie. Bitte. Ich wollte Sie nicht ärgern. Ich habe nur Blödsinn geplappert. Das passiert mir oft. Sie lachte wieder, setzte sich bequemer hin. Sie hatte ein rundes Grübchen auf der Wange, ein entzückender Defekt des großen Jochbeinmuskels. Der Kuss eines Engels.

Sie wollen wahrscheinlich rauchen. Wenn ich nicht rauche, werde ich auch schrecklich böse.

Ogarjow verzog das Gesicht. Etwas stimmte nicht. Das war keine Halbstarke, nein. Offenbar war sie einfach eine überspannte dumme Gans, solche gab es unter den Patientinnen leider auch bis zum Abwinken. Und während man für die halbstarken Frechheiten eine theoretische Rechtfertigung finden konnte, schließlich hatten viele einfach nur Angst, vor dem Schmerz, dem Tod, einer grauenvollen Diagnose, vor den eiskalten, ruhigen, erbarmungslosen Instrumenten, und diese Angst drang mit einem lautlosen Schrei ins Freie, verwandelte sich in stumpfe Aggression, konnte man bei den Dummen nicht einmal diese menschlichen Maßstäbe anwenden. Erinnern Sie sich? Weil die Leere eines Blicks, um schöner feuchter Augen willen verziehen, unweigerlich einem bisher verborgenen Makel entsprach – dem leeren Ausdruck von Brüsten, den zu verzeihen unmöglich war. Dumme Gänse waren einfach dumm. Die typische Moskauer Variante davon. Schnuckelige Blogs, Taschen, Autos, Gott, wie süß. Unterschiedlich glaubwürdig geben sie die Kluge, die Mitfühlende, die Zartbesaitete. Die Lebendige. Essen ein Häppchen (sic!) im schicken »Delikatessen«, posten Kätzchen, sind Teil der Protestbewegung. Beim Anblick eines Männchens, das zur Finanzierung taugt, zappeln sie, kichern und kreischen.

Ach Quatsch, die ist blöd.

Setzen Sie sich bitte hierher. An den Tisch.

Wieder war sie verwirrt wie ein kleines Kind. Ich habe gedacht, Sie untersuchen mich hier. Im Stuhl.

Alles zu seiner Zeit.

Ogarjow hatte sich vollkommen beruhigt und öffnete eine neue Datei. Er führte bereits seit zehn Jahren elektronische Patientenakten, das arme iPhone konnte noch gar nicht mit Twitter umgehen, als Ogarjow schon eine perfekte elektronische Patientendatenbank besaß. Er hatte niemanden, auf den er sich verlassen konnte, außer sich selbst. Das iPhone übrigens auch nicht. Aber das iPhone konnte zumindest die Zeit steuern. Ogarjow spürte sogar durch die Rollläden, dass es draußen zu dämmern begann. Ein Moskauer Herbst, Nebel, Kälte, Dreck. Das nächste halbe Jahr würde es nichts Gutes im Leben geben. Danach auch nicht. In diesem Klima die Umstellung auf die Winterzeit abzuschaffen war die beste Möglichkeit, mit närrischem Schellengeläut in die Geschichte einzugehen. Noch weiter weg von Europa, von der ganzen Welt. Um ein paar Jahrtausende, um ein paar Stunden. Armes kleines Männlein. Fast ein Altersgenosse. Verängstigt wie wir alle, für immer. Für alle Zeiten.

Ihr Name?

Malja. Das heißt, natürlich nicht Malja, sondern Alina. Stellen Sie sich das einmal vor – Alina! Wie schrecklich! Als würde man sauer gewordene Konfitüre aufschlecken. Kann man denn mit so einem idiotischen Namen leben? Völlig unmöglich. Malja tat das auch nicht und änderte den kindischen Namen Alinka-Kalinka auf ihre Art ab, so wie sie überhaupt immer alles abänderte. Sie zerpflückte Bänder und Refrains, drehte sich mit zusammengekniffenen Augen vom Bildschirm weg – ist es vorbei? Wird er nicht mehr geschlagen? Sag, wenn es vorbei ist, okay? Sonst mag ich nicht hinschauen. Sie hielt keine Gewalt, Brutalität aus. Hielt das überhaupt nicht aus. Das hohe Tolstoi-Gebot. Nicht: Du sollst dem Bösen nicht Widerstand leisten. Sondern seine physische Ablehnung. Bei Sachen jedoch gerne. Mit Sachen machte sie, was sie wollte. Kaum war ihr ein Kleid vertraut geworden, nahm sie schon die Schere und schnitt unbekümmert alles ab, was ihr überflüssig vorkam, zerrte aus dem Wust in ihrer Kommode ein Band, ein Tuch, eine Brosche hervor, zack, zack – und man drehte sich nach ihr um. Sogar die Frauen. Ogarjow begriff erst später, warum. Sie war frei. Vollkommen frei. Malja wollte weder reich noch berühmt sein, sie wollte einfach – sein. Und im verklemmten, entstellten Moskau, in dem alle die Freiheit entweder vortäuschten oder mit aller Kraft und allen Mitteln zu ihr hindrängten, war das nicht nur merkwürdig. Sondern abartig. Und das hinterließ einen besonders starken Eindruck.

Malja war übrigens wirklich gesund, sie stand nur ganz am Anfang einer Erkältung. Der Hals tut weh. Das ist eine Angina, nicht wahr? Ogarjow erklärte gewohnheitsgemäß – nein, eine Angina muss man sich erst verdienen. Und das ist keine einfache Sache. Sie haben einen ganz normalen Schnupfen … Malja blickte verständnislos, aber neugierig drein, wie eine Katze, die hofft, dass dieses komische Papier (in Wirklichkeit der nächste Brief aus der Bank, der von bedrohlichen Aufschreien übersät war – überfällig, Verbindlichkeit, Pönale) sich gleich in ein Schleifchen verwandelt, an einem äußerst interessanten Faden über den Boden raschelt und lustig herumspringt. Alles war ein Anlass zum Spielen. Sogar ein Schuldschein. Sogar ein Schnupfen. Ogarjow wollte sich plötzlich nicht mehr in unappetitlichen Erklärungen ergehen: Nasensekret fließt über die hintere Rachenwand, reizt die Schleimhaut und verursacht so Halskratzen und Schmerzen. Er schrieb ihr die Namen verschiedener Tropfen auf ein Blatt Papier. Die nehmen Sie soundsooft am Tag. Und diese soundsooft. Irgendwie gefiel sie ihm nicht, diese Patientin. Nein, das ist nicht ganz richtig. Sie brachte ihn aus der Ruhe. Irgendetwas stimmte nicht mit ihr. Aber Ogarjow kam einfach nicht darauf, was.

Erst im Auto begriff er es, während er auf den komplett verstopften Dritten Ring zusteuerte. Jetzt gab es auch schon am Samstag Staus, die Finsternis deckte Jerschalaim immer schneller zu, bald würde die Stadt sich selbst verschlingen. Alle spürten das. Aber alle saßen ergeben an ihrem Platz, was heißt hier saßen, täglich kamen immer mehr neue in den Bann gezogene Opfer an. Was zieht Sie in unsere Stadt? Die Korruption? Die Arbeitslosigkeit? Die Kriminalität? Ein lustiger Film. Den musste man sich ansehen. Schade, dass Anja nicht gern ins Kino ging. Sie saß neben ihm und zählte kaum hörbar an den Fingern etwas ab. Pony, Nase, Mundwinkel bildeten durchgängige sich kreuzende Geraden. Sie war natürlich auch hundemüde. In seiner Sprechstunde allein waren achtunddreißig Menschen. Und in der ganzen Klinik? Und jeden musste sie anlächeln, den Termin überprüfen und bestätigen, das Zimmer zeigen, erinnern, begleiten. Dienstpersonal. Nein, nicht ganz. Eine Dienstfigur. Niemand interessierte sich je im Geringsten dafür, wie es in ihr aussah. Nicht einmal sie selbst. »Lenor«, inspizierte Anja die imaginäre Vorratskammer, »Tide«, die Müllsäcke sind bestimmt schon ausgegangen … Sie konnte einfach nicht aufhören. War außerstande die eigene Heiligkeit zu bezwingen. Die Beste von allen sein! Dem Ideal entsprechen. Doktor Ogarjow I. S. Ihm allein.

Ogarjow hupte einen schwarzen Sedan an, der sich dreist knapp vor seiner Stoßstange hineinzwängte. Manchmal hatte man das Gefühl, dass »Audis« ausschließlich an Idioten verkauft wurden. Niemand führte sich auf den Moskauer Straßen so schlimm auf wie »Audis«. Niemand war schlimmer.

Am besten verhielt sich übrigens die Luxusklasse. Triumphwagen zu astronomischen Preisen. Persönliche Chauffeure, frische Hemden, stählerne Eier, graue Schläfen. Sie waren tatsächlich gute Fahrer, diese Männer. Höflich. Ruhig. Sie wussten, wie viel ein Kratzer auf der blitzenden Seite des Schlittens ihres Herrn kostete.

Bist du sehr müde?, fragte Anja plötzlich.

Ogarjow zuckte mit den Schultern.

Es geht. Achtunddreißig Patienten.

Siebenunddreißig, stellte Anja richtig. Bei mir sind alle Termine aufgezeichnet.

Bei mir auch, erwiderte Ogarjow. Achtunddreißig. Warum?

Nur so. Wir müssten nur beim »Aschan« vorbeifahren. Wir haben fast kein Waschmittel mehr. Ich muss aber waschen. Und dann noch zu den Eltern. Wir waren schon einen Monat nicht mehr dort. Heute? Oder morgen?

Sie schaute Ogarjow schuldbewusst und flehend an, als wäre er ein Gott, nein, sogar der einzige Gott, und sie würde ihn mit ihren idiotischen Bitten, mit ihren lächerlichen menschlichen Anliegen von nichts weniger als der Erschaffung der Welt abhalten. Verzeih mir, Herr, dass ich dich mit meinem »Tide« belästige, doch wohin soll ich mich wenden, ich muss doch waschen! Doppelbindung. Anja wusste genau, dass er sie auch so nicht abgewiesen hätte. Aber das Flehen war süßer. Ihn zu ihrem Glauben bekehren. Anja konnte einfach nicht ohne Opfer.

Morgen, brummte Ogarjow.

»Aschan«? Oder zu meinen Eltern?

Hängen oder Vierteilen?

Stein oder Schere? Papier steht heute leider nicht zum Verkauf.

Wählen musste er. Immer er.

Das ärgerte ihn ungeheuerlich.

Ogarjow verstand natürlich alles, Anja wollte keinen Druck ausüben, im Gegenteil, sie wollte ihm die Möglichkeit geben, ein Mann zu sein, eine eigenständige Wahl zu treffen, selbst zu entscheiden. Und genau deshalb war der Druck unerträglich. Sie beugte sich wie ein Muttchen über ihn, kontrollierte jeden Schritt, steckte ihm einen Löffel mit Grießbrei ins Gesicht. Du bist mein Allerstärkster, mein Allerbester. Du bist mein Ein und Alles! Man konnte natürlich loskreischen, sich losreißen, ihr den Brei ins Gesicht spucken, das konnte man, aber es würde nichts nutzen. Sie würde trotzdem nicht aufhören, ihn zu lieben. Und er würde nicht damit anfangen. Wenn die eigene Frau immer und in allem recht hat, kann man nichts tun. Überhaupt nichts. Nicht einmal scheiden lassen kann man sich. Man würde ohnehin verlieren.

Anja nickte, während sie sein Schweigen einfühlsam verarbeitete. Das Schweigen der Lämmer. Das Schweigen der Wölfe. Wofür sich Ogarjow auch entschied, sie würde ohnehin gewinnen. Eine kleine, kräftige, geschäftige Priesterin, die am strahlenden Podest ihres Gottes saß.

Ogarjow wechselte die Spur, noch einmal, wobei er alle Spiegel fest im Auge behielt, dieser Trottel drängt sich gleich in unsere Spur, ohne den Blinker einzuschalten, da ist er schon – guten Tag, der Herr, bist du etwa blind? Oder fehlt dir einfach die Hirnrinde? Und da begriff er plötzlich, was mit der heutigen Patientin nicht gestimmt hatte. Sie hatte ihn gesehen.

Nicht den Doktor Ogarjow Iwan Sergejewitsch oder auch nur irgendeinen Doktor, eine namenlose Kraft, eine Anhäufung von Kenntnissen und Instrumenten, ein weißer Kittel, eine Stimme, eine Diagnose, eine Bestimmung, die man erfüllen musste. Häufig erkannten ihn die Patienten außerhalb seines Zimmers gar nicht, als hätte ein Zauber aufgehört zu wirken. Noch schlimmer war es, wenn sie ihn erkannten und ihn nicht in Ruhe ließen, sich verstecken, in die Rolle eines gewöhnlichen Menschen schlüpfen. Sie konnten überall an ihn herantreten, auf der Straße, im Geschäft, jammernd und wehklagend wie mittelalterliche Pilger, die ohne Scham ihre Geschwüre vor einem entgeisterten Heiligen entblößen, der, verdammt noch mal, nur in der Schenke vorbeigeschaut hat, um sich an einer Kuttelsuppe und vergorenen Gurken zu laben. Bettler. Lumpen. Eiter.

Niemand brauchte Ogarjow selbst. Der weiße Kittel verwandelte ihn gleichsam in einen Unsichtbaren.

Doch dieses Mädchen im grauen Kleid hatte ihn gesehen.

Ihn selbst.

Sie hatte ihn wie einen Menschen angesehen.

Ogarjow schmerzte plötzlich ein mikroskopisch kleiner Schnitt an der Wange, eine eingetrocknete Wunde mit brauner Kruste, die Rasierklinge hätte schon längst auf den Müllhaufen der Geschichte gehört. Morgen kaufe ich eine neue. Anja will sowieso zum »Aschan«, der Teufel soll ihn holen. Anja auch. Anja und den vollgestopften »Aschan«-Sonntag. Da würde ich ja noch lieber zu ihren Eltern fahren, ehrlich wahr. Aber das ist am nächsten Sonntag. Ogarjow wechselte noch einmal die Spur und fühlte, wie sich seine Muskeln anspannten. Ein dünner Pullover unter einer geöffneten Jacke, der Brustkorb unter dem Pullover, die Narbe auf dem Handgelenk, das von hellen Härchen gestrichelt war. Der Fuß, der sich geschmeidig auf die Sohle presste, die Sohle, die das Pedal hinunterdrückte.

Er war lebendig. Ein Mann von zweiundvierzig Jahren. Kräftig, trotz der täglichen zwei Päckchen Zigaretten und dem ihn von innen verbrennenden Feuer. Er war noch unglaublich weit weg vom Altwerden und vom Tod. Den Tod gab es überhaupt noch nicht.

Das war einfach unvorstellbar.

Ogarjow bremste scharf und lachte. Anjas Kopf ruckte erschrocken, und sie krallte sich mit beiden Händen in den Sicherheitsgurt.

Vorsicht! Siehst du denn nicht?

Ogarjow sah. Nun sah er ganz genau.

Er dachte eine ganze Woche an Malja. Genauer gesagt fiel sie ihm immer wieder ein sowie ein wichtiger, sehr wichtiger, aber einmaliger Vorfall, der mit jeder Sekunde immer weiter in die Vergangenheit rückt. Der erste Kuss. Die erste Prügelei. Die erste Frau, die mich selbst gesehen hat. Die mir das Gefühl für den eigenen Körper zurückgegeben hat. Sie kommt nie wieder zurück. Aber man kann wenigstens in der Erinnerung damit spielen wie mit einer Glasmurmel zwischen den Fingern und ihre herrliche Glätte, ihren Glanz spüren. Eine Herrlichkeit, die man immer bei sich hat.

Aber sie kam nach einer Woche zurück, bereits völlig genesen zur geplanten Kontrolle. Setzte sich in den Stuhl. Offenes Haar, das warm, schillernd, lebendig war. Kostbar. Wie ein Pelz. Ogarjow ergötzte sich einige Sekunden lang an dem Anblick, erholte sich. Er war wieder müde bis zum Gehtnichtmehr, nein, sogar noch darüber hinaus. Anja hatte sich erkältet, also gab es niemanden, der die Erstpatienten filterte, und, bitte schön, schon hatte er drei Verrückte gehabt. Deshalb brauchte er noch eine Sekunde. Das reine Vergnügen. Er hatte es verdient. Einfach nur dastehen und schauen. Sie weiß selbst nicht, wie schön sie ist. Wie eine Katze.

Ihr Haar ist natürlich wunderschön, Alina Wiktorowna, aber nun müssen Sie es weggeben.

Malja antwortete nicht, sondern senkte nur den Kopf, tief, noch tiefer. Wie vor einer Hinrichtung. Als hätte sie ebenfalls verstanden, was Sache war.

Ogarjow ging zu ihr und spürte sich dabei selbst ganz erstaunlich präzise – und auch die vor ihm sitzende junge Frau. Ihre Wärme, ihr Duft bildeten einen dichten Strahlenkranz um sie herum. Malja befand sich ganz in einem Kokon dieser Wärme und dieses Aromas, eine überreife aufgeplatzte gestreifte Melone, heiße Pfirsiche, ein Tomatenblatt, das mit einem kräftigen Hackmesser abgeschnitten worden war. Mittag. August. Durch den Garten schlendern. Zuhören, wie die Äpfel herunterfallen. Sich küssen.

Er strich ihr schweres, weiches Haar von ihrem Hals. Er konnte sich kaum zurückhalten, sie zu streicheln. Sie war wirklich eine Katze. Machte einen Buckel, ohne aufzuwachen. Streckte sich. Schnurrte.

Heben Sie bitte den Kopf.

Sie wandte ihm ihr Gesicht zu, vertrauensselig, ohne die Augen zu öffnen.

Unter seinen Fingern gab es zum ersten Mal keine Lymphknoten, keine Gelenke, keine Entzündungen, sondern das Leben. So viele Jahre hatte er andere nur berührt, um zu heilen. Er hatte ganz vergessen, wie das war. Das Kartenhaus, das Ogarjow so sorgfältig aufgebaut hatte, indem er eine wackelige Fläche an die nächste gestellt hatte – die Arbeit, die Wohnung, Rechnungen, der Kredit für das Auto, Verbindlichkeiten, Gegebenheiten, der Traum von einem Urlaub und die Hypothek, auch der papierene eheliche Sex –, alles wankte und erstarrte in der Luft und erwartete eine Entscheidung.

Ein rundes rosa Ohr. Es sah komisch aus, mit einer lustigen falschen Windung. Eine leichte Erkältung der Mutter im ersten Trimester der Schwangerschaft, Aufregung, Himbeerblättertee, keine Medizin, das schädigt das Baby. Gott sei Dank, alles ging gut aus. Sie kam gesund auf die Welt. Schrie sofort los, zornig, fordernd. Warum stehen alle wie erstarrt herum? Was zum Fressen her, aber dalli!

Ogarjow legte das Otoskop weg. Er berührte noch einmal mit seinen gefühllos gewordenen Fingern Maljas Hals. Zum Abschied. Aus dem Kopf damit. Verwirrung. Wahnsinn. Das ist deine Patientin. Kein Mensch. Keine Frau. Nur eine Patientin. Was für eine Geschmacklosigkeit, Herrgottnochmal.

Sie sind vollkommen gesund. Sie müssen die Tropfen nicht mehr nehmen. Auf Wiedersehen.

Malja öffnete die Augen, und er wandte sich so schnell ab,

dass er sie nicht mehr anschauen konnte. Sie sehen. Waren sie hellbraun? Grün? Nein, anscheinend heller.

Ohne sich umzudrehen, wiederholte er – Sie können gehen.

Malja regte sich nicht und bat nur leise – laden Sie mich bitte auf einen Kaffee ein. Ich würde Sie selbst einladen, aber Sie würden nicht kommen. In Moskau ist der Kaffee schrecklich, aber ich weiß, wo ein ganz passabler zu kriegen ist. Sie trinken doch Kaffee?

Dutzende besessener dummer Gänse, die ihm gleich im Zimmer an die Hose wollten. Anrufe, Einladungen zu Verabredungen, Drohungen, leidenschaftliches Geheul, vorgespielte Tränen. Ein Angebot, so alt wie die Welt. Sinnlose Anziehung. Jeder Pädagoge, jeder Priester oder Arzt musste diese Feuerprobe durchmachen. Psychopathinnen, die einem an den Schwanz wollen, um wenigstens so an den verbotenen und unerreichbaren Gott zu gelangen. Manchmal denke ich respektvoll an Kastration. Und liebevoll an den Zölibat.

Nein. Ich trinke keinen Kaffee mit Patientinnen.

Aber Sie haben doch selbst gesagt, dass ich gesund bin.

Trotzdem.

Ogarjow wartete, bis sich die Tür schloss.

Dreitausendzweihundertsieben Patienten in der Datenbank. Seine erkältete Frau. Stau. Putin. Die Mietwohnung. Die systematisch fremde Stadt. Das systematisch fremde freudlose Land.

Nein. Nein. Und nochmals nein.

Der Nächste!

Er verließ die Klinik schließlich gegen fünf. Die Sprechstunde war zäh gewesen, mit drei Verspäteten (Herr Doktor, bitte, wir wurden nur für zehn Minuten aufgehalten!) und einem wütenden Streit mit Schustrik, der sich darüber empörte (jawohl! empörte!), dass Ogarjow seine Patienten zu einem fremden Gastroenterologen schickt, während wir hier unseren eigenen haben. Übrigens gleich im Nebenzimmer. Ich schicke meine Patienten zu einem guten Gastroenterologen und nicht zu einem fremden. Stell einen guten ein, dann überweise ich sie an ihn. Und schrei mich nicht an. Schrei du selber nicht.

Es war fast dunkel, Herrgott, fast schon dunkel. Irgendwo auf der Welt, in einer anderen Dimension, saß man noch auf offenen Veranden, blinzelte in die untergehende Sonne, warf seinen Geliebten leichte Leinenblazer über die Schultern. Leise schnaufend tanzten kaffeebraune Mädchen, bewegten ihre wundervollen Hüften im charakteristischen, unvergesslichen, unverkennbaren Rhythmus von Brodski. Lachten sorglos. Aber Moskau war schon fast in der Finsternis versunken.

Warum ist es hier so kalt, Herrgott? Wann habe ich aufgehört, dieses arme Land zu lieben? Weshalb musste ich mich ausgerechnet dafür entscheiden?

Ogarjow, der im Gehen rauchte, ertastete in der Tasche den Schlüsselanhänger, ein kurzes Hupgeräusch ertönte – und wie davon angelockt, trat aus der Dämmerung die durchgefrorene Malja hervor. Feine glänzende Nieseltropfen in ihrem Haar. Ein sinnloser, überhaupt nicht wärmender Schal. Bläuliche Lippen. Die Arme. Ein Karton von »Starbucks« mit sechs großen absurden Einwegbechern in den Händen.

Ich wusste nicht, welchen Sie mögen. Einer ist sogar

koffeinfrei. Wollen Sie den koffeinfreien? Die haben gute Thermosbecher. Sie sind noch alle heiß.

Und – ohne Pause, wie bei einem Zungenbrecher – es ist doch nur Kaffee, Iwan Sergejewitsch. Jagen Sie mich bitte nicht weg. Es ist doch nur Kaffee. Wollen Sie, dass ich ihn auf den Boden stelle und zwei Schritte zur Seite gehe?

Im Dezember trafen sie sich bereits jeden Tag. Der Kaffee, mit dem ihre private Geschichte begonnen hatte, gab das Aroma und den Ton für alles vor. Kaffeestuben, Cafés, Kaffeehäuser, Cafeterias, Bistros, Imbissbuden, Pfannkuchenhäuser. Die traurige, romantisch-gastronomische Tour, die jeder kennt, der den untreuen Weg der Liebe und des Betruges einschlägt. In Restaurants wollten sie nicht, in Museen waren zu viele Leute, auf der Straße war es viel zu kalt. Sich nicht zweimal am selben Ort zeigen. Einander nicht anrufen. Keine SMS schicken. Sie saßen stundenlang über zwei unberührten Tassen, auf ihrem Teller trocknete der Kuchen, und auf seinem Rücken trocknete der entwürdigende Todesschweiß. Sie redeten. Und redeten. Eigentlich redete er, prahlte schamlos, gewissenlos, sodass man später gar nicht mehr daran zurückdenken durfte. Er balzte und unterwarf sich der Biologie. Plusterte bis zum Gehtnichtmehr, bis es knirschte, sein prächtiges, nicht vorhandenes Gefieder auf. Beteuerte und glaubte es auch selbst, dass er der Beste von allen sei. Malja lächelte und erhellte leise die unansehnliche Welt um sie herum. Ogarjow zupfte in Gedanken eine Haarsträhne zurecht, die aus ihrer Frisur ausgebüxt war, er streckte die Hand aus, ließ sie wieder sinken und wandte sich kraftlos ab. Noch Kaffee? Nein danke. Die allwissenden Moskauer Kellnerinnen warfen einander Blicke zu – er ist eindeutig verheiratet, sie eine kopflose Gans. Fünf Jahre geht er mit ihr ins Bett, und wenn er genug von ihr hat, schickt er sie in die Wüste. Die übliche Geschichte.

Ogarjow runzelte die Stirn und legte einen Geldschein zur Rechnung. Gehen wir? Malja stand vertrauensselig auf. Sicher, gehen wir. Er half ihr in den Pelzmantel, und es war jedes Mal echte Magie, wie der Mantel einfach nicht endete, nicht endete und Malja einfach nicht begann, nicht begann, und plötzlich – es war immer plötzlich – fühlte er mit den Händen ihre Schultern. Die unerwartet stark waren. Sie war stark. Und so glutheiß, dass es sogar durch den Pelz durch zu spüren war. Die einzige erlaubte Berührung. Außerdem durfte man noch ihren Arm auf dem glatten Bürgersteig nehmen. Das war alles. Ehrlich, das war alles. Sie hatten sich noch kein einziges Mal geküsst. Noch kein einziges Mal.

Ogarjow konnte nicht einmal daran denken.

Er reizte seine bescheidene Fähigkeit zum Lügen aufs Äußerste aus, um zu Hause seine ständigen Abwesenheiten zu erklären. Malja konnte er nicht anlügen, beim ersten Treffen hatte er gleich gesagt – ich bin verheiratet. Na und?, antwortete Malja ruhig. Jeder hat eine Vergangenheit. Damit wischte sie die nicht sichtbare Anja gleichsam vom Tisch. Wie einen piksenden Krümel. Ogarjow konnte das nicht. Mist. Schließlich arbeitete er mit seiner Frau zusammen. Zusammen in die Klinik, zusammen nach Hause. Anja anzulügen war eine eigene Folter. Ihr nicht alles zu sagen. Sein Herz auszuschütten. Das war sogar schlimmer als Folter. Er hätte das selbst alles beenden müssen, aber er konnte es nicht. Konnte es einfach nicht. Niemand hätte es verstanden. Niemand hätte geglaubt, dass das keine Midlife-Crisis war, dass er nicht vom schnell sinkenden Testosteronspiegel getrieben wurde, Maljas vierundzwanzig Jahre gefielen Ogarjow am wenigsten, sie hatten überhaupt keine Bedeutung für ihn. Allein der Gedanke daran, dass jemand über diese Liebe schlecht denken konnte, quälte ihn und ließ ihm keine Ruhe. Anja ahnte nichts. Überhaupt nichts. Eines Nachts umarmte er sie, presste sie ruckartig an sich und murmelte – Malja, mein Kleines. Und er wachte erschrocken und beschämt auf, mit einer Handvoll seiner borstigen, armseligen, prickelnden Leidenschaft, seiner Angst, seiner Scham. Anja regte sich nicht einmal. Sie schlief.

Ogarjow stand auf, presste die Lippen aufeinander und schaffte es kaum ins im Halbschlaf schlecht sichtbare Bad. Er übergab sich, zweimal, erbrach einen bitteren weißlichen Schaum wie ein tollwütiger Hund. Sein Herz hämmerte, hüpfte hinter dem Brustbein und vermischte alle Diagnosen zu einer. So kommt es zu frühen Infarkten, durch die Unfähigkeit, Entscheidungen zu treffen, durch die Entscheidung selbst, dadurch, dass man – wofür man sich auch entschied – es mit Sicherheit bedauern würde. Und nur im allerbesten Fall würde man sich selbst bedauern. Die absolute Herzdämpfung kam Ogarjow in den Sinn, und zum ersten Mal in seinem Leben hatte er Mitleid mit seinem Vater. Ja, du hast es auch nicht gerade leicht gehabt, du armer Kerl. Wenn jetzt noch ein Kind da wäre, mein Kind, würde ich mich auf jeden Fall erhängen.

Ogarjow rauchte eine Zigarette in der schwarzen kalten Küche, sie war gemietet, seelenlos, unpersönlich, wie sehr man sich auch bemüht hatte. Anja schlief vertrauensselig im Zimmer, in die Decke eingedreht, völlig ahnungslos. Und für diese Vertrauensseligkeit, für ihr leises Atmen, dafür, dass sie nicht Malja war, hätte er sie am liebsten umgebracht. Ogarjow ging zurück, legte sich hin und versuchte dabei, weder mit den Sofafedern noch mit den Gelenken zu knirschen. Das Sofa neigte sich merklich zur Seite, als wollte es ihn zu seiner Frau rollen, versuchte, ihn an sie zu hängen, damit sie werden sein ein Fleisch. Unsinn. Schuld daran war nur der zusammengefaltete Karton, der unter einem der Sofabeine steckte, Anja hatte ihn schon hundertmal gebeten, ein neues Sofa kaufen zu fahren. Hundertmal. Er hatte nicht auf sie gehört. Ihr nicht zugehört. Sie nicht bemerkt. Ist es nicht ganz egal, worauf man schläft, wenn es kein Haus ist, sondern nur ein Ort zum Übernachten? Eine Höhle, nicht mehr. Ein Ort, an den man seine müden Knochen nicht hinbringen sollte.

Ein heftiger Herbstregen klopfte an das Fenster, die Tapete bewegte sich unter dem bewegungslosen Blick. Wer ist diese Frau? Warum schweigt sie? Warum liegt sie neben dir? Vom Fenster her kam aus einem unsichtbaren, ebenfalls von niemandem geliebten Spalt (wahrscheinlich hatte ihn Anja gebeten, wahrscheinlich habe ich ihr wieder nicht zugehört) ein kalter, langer, dünner Luftzug. Als hätte jemand direkt vor dem Hals, ohne ihn zu berühren, ein Rasiermesser vorbeigezogen. Ogarjow erschauerte und konnte sich nicht entschließen, zu seiner Frau hinzurücken oder sich Malja vorzustellen. Er war vollkommen allein, wie vor dem Tod. Und niemand, niemand konnte ihm helfen. Alles musste er selbst machen. Absolut alles. Anja wälzte sich im Schlaf herum und legte unfehlbar die linke Hand direkt auf sein Herz. Machte ihre Rechte geltend. Sie zu verlassen hieße das Gleiche, wie draußen beim Müllcontainer ein einjähriges rundköpfiges, noch stummes, begriffsstutziges Kind zurückzulassen. Das war unmöglich. Malja zu verlassen wäre noch schlimmer. Das Gleiche, wie dieses Kind zu töten. Es zu nehmen und … Ogarjow spürte plötzlich, dass er weinte, wie in den penetranten Gedichten von Georges Adamowitsch. Darüber, dass wir sterben. Darüber, dass wir leben. Darüber, wie schrecklich alles ist. Und nicht wiedergutzumachen.

Bis Neujahr war er so abgemagert, dass Schustrik, als er im Korridor an ihm vorbeihastete, plötzlich abbremste, zurückkehrte, Ogarjow an einem Kittelknopf fasste und erschrocken fragte – alles in Ordnung mit dir, Sergejitsch? Ogarjow antwortete nicht, er zermarterte sich gerade den Kopf, was er diesmal am Abend als Ausrede für sein Treffen mit Malja sagen könnte. Wenigstens für dreißig Minuten. Wenigstens für eine Sekunde. Einfach neben ihr stehen. Der Dezember war unnormal warm und feucht ausgefallen. Auf den Bürgersteigen standen stille, stattliche Pfützen, in denen sich jedoch, im Gegensatz zu den Frühlingspfützen, nichts spiegelte. Nicht einmal der Himmel. Malja hatte den Pelz gegen einen Mantel von einer erstaunlichen warmen Farbe ausgetauscht: creme. Ogarjow, der früher keinen Unterschied zwischen Crêpe Georgette und Crêpe Suzette kannte und mit Damenkleidung nichts am Hut hatte, erinnerte sich ergriffen an den weichen und flaumigen Stoff, der die Handflächen kitzelte. Runde bonbonartige Knöpfe, schmale Absätze. Eine Pfütze. Noch eine Pfütze. Da! Und noch eine! Ogarjow, der sich lebendig, jung, glücklich fühlte, nahm Malja auf den Arm und trug sie durch die Moskauer Gasse, bis zu den Knöcheln in eisigem königlichem Dreck. Die Heldentat von Walter Raleigh, alt wie die Welt und genauso dumm. Damit die Geliebte ihre Pantöffelchen nicht besudelte. Malja lachte, sie war schwer wie ein in Winterkleidung eingehülltes Kind und roch nach Äpfeln, die leise den herannahenden, doch noch fernen-fernen Frost ahnen ließen. Anja roch nach gar nichts. Zum Teufel mit Anja.

Unerträglich war das alles. Einfach unerträglich.

Schustrik, der ernstlich erschrocken war, trat neben ihm von einem Bein aufs andere. Tut dir vielleicht etwas weh, Alter? Hm? Nimmst du schnell ab? Ist dir schlecht? Schwindlig? Los, ich bringe dich zum Ultraschall, 3D, wir haben das Gerät gerade erst bekommen. Ich bin gesund, Schustrik. Er sagte es langsam. Keine Sorge. Das ist kein Krebs. Einen Krebs würde ich wohl merken. Das sagen alle!, jammerte Schustrik, während er ihm auf seinen kleinen dicken Beinchen hastig hinterhertapste. Und überhaupt, als ob Krebs das Schrecklichste wäre. Da gibt es noch weit Schlimmeres auf dieser Welt.

Ogarjow hörte ihm nicht bis zum Ende zu, sondern schloss die Zimmertür hinter sich. Schustrik hatte recht. Es gab auf der Welt schlimmere Dinge als Krebs. Zum Beispiel, sich mit vierzig zu verlieben, wenn man schon dreizehn Jahre verheiratet ist. Er drückte auf den Knopf der Gegensprechanlage. Ja, Schatz, meldete sich Anja sofort, als hätte sie auf seinen Anruf gewartet. Als hätte sie gelauert. Ich habe heute wieder einen Hausbesuch. Ich liefere dich zu Hause ab und fahre gleich weiter. Es wird spät werden. Ogarjow hielt den Atem an und spürte, wie sich die Haut im Nacken, auf der Stirn und sogar auf den Unterarmen vor Scham zusammenzog. Wie konnte sie an diesen ganzen Stuss glauben? Was für Hausbesuche machte ein Privatarzt denn schon, noch dazu täglich? Und wenn die Pest in der Stadt grassieren würde, müsste ich trotzdem nicht so viel unterwegs sein. Verlier keine Zeit, antwortete Anja sanft, ich komme genauso gut mit der U-Bahn heim. Du musst aber unbedingt etwas essen. Versprichst du mir das? Ogarjow nickte, als ob sie es sehen könnte. Das war alles, was er versprechen konnte. Alles, was er überhaupt konnte.

Silvester feierten sie bei Anjas Eltern mit Piroggen, Sülze, Hering im Pelzmantel. Langweilig und warm wie ein alter dreckiger Bademantel. Häuslich. Ogarjow konnte sich nicht einmal betrinken, so peinlich war es ihm, er ging nur hin und wieder auf den Balkon hinaus, um zu rauchen und die dicke Moskauer Luft einzusaugen. Tagsüber hatte es noch Plusgrade gehabt, und alle hatten darüber lamentiert, dass man das neue Jahr ohne Schnee begrüßen müsste, aber in der Nacht fror es endlich, sodass die festlichen Feuerwerkskörper knirschend den kalten Himmel aufreißen und ihre billigen chinesischen Flämmchen ausstreuen konnten. Unter dem Fenster kreischte irgendeine Gesellschaft, und eine nicht sichtbare Tussi lachte ständig aus vollem Hals, ganz unnatürlich, wie eine Aufziehpuppe, und Ogarjow wartete darauf, dass dieses eindringliche, wahnsinnige, mechanische Lachen von einer Hysterie abgelöst wurde oder dass jemand dieser Tussi eins aufs Maul gab, damit sie es endlich einmal hielt.

Umsonst. Alles umsonst.

Er schnippte seinen Zigarettenstummel nach unten und erfreute sich daran, wie dieser im Sterben versuchte, einen Feuerwerkskörper zu imitieren – dieselben roten Funken, dasselbe ruhelose Kreiseln in der Dunkelheit. Nein. Hat nicht funktioniert. Er ist ruhmlos gestorben. Aber er hat es zumindest probiert. Versucht. Malja schläft jetzt wahrscheinlich, zusammengerollt wie ein Igel. Oder aber ausgestreckt. Ich habe noch nie gesehen, wie sie schläft. Ich weiß nicht, wonach ihre Lippen schmecken. Ich weiß überhaupt nichts. Wer ist sie? Woher kommt sie? Irgendwelche Fragmente kannte er, einzelne Sätze, möglicherweise lauter Märchen. Mädchen in ihrem Alter lügen oft. Vielleicht ist sie eine miserable Liebhaberin. Eine Hochstaplerin. Vielleicht ist sie überhaupt ein schlechter Mensch. Ich weiß nichts. Außer dass sie das Liebste ist, das es für mich auf der Welt gibt. Nein, nicht nur auf der Welt, sogar darüber hinaus. Ogarjow fiel plötzlich ein Satz ein, der ihn einst verblüfft hatte: In dem Moment, in dem ein Objekt Lichtgeschwindigkeit erreicht, bleibt die Zeit stehen. Invarianztheorie. Quantenphysik. Ein hohes und dunkles Spiel des menschlichen Verstandes.

Seine Zeit war stehen geblieben. Ogarjow schwebte regungslos über dem riesigen unter ihm ausgebreiteten Moskau, und die Zeit stand um ihn wie eine Wand und stöhnte wie die Taiga bei Krasnojarsk. Malja war dort irgendwo weiter rechts unten in ihrer Wohnung in der Atheistengasse, die er auch noch nie gesehen hatte und deshalb verehrte wie eine unmögliche und besonders ersehnte Unterwelt. Malja. Warum jetzt, warum nicht zwanzig, na schön, wenigstens zehn Jahre früher? Warum ich? Wofür? Warum tut es so weh? Warum tut diese Liebe, verdammt noch mal, so weh? Die Strugatzkis. Boris lebt immer noch. Was machen wir, wenn er auch noch stirbt? Ogarjow lächelte mit nassen Augen und sah abwägend die Spitzen dort unten an, ein anständiger Zaun, scharf, schwarz, vom Bösen umgeben, ich muss nicht lange fliegen, und, wenn ich versuche, richtig aufzukommen, dann muss ich auch nicht lange sterben. Ich kann mich nicht entscheiden, Herr, das siehst Du doch. Ich tauge nicht für die Rolle eines Casanovas, Du selbst hast mich als miserablen Schürzenjäger geschaffen. Andere können problemlos ihre sexuellen Abenteuer abservieren, ohne den Kopf oder das Herz einzuschalten. Nichts, außer den Eiern. Ich kann das nicht. Anja fallen lassen. Malja fallen lassen. Mich selbst fallen lassen.

Die Tussi hörte in der Dunkelheit plötzlich auf zu lachen, als wäre sie kaputtgegangen. Ogarjow sog tief die kalte süße Luft ein. Tu das nicht, Iwan, bat Mama ihn leise. Sonst erkältest du dich. Als er noch klein war, hatte sie im Winter seine Eiscreme auf den Heizkörper gestellt. Eine Untertasse, ein Teelöffel, ein klebriger Brei. Das Phantom einer Nascherei. Ogarjow krallte sich abwägend in das Balkongeländer, als plötzlich die Tür aufging und das Aroma des bereits angesäuerten Salat Olivier, des Stimmengewirrs, der Langeweile, des morgigen Katers ins Freie entließ. Der Schwiegervater kam auf den Balkon und stellte sich mit einem diskreten Hüsteln neben ihn. Er war bedauernswert, gebeugt, als wäre er von seiner lebhaften Frau vorzeitig in die Erde gerammt worden. Eigentlich war sie gar nicht seine Frau, wenn man darüber nachdachte. Armer Wicht. Wann haben sie sich scheiden lassen? Anja war anscheinend gerade erst in die Schule gekommen. Und seitdem fristen sie ihr Leben unter einem Dach. Ein unsichtbares Familiengeheimnis, zwar ungefährlich, aber lästig und rachsüchtig wie ein kleiner Dämon.

Der Wunsch nach dem Tod verging, spurlos, wie es sich für ihn gehörte. Eine dumme jämmerliche Anwandlung, die, wenn man darüber nachdachte, belebend war. Jeder denkt zumindest einmal daran, seinem Leben selbst ein Ende zu setzen. Das ist, als würden in einem dunklen Zimmer voller Geister die grünen Buchstaben »Ausgang« in einer Ecke aufblinken. Und zu erkennen, dass dieser Ausgang tatsächlich existiert, dass man jede Sekunde einfach die Tür öffnen und hinausgehen kann, bedeutet bereits zu überleben. Eine große und barmherzige Erfindung Gottes. Ohne sie wäre es überhaupt nicht auszuhalten.

Gehen wir hinein, Wanja?, fragte der Schwiegervater leise. Es ist kalt.

Und sie gingen hinein. Jeder zu seinem persönlichen kleinen Dämon.

Und der Flieder erblüht.
Und der Flieder erblüht.
Und der Flieder erblüht auf ihrer linken Brust.

Ogarjow murmelte diese Zeilen vor sich hin, und Malja, als würde sie über seine Schulter in dasselbe Buch blicken, setzte unverzüglich fort – *und in den gestärkten Röcken versinkt die Hand wie ein Boot.*

Ogarjow blieb stehen.

Das konnte nicht sein.

Malja ging noch ein paar Schritte weiter und blickte sich um. Schaute erstaunt. Der Pelz kitzelte ihr zartes Kinn. Kleine Spuren auf dem verschneiten Bürgersteig. Eine Kreuzung aus der *Studentin* von Jaroschenko und der *Unbekannten* von Kramskoi. Wussten Sie, dass die *Studentin* nach dem Vorbild von Galja Dieterichs gemalt worden war, der Frau Tschertkows, jenem bösen Geist von Lew Nikolajewitsch Tolstoi, dessen liebevollster, schrecklichster und treuester Freund? Kommt es Ihnen nicht komisch vor, dass Galja in Wirklichkeit Anja hieß? Und dass die *Unbekannte* von Kramskoi seinerzeit als Porträt von Anna Karenina galt? Schon wieder Tolstoi, er ist überall.

Vergleiche nicht: Das Lebende ist unvergleichlich.

Du kannst dieses Gedicht nicht kennen, sagte Ogarjow bestimmt.

Warum? Malja wunderte sich, als hätte Ogarjow sie der Unkenntnis bezichtigt, dass die Erde rund ist. Ich kenne das Gedicht. Es ist sehr gut.

Ich kenne es auch, sagte Ogarjow. Es ist sehr gut. Ja. Aber du kannst es nicht kennen. Niemand kann das. Ich habe mich selbst zwanzig Jahre nicht daran erinnert. Es erinnert sich überhaupt niemand daran.

Es war anscheinend dreiundneunzig gewesen. Oder nein, zweiundneunzig, genau zweiundneunzig. Viertes Studienjahr. Damals war Ogarjow kurz und ganz zufällig in den

Umkreis einer seltsamen Runde geraten. Auf der Suche nach geistiger Nahrung ging er häufig ins Zentrale Haus der Literaten. Das legendäre Restaurant war für ihn natürlich in jeder Hinsicht unzugänglich und unerschwinglich, aber eine Tasse miesen Kaffees (im verrauchten Büfett, unter armseligen Zeitgenossen und großen Schatten) konnte sich sogar Ogarjow hin und wieder erlauben. Aber das Wichtigste war, dass im Vestibül des Hauses ein ungewöhnlich erlesener Bücherflohmarkt abgehalten wurde. Dort konnte man ohne Weiteres ganz Unglaubliches aufstöbern, zum Beispiel ein auf Kosten des Autors herausgegebenes Büchlein (mit einer Auflage von 100 Exemplaren) oder gar einen handschriftlichen Sammelband, der dem Käufer hundert Jahre später ordentliches Geld und die unterwürfige Anbetung der Antiquare verheißen würde. Irgendjemand war schließlich einst so wahnsinnig gewesen, den *Richterteich* vom Ladentisch zu nehmen oder ein Heftchen der Nitschewoken.

Außerdem trat in den Neunzigern im Haus der Literaten pausenlos jemand auf, ob mit Vorträgen, Meisterwerken oder einfach so, um mit den Mitbürgern darüber zu sprechen, wohin es uns treibt in der Milch, der gedämpften. Erinnerst du dich auch, wie wir damals kämpften? Aber er schaffte es nicht oft zuzuhören, gewöhnlich wurde Eintritt verlangt, und Ogarjows Wochenbudget betrug damals dreihundert Rubel. Das waren zweiundvierzig Rubel und 85 Kopeken am Tag. Wenn er mehr ausgab, musste er es am nächsten Tag einsparen oder, wenn er weniger Geld verbrauchte, zu zukünftigen Auslagen dazugeben, ein neues Buch zweigte er von einem ausgelassenen Mittagessen ab, ein Bier wurde aus den Kartoffeln herausgerechnet, die Fahrscheine hinterließen in seiner Geldbörse trotz Studententarifs ein tagelanges hungriges Loch. Das war eine schwierige, ermüdende und mittellose Buchhaltung, die einen speziellen Schreibblock erforderte, der traurig war wie jedes Originaldokument und nicht einmal versuchte, historische Bedeutung vorzugaukeln.

Er ist erhalten geblieben, man stelle sich das vor. Hat es bis in unsere Zeit geschafft.

30.03.92
Eis – 20 Rub.
Gurken – 7 Rub.
Buch – 4 Rub.
Summe – 31 Rub.

31.03.92
Kefir – 7 Rub.
Fisch – 21 Rub.
Brot – 5 Rub.
Kartoffeln – 22 Rub. (5 kg)
Summe – 55 Rub.

01.04.92
Eier – 90 Rub.

02.04.92
Friseur – 6 Rub.
Brot – 5 Rub.
Summe – 11 Rub.

03.04.92
Mittagessen – 25 Rub.
Theater – 20 Rub.
Im Theater – 20 Rub.
Summe – 65 Rub.

04.04.92
Milch – 8 Rub.
Brot – 5 Rub.
Zigaretten – 30 Rub. (zu 5 Rub./Packung, für eine Woche)
Summe – 43 Rub.

05.04.92
Äpfel – 32 Rub.

Auch an diesem Abend hatte Ogarjow in den Büchern herumgekramt, die bettelarmen und durchgeistigten alten Frauen des Literatenhauses, bekannt für ihre Grausamkeit, hatten nur für Studenten etwas übrig (und für Soldaten, Zuchthäusler, Gefangene, die historische Tradition des Mitleids mit den Unglücklichen und des Schimpfens auf die Starken). Aus diesem Grund ließen sie Ogarjow gratis lesen, natürlich nicht lange, aber in einer halben Stunde, wissen Sie, schafft man viel, und wenn es ein Gedichtband ist, dann sogar den ganzen … Einiges konnte er überhaupt mitgehen lassen, natürlich nicht physisch, aber doch für immer – auswendig. Die Tür zum Kleinen Saal öffnete sich, und es ertönte, zuerst undeutlich, dann plötzlich klar, ohne Skandierung – *wir beide werden diese bettelarme, verschlossene Welt überdauern. Wo in den Himmel nur Streitereien und Kinder leicht aufsteigen.* Eine weibliche Stimme. Stark, jung, etwas brüchig in der Tiefe, nur ganz wenig, kaum merklich heiser. Kehlkopfentzündung. Oder eine chronische Mandelentzündung. Die Tür wurde sogleich zugeschlagen, irgendwer gehorchte dem Ruf der Natur oder wollte einfach nicht mehr zuhören. Zu Unrecht. Das war wie eine Verheißung. Eine Verheißung auf die Morgendämmerung.

Ogarjow riss seinen Blick von Chodassewitsch los, der so trocken und herrlich wie Schnaps war. Er sah die Alte argwöhnisch an. Die Kompositivisten, erklärte sie. Sie hielten eine Dichterlesung. Eintritt 10 Rubel. Ogarjow senkte die Augen wieder. Kompositivisten, Manieristen, Metametaphoristen. Das war natürlich alles sehr interessant. Aber er hatte keine zehn Rubel. Die Alte kaute verständnisvoll auf ihren Lippen herum. Sie hatte auch keine zehn Rubel. Damals hatte sie kaum jemand. Das sind doch Studenten vom Literaturinstitut. Die haben sich zu einem Rudel zusammengetan und albern herum. In einer halben Stunde kommen sie heraus, und dann kriegt ihr sie gratis zu hören. Was Gedichte angeht, kann man denen nicht einmal gewaltsam das Maul stopfen.

Und tatsächlich, Ogarjow hatte sich noch nicht einmal ein Drittel der überwältigenden *Schweren Leier* einprägen können, als die Tür wieder aufgerissen wurde und die Liebhaber der Poesie herausströmten. Ogarjow suchte mit den Augen nach der Inhaberin der kostbaren Kehlkopfentzündung, hatte aber Angst, dass sie sich als schwachsinniges Monstrum herausstellen könnte. Aber was ging ihn das eigentlich an? Selbst wenn sie ein Transvestit wäre. Ogarjow stieß mit der Schulter an einen hochgewachsenen schönen Burschen, der dunkelhäutig, stoppelig war und einerseits wie ein waschechter Nelkenverkäufer wirkte, andererseits wie ein armenischer Pasternakverschnitt. Magst du Gedichte, Bruder?, fragte er statt einer Entschuldigung, nachdem er den Chodassewitsch-Band, die Magerkeit und den lumpigen türkischen Pullover mit einem Blick eingefangen hatte. Komm mit uns!

Und Ogarjow, was denken Sie?, kam mit.

Von all den seltsamen Orten, in die es Ogarjow in jener Zeit verschlug (einschließlich eines Atomreaktors, der Passage innerhalb der Wand des Donskoi-Klosters und der gerichtsmedizinischen Leichenhalle in der Cholsunowagasse), war das Studentenheim des Literaturinstituts der unangenehmste – und erstaunlichste. Ein trostloser fünfstöckiger Klotz in der Dobroljubowastraße. Gewölbe so hoch wie in einer Kirche, ein leichter, aber ganz höllischer Gestank, Gitter vor den Fensteröffnungen. Damit die kreativen Persönlichkeiten ihr Leben ohne Schaden für die Gesundheit der Verwaltung beenden. Auf den Gittern hingen staubige Fetzen, Zigarettenstummel, zusammengeknülltes Papier, jahrhundertealte Asche. Manuskripte? Die brennen ausgezeichnet. Einfach ausgezeichnet. Sie wärmen nur schlecht. Ein düsterer Korridor wie in einem Gefängnis, braune Farbe, Reihen von Türen. Hinter jeder ratterten wie Maschinengewehre die Schreibmaschinen. Unbeschreiblich versaute Klos. Der Morgen begann mit dem durchdringenden Gezeter der alten bis aufs Letzte abgekämpften Putzfrau – alles angeschissen, Herrgott Allmächtiger! Alles angeschissen! Dabei sind das Dichter! Die zweite Putzfrau war schweigsam und jung. Eine echte Schönheit, die eines Sonettenkranzes würdig war. Das haben sie auch verschissen. Niemand bemerkte sie, niemand schrieb über sie. Hort des Friedens und der Müh und der Begeisterungen.

... In einem Zimmer, das gigantisch groß war wie übrigens alles im Heim, außer vielleicht der Talente seiner Bewohner, drängte sich eine Unmenge von Leuten. Ogarjow, der nicht mehr wusste, wo er selbst aufhörte und die anderen anfingen, drückte sich in eine Ecke, schaute sich um, immer noch ganz professionell. Wie man es ihm beigebracht hatte. Fenster, Tür, Rückzugswege, dem haue ich den Stuhl da über den Kopf, und den da schleudere ich einfach weg. Das noch nicht weit zurückliegende Militär ließ ihn nur unwillig los, als hätte es tatsächlich irgendein Anrecht auf Ogarjow. Alle setzten sich hin und sprangen wieder auf, wuselten herum und waren schmuddelig, merkwürdig und wunderlich wie die Gestalten aus einem Lehrbuch für Psychiatrie. Patient K. 20 Jahre. Wurde in der Kindheit von einem Hausigel gebissen und ist seit dieser Zeit in einer psychoneurologischen Fürsorgestelle gemeldet. Vor diesem Hintergrund wirkten zwei ältliche vergeistigte Frauen von der Sorte, die nie einen lassen und keine einzige Vernissage auslassen, ungewöhnlich und überzeugend normal. Sie wohnten sicher nicht im Studentenheim des Gorki-Literaturinstituts. Ogarjow bereute plötzlich selbst, gekommen zu sein.

Was mache ich hier bei diesen seltsamen Feuervögeln? Sollen sie sich selbst bescheißen und beschwatzen.

Er stand auf, um sich zum Ausgang durchzukämpfen, doch gleichzeitig mit ihm stand ein schmächtiger dunkler Bursche auf mit nervösen Wulsten auf den Wangenknochen und einer nicht näher bestimmbaren asiatischen Augenform. Vielleicht ein nicht ausgebildetes Downsyndrom. Vielleicht auch nur ein Besitzer eines prägnanten Epikanthus. *Das reife Pistazienklappern eines herunterfallenden Schuhs,* begann er. Alle verstummten respektvoll. *In deinen großen Augen der wahnsinnige Blick eines mandeläugigen, prachtvollen Rehs. Glühend heiße Winde bliesen das Salz des Toten Meeres in die Beugen erhobener Arme.* Ogarjow setzte sich wieder und verließ das Studentenheim einige Tage lang nicht. Und auch sonst ging niemand weg. Eine ganz normale Sache. Jugend. Kühnheit. Vendee. Don.

Ogarjow schlief, wo er unterkam, aß, was man ihm gab, ein paarmal lief er Wodka holen, einmal mit Begleitung zu den Taxifahrern. Einem Fremden hätten sie keinen verkauft. Wohl kaum. Er sprach fast nicht, dafür hörte er zu, schaute, lotete die Grenzen seiner Kraft aus. Leute betraten das Zimmer, verließen es, einer blieb für einige Stunden hängen, ein anderer verschwand, da er nach der allerersten Strophe ausgebuht worden war. Hier kannte und liebte man Poesie. Nein. Man liebte sie nicht. Sie lebte hier einfach. Sie kam in einer solchen Konzentration vor, dass sie – davon war Ogarjow überzeugt – an anderen Orten fehlen musste. Vorgetragen wurde alles, quer durch die Bank, Eigenes, Fremdes, aber hauptsächlich natürlich Eigenes. Einige Gedichte waren atemberaubend herrlich, einige verstand Ogarjow nicht und ging vernünftigerweise davon aus, dass sie niemand verstand, jemand schrieb sich die Finger wund, erging sich in Geschwafel und gab das als Wunder aus. Und konnte nicht einmal sich selbst etwas vormachen.

Ziemlich bald legte Ogarjow die Basis, sozusagen den Grundstock eines Freundeskreises bestehend aus vier jungen Männern. Der Pasternak armenischen Blutes, mit dem Ogarjow ursprünglich hierhergekommen war. Er war viel zu lebendig und animalisch, um zugrunde zu gehen. Der magere hübsche Mongoloide, bei dem genetisch etwas ganz eindeutig nicht stimmte. Irgendein waschechter, angeborener Defekt, der weitaus schrecklicher war als der erfundene, vorgetäuschte Wahnsinn der anderen. Dann noch ein Kleiner mit großem Kopf und Schmollmund wie bei einem Frosch oder Kind. Er war von den vieren der Traurigste und scheinbar Einfältigste. Und der Letzte, ein fahler, ruhiger, der wie ein echter Wahnsinniger aussah mit seinem starren rosa Gesicht und der langen Strähne, die verschämt seine Glatze bedeckte, die bereits keine beginnende mehr war. Sondern eine echte. Was für Gedichte sie hatten, mein Gott. Was für Gedichte. Unfassbar, dass im dreckigen Moskau des Zweiundneunzigerjahres, in der übelsten Zeit, mitten im Nichts, diese vier Burschen, Altersgenossen von Ogarjow, mit erhobenen Köpfen, sich selbst und Gott mit den Händen unterstützend, Worte aussprachen, die die einzig möglichen auf der Welt waren, in der einzig möglichen, magischen Reihenfolge, die allem einen Sinn zu verleihen schien, alles zu rechtfertigen schien, einschließlich des Todes, des Elends, des Betrugs, der Unnötigkeit allen Seins, der zukünftigen Unsterblichkeit.

Das war das Echte – das war es wirklich. Ogarjow begriff das. Alle begriffen es.

Ich habe dich nicht an mich gezogen, geliebte Gotteskreatur. Ich wartete, bis der Tee hat gezogen, und trank ihn dann in Schlucken pur. In jener Zeit die Nacht verbringend zusehen, wie zu Menschen werden Mauern, die sich winden, wie als letzter Schwarm des Sommers losgehen die alten Griechen, um eine neue Helena zu finden. Diese warme Kindheit legt mir die Schnauze auf die Hand. Dieses dunkle, eigensinnige Wolfsjunge ist eben meine Kindheit. Ich, der Usurpator deiner Leidenschaft. Der ich deinen ach so scheuen Wimpernschlag und dieses Wangenrot, das gar so zaghaft, unter Tausenden zu erkennen vermag. Nicht sofort, aber letztlich doch begriff Ogarjow oder spürte es eher, dass all diese Texte, all das faszinierende Treiben sich um eine einzige Person drehten: ein schweigsames Mädchen mit einem solch lebendigen, unebenmäßigen Gesicht, dass es fast schön wirkte. Sie trug nie etwas vor, weder etwas Eigenes noch etwas Fremdes, dafür hörte sie so zu, als hätte sie verstanden, dass es ihr allein galt, ihr allein. Alles nur für sie.

Dieses namenlose Mädchen hatte im Unterschied zu den anderen Bewohnern des Studentenheims nichts Wahnsinniges, Krankes an sich, doch darin, wie ihre Mundwinkel nach unten zeigten, wie sie ihr rotes Haar nachlässig mit einem Gummi zusammenband, war eine große Tragödie zu spüren, die Ogarjow bereits einmal gesehen hatte. Nur wo? Wo? In seinem Gedächtnis wirbelten die Gedanken umher, ausweichend runzelte Ogarjow die Stirn, versuchte, die Schärfe einzustellen, anzuvisieren, aber nichts. Nichts. Warum schwieg sie die ganze Zeit? War sie verrückt? Dumm? Stumm? Das Mädchen saß meistens mit gesenkten Armen in der Ecke und war im Zigarettenrauch kaum zu sehen. Dort wurde verzweifelt geraucht, sogar noch schlimmer als beim Militär, und die miesen Zigaretten wurden genauso großzügig geteilt wie die Gedichte. Dann ging sie plötzlich für längere Zeit hinaus. Ogarjow dachte bereits, sie sei ganz weg, doch sie kehrte mit einer Pfanne Bratkartoffeln in der Hand zurück. Die blauen Jeans, das Männerhemd, das kaum den Busen wahrnehmen ließ, verschwanden plötzlich. Und Ogarjow begriff sogleich, ich bin blind, ich Trottel, wieso ist mir das nicht gleich eingefallen, sie war die Salome mit dem Kopf von Johannes dem Täufer auf einer Schüssel, allerdings nicht die füllige, liebliche von Tizian mit der leicht über den Kopf erhobenen schrecklichen Last, sondern die Salome von Carlo Dolci. Siebzehntes Jahrhundert, ein zarter, bitterer Mund, ein abgewandter Kopf, ein Seufzen, eine Haarlocke auf der Wange.

Das Mädchen schaute ihn direkt an – und sah ihn. Wie Malja.

Einige Sekunden wandten sie den Blick nicht voneinander ab, als versuchten sie sich für das ganze Leben einzuprägen. Was sie auch taten. Dann stellte das Mädchen die Pfanne auf den Tisch. Es war eine gusseiserne schwarze Haushaltspfanne, die in diesem Chaos genauso fehl am Platz wirkte wie Ogarjow, und er begriff, dass sie es damals im Haus der Literaten gewesen war, die Gedichte rezitiert hatte. Es war ihre Stimme. Ganz sicher ihre.

Ogarjow, der spürte, wie eine starke Benommenheit von seinem Kopf Besitz ergriff, stand auf und verließ das Zimmer. Es war, wie sich herausstellte, wieder Abend, das Datum kannte er allerdings nicht. In der Dobroljubowastraße fuhren die Autos, alles dröhnte, wurde von einem leichten Regen übergossen, spiegelte sich tausendfach in lebendigen, gekräuselten, glänzenden Pfützen. Ogarjow fröstelte, er blickte sich suchend nach einer passenden Haltestelle um und ging zu Fuß blindlings los, wobei er jedoch unfehlbar, mit dem besonderen Gespür des gebürtigen Moskauers, den Weg fand. Er war in dieser Stadt zur Welt gekommen, aufgewachsen, und jetzt fürchtete er sich nicht einmal davor, in ihr zu sterben. Wenn es auf der Welt immer noch Gedichte gab, war das Sterben nicht schrecklich.

Die Taschen waren leer, die Vorlesungen wurden geschwänzt, es gab überhaupt keine Zukunft, doch Ogarjow patschte selbstsicher durch die Pfützen und murmelte wie eine Beschwörungsformel:

Und der Flieder erblüht auf ihrer linken Brust.
Und der Flieder erblüht auf ihrer linken Brust.
Und der Flieder erblüht.

Malja reagierte zwanzig Jahre später.

Er trat dicht an sie heran und, da er zum ersten Mal keine Angst hatte, umarmte sie. Das winterliche, blaue, eisige Moskau des Jahres 2012 drehte sich um seine Achse. Sogar im Januarfrost waren Maljas Lippen heiß und lebendig.

Sie reagierte.

Ich liebe dich, sagte Ogarjow, ohne den Kuss zu unterbrechen, eigentlich sagte er es nicht einmal, sondern dachte es eher. Aber sie verstand. Natürlich verstand sie. Langte hastig in die Tasche, nahm einen schweren kalten Schlüsselbund heraus. Als hätte sie darauf gewartet. Ogarjow holte ebenfalls seine Schlüssel vom früheren Haus, vom früheren Leben hervor. Er nahm den olympischen Bären von seiner Mama ab, dehnte den engen Ring auf und befestigte den Bären an den Schlüsseln zu Maljas Haus. Als hätte er einen Ehering angesteckt.

Wie das Mädchen aus dem Zimmer 423 des Studentenheims des Literaturinstituts hieß, hatte Ogarjow nie erfahren.

Aber was spielte das schon für eine Rolle?

Sie alle waren gestorben, verstummt, hielten den Mund, hatten sich verkauft, sich umorientiert, dem Leben angepasst. Hatten aufgehört, Gedichte zu schreiben.

Besser wäre es gewesen, sie wären tatsächlich gestorben.

In den folgenden paar Wochen beging Ogarjow so viele Gemeinheiten, wie es kaum einem Fiesling in seinem langen, produktiven, ausgesucht garstigen Leben gelingt. Zu Hause ließ er sich nicht mehr blicken, also überhaupt nicht mehr. Er ließ alles hinter sich zurück – im direkten Wortsinne. Er war nicht einmal mit dem, was er anhatte, weggegangen. Er war einfach nicht mehr zurückgekommen. Er, ein von Natur aus ehrlicher Mensch, der aus Überzeugung ganz unerschütterlich und altmodisch anständig war, hatte mit seiner Frau am Telefon Schluss gemacht. Er hatte angerufen und gesagt, dass … Es war eigentlich nicht wichtig, was er gesagt hatte. Wichtig war, dass er es über das Telefon gesagt hatte.

Zum Teufel, das war nicht nur niederträchtig, sondern widerwärtig. Niemand verdiente so etwas. Niemand. Schon gar nicht Anja.

Natürlich liebte Ogarjow seine Frau nicht und hatte es auch nicht vorgegeben, aber sie waren seit dem 99er-Jahr zusammen. Knapp dreizehn Jahre. Vor Malja. Sie schliefen zusammen, arbeiteten, überlebten, rackerten sich in Moskau Seite an Seite ab. Sie saßen im selben Boot, wenn es auch heruntergekommen war, aber es war doch ein und dasselbe Boot. Praktisch rund um die Uhr. Schöpften Wasser, glotzten aufs Ufer, ruderten. Es war Anja, die ihm über den Arm strich, wenn er sich mies fühlte, sie siebte die Idioten für ihn am Empfang aus, blies auf die Suppe, bevor sie ihm zu kosten gab. Kochte diese Scheißsuppe letztendlich. Sie war ein ausgezeichneter Kumpel, treu wie in der Kindheit. Durch und durch. Ogarjow zweifelte ihre Klugheit an, ärgerte sich darüber, dass sie nichts las, außer langweiligen medizinischen Lehrbüchern, die bereits in seinem dritten Studienjahr veraltet gewesen waren, aber als Kumpel war sie einfach hervorragend. Warum schmökerst du in den inneren Erkrankungen, Anja? Das bringt doch nichts. Du verstehst ja kein Wort! Sie hob die Augen, lächelte schuldbewusst, bedauernswert, als hätte er nur einen Scherz gemacht, als gehörte das so. Okay, Schatz. Er war ihr Schatz. Immer, wie sehr er sich auch zur Wand wegdrehte, wie grob er nicht war. Sie war es, die sich um ihn kümmerte. Um sie beide. Sie räumte die Sommersachen weg und holte die Wintersachen hervor, suchte eine neue Jacke für ihn aus, putzte die Schuhe, bürstete sie, stellte sie liebevoll nebeneinander in die Diele.

Beim rechten ist die Sohle schon wieder abgelaufen. Keine Sorge, am Samstag bringe ich ihn zum Schuster.

Und Ogarjow hatte sie nicht einmal zu Wort kommen lassen. Nicht einmal eine Frage stellen lassen. Er sagte, ich verlasse dich, Anja, die Wohnung zahle ich weiter, keine Angst. Und legte auf.

Die Wohnung wurde zu einem eigenen Problem, noch etwas, worüber man sich den Kopf zerbrechen musste. Noch etwas. Die Wohnung, die Arbeit, das Auto, alles Geregelte, Gewohnte, das unmerklich das Fundament des Lebens bildete, ja, das Leben selbst, sträubte sich, zerriss, krallte sich einmal dort, einmal da fest, sodass Ogarjow sich letztendlich felsenfest an seine Vergangenheit geschweißt und durchbohrt wie der heilige Sebastian fühlte. Der Wunsch, wenn schon nicht anständig, dann zumindest mit gutem Gewissen zu handeln, kollidierte mit den unvorstellbaren Moskauer Preisen. Ja, Ogarjow verdiente nicht schlecht, aber dieses »nicht schlecht«, worauf er ganz naiv stolz war, bedeutete in der Hauptstadt nicht einmal ehrliche Armut, sondern Schlimmeres. In einer Stadt, in der der Diebstahl zum Heldentum erhoben wurde, in einem Staat, in dem offiziell, auf allerhöchster Ebene das Gewissen abgeschafft worden war, konnte er, ein brillanter Arzt mit langjähriger praktischer Erfahrung, sich keine Scheidung erlauben. Nach russischen Maßstäben eine belanglose Gemeinheit. Zu mickrig. Um angeben zu können, musste man jetzt Milliarden unterschlagen, eine Branche herunterwirtschaften, das ganze Land den Bach runtergehen lassen. Ogarjow konnte das nicht. Er konnte nicht staatlich denken. Deshalb saß er in einem

Auto, das er bei der Bank noch lange zurückzahlen würde müssen, war unausgeschlafen, unrasiert, hatte sich leidlich in der McDonald's-Toilette gewaschen und schaffte es nicht einmal, eine Tasse Kaffee zu trinken. Brachte sie einfach nicht runter. Schaffte es nicht. Konnte nicht. In der Nacht, um nicht zu erfrieren, verbrauchte er fast einen Tank voll Benzin, das war teuer. Aber eine Wohnung war noch teurer.

Anja konnte unmöglich allein die Familienwohnung bezahlen, er konnte unmöglich für zwei aufkommen. Ogarjow konnte nirgendwo wohnen, im primitivsten Sinne des Wortes. Nirgendwo – und damit hatte es sich. Er war ein Penner, vorerst noch mit Diplom, vorerst noch relativ sauber, vorerst noch in der Elternwohnung gemeldet, die er seit – seit wann? –, ach ja, seit 1990, seit Mamas Beerdigung nicht mehr betreten hatte. Vielleicht war er auch gar nicht mehr dort gemeldet, wer hatte das schon überprüft? Niemand. Man konnte in der Arbeit übernachten. Oder, wie heute, im Auto. Oder auf der Straße. Oder Anja auf die Straße setzen. Nun, natürlich nicht auf die Straße. Sie konnte zu ihren Eltern zurückziehen. Schließlich waren ihre Eltern normal. Sie hatte früher auch bei ihnen gewohnt. Ogarjow hatte sie nicht einmal angerufen. Ihnen nicht erklärt, warum er ihre Tochter verlassen hatte. Wofür. Der Schwiegervater und die Schwiegermutter. Kuchen, Sauerkraut, Sonntagsbesuche. Eine weitere Gemeinheit, bei so vielen hörte man auf zu zählen. Wozu auch?

Und dann war da noch die Arbeit. Es war einfach unvorstellbar, weiter mit Anja zusammenzuarbeiten. Am Tresen vorbeizugehen und ihr zuzunicken. Sie über die Gegensprechanlage zu bitten, das im Korridor brüllende Kind zu beruhigen. Den Dienstplan zu ändern, die Samstagstermine zu verschieben, was heißt, es gibt keine Auszahlungsbelege mehr? Es müssen noch welche da sein, Anja. Du bist doch kein kleines Kind. Bestell welche. Der ganz normale alltägliche Trubel. Völlig unmöglich. Das hieß, er musste sich eine neue Klinik suchen, sich an andere, unbekannte Leute gewöhnen, seine tägliche eingefahrene Route ändern. Oder Anja aus der Klinik werfen, sie gleichzeitig ohne Mann, ohne Wohnung, ohne Arbeit zurücklassen. Ogarjow wusste, dass Schustrik die Entscheidung zwischen ihnen leichtfallen würde. Zum Teufel mit den Idioten, die nun in Scharen den Empfang stürmen würden. Ogarjow war in jeder Hinsicht mehr wert.

Anja musste einfach nur beiseitegewischt und vergessen werden.

Doch Ogarjow konnte das nicht, Herrgott. Konnte es einfach nicht.

Wenn Malja nicht gewesen wäre, hätte er es auf keinen Fall ausgehalten. Niemand hätte es ausgehalten. Scheidungen waren etwas für herzlose Menschen. Aber Malja war da, Gott sei Dank. Sie kam, schlug die Autotür zu, machte es sich neben ihm bequem. Sie küsste ihn und ignorierte das ablehnende – nicht doch, ich habe mich nicht ordentlich gewaschen und im Auto übernachtet. Küsste ihn einfach, und damit hatte es sich. Weich und warm, wie Mama. Und noch einmal. Sie tat nichts, gab keine Ratschläge, sagte nur leichthin – schon gut, das wird schon wieder. Du wirst sehen. Das wird schon wieder. Inzwischen wohnst du bei mir, aber warum soll das nicht gehen? Ich habe meine eigene Wohnung. Du kannst ja fürs Licht bezahlen, wenn dir das so wichtig ist. Oder fürs Wasser. Was gefällt dir besser? Licht oder Wasser? Ogarjow lächelte gequält, aber er lächelte, und die Gesichtsmuskeln, die erst unbeholfen verkrampft waren, zogen die Freude nach sich und glätteten sich, die Hypophyse und der Hypothalamus begannen gehorsam, Endorphin auszuschütten, das betäubte, linderte und einen halb narkotisierten glücklichen Dämmerzustand herbeiführte. Der Körper versuchte zurechtzukommen, sich zu schützen, er wollte leben, glücklich sein. Er wollte Malja.

Fahren wir also zu mir?

Aber Ogarjow fuhr zu Schustrik.

Schustrik war vierzig Minuten später im Café. Nach Moskauer Zeitrechnung war das fast blitzschnell. Er hörte schweigend zu, holte ebenso schweigend einen Schlüssel aus der Tasche und schob ihn über die Tischplatte. Als würde er ein schüchternes Kind anschubsen. Er sagte – nur die Bettwäsche musst du wechseln. Im Schrank findest du frische. Er überließ ihm sein Heiligstes, seine Wohnung für Schäferstündchen, Erholung für Körper und Seele, an den Geist wurde kein Gedanke verschwendet. Geistiges war nichts für Schustrik, weder rang- noch glaubensmäßig. Er war selbst dieser Meinung. Umsonst. Das alles war umsonst. Er fragte – ist es dir damit ernst, oder willst du dich nur ein bisschen erholen? Ogarjow schüttelte den Kopf, umklammerte die lauwarme Tasse und fühlte sich schmutzig, abscheulich, krank. Den Kaffee trank er wieder nicht.

Ich gebe dir eine Woche Urlaub, reicht eine Woche? Nein,

nimm dir lieber zwei. Schustrik überschüttete Ogarjow weiter mit königlichen Gaben, obwohl der um nichts mehr bat. Er konnte einfach nicht. Die Termine sagen wir ab, das ist kein Problem, du warst so viele Jahre nicht auf Urlaub. Da stirbt schon keiner, die können warten. Schustrik pfiff den Kellner wie einen Hund herbei und tippte mit dem Finger auf ein Bild. Das war der letzte Schrei in Moskau, eine Speisekarte mit Fotos, entweder war das für die Vollidioten, die nicht mehr lesen konnten, oder es war tatsächlich die Ära des visuellen Menschen angebrochen. Schauen war einfacher als denken. Die verbale Komponente der Welt schrumpfte immer mehr, die Löwen von Babylon, die noch vor viertausend Jahren als makellose schnelle Keilschrift eingeritzt worden waren, hatte es in eine gnadenlose Zeit verschlagen. Das Lesen und Schreiben lag im Sterben, beschränkte sich auf SMS, auf Gekreische, auf Interjektionen. Wer brauchte heute noch das geschriebene Wort? Nur er und Malja.

Ogarjow zuckte zusammen, tauchte aus seinem Dämmerzustand auf, der ihn schlagartig befallen hatte, als hätte ihm jemand plötzlich die Hand auf die Augen gelegt. In ihm hämmerte es, ein Zittern ergriff von ihm Besitz wie ein feucht gewordenes Büßerhemd von einem missratenen, verlausten Sünder, der verzweifelt versucht, sich auch nur einen Tropfen Heiliges abzuringen.

Ein Tropfen Heiliges kann ein Pferd töten.

Schustrik stieß einen Löffel in das mittlerweile gebrachte Kuchenstück. Er war arglos, dick, ungeschickt. In seinen Mundwinkeln sammelten sich süße Krümel, er zeigte Mitgefühl, überlegte laut. Wie Malja hoffte er naiv, dass es schon irgendwie wieder werden würde. Tu jetzt bloß nichts Unüberlegtes, Alter. Lass dir Zeit. Hörst du? Lass dir Zeit. Er saß ganz offen da, ohne Schutz und Deckung. Vertrauensselig bis zur Dummheit. Er hatte ganz damit aufgehört, Arzt zu sein, schon lange, nicht einmal mit seinen Nadeln fuhrwerkte er mehr herum, er steuerte nur noch Prozesse, erstellte Budgets, folgte erst dem einen Programm, dann einem anderen, scharwenzelte an der Basis der neuen Machthaber herum, der kleine, wohlgenährte, vorsichtige Schustrik. Er hatte sogar überlegt, ob er nicht der Regierungspartei beitreten sollte, konnte es aber noch nicht, konnte es einfach nicht. So weit war es mit ihm noch nicht gekommen. Er sang in der Früh beim Rasieren immer noch Pionierlieder. Er erzählte seinen groß und fremd gewordenen Söhnen immer noch Märchen von sozialistischen Helden wie Pawel Kortschagin. Von Timur. Von Soja und Schura.

War immer noch ein Mensch.

Da er vom gleichen Schlag wie Ogarjow war, wollte er mit solchem Pack mit Dreck am Stecken nichts zu tun haben.

Ogarjow sehnte sich plötzlich zum zweiten Mal in seinem Leben heftig nach einem Krieg, nur nach keinem Welt-, sondern einem Bürgerkrieg. Mit eigenen Händen irgendeinen Mistkerl erwürgen. Mit Genuss. Herrgott, man hat mir das Töten doch beigebracht. Anständig beigebracht. Auf Sowjetart. Wie habe ich das bloß verschissen? Mein ganzes Leben. Schustriks Leben. Unsere gemeinsame Kindheit. Wie konnte ich zulassen, dass dieser ganze Abschaum so groß wurde?

Schustrik zahlte unmerklich wie durch Magie. Eine Karte, Trinkgeld. Auf dieselbe magische Weise materialisierte sich der Kellner und löste sich dann endgültig in Luft auf. Puh, fast hätte ich's vergessen! Schustrik leerte seine Brieftasche aus, sodass das seidige, schutzlose Innere aufblitzte. Es ist nicht viel, aber für die erste Zeit … Das Urlaubsgeld wird dir auf die Karte geladen, ich sage den Mädchen Bescheid. Nur den Urlaubsantrag musst du dann noch unterschreiben. Vergiss das nicht.

Ogarjow nickte und strich das Geld vom Tisch.

Danke.

Lass mal, Alter. Wofür denn? Wir müssen doch zusammenhalten. Hauptsache, du kommst bald zurück. Ohne dich sind wir verloren.

Er schüttelte Ogarjows Hand und stieß beim Weggehen mit seinem dicken wackelnden Hintern an die Miniaturtische. Da erkannte Ogarjow plötzlich zum ersten Mal, dass Schustrik alt geworden war. Durch seine sich lichtenden jüdischen Persianerlocken schimmerte bereits jämmerlich die Glatze, die Schultern hingen bereits unterwürfig herab, noch ein bisschen, und er würde über die Promenaden trippeln, und dabei würde sein kyphotischer Hals kaum den großen nutzlosen Kopf halten können, ein ungehorsamer Stock, ein schwerer Mantel, undankbare Enkel.

An der Tür blickte sich Schustrik noch einmal um, lächelte, zeigte Ogarjow die erhobene Faust – jetzt heißt es, no pasarán, Alter! Sie werden nicht durchkommen.

Und Ogarjow lächelte zurück, so gut er konnte. Denn er wusste bereits, dass er nicht zurückkommen würde. Nicht zu Anja. Nicht zu Schustrik in die Klinik. Das war noch eine Gemeinheit und nicht die letzte. Ogarjow wusste das.

Wusste, dass er noch viele Jahre morgens aufwachen und sich winden würde, sich tatsächlich innerlich winden vor Scham, da er sich die einmal begangene Gemeinheit nicht verzeihen konnte. Konnte es einfach nicht, ganz prinzipiell. Das war eine weitere Raffinesse von Gott, ein unsichtbarer, aber ständig spürbarer Chip. Bei Ogarjow saß er etwas unter dem Schlüsselbein, bei jemand anders vielleicht im Hintern, Ogarjow wusste es nicht. Doch diesen deutlichen, an den Rändern verschwimmenden, feurigen Punkt loszuwerden war unmöglich. Weil man sofort, automatisch, aufhören würde, ein Mensch zu sein. Entfernte man den Frontallappen operativ, würde das Gewissen vielleicht aufhören zu wirken, aber Ogarjow kannte zu wenig Menschen mit einer erfolgreich durchgeführten Lobotomie. Sogar die Wesen aus dem Fernsehen, die in der Duma saßen und die Regierungskabinetts bildeten. Sogar die Ministerin Golikowa, an die er nicht länger als ein paar Sekunden denken konnte, da sogleich die Finger erstarrten und zuckten. Sie alle, das wusste Ogarjow, wanden sich ebenfalls morgens. Sie mussten sich winden. Oder sie waren tatsächlich abartige Menschen, kosmischer Abfall, und man musste die Fantasien des Pöbels über eine Verschwörung Außerirdischer gegen drittklassige Installateure als reine, ungetrübte Wahrheit anerkennen. Aber dann musste man auch an Levitation glauben und an homöopathische Kügelchen, die potenziert werden und weiter potenziert, ach, du meine Güte ... im Verhältnis eins zu neunundneunzig verschüttelt, damit sich der Zucker in ein Allheilmittel verwandelt, in ungesäuerte Brote und Wein, in das Fleisch und Blut des wahrhaftigen und allmächtigen Gottes, der all das zulässt. Bereits zugelassen hat. Ogarjow war viel zu klug, um an eine solche idiotische Welt zu glauben. Einem solchen Planeten hätte er nicht einmal null Punkte gegeben.

Er lachte plötzlich auf, als er an die Regisseurin und Schauspielerin Renata Litwinowa dachte, wie man an Affen aus dem Zoo denkt – mit warmer und schuldbewusster Herablassung. Soll sie doch. Sie ist wahrscheinlich auch ein Mensch. Wir sind wahrscheinlich alle Menschen. Und aus diesem Grund werde ich bis in alle Ewigkeit morgens lebendig gebraten und es nicht wagen, die Augen zu öffnen. Aber wenn ich sie dann endlich öffne, wird Malja bei mir sein. Malja, hören Sie? Und wenn das der Preis ist, dann bin ich sofort bereit, ihn zu zahlen.

Malja wartete im Auto auf ihn, ruhig und vertrauensvoll. Sie hatte ihre Nase in ein Buch gesteckt, ein E-Book mit rotem, ziemlich abgewetztem Umschlag. Noch ein neumodisches Ding, an das sich Ogarjow überhaupt nicht gewöhnen konnte. Allein das Wort war schon scheußlich – Gadget. Worauf habe ich mich alter Knacker da eingelassen? Wofür zerstöre ich mein und leider nicht nur mein, Leben? Malja lächelte und legte den Finger auf den Reader, als wäre er ein lebendiges, echtes Buch. Die Last des Bösen, prahlte sie. Magst du es? Ogarjow nickte. Dafür. Ja, nur dafür.

Das Auto, das von der schlaflosen Nacht ebenfalls ausgelaugt war, sprang nur mit Mühe an, unter den Rädern quatschte der Moskauer Matsch. Malja fragte nicht einmal, wohin er sie fuhr, wozu auch? Absolutes Vertrauen, das so schwer zu missbrauchen ist. Eine bewährte weibliche Waffe.

Anja hatte ihm ebenso blind vertraut. Wie oft werde ich noch an sie denken? Dreizehn Jahre, würde für jedes gemeinsam verbrachte Jahr eines gegenverrechnet werden? Malja, die unterwegs weiterlas, hob plötzlich den Kopf und zitierte feierlich – das sind allesamt Chirurgen oder Knocheneinrenker. Kein einziger Internist darunter.

Und nach einem kurzen Schweigen versicherte sie sich. Aber du bist doch Internist?

Ja, antwortete Ogarjow. Ich bin einfach nur Internist.

Und im selben Moment krachte ihnen seitlich mit einem ohrenbetäubenden, zuckrigen Knirschen ein schmutzig grauer »Audi« von der Farbe des toten Moskaus hinein.

Kein einziger Kratzer, GottseiDankAllmächtigerHerrimHimmel. Kein einziger Kratzer.

Ogarjow tastete sie noch einmal, zur Sicherheit diesmal mit geschlossenen Augen, Millimeter für Millimeter ab. Unter seinen Fingern spürte er, einmal weich, einmal fest, Muskeln, Sehnen, zarten Speck, das Leben. Tut es da weh? Sicher nicht? Malja lachte. Da kitzelt es. Ogarjow öffnete die Augen. Malja stand in der Mitte des Zimmers von Schustriks Liebesnest. Sie war vollkommen nackt, vollkommen ruhig, als wäre sie allein. Er selbst hatte sie angewiesen, sich auszuziehen, wobei er nicht vor Leidenschaft bebte, sondern vor Angst. Das Auto war auf ihrer Seite aufgeprallt, und Ogarjow, vor dessen Augen sich für einen Sekundenbruchteil nicht sein eigenes Leben abspielte, sondern ein fremdes aus einem Buch, konnte nur noch flehen – lass nur den Airbag funktionieren, Herr im Himmel! Lass ihn funktionieren …

Erfüllt. Das Kontingent Ihrer Bitten ist für die nächsten tausend Jahre ausgeschöpft.

Malja hatte sich nicht einmal die Nase aufgeschlagen. Allerdings schlug Ogarjow den Fahrer des »Audi«, ein draufgängerisches und eindeutig angeheitertes Bürschchen, das nur zeterte, bis Ogarjow ihm mit so viel Schwung eins in die Fresse gab, dass ihm die eigene Schulter schmerzte. Als schließlich die Bullen am Unfallort auftauchten (Ogarjow brachte es nicht über die Lippen, sie Verkehrspolizisten oder gar die Herren Polizeibeamten zu nennen), begutachteten sie Ogarjows verunstaltetes Auto, die verunstaltete Physiognomie des Burschen, und nachdem sie alle (sogar Malja) in den Alkomat hatten blasen lassen, wackelten sie begeistert mit den Köpfen. Mach den Kofferraum auf, du Alki, bat der dicke, faule, fertige Bulle freundlich. Und das Handschuhfach auch gleich. Der Bursche holte lustlos das kleine Reiseset eines Moskauers Fahrers hervor: einen wuchtigen Schläger, einen Pionierspaten, eine Gaspistole, die grob, aber zuverlässig in eine verletzende Waffe umgearbeitet war. Das Fahren in Moskau war schon lange gefährlich, ja kriegsähnlich. Malja schnappte nach Luft und presste die Hände auf den Mund, nicht aus Angst, sondern weil sie lachen musste. Und du hast ihm eine reingehauen!, sagte sie mit so einer kindlichen, mädchenhaften Begeisterung, dass beide Bullen Ogarjow mit neidischem männlichem Respekt ansahen. Dieser unausgeschlafene, aus ihrer fünfundzwanzigjährigen Sichtweise eindeutig alte und, dem Wagen nach zu schließen, nicht gerade reiche Kerl schlief mit einer Königin. Und der Königin gefiel das.

Ein neues Auto kann man kaufen. Hauptsache, es sind alle am Leben.

Bist du selbst unverletzt?, fragte Malja.

Genug, genug, hör auf, mich abzutasten wie ein Zigeuner eine alte Stute.

Eine junge, korrigierte Ogarjow.

Ist doch egal! Die Hauptsache ist die Stute.

Malja rümpfte die Nase, begann zu schauspielern und sagte mit unangenehm dünner Stimme. Haben Sie gehört? Er hat mich fett genannt.

»*Wie werde ich ihn los – in 10 Tagen?*«, nannten sie den Film im Chor, der nicht besonders gut, auch nicht übermäßig komisch, sondern einfach süß war. Sie hatten ihn beide gesehen.

Beide.

Sie lachten zu zweit, das war der Beginn des großen glücklichen Zusammenseins, nicht einmal die allerersten Tage, sondern die allersten Stunden. Ogarjow erkannte plötzlich, dass er kniete – das war bequemer fürs Abtasten gewesen –, und zwar vor der schönsten Frau, die er sich nur vorstellen konnte. Nein, nicht einmal das. Malja war noch besser. Sie stand im leisen Kokon ihrer Nacktheit, arglos und schamlos, da sie sich tatsächlich für nichts schämen musste. Ogarjow sah sie zum ersten Mal völlig ausgezogen. Nein, nein, nicht so. Er sah sie zum ersten Mal von innen. Die zarte Kehle, das leicht entzündete kleine Gaumenzäpfchen, die gerade Reihe von Zähnen, die Zunge, eine glatte und aufregende Welt, ein Mysterium, das nur ihm offen stand. Absolutes Vertrauen. Danach würde sie nie mehr so nackt sein.

Malja legte ihm die Hand auf die Schulter und blickte sich neugierig um, ohne zu ahnen, dass sie Leonardos *Madonna in der Grotte* nachahmte. 1483–1486. Der erste Schritt zum Zenit seines Ruhms und seines Könnens. Der Altar der Kapelle der Unbefleckten Empfängnis der Kirche San Francesco Grande in Mailand. Das klingt wie Musik. Ogarjow selbst erhob natürlich keinen Anspruch auf die Rolle des Johannes des Täufers als Kleinkind, aber Maljas Haar, das auf ihren warmen Schultern lag, die zarten Brauen, dieses leise zärtliche Erstaunen … Schustriks Wohnung taugte vollkommen für die Rolle der Grotte. Ogarjow hatte mindestens einen Spiegel an der Decke, ein rundes Plüschbett, Seidenbettwäsche, alle billigen Attribute der kostspieligen Moskauer Unzucht erwartet. Aber nichts davon. Eine ruhige bescheidene Zweizimmerwohnung aus der Sowjetzeit, die der Auswahl an Werken und der polierten Wohnwand nach zu urteilen noch von der Großmutter stammte. Auch der Geruch war wie bei einer Großmutter, gemütlich, alt, der Geruch von Hühnersuppe mit Nudeln und Lorbeerblättern, Corvalol, alten gelesenen Büchern, Treue, Ehre.

Wie man hier Silikontussis vögeln konnte, war Ogarjow schleierhaft.

In dieser Wohnung konnte man nur lieben.

Sie verließen sie erst einen Tag später – für immer. Es war bereits klar, dass es für immer war, gemeinsam, zu zweit, miteinander. Konventionen hatten keine Bedeutung mehr, und Ogarjow zog zu Malja in die Atheistengasse. Eigentlich hieß sie jetzt Protopopowskigasse, aber beide verwendeten weiterhin die sowjetische Bezeichnung. Nach einem weiteren Tag saßen sie schon im Zug nach Leningrad, das man auch nicht einfach in Petersburg umwandeln konnte, sosehr man auch versuchte, mit einem fremden idiotischen Willen Schritt zu halten.

Leningrad war zufällig ausgewählt worden, einfach weil es nahe war und beide sehr lange nicht mehr dort gewesen waren, das letzte Mal mit zwölf oder so, und dass das für ihn und Malja nicht nur zu verschiedenen Zeiten, sondern auch in verschiedenen Ländern gewesen war, änderte nichts. Absolut nichts. Beide erinnerten sich an unbedeutende Kleinigkeiten, an genau solche Unsinnigkeiten, die den Geist einer Stadt, ihr wahres Wesen ausmachen, wie der feuchte Druck des Windes, die stumpfen Augen der Steinlöwen, die Visiga-Teigtaschen mit dem gummiartigen, halb durchsichtigen Fischrückenmark. Das »Angleterre«, das zu Maljas Zeit bereits mit dem »Astoria« zusammengeschlossen worden war, gefiel ihnen überhaupt nicht (Jessenin mochten sie beide nicht, sie zollten nur dem Schicksal Tribut, das sich ständig unbarmherzig und aufs Geratewohl einen Favoriten wählte), dafür die Fontanka! Und die Gassen um die Isaakskathedrale! Natürlich war es Wahnsinn, im Winter nach Leningrad zu fahren, unter anderem auch aus meteorologischen Gründen, besser wäre es natürlich, ins Warme nach Barcelona oder zumindest nach Paris zu reisen. Warst du schon mal in Paris? Ups, entschuldige, ich hab's vergessen. Aber ich kann mir das einfach nicht vorstellen. Das ist doch ein Scherz, oder?

Ogarjow lächelte schuldbewusst, nein, leider war das kein Scherz. Und du warst wirklich noch nie in deinem Leben im

Ausland? Kein einziges Mal? Malja schaute ihn nicht einmal mitleidig an, sondern eher erstaunt, sie selbst hatte fast den ganzen Planeten bereist (nein, in Australien war ich noch nicht und auch nicht in Japan, unendlich schade), und Europa kannte sie nicht aus Reiseführern, sondern aus eigenen Erfahrungen und Erinnerungen so wie Ogarjow sein eigenes Zimmer. Sie hatte eine Schule und ein College in London besucht (ein schneller Blick zur Seite, fast erschrocken – log sie? Hatte es ihr einfach nicht gefallen?) und hatte sich bei jeder sich bietenden Gelegenheit während der ganzen Ferien und sogar an den Wochenenden aus dem Staub gemacht. Sie hatte nicht nur Lieblingsstädte, sondern Lieblingsstraßen in Lieblingsstädten, heiß geliebte Restaurants, in die sie zum Essen fuhr und dabei leichtherzig Hunderte Meilen zurücklegte, einfach weil es so köstlich war. Aber nein, Reisen ist überhaupt nicht teuer, echt, es gibt Billigflieger, Hostels, man muss nur wissen wie, ich bringe es dir bei, du wirst sehen. Was, du hast noch nie einen Reisepass gehabt? Wahnsinn! Ich wusste gar nicht, dass es das gibt!

Das gab es. Wenn man erst ein Sowjetbürger war. Dann ein ehemaliger Soldat mit fünfjährigem Ausreiseverbot. Dann ein Moskauer Arzt, verheiratet und mit einer gemeinsamen Wohnung. Wie viel du auch verdienst, es reicht gerade mal so fürs Leben!

Aber es ist wirklich nicht teuer!

Malja hüpfte auf und ab, als sie versuchte, es zu erklären. Ogarjow hielt sie fest – du haust dir noch den Kopf am Gepäckfach an, Vorsicht, Malja! In Wirklichkeit suchte er nur einen Grund, um sie anzufassen. An sich zu drücken.

Zu beruhigen. Sch-sch, hüpf nicht so rum, du tust dir noch weh. Malja lachte, wich ihm aus, strampelte mit den Beinen, wehrte sich, und wenn sie sich ihm schließlich entwand oder sich über die nächste Frage wunderte, wurde es Ogarjow für einen Augenblick angst und bange. Als würde er eine Treppe hinabsteigen und dabei etwas schrecklich Zerbrechliches, Unersetzliches an die Brust drücken, eine Schachtel mit Christbaumschmuck, noch von der Großmutter aus der Vorkriegszeit.

Lässt du ihn fallen, dann war's das.

So etwas kann man nicht nachkaufen. Ist nicht aufzutreiben. Nicht wiederzubekommen.

Außerdem fürchtete sich Ogarjow vor dem Aufwachen. Nicht nur vor dem Aufwachen, sondern dass er plötzlich allein war in einem absolut dunklen, unbekannten, kalten Zimmer. Das fremd, vollkommen fremd war.

Was wusste er über Malja? Was wusste sie über ihn?

Als was würden sich beide entpuppen, wenn der Hormonrausch sich legen würde? Und dass er sich unvermeidlich legen würde, das wusste Ogarjow als Arzt. Es gibt nichts Stärkeres als die Hormone. Und nichts Kurzlebigeres. Wenn die Hand, von deren Berührung er eine Gänsehaut bekam, sich in eine gewöhnliche Hand verwandeln würde, die nicht einmal die einer Frau war. Einfach eine menschliche Hand. Wollte er sie dann noch küssen? Dankbar streicheln? Was würde Malja fühlen, wenn sie begriff, dass sie nachts nur ein Mensch umarmte, ein erschöpfter, alternder, erschrockener Mensch, der genauso wie alle anderen war.

Sobald sie vom allgemeinen ausgetretenen Pfad abkamen (Bücher, Kino, Musik, Letztere mochten übrigens beide nicht, das war nur Lärm, Unsinn, der ablenkte), begann die Gefahrenzone. Ein rutschiger Ort, an dem man sich vorsichtig mit kleinen Trippelschritten bewegen sollte. Jeder hatte seine Vergangenheit. Sollte man sie herzeigen oder nicht? Den anderen in die stille Diele hineinlassen? Und weiter? Dorthin, wo es bereits ganz schrecklich wurde? Malja, sonst eine hoffnungslose Plaudertasche, machte plötzlich dicht, klappte zu, wenn die Rede auf sie selbst kam. Ogarjow erfuhr also keine naheliegenden, unerlässlichen Dinge, die man normalerweise über die Person wissen sollte, die jede Nacht im selben Bett lag, in deren Umarmung man schlief, mit der man gemeinsam frühstückte und darüber stritt, wer den Müll raustragen, die Tassen abwaschen und als Erster sterben musste, damit man nicht von Einsamkeit gequält wurde. Ich und basta! Nein, ich habe es zuerst gesagt. Anscheinend war es das, was man gemeinsame Haushaltsführung nannte.

Heirate mich. Im Ernst, heirate mich.

Malja hörte auf zu lachen. Ein Apfel lag in ihrer Hand, er war angeknabbert, verletzt, mit Spuren kleiner Zähne auf der rot glänzenden Schale. *Der Biss des Engels.* Ein tolles Buch, nicht wahr? Ich habe geweint, als ich es zum ersten Mal gelesen habe. Einfach vor Freude. Hast du geweint?

Nein. Ich habe nicht geweint. Trotzdem. Lass uns heiraten.

Wozu? Ich verstehe es nicht. Was würde das ändern?

Alles.

Wenn das so ist, dann auf keinen Fall. Und lass uns nicht mehr darüber reden, okay?

Dieser Satz, eigentlich nur ein Sätzchen – lassunsnichtmehrdarüberredenokay – tauchte ganz unerwartet auf, und Ogarjow fühlte im Epizentrum seines enormen Glücks plötzlich eine drohende, nein sogar bedrohliche Kälte. Malja war wie ein spannendes Buch, in dem Dutzende Seiten – Dutzende! – entweder herausgerissen oder so übermalt waren, dass man durch das violette, fest eingedrückte Gekritzel nur wenige Worte ausmachen konnte, die sich zu keinem sinnvollen Satz zusammenfügen ließen.

Sie war in einer kleinen Stadt im Süden Russlands auf die Welt gekommen (das hatte er auf der Geburtsurkunde erspäht, die nach langer Suche plötzlich von selbst aus dem Schrank gefallen und als graugrüner Schmetterling vor seinen Füßen gelandet war), lebte aber in Moskau in einer exzellent renovierten Zweizimmerwohnung in der Atheistengasse, die – Trommelwirbel! – ihr Eigentum war. Eine Zweizimmerwohnung im Zentrum Moskaus! Können Sie sich den Preis vorstellen? Ogarjow konnte es nicht.

Woher hast du die Wohnung, Malja?

Papa hat sie gekauft.

Allem Anschein nach hatte sich ihr berüchtigter Papa entweder bei den lokalen Banditen oder in der Bürokratie hochgekämpft (das war immer schwieriger zu unterscheiden und war ehrlich gesagt gar nicht der Mühe wert), und wenn Malja über ihn sprach, verzog sie immer seltsam das Gesicht, als wäre sie plötzlich mit einem gerade erst verstauchten Fuß aufgetreten. Das konnte Ogarjow übrigens nachvollziehen. Sehr gut sogar.

Ein netter Papa.

Lassunsnichtmehrdarüberredenokay?

Und deine Mama?

Die ist gestorben.

Meine auch, Malja. Aber davor hat sie auf der Post gearbeitet. Sie war …

Ogarjow rang nach Worten, offenbar war es schwierig. Laut über die Mutter zu sprechen. Laut über die Liebe zu sprechen.

Und wer war deine Mama, Malja?

Meine Mama war eine Schlampe!

Ogarjow zuckte zusammen, als hätte ihm der kleine, gelockte, tote, lustige Jaschka plötzlich ins Ohr gepustet, von irgendwo weit her, vom Jenseits, wie Ogarjow doch sehr hoffte.

Na schön, kommen wir auf den Papa zurück. Gut?

Nein. Nicht gut.

Sie sagte Papa, aber so, dass dieses etwas dümmliche, stumpfe, sehr kindische Wort wie hingespuckt klang. Als hätte sie etwas unerträglich Bitteres, Giftiges geschluckt und gleich wieder jungenhaft durch die Zähne ausgespuckt. Papa. Die Wohnung in der Atheistengasse. Die dezente grauschwarze Kreditkarte (so sahen also Platinumkarten aus), die fix an ein unerschöpfliches Konto wieder vom Papa gebunden war.

Malja zählte kein Geld. Sie wusste einfach nicht, wie viel es war. Hatte keine Ahnung davon. Geld war immer da.

Das war unangenehm. Reiche Malja. Sie war reich.

Ein grobes, plumpes Wort.

Es passte überhaupt nicht zu ihr.

Malja schien das zu spüren und ging mit Geld nicht

leichtsinnig um, was Ogarjow wie jeden anderen ehrlichen fleißigen Arbeiter zweifellos gekränkt hätte, aber drehte auch nicht jeden Rubel dreimal um. Sie hatte klare Vorstellungen davon, was teuer und was leistbar war, und diese Vorstellungen stimmten aufs Genaueste mit denen von Ogarjow überein. Etliches lernte er übrigens selbst von ihr. Mut. Freude. Dass man in Erinnerungen investieren musste. Die einzigen Devisen, deren Wert beständig steigt. Lass uns diesen Tintenfisch bestellen und diesen feinen Zwieback, der sich mit trockenem Weißwein zu Luft, einem Seufzen, Brot verwandelt.

Ogarjow griff nach dem kalten glatten Hals der Flasche, und Malja bedeckte sogleich ihr Glas mit der Hand. Für mich bitte Wasser. Es klang fast erschrocken.

Warum trinkst du nicht, Malja? Wenigstens einen Schluck. Das braucht man manchmal sogar. Glaub mir, das sage ich dir als Arzt.

Ich will nicht. Ich will einfach nicht.

Warum?

Lassunsnichtmehrdarüberredenokay?

Ogarjow wurde nervös, war sie eine Alkoholikerin? Eine Drogensüchtige? Mit den Fingern, Lippen, die nicht aus Leidenschaft verharrten, fuhr er über jede Vene. Alles perfekt. Nein, nein und nein. War sie also doch eine Alkoholikerin? So früh? Undenkbar! Das konnte einfach nicht sein. Die medizinische Erfahrung sagte mit verkniffenem Mund – das kann sehr wohl sein, sehr gut sogar. Das war natürlich eine blöde Situation. Tausende Männer auf der ganzen Welt wissen nicht, wie sie ihrer schwankenden, jämmerlichen, ungeschickten Frau das Glas wegnehmen sollen. Ogarjow wusste nicht, wie er Malja dazu bringen könnte, wenigstens ein bisschen zu trinken. Und sie gab letztendlich nach.

Sie sagte – wir fahren nach Italien. So.

Und warum gerade nach Italien?

Du wirst schon sehen.

Doch vor Italien fuhren sie fast halb Europa ab, auf abgelegenen, herrlichen Umwegen. Mit Köpfchen zu reisen erwies sich tatsächlich als nicht so teuer, wie den Massen nach dem Willen von Reiseveranstaltern zu folgen. Für Alleinreisende ist Europa überhaupt das Paradies. Zusätzlich hatte Ogarjow, nachdem er Schustrik verlassen hatte, in der protzigsten und unangenehmsten Privatklinik Moskaus zu arbeiten begonnen, von der er früher nicht einmal etwas hätte hören wollen. Ein Auflauf von dreisten Geschäftemachern. Im Büro, nein, nicht vom Chefarzt, sondern vom Eigentümer, der es sich demonstrativ auf dem Sofa bequem gemacht hatte, empfand Ogarjow zum ersten Mal im Leben Gefallen daran, dass er mit ihnen auf der gleichen Stufe stand. Derselbe großkotzige Scheißkerl. Wir haben die höchsten Prozente in Moskau, fünfundzwanzig Prozent. Zusätzlich ein Gehalt von achtundzwanzigtausend Rubel. Der aalglatte Eigentümer, dessen Anzug ins Schwarze und Bläuliche schimmerte, schaute wichtig drein. Wir zahlen nichts schwarz, alles rechtmäßig angemeldet. Ogarjow lachte auf und konnte sich nur mit Mühe zurückhalten, dem rasierten gepflegten Kopf des Eigentümers eine schülerhafte Kopfnuss zu verpassen. Ich habe fast viertausend Patienten, mein Lieber. Deshalb sechzig. Sechzig was? Prozent. Und das Gehalt können Sie sich selbst auszahlen. Sozusagen für die Mühen. Und außerdem arbeite ich freitags und montags nicht.

Der Eigentümer, dem eine Frage im Hals stecken blieb, hob die Brauen, nicht fragend, sondern flehend.

Warum?

Da spiele ich Golf.

Verhandlungen gewinnt derjenige, der jeden Moment aufstehen und weggehen kann. Und Ogarjow stand auf, vollkommen glücklich. Frei. Endlich frei.

Rufen Sie mich an, wenn Sie Ihre Entscheidung getroffen haben.

Er war noch gar nicht mit dem Lift unten angelangt, als das Handy in seiner Tasche, das alt und bescheiden war, dafür aber eine ganze Woche nicht aufgeladen werden musste, wie von verhaltenem Lachen zu zittern begann. Die Entscheidung war getroffen. Ogarjow hatte nicht nur Anja verraten, sondern auch Schustrik. Dafür würde Anja in der Wohnung bleiben können.

Er und Malja würden am Freitag nach Susdal fahren. Oder nach Barcelona. Ganz egal wohin. Auf jeden Fall bis Montag.

6

Was willst du werden, wenn du groß bist?

Ogarjow lachte und angelte eine weitere Kirsche aus der Tonschüssel. Wahnsinn, wie riesig sie war. Er hatte nicht gewusst, dass es so riesige Kirschen gab. Fast schwarze. Bläuliche. Wie Pflaumen.

Ich bin eigentlich schon groß, Malja. Und du auch.

Malja begann sich zu räkeln, drehte sich auf den Bauch und warf mit dem Fuß das zerknüllte Laken von sich. Die Sonne legte sich sofort auf ihren Rücken, wie eine Katze, die nach menschlichen Streicheleinheiten hungert. Drei Uhr Nachmittag. Italien. Urlaub. Der erste seit tausend Jahren. Ogarjow versuchte, sich daran zu erinnern, wann er das letzte Mal einen ganzen Monat ausgespannt hatte, konnte es aber nicht. Nicht einmal in der Schule hatte er so lange Ferien gehabt. Ein Monat mit Malja. Niemanden behandeln. Nirgends hineilen. Bis Mittag schlafen und sie mit aller Kraft an sich drücken. Nach dem Mittagessen wieder schlafen.

Möchtest du Wein?, fragte er. Ich hole einen. Kalten. Er riecht nach Pfirsichen. Pfirsiche hole ich auch.

Ich mach das! Wie ein Kind freute sich Malja über die Möglichkeit, sich zu bewegen, sie sprang aus dem Bett, das genau gegenüber einem weit geöffneten Fenster stand. Erster Stock. Also ging es. Obwohl es für Malja auch im Erdgeschoss gegangen wäre. Oder sogar draußen. Ogarjow hatte nicht gewusst, dass eine Frau mit einer so fröhlichen Leichtigkeit mit ihrer eigenen Nacktheit umgehen konnte. Die nackte Malja. Sonnenbräune. Warme Schatten. Eine grüne Glasflasche. Die riesigen Pfirsiche hielt sie mit ihrem schmalen Ellbogen an die Brust gedrückt. Gleich würden sie ihr hinunterfallen, in die Ecken kullern und sich verstecken. Lass uns gleich aus der Flasche trinken, ja? Gläser habe ich leider keine. Kein Problem. Ogarjow hatte es noch nicht geschafft, die Pfirsiche und die Weinflasche auf den Nachttisch zu legen, als Malja schon wieder im Bett lag, nur diesmal auf der Seite. Die toskanische Sonne zog eine warme, leuchtende Linie um sie herum. Als hätte Gott den Finger durch die Luft bewegt, und dabei wäre Malja herausgekommen. Millionen Jahre Evolution. Trilobiten. Tizian. Sfumato. Die Farben sind noch nicht ganz trocken. Die Kindheit Gottes.

Also? Wovon hast du geträumt, als du klein warst?

Malja sah ihn direkt, fordernd an, als gäbe es weder das zerwühlte Bett noch ihren Duft noch das Salz auf der warmen Haut. Prüfung. Ogarjow runzelte die Stirn. Prüfungen mochte er nicht. Dafür war er zu sehr Mann. Top oder Flop. Testosteron.

Hier. Du wolltest doch Wein.

Hast du von nichts geträumt? Überhaupt nichts?

Ogarjow hätte fast die Wahrheit gesagt, dass der Vater so bald wie möglich krepieren sollte, aber er hielt sich zurück. Er schlang die Wahrheit mit einem Pfirsich hinunter. Er verschwieg sie nicht, sondern schlang sie hinunter. Köstlich. Es war schon lange Zeit, diesen Hass hinter sich zu lassen. Diesen kleinen, schauerlichen, kindischen Hass. Wer war sein Vater denn schließlich? Ein in die Jahre gekommener Versager. Ein jämmerlicher Wicht. Ich habe ihn längst in jeder Hinsicht abgehängt. Und nur, weil er das nicht bemerkt hat, ist es trotzdem die Wahrheit. Der Pfirsich tropfte durch Maljas Finger, warm, golden. Soll ich ein Handtuch holen? Nicht nötig, ich lecke es ab. Und das tat sie wirklich.

Nein-nein, weg mit dir! Das gilt nicht! Du hast mir nicht geantwortet.

Gut. Ich habe vom Lesen geträumt.

Nur vom Lesen?

Ja. Ganze Tage lang. Das ganze Leben. Gute Bücher. Am Fenster sitzen, um den Garten und die Sonne zu sehen. Und lesen.

Und Menschen heilen wolltest du nicht.

Nein. Das wollte ich nicht.

Das heißt also, du hast nicht davon geträumt, Arzt zu werden?

Nie.

Warum bist du es dann geworden?

Ich musste Arzt werden. Verstehst du?

Malja schwieg. Drehte sich wieder auf den Bauch. Ogarjow nahm wieder eine Kirsche aus der Schüssel und legte sie Malja zwischen die Schulterblätter auf einen schmalen Streifen ungebräunter Haut. Pale Fire. Nein. Besser auf Deutsch. Fahles Feuer. Das große Scheitern eines Genies. Schrecklich, dass er so mit der Sprache gespielt hat. Als hätte er sich in ein unvorstellbares Dickicht verirrt. Auf halbem Weg des Menschenlebens fand … Als hätte sich die Sprache an ihm gerächt. Wofür? Warum? Für den Versuch, sich unterzuordnen? Nur Zwetajewa wurde ebenso schrecklich bestraft.

Dyr-bul-schtschil ubeschtschur skum wy sso bu r l äs.

Alles, was ich habe, ist meine Sprache.

Malja lachte, zog die Schulterblätter zusammen, und die Kirsche rutschte über die Wirbelsäule hinab bis zur Lende und sprang noch einmal hoch, um die Schwerkraft zu überwinden und nach oben zu gelangen.

Fass ja nicht meinen Po an. Fass überhaupt nichts an. Wir unterhalten uns schließlich.

Wollen wir nicht aufhören?

Nein, wollen wir nicht! Wenn du nicht davon geträumt hast, Arzt zu werden, warum bist du es dann geworden?

Ogarjow fing die flüchtige Kirsche mit den Lippen ein, aß sie erbarmungslos auf und spuckte den Kern aus dem Fenster.

Darum. Und wovon hast du geträumt?

Malja dachte nicht einmal eine Sekunde lang nach – leben.

Das heißt?

Ich habe immer davon geträumt, einfach zu leben, verstehst du? Das ist doch das Interessanteste. Leben. Losfahren. Stehen bleiben, wo man will. Weiterfahren. Schauen. Leben.

Sie klopfte Ogarjow auf die Lippen, nicht schmerzhaft, aber fühlbar. Nein, bleib mir vom Leib. Ich habe dich darum gebeten.

Das ist kein interessanter Traum, sagte Ogarjow beleidigt. Außerdem ist er bereits in Erfüllung gegangen. Alle leben. Ich auch. Und du auch.

Malja setzte sich im Bett auf, abrupt, als hätte Ogarjow sie geschlagen. Unerwartet und schwungvoll.

Nein, sagte sie sehr ernst. Und Ogarjow erkannte plötzlich zum ersten Mal, was für Augen sie hatte – keine braunen. Nein. Goldene. Das Mädchen mit den Goldaugen.

Ich lebe nicht. Und du lebst auch nicht. Wir wollen es nur.

Italien warf ihn natürlich um. Malja hatte sich umsonst gefürchtet. Es war Liebe auf den ersten Blick. Auf den ersten Atemzug sogar. Was war da im Vergleich schon das restliche Europa, der ganze Rest der Welt? Als Erstes und Einziges wurde die Toskana erschaffen.

Peinlich berührt musste Ogarjow sich eingestehen, dass es ihm fast wie Marco Polo in China erging – schließlich steckte die Vorstellung, dass im Ausland alles anders als daheim ist, seit frühester Kindheit ganz tief in ihm drin und wurde still und heimlich von der ständig wachsenden Hysterie der letzten Jahre genährt. Natürlich konnte man einfach nicht fernsehen, kein Radio hören, keine Nachrichten im Internet lesen, aber man konnte nicht aufhören zu atmen. Russland, das Europa traditionellerweise entweder unterwürfig mit dem Schwanz wedelnd vergötterte oder ihm seine langen, scharfen Krallen zeigte, schlitterte wieder unabwendbar in eine seiner dunklen Perioden. Machte ein finsteres Gesicht, kniff die Augen zusammen. Suchte nach Feinden.

Als Ogarjow, den die Rechten und Linken gleichermaßen anwiderten (in den vordersten Reihen der Öffentlichkeit präsentierten sich üblicherweise die unausstehlichsten Klugscheißer und der unverhohlen halbkriminelle Abschaum), mit Malja durch die europäischen Museen schlenderte, erkannte er plötzlich den Punkt, in dem sich die russischen Rechten und Linken, ohne es selbst zu ahnen, berührten. Die Liebe. Natürlich waren sie verliebt. Er war selbst verliebt, wie konnte es anders sein. Die Geschichte fegte durch Russland und warf auf ihrem Weg alles über den Haufen, riss Köpfe ab, löschte Erinnerungen. In Europa jedoch nicht, man konnte nicht einmal sagen, dass sie dort verweilte. Sie war dort einfach heimisch. Das galt natürlich besonders für Italien. Wozu einen neuen Ort für eine Stadt suchen, wenn bereits die Etrusker hier gewohnt hatten? Wozu ein Haus abreißen, wenn es gerade mal tausend Jahre alt war? Die Italiener waren in ihre Landschaft eingezeichnet, wurden ein Teil von ihr, ihre Essenz. Rom existierte gleichzeitig in allen Projektionen, in allen elf Räumen und Zeiten und war dabei vollkommen lebendig.

Ogarjow wollte auch so sein. Leben. Einfach leben. Ohne über irgendetwas nachzudenken.

Er stand lange vor den Museumsregalen mit den Zunftzeichen. Plaketten verschiedenster Formen und Größen, manche so groß wie eine Suppenschüssel an einer gewichtigen Scheunentorkette. Der beste Metzger der Stadt. Der oberste Böttcher. Darin lag der verständliche Stolz eines Handwerkers. Die Würde eines Fachmanns. Allerdings keine leise, sondern eine zur Schau getragene. Ogarjow überlegte, ob er bereit wäre, auf der Brust ein goldenes Abzeichen zu tragen, das der ganzen Welt entgegenschrie – seht her, hier geht ein echter, anerkannter, verdienter Arzt. Jeden Tag seinen Laden mit dem eigenen Schlüssel aufsperren. Würstchen ausgeben, Gewürze abwiegen, Statuen herausmeißeln, das Wechselgeld abzählen, sein Wort halten – einfach sein Wort. Das unsichtbar war. Schwerelos. Kräftig wie Wein. Jeden Abend mit Gott sprechen. Unter vier Augen. Ohne Hast. Ohne sich zu beklagen. Sich einfach Rat holen. Auf Du und Du.

Es war natürlich unmöglich, nicht zu bedauern, kein Teil dieser Welt zu sein. Unmöglich. Es war unmöglich, sich so weit davon zu entfernen.

Das ist alles nur deswegen, weil es bei uns keinen Käse gibt, sagte Malja plötzlich. Was alles? Ogarjow verstand nicht. Na das, Malja drehte den Kopf, verlor dabei eine Haarspange und fing an zu lachen. Die Haarspange sprang quicklebendig dem Kellner vor die Füße, der sich sofort geschickt mit einer geschmeidigen Leichtigkeit nach ihr bückte. Höchst professionell. Ogarjow hatte noch gar nicht reagieren können, als Malja die Spange bereits wieder im Haar befestigt hatte. Sonnenuntergang, Kupfer, Musik, Honig. Eine wahre Augenweide. Aus dem Mund des Kellners kamen Worte wie aus einem Maschinengewehr geschossen, die seinem katzenartigen Gesichtsausdruck nach ein Kompliment sein mussten, und Malja antwortete in derselben Geschwindigkeit. Englisch kann ich fließend, italienisch sehr gut, französisch nicht ganz so, aber verloren gehe ich in Paris auch nicht. Deutsch – brr. Das mag ich nicht. Ogarjow tat sich zum wiederholten Male leid, ein stummes, sprachenloses Scheusal. Sprache war Freiheit. Malja war Freiheit. Anscheinend musste man das von klein auf lernen. Das hatte er nicht gewusst. Keiner von ihnen hatte das gewusst. Als er an der Medizinischen Universität studierte, wurden die Fremdsprachenkurse einfach gestrichen. Man hatte Angst, dass sie flugs forteilen, auseinanderlaufen würden wie Kakerlaken. Schimpflich abhauen. Einige waren tatsächlich abgehauen. Entschieden sich dafür nicht einmal um ihrer selbst willen, sondern für ihre Kinder. Sie würden als Fremde, Ausländer aufwachsen, die sich für ihre zaghaften Eltern schämten, teilweise wegen ihres Akzents, teilweise wegen ihres Unvermögens, glücklich zu sein. Einfach zu sein.

Malja war Teil dieser wunderbaren Welt. Er nicht.

Aber das macht nichts, das wird schon noch.

Und was hat dieser Typ zu dir gesagt?, fragte Ogarjow mit zur Schau gestellter Eifersucht. In Wirklichkeit war Eifersucht dumm. Die Italiener sahen die Frauen sehr aufmerksam, sehr richtig an. Mit Begeisterung und Appetit. Genau so sahen sie das Essen an. Malja schnalzten sie begeistert mit der Zunge hinterher, die einheimischen alten Knacker schmolzen bei ihrem Anblick dahin wie Straßenköter bei einer zufälligen Berührung. Einer, der in einem motorisierten Rollstuhl saß, strich mit den Augen liebevoll über Maljas Knie, ihre Hüften, ihr seidiges Kleid. Ein Träger rutschte immer herab, und sie war es leid, ihn ständig zurechtzurücken. Ungebräunte Haut. Gebräunte Haut. Wie eine Extrasystole. Ein schwindelerregendes Herzstolpern. Malja lächelte den Alten an, wie sie alle anlächelte, und er wendete an der Kreuzung behände sein Gefährt und fuhr noch einmal vorbei, verliebt, schön, neunzigjährig. Am Steuer wehte die Fahne seines Vaterlandes, grün, weiß, rot. Ebenfalls eine Trikolore, aber was für ein Unterschied. Ogarjow grübelte darüber nach, was ihn mit neunzig dazu bringen könnte, an seinem Rollstuhl die Staatsflagge anzubringen, doch ihm fiel kein einziger Grund ein. Vielleicht ein weiterer großer vaterländischer Krieg. Hipster gegen Skinheads. Aber für wen er auch kämpfen würde, einen so coolen Wagen würde er auf keinen Fall bekommen. In seinem Vaterland fuhr man mit neunzig nicht mehr auf der Straße herum und kokettierte mit Mädchen. In seinem Heimatland gab es überhaupt keine Invaliden. Sie rotteten friedlich in Heimen dahin. Massengrab, Massenpropaganda, Massenaktionen.

Also, was war das?, wiederholte er. Redest du vom Kellner? Er hat gesagt, dass ich wie eine Madonna aussehe. Na ja, nicht wie die ganze Madonna, nur ein bestimmter Teil von ihr. Kein sehr anständiger. Aber es war ein Kompliment. Sogar ein sehr beachtliches. Malja lachte noch einmal. Sie lachte die ganze Zeit. Und sie weinte genauso leicht. Oft. Er hätte aufmerksam sein müssen. Hätte begreifen müssen. Idiot.

Nein, es geht nicht um den Kellner. Ich meine den Käse. Was hat Käse damit zu tun?

Wie bitte?, sagte Malja. Das ist doch vollkommen klar. Bei uns gibt es keinen Käse. Bei den anderen schon. Zur Untermalung schnappte sie sich vom Holzbrett ein Stückchen Pecorino, tunkte ihn in Konfitüre und steckte ihn in den Mund. Köstlich. Ich hätte nie gedacht, dass so strohdumme Wesen wie Schafe einen so umwerfenden Käse herstellen können.

Die Schafe stellen den Käse nicht her, Malja. Der Käse wird von Menschen hergestellt, sagte Ogarjow.

Da begriff er plötzlich.

Bei ihnen gab es tatsächlich keinen Käse. Keinen eigenen Käse. Harten, saftigen, ohne Löcher und mit. Süßlichen, salzigen, milden, mit Trüffeln und rotem Paprika. Mit Blau- oder Weißschimmel. Ganz ohne Schimmel. Mit Maden.

In Russland wurde einfach kein Käse hergestellt.

Hast du die Konfitüre probiert?, riss Malja ihn aus seinen Gedanken. Der Kellner hat gesagt, dass das Zwiebelkonfitüre ist. Koste mal, sie ist wirklich sehr gut. Warum starrst du schon wieder in dein Notebook? Was gibt es da? Patienten? Können die nicht warten? Du bist schließlich auf Urlaub.

Nein, keine Patienten. Nur einen Moment.

Malja verzog beleidigt das Gesicht. Dann trank sie vom Wein, nahm eine Olive und dann wieder einen Schluck Wein und war wieder versöhnt. Ogarjow sprang von einem Link zum nächsten, ganz erschüttert von seiner einfachen und schrecklichen Entdeckung. Käse gab es seit mindestens siebentausend Jahren. 1750 vor Christus empfahl der großspurige babylonische König Hammurapi seinen Untertanen nachdrücklich, täglich Käse und Brot zu essen und dazu Bier zu trinken. Deshalb waren ihre Löwen also so dick. Käse war im Osten und in Asien bekannt. Das Alte Griechenland, das Alte Rom. Das mittelalterliche Europa stopfte sich mit Käse voll. Mönche erdachten Sorte um Sorte, Bauern ergründeten die Geheimnisse und Feinheiten der Fermentation. Kochen bis zur Eindickung, rühren, umgießen. Einwickeln wie einen Säugling. Lagern. Das war das Wichtigste, das monatelange

Lagern. Drei Monate, sechs, neun, zwölf, sechsunddreißig. In einem der Läden kosteten Malja und er einen Parmesan, der fünf Jahre gelagert worden war. Er hatte die Farbe von Lehm und Bernstein. Zerbröckelte zwischen den Fingern. Fünf Jahre des Wartens. Sie glaubten alle daran, dass sie eine Zukunft hatten. Alle bis zum Letzten. Sogar der niederste mittelalterliche Leibeigene wusste, dass seine Rechte zwar dürftig waren, aber dass er zumindest welche hatte. Man durfte ihn nicht einfach so töten wie ein Tier. Er konnte ein Stadtbewohner werden. Er hatte Käse. Er glaubte daran, dass nach zwölf Monaten sein Haus, seine Frau, seine Kinder und sein Käse noch da sein würden, in dieser Welt.

In Russland stellte man nur Quark her. Er war bereits am Morgen fertig. Und bis zum Abend sauer. Aber bis zum Abend musste man erst einmal leben. Auf mehr wagte niemand zu hoffen. Was sollte es da für einen Käse geben? Was für einen hundertjährigen Wein? Wozu brauchen Menschen, die überhaupt keine Zukunft haben, leere Hoffnungen?

Von Käse erfuhr man in Russland erst unter Peter dem Großen. Er brachte Käser aus Holland mit, er hat überhaupt viel mitgebracht, der arme gequälte Mann, ein Psychopath und Arbeitsmensch, ich hätte nicht unter diesem Väterchen Zar leben wollen, aber man mag gar nicht daran denken, was ohne ihn mit Russland passiert wäre. Der Käse wurde durchaus angenommen, blieb aber immer ein fremdländisches Vergnügen, eine Schrulle freier Menschen, die nichts zu tun haben, als zu sitzen und zu warten, bis sich Flüssiges in Festes verwandelt und aus Milch und Hoffnungen die Zukunft entsteht – und Käse.

Ogarjow klappte das Notebook zu.

Es dämmerte, und der fürsorgliche Kellner brachte Malja eine Kerze, die als lebendiges Flämmchen in einem rosa Glas schwamm, und eine Decke, die sie entrüstet zurückwies. Ihr war heiß. Und eng. Immer. Nachts wälzte sie sich verzweifelt, erhitzt und feucht herum, zappelte mit den lebendigen und glatten Beinen, als versuchte sie, noch einmal geboren zu werden. Noch ein übersehenes Symptom. Noch eines.

Ogarjow sah auf das winzige Städtchen, das um tausend Jahre älter als Rom war und sich darauf nicht das Geringste einbildete. Es lebte einfach für sich dahin. Pass auf dich selbst auf, verlass dich nicht auf andere. Der Kellner, darüber betrübt, dass seine Decke nicht gewünscht wurde, brachte Vin Santo (er sagte genau das – Vin Santo, heiliger Wein) und mürbe trockene Biscotti. Aufs Haus. Diese Gabe nahm Malja gnädig an, tauchte gleich einen Biscotto ins Weinglas und schmatzte vor Vergnügen. Der Kellner nickte erfreut, perfetto, perfetto!

Probier wenigstens das, rügte Malja. Du siehst doch, wie er sich abmüht!

Ogarjow warf sich einen Zwieback in den Mund. Nichts Besonderes, wenn man einen russischen Kulitschkuchen hernahm, ihn im Ofen trocknete und in Kagorwein tunkte, würde dasselbe rauskommen. Alle hier waren Bauern, ganz normale Bauern und Stadtbewohner, sie sparten an allem, zählten die Münzen, schnallten die Gürtel enger. Aßen die Reste von gestern, machten Zwieback, freuten sich über Fleisch an Festtagen. Sie hatten mehr Kriege als wir und kein bisschen weniger Mistkerle an der Macht. Das zwanzigste

Jahrhundert war durch Europa genauso schrecklich durchgefahren wie durch Russland. Aber da sind sie und lächeln, bitte sehr. Organisieren Museumsexkursionen für ihre Geisteskranken, bauen Klos für Rollstuhlfahrer, schimpfen über Politiker, stellen Käse her. Leben.

Ogarjow fühlte plötzlich einen Schmerz. Der war so stark, als hätte man ihm das ganze Leben entrissen. Und nicht nur sein eigenes. Das war, als hätte man einen Blinden operiert und ihm gleich darauf seelenruhig die Augen ausgestochen, nein sogar herausgerissen. Damit er, nachdem er ein paar Minuten das Licht gesehen hatte, es nie mehr vergessen konnte. Nie mehr vergessen. Nie mehr sehen.

Bist du etwa krank?, fragte Malja erschrocken.

Nein, antwortete Ogarjow.

Und spät in der Nacht, als sie beim Einschlafen wie eine Beschwörungsformel murmelte – hier ist es so schön, lass uns für immer hierbleiben –, antwortet er, ohne auch nur eine Sekunde zu überlegen.

Nein.

Das war ihr erster Streit. Eigentlich nicht der allererste, aber der erste ernste. Die nackte, zerzauste Malja boxte die Faust ins Kissen und schrie – aber warum? Ich verstehe es nicht! Warum? Dir gefällt es doch hier! Uns beiden gefällt es! Ein Haus kann man mieten, nun, vielleicht kein Haus, aber eine klitzekleine Wohnung mit Garten, du selbst wolltest doch lesen und einen Garten! Bücher kann man mit einem Container aus Moskau schicken lassen, das kostet nicht viel! Ich finde etwas Billiges im Internet!

Ogarjow hielt es nicht aus, sprang auf, riss die Decke an

sich und wickelte sie um sich. Nur eine Frau konnte es sich erlauben, nackt herumzuschreien. Und überhaupt herumzuschreien, wenn man ehrlich ist.

Was. Soll. Ich. Hier. Tun.

Er fragte es abgehackt, sehr leise, und erschrak selbst darüber, wie zielstrebig sich aus seinem Inneren ein bereits vergessener, kalter, bedächtiger Zorn erhob. Dreizehn Jahre dieser innerlichen schrecklichen Kälte mit seiner Frau. Schon wieder? Das hatte gerade noch gefehlt!

Leben wirst du hier! Einfach leben! Gemeinsam mit mir.

Von welcher Kohle?

Malja schaute ihn verständnislos an wie ein Kind, sogar ihr Mund stand vor Verblüffung halb offen. Die Oberlippe war leicht angeschwollen. Auf ihrer Stirn und den Wangen klebten die schweren Locken.

Aber wir haben doch Geld, Wanja. Wovon redest du?

Du hast Geld! Eigentlich nicht du selbst! Dein Vater hat es! Aber ich habe nur meinen Kopf und meine Hände! Und dann noch ein Haufen Patienten, von denen die meisten Kinder sind! Und die soll ich alle vergessen, nur weil irgendeine Göre, die in ihrem Leben noch keine Kopeke verdient hat …

Das war natürlich kein Zorn mehr. Sondern richtige Rage, die schließlich nicht mehr kalt war. Wie in der Kindheit. Ganz wie in der Kindheit.

Und an die praktische Seite des Ganzen hast du natürlich nicht gedacht? Auf welcher Grundlage hast du überhaupt vor, hier zu leben? Illegal? Oder willst du die italienische Staatsbürgerschaft annehmen? Weißt du eigentlich, dass man es ein halbes Leben darauf anlegen und nichts erreichen kann? Denn ins Paradies, meine Liebe, kommt man nicht so leicht! Genau deshalb haben die Idioten den Patriotismus erfunden. Sonst wären schon längst alle in die Toskana gezogen!

Mit zitternden Händen zog Ogarjow das Notebook aus dem Rucksack und warf es auf das Bett. Da, lies im Internet nach, wenn du es nicht glaubst! Finde dort etwas, das schnell und billig ist!

Er kam erst draußen im Garten zur Besinnung, während er sich immer noch mit zitternden Händen in die Decke wickelte, die, als würde sie sich vor dem italienischen Mond schämen, plötzlich aufhörte, wie ein zerknüllter Stofffetzen auszusehen, sondern sich in tiefe bläuliche Falten legte, wie ein Knorpel, der versucht, zu seiner natürlichen Ausgangsform zurückzukehren. Eine Toga, ach Gott. Wie dumm. Toga. Nässe. Wonne. Im Garten standen, ohne sich zu vermischen, sondern sich nur leicht an den Schultern berührend, die intensiven Düfte des Salbeis und des Rosmarins, doch sobald Ogarjow sich auch nur regte, tauchte von irgendwoher für einen Moment Minze auf, blass, kaum merklich, zart. Und verschwand auch gleich wieder wie eine schöne Frau, die hastig, ohne die Augen zu heben, über einen erstarrten Platz lief.

Die schwarze, strenge, wie aus Blech wirkende Lorbeerhecke duftete dagegen überhaupt nicht, sie pikste die Handfläche und versteckte, wie sich herausstellte, eine Katze, eine scheue italienische Eigenbrötlerin, die an Ogarjows nackten Beinen vorbeistreifte und ihn dabei leicht, kaum merklich mit ihrem warmen Fell kitzelte.

Ich bin doch ein Idiot. Ein fürchterlicher Idiot, gestand Ogarjow der Katze, aber die war schon verschwunden, lautlos, ohne sich umzudrehen. Dafür knirschte leise das sich öffnende Fenster. Aus dem Schlafzimmer blickte Malja heraus, die, wie sogar von hier unten zu erkennen war, geweint hatte.

Der Schatten der hölzernen Fensterläden lag auf ihren Schultern wie der Geist eines durchsichtigen Schals, der einst andere Schultern bedeckt hatte, die vielleicht ebenso schön gewesen, aber schon vor undenklicher Zeit verwest waren.

Gras und Wolke war ich schon. Ein menschlich' Herz werde ich auch einmal sein.

Komm nach Hause, sagte Malja einfach.

Und plötzlich, er wusste selbst nicht, warum, erschrak Ogarjow ganz fürchterlich.

Sie verschliefen einen kurzen Regen vor der Dämmerung, der kaum den Garten, die Stadt und das Gras benetzte, die Dämmerung selbst, das Frühstück, alles auf der Welt, nachdem sie sich so eng umschlungen hielten, als hätten sie Angst, jemand könnte sie trennen. Dann tranken sie lange, lange Kaffee in der riesigen kühlen Küche und taten so, als wäre nichts geschehen. Schließlich stellte Malja die Tasse ab und sagte fröhlich – fahren wir los, immer der Nase nach?

Und Ogarjow begriff, dass tatsächlich nichts geschehen war.

Nur keine Karten, kein Navigationsgerät. Nicht einmal eine Klimaanlage! Malja zog das TomTom leichter Hand aus dem Zigarettenanzünder und steckte es in das Handschuhfach, dann lehnte sie sich über Ogarjow und öffnete mit einem Knopfdruck alle Autofenster. Die heiße Luft stöhnte erfreut auf und stürzte sich von allen Seiten auf sie. Zikadenlaute, Strohduft, eine ganz und gar ländliche Luft. Die Straße, eine typische toskanische gewundene Landstraße, rauschte unter den Reifen und barg hinter jeder Kurve eine Überraschung: emsige Wiedehopfe (schau, schau nur, wie prächtig sie sind!), einen eitlen »Alfa Romeo«, der einfach nicht ausweichen wollte, einen altehrwürdigen Weinberg, bei dem jede Reihe mit einem Rosenstrauch markiert war, als wäre es gar keine Reihe, sondern ein Schritt, der in stiller Würde begangen worden war … Malja schnalzte lange missmutig mit der Zunge, als sie erfuhr, dass die Rosen gar nicht wegen ihrer Schönheit gepflanzt worden waren, sondern um rechtzeitig Mehltau zu entdecken. Doch dann beruhigte sie sich und sagte stur – aber sie sind trotzdem schön!

Die Stadt sprang plötzlich hinter einer Kurve hervor. Als hätte sie sie abgepasst. Sie war unglaublich, winzig, antik, aus hunderten und aberhunderten Steinen direkt über einem Abgrund gebaut. Malja schrie – stopp, stopp! – und hüpfte aus dem Auto, kaum dass es angehalten hatte, während Ogarjow, selbst wie gelähmt vor Begeisterung, hastig parkte und darüber nachdachte, wie viele Autofahrer wohl schon direkt in diesen bodenlosen Schlund gestürzt sein mussten und dabei nicht aufhören konnten, dümmlich und freudig zu grinsen, bis sie Gott gegenüberstanden.

Malja stellte sich ganz nah an den Rand des nicht eingezäunten Platzes und drückte ihre kleinen Hände auf die brennenden Wangen. Der Wind riss verspielt an ihrem Saum, als wollte er sie überreden, einen Schritt zu machen und nach unten zu fliegen. Die Stadt war ebenfalls nicht eingezäunt, sie stand auf dem höchsten Felsgipfel wie vom verrückten uralten Disney errichtet, der lange, jahrhundertelang aus seiner Faust heißen Lehm, Sand und porösen, in der Sonne leuchtenden Stein herausgepresst hatte.

Citta del tufo.

Sie schlenderten lange durch die Gässchen, versuchten immer wieder, sich wie gewohnt zu umarmen, doch die engen Mauern ließen ein Nebeneinandergehen nicht zu, in manchen musste Ogarjow sich allein schon fast seitlich durchquetschen, und er blickte sich ständig besorgt nach Malja um, die bei jeder schwerelosen Treppe, bei jeder gewichtigen Tür verharrte. Die nächtliche Angst kehrte zurück und legte herrschsüchtig ihre Hand auf sein Herz. Vielleicht weil die Gässchen, die immer enger wurden, sich verliefen, sich wanden, sich kreuzten. Aber jedes endete unfehlbar am Abgrund.

Außerdem stellte sich die Stadt als bewohnt heraus. Sie war voller Menschen, die in dieser unvorstellbaren Kulisse, die seit dem 11. Jahrhundert erstarrt war, lebten. Ogarjows Blick folgte einer Alten, die ganz in Schwarz gekleidet bereits ein ganzes Jahrtausend einkaufen ging. Nein, erstarrt trifft es nicht. Wie konnten sie das? Ganz ehrlich, ich verstehe es nicht.

Sie fanden nur eine einzige Brüstung, am Hauptplatz, der von der düsteren Burg Orsini überschattet wurde. Ogarjow legte erleichtert die Hand auf den Stein, der Malja so zuverlässig, Gott sei Dank, bis zur Brust reichte. Fast bis zur Brust.

Schau, Malja zeigte mit ihrem goldenen, im Lichtschein flaumigen Arm auf etwas – dort, siehst du? Unser Haus. Ogarjow ließ seinen Blick unaufmerksam schweifen. Maljas Wangen waren auch flaumig. Schmetterlingsfell. Du schaust nicht hin – Malja zog ihn am Ohr. Do-ort. Ogarjow konzentrierte sich schließlich und fand im Tal ein von hier aus winzig aussehendes Häuschen. Das ist nur irgendein Bauernhof, Malja. Es ist von hier nicht zu sehen. Wir sind hundertmal abgebogen. Und außerdem ist es nicht unser Haus …

Und daran bist du schuld!

In Malja flammte plötzlich die nirgendwohin verschwundene Kränkung auf, und sie lief in die Gasse, mit laut klappernden Sandalen wie eine Erstklässlerin. Ogarjow stürzte hinterher, aber die Gasse war leer wie in einem Wirklichkeit gewordenen Albtraum, und über ihm leuchtete der wie eingemeißelte enge blendende blaue Himmel.

Und genauso eng und schrecklich klaffte vor ihm der Abgrund.

Ogarjow griff sich ans Herz, eine Geste, die er aufgrund seiner Melodramatik niemandem verziehen hätte, nicht einmal dem größten Regisseur. Ich bin schon immer der Meinung gewesen, dass affektierte Gesten mit den Händen reine Erfindung sind oder vielleicht eine verschwommene Reminiszenz an irgendein mittelalterliches Ritual …

Wanja, Wanja, komm schnell her!

Malja tauchte für einen Moment aus einem für Ogarjow unsichtbaren Spalt auf, rotbäckig, zerzaust, überhaupt nicht böse. Und verschwand wieder.

Allmächtiger. Einfach nur eine alte Synagoge. Ja, sechzehntes Jahrhundert, und weiter? Im Vergleich zu den Häusern ist sie hochmodern. Malja stand schmollend vor einer gewaltigen unpassierbaren Tür. Natürlich geschlossen. Mittagspause. Gott sei Dank. Zwei Uhr. Gehen wir auch Mittag essen, ich bin nämlich schon hungrig.

Malja antwortete nicht und rüttelte der Reihe nach an allen Türen in der winzigen Gasse, als hoffte sie auf ein Wunder, und – hepp! – war sie wieder verschwunden, aber dieses Mal hatte Ogarjow genau gesehen, wohin sie geschlüpft war, und grummelnd schleppte er sich hinab über die gefährlich aussehenden Stufen, die für kleine, ungewohnte, mittelalterliche Schritte ausgelegt waren.

Ein Laden. Einfach nur ein Laden. Bei der Synagoge. Flaschen koscheren Weins, Magnete, winzige scheußliche Kopien der Stadt, die sich über Zelluloidsockeln auftürmten. Made in China, natürlich. Einschließlich des Weins. Zuflucht für dumme Touristen. Malja stand da, ihr Kopf berührte fast die gekalkte gewölbte Decke (Ogarjow musste sich ordentlich bücken, der Teufel soll dieses Zeitalter der rachitischen Dystrophiker holen), und sie unterhielt sich mit einer älteren, abartig schönen Italienerin, die sehr rund, aber so leichtfüßig war, als würde sie etwas über der Theke schweben. Auf ihrem fülligen kühlen Handgelenk klirrte mindestens ein Dutzend Armreifen.

Die Synagoge hat erst morgen offen, übersetzte Malja schließlich und war so offensichtlich betrübt, dass die Italienerin die Hände zusammenschlug (die Armreifen meldeten sich laut, wie eine Schafherde), irgendwo hinten im Laden verschwand und unhöflich die Tür zuschlug.

Was hat sie?

Ich weiß es nicht.

Na, dann lass uns endlich gehen, Malja. Wirklich. Du weißt doch selbst, dass gleich alle Restaurants zusperren.

Doch da hörte man wieder die Tür zuschlagen, und die Italienerin stellte einen Teller vor Malja, auf dem ein langes Teigstück lag, das wie ein Strudel aussah, allerdings nicht mit Äpfeln, sondern mit einer dunklen, nicht sehr appetitlichen Füllung. Maljas Gesicht erstrahlte, sie wechselte noch ein Dutzend zwitschernde schillernde Sätze mit der Italienerin und kostete vorsichtig die Delikatesse.

Die Italienerin schob den Teller großzügig Ogarjow zu. Irgend so eine Zimtschnecke. Ein dünner fader Teig, das Zeug innen war viel zu süß, klebte auf den Zähnen, und gäbe es da nicht die Gewürze (Ogarjow versuchte wirklich herauszufinden, welche es waren) und die Walnüsse …

Das ist Bakleva, sagte Malja hinter ihm. Leise. Sehr leise.

Was?

Ogarjow wandte sich um.

Sie war blass. Sehr blass. Fast wie die Decke. Auf ihrem Gesicht, das von der für Ogarjow unverständlichen Aufregung ganz spitz war, prangten die Sommersprossen, die sonst kaum zu sehen waren, aber nun auf einmal hervortraten wie ein Ausschlag.

Bakleva. Mama hat es gebacken. An Festtagen. Genau so eins. Nur nannte sie es Bakleva.

Na und? Ogarjow begriff wirklich nicht. Dann hat sie es eben gebacken und so genannt. Hier gibt es in jedem Supermarkt Salat Olivier, nur nennt man ihn hier russischen Salat.

Die Italienerin hörte interessiert den Lauten der unbekannten hässlichen Sprache zu.

Barbaren. Hunnen. Zogen schon wieder in Richtung Rom.

Malja wandte sich ab und wischte die Tränen ab, während sie schnell, sehr schnell zum Ausgang ging.

Anfangs weinte sie nur, ohne sich zu Erklärungen herabzulassen, und lehnte konsequent Mittagessen, Heimfahren, Trost ab, und was du als Nächstes vorschlägst, will ich auch nicht. Sie blinzelte hektisch, um die Tränen zurückzuhalten, aber umsonst. Das sage ich doch, alles umsonst!

Dann beruhigte sie sich plötzlich und sagte bestimmt – wir werden hier übernachten! Und Ogarjow irrte in diesem unfassbaren Spinnennetz an Gassen umher und versuchte, ein Hotel zu finden, bevor ihm endlich einfiel, das Notebook einzuschalten und ganz normal ein Zimmer zu buchen. Malja, die sonst so lebhaft war, saß stocksteif neben ihm, wie der Tisch, auf dem vor ihr eine unberührte Tasse Kaffee stand. Fürs Mittagessen waren sie natürlich zu spät dran. Alles zu bis sechs. Soll ich den Barista um ein Sandwich für dich bitten? Irgendein Panini?

Nein. Ich mag keins.

Vergebens. Ogarjow trank mit knurrendem Magen seinen Kaffee. Dann machten sie sich auf die Suche nach dem Hotel.

Es lag buchstäblich um die Ecke von der Bar, nur eine Tür weiter. Natürlich kein Schild, nichts, nur eine riesige Tür und eine Klingel, auf die niemand reagierte, wie sehr Ogarjow sich auch abmühte. Er trat verzweifelt gegen die Tür, und im selben Moment kam aus der Bar, wie von diesem Geräusch herbeigerufen, ein lächelnder, unrasierter, frecher Kerl – ach, Sie sind das! Herzlich willkommen, Signori –, der entweder der Besitzer oder der Portier war. Ogarjow, der nur ein Dutzend primitive englische Sätze kannte, verstand nichts. Und Malja schwieg. Schwieg einfach, und damit hatte es sich.

Sie gingen ins Zimmer hinauf, in eine echte mittelalterliche Kammer, die noch winziger als der Laden mit diesem idiotischen Bakleva war. Und weder die ausgezeichnete Renovierung (Ogarjow pfiff sogar anerkennend, als er in das fantastische Badezimmer blickte) noch das ausgewählt moderne Mobiliar konnten das Wichtigste verbergen. Dass in dieser Bude früher einmal eine riesige bettelarme Familie gehaust hatte. Auf dem Lehmboden waren verlauste rachitische Kinder gekrabbelt, und von der Enge und Feuchte geplagte Erwachsene hatten einander angekeift. Gekeuche, Gestank, Skrofulose, Geburten, Tuberkulose.

Malja fiel vornüber auf das breite Bett, das praktisch den ganzen Raum ausfüllte. Und brach wieder in Tränen aus.

Bis zum Abend hatte Ogarjow die ganze verdammte Geschichte aus ihr herausgeholt, in Stückchen, wie einen Backenzahn, dessen Wurzeln tief im Kiefer stecken. Mit derselben Anstrengung. Mit denselben Qualen. Mit demselben Blut. Bis endlich alles klar (oder auch noch verworrener) war, dauerte es bis zum Abend, fast bis zur Nacht, bis nach dem Abendessen, zu dem er Malja wieder kaum hatte überreden können. Bitte. Wenn du nichts essen magst, dann leiste mir einfach Gesellschaft.

Der schwarze Schatten eines Maulbeerbaums, die schwarzen geschnitzten Blätter einer Feige, das schwarze Spitzenmuster der Laterne. Nur der Wein war rot. Sehr rot.

Wie sich herausstellte, war das nicht nur Bakleva. Mama hat es zubereitet, nur sie. Und sie hat es von der Großmutter gelernt. Du hast eine Großmutter, Malja? Nein, sie ist schon vor langer Zeit gestorben, ich habe sie nie gesehen, und überhaupt, unterbrich mich bitte nicht. Die Großmutter hatte es von ihrer Mama gelernt, man konnte bis Adam und Eva zurückgehen oder zumindest bis zu den Neandertalern oder Trilobiten.

Dann ist es eben ein Rezept. Ein Familienrezept.

Aber nein! Sag nicht eben!

Dieses Gebäck aus dem Laden, das gibt es nur hier, verstehst du? Das macht niemand sonst so auf der Welt. Eine lokale Spezialität. Es heißt – Malja sprach etwas schnell auf Italienisch aus, Ogarjow verstand es nicht und fragte nach. Und sie wiederholte langsam – sfratto dei Goym. Knüppel der Gojim. Hier gab es eine jüdische Gemeinde, eine sehr große, zumindest nach den damaligen Maßstäben, diese Frau aus dem Laden hat gesagt, dass einer der Orsinis einen Arzt zu sich eingeladen hatte, einen Juden, einen sehr schlauen, der still und heimlich seine Freunde und Verwandten mitbrachte. Und die haben sich über das ganze Tal verteilt.

Ogarjow nickte, das leuchtete ein. Eine einleuchtende Geschichte. Im einundzwanzigsten Jahrhundert war es dasselbe.

Es war aber im sechzehnten Jahrhundert, im sechzehnten – Malja schnappte sich plötzlich das Glas und trank es gierig mit zwei Schlucken aus, um sich zu beruhigen. Sie haben sich alle zerstritten, ich habe nur nicht ganz verstanden, warum, und es gab einen schrecklichen Pogrom, alle Juden wurden mit Knüppeln hierher in die Stadt, ins Ghetto gejagt. Mit Knüppeln?, fragte Ogarjow verwundert nach. Das war ein sehr märchenhaftes Wort. Knüppel aus dem Sack. Ja, schrie Malja plötzlich, mit Knüppeln, und dann haben die Übriggebliebenen dieses Gebäck erfunden, und zum Gedenken, um es nicht zu vergessen, nannten sie es Knüppel der Gojim.

Eine sehr lehrreiche Geschichte, wollte Ogarjow scherzen, aber Malja begann wieder stark zu zittern, als würde sie frieren, und er schwieg. Gott sei Dank, er schwieg. Und weiter, Malja?, fragte er vorsichtig. Warum weinst du? Die Menschen sind natürlich bedauernswert, die Juden oder sonst wer, aber weißt du, es gab noch viel schlimmere Schicksale …

Sie sind danach von hier weggegangen, sagte Malja leise. Wie kannst du es nicht verstehen? Sie sind weggegangen! Und das Rezept haben sie mitgenommen.

Wer ist weggegangen, Maljetschka?

Meine Vorfahren.

Sie sind weggegangen! Verstehst du? Sie sind auf und davon!

Sie wurde wieder so blass, dass Ogarjow für eine Sekunde Angst hatte, dass sie das Bewusstsein verlieren könnte. Der Kellner brachte die Rechnung und sah Ogarjow vorwurfsvoll an. Wie konnte man eine solche Schönheit zum Weinen bringen!

Ogarjow wusste es selbst nicht. Und auch nicht, wie man so einen Blödsinn daherreden konnte.

Was war heute eigentlich über sie gekommen?

Er nahm Malja vorsichtig an der Hand. Gehen wir doch ein bisschen spazieren vor dem Schlafengehen, in Ordnung? Ein Fehler. Noch ein Fehler. Ein gewaltiger. Ein verhängnisvoller.

Nachts war die Stadt wirklich schrecklich, widerhallend, leer. Und Schicht für Schicht senkte sich langsam vom Himmel der Nebel, als würden alle, die hier seit Tausenden und Abertausenden Jahren gestorben waren, nach Hause zum Abendessen eilen.

Willst du damit sagen, dass deine Mama Jüdin war, Malja? Ogarjow begann zu sprechen, damit er nicht hören musste, wie das Echo ihrer Schritte von den Wänden widerhallte.

Ich weiß es nicht, sagte Malja einfach.

Man merkt es dir ehrlich gesagt nicht an. Natürlich ist mir das völlig egal, ob du Jüdin, Tatarin oder auch … Ogarjow schwieg aus Angst, in ein Fettnäpfchen zu tappen. Jüdin, Allmächtiger. Mit dieser Stupsnase.

Sie ist verschwunden, verstehst du? Malja begann plötzlich zu sprechen, hastig, sogar erstickt, als wollte sie bereits aufhören, könnte es aber nicht. Einfach verschwunden, als ich fünf Jahre alt war. Aber ich erinnere mich an sie. Erinnere mich gut. Sehr gut sogar. Und an das Bakleva erinnere ich mich, sie hat es gebacken und mir beigebracht.

Wer ist verschwunden, Malja?

Mama.

Leise, so verzagt, als könnte sie es bis heute nicht glauben.

Mama!

Moment, wie meinst du verschwunden?

Ganz und gar.

Malja blieb stehen und sah Ogarjow mit vollkommen runden, in der Dunkelheit undurchdringlichen Augen an.

Sie ist einfach weggegangen und nicht wiedergekommen. Papa hat gesagt, dass sie eine Schlampe sei und uns verlassen habe. Er hat mich allein aufgezogen. Hat nie geheiratet.

Malja schwieg und fügte ganz schlicht hinzu – er hat sie umgebracht, ich weiß es. Wahrscheinlich hat er sie umgebracht. Aber ich erinnere mich trotzdem an sie.

Ogarjow durchfuhr plötzlich ein langes langsames Zittern. Wie ein Krampf. Die zweite Flasche Wein war eindeutig zu viel gewesen. Malja und er standen völlig allein auf dem Platz, der so klein war, dass Ogarjow mit gespreizten Armen wohl die beiden gegenüberliegenden Häuser berühren könnte, die dunkel und dumpf waren, als wären sie bereits im 16. Jahrhundert gestorben. Auf genau diese Türen mussten die Knüppel geschlagen haben. Auf diese schweren unvergänglichen Türen. Der Platz wurde noch enger, als wollte er sie in seiner Steinfaust zusammenpressen. In der Mitte ragte direkt auf dem Kopfsteinpflaster ein seltsamer rissiger runder Stein auf, und Ogarjow, der Malja wegführte – gehen wir schlafen, Schatz, morgen reden wir weiter und klären alles – wunderte sich leise, wem es eingefallen sein könnte, einen Mühlstein hierherzuschleppen. Oder war es vielleicht eine Ölpresse?

Die lange Zunge des Nebels strich ihnen über die Köpfe,

Malja zog fröstelnd die Schultern hoch, und Ogarjow, der sich noch einmal zur Sicherheit umgeblickt hatte, begriff plötzlich. Das war kein Mühlstein. Und auch keine Ölpresse. Sondern ein Richtblock.

Da hatten sie ihn natürlich aufgelesen.

In der Nacht ergriff Malja eine echte Hysterie, die bis zum Morgen spurlos verschwand wie auch der Nebel. Wie auch der Nebel. Sie frühstückte mit beneidenswertem Appetit und schleifte Ogarjow, seinen schwachen Widerstand ignorierend, in die Synagoge, die nichts Bemerkenswertes an sich hatte. Ein Museum wie jedes andere. Die letzten Juden der Stadt waren dreiundvierzig von Mussolini vertrieben worden, der auch ohne diese Ruhmestat ein seltenes Scheusal war. Malja verharrte nur einen Augenblick vor einem der Fotos hinter verstaubtem totem Glas. Ein ganz gewöhnliches Foto, das entweder Mitglieder der Gemeinde oder einer Familie zeigte. Ogarjow sah sicherheitshalber ebenfalls hin: Männer mit düsteren Sakkos, lockige Frauen, ein verwirrtes Kind mit traurigen Augen. Nichts Besonderes, Ähnliches, Aufwühlendes. Gehen wir weiter? Es gibt hier noch irgendwelche Öfen. Ihr Gesicht verfinsterte sich etwas beim Wort »Öfen«, hellte sich jedoch gleich wieder auf – ah, das ist wahrscheinlich eine Bäckerei. Natürlich, gehen wir. Und sie gingen. Aber sie sahen nicht das Wichtigste. Maljas Spiegelbild, als wäre es am Glas festgeklebt, lag noch lange auf dem fremden Foto, wie auf einem Grab, mit dem Gesicht nach unten, völlig kraftlos. Wenn man nicht einmal mehr weinen kann. Dann löste es sich leise, langsam auf.

Malja selbst lächelte, plapperte, kaufte der Italienerin von gestern ihre Goiknüppel ab, nachdem sie sich zuvor lange über das Rezept unterhalten hatte. Ah, Anis und kandierte Früchte! Aber natürlich! Mama hat stattdessen Kirschen und Rosenkonfitüre dazugegeben. Das ist unser Familienrezept. Wie sich herausgestellt hat, stamme ich auch von hier, können Sie sich das vorstellen? Da habe ich mir eine Legende erschaffen.

Die Italienerin lächelte und nickte, anscheinend fand sie daran nicht Erstaunliches. Die Touristen waren alle plemplem, so viel war klar.

Schließlich fuhren sie zu Ogarjows großer Erleichterung zurück, und der am Anfang so lang scheinende Urlaub hatte es plötzlich eilig, sauste vorbei und war zu Ende. Doch sie vereinbarten, im nächsten Sommer unbedingt wieder hierherzukommen. Und wieder für einen Monat. Mit viel Glück sogar für anderthalb. Ogarjow, der genau wusste, dass er keine anderthalb Monate Urlaub bekommen würde – schon einen Monat hatte er bei seinen Vorgesetzten nur mit Schreien und der Drohung, auf der Stelle zu kündigen, herausschlagen können –, widersprach nicht. Er sagte nur vorsichtig – wir werden sehen, Malja. Ein Jahr, das ist lang. Wenn du arbeiten würdest, würdest du mich verstehen … Bis zum nächsten Sommer muss man einmal leben.

Und sie sah ihn erschrocken und flehend an.

Malja arbeitete tatsächlich nicht. Und sie hatte auch nicht vor, irgendwo anzufangen.

Er begriff das nicht. Wieder begriff er nichts, Blödmann.

In Moskau rückte alles an seinen Platz, rastete fest und sicher ein. Ogarjow hängte sich in seine Arbeit rein, Malja lebte, lebte einfach. Jedes Wochenende entflohen sie irgendwohin und machten dabei geflissentlich einen großen, Ogarjow nicht verständlichen Bogen um Italien.

Italien kommt später. Im nächsten Jahr.

Wie du willst, Schatz.

Zugegeben, Malja begann zu weinen, wohl viel zu oft, aber Ogarjow lernte schnell, diese hastigen grundlosen Tränen zu stillen. Er drückte Malja einfach an sich und wiegte sie, leise-leise, wie ein kleines Kind, und sie beruhigte sich rasch durch seine angenehme Körperwärme, als wäre sie wirklich noch klein. Ermüdung des Vestibularapparats. Hemmungszentrum. Seufzen. Ein sich entspannendes Kind.

Außerdem buk sie die ganze Zeit ihr Bakleva. Und es war wirklich ähnlich. Fast derselbe Geschmack. Eine unerträgliche, zähnemarternde Süße. Wurde nie hart oder verdorben, sondern nur trocken. Und es sah ehrlich gesagt wirklich wie ein Knüppel aus. Sollen wir nicht lieber eine Pizza bestellen? Hm? Möchtest du eine Pizza, Malja?

Sie blickte über die Schulter, während sie das Backrohr öffnete. Lächelte verträumt, zärtlich, als könnte sie einfach nicht aufwachen. Und sie suchte mit den Augen immer etwas hinter ihm. Etwas, das nur sie sah. Etwas Fernes. Sehr Fernes.

Pizza muss man in Italien essen.

Am 3. Juli, als alles zu Ende war, öffnete Ogarjow, beinahe blind und wahnsinnig vor Schmerz, in der Nacht, ohne selbst zu wissen, warum, das Backrohr. Wahrscheinlich, um das Gas einzuschalten. Um all das wenigstens irgendwie zu beenden. Um jeden Preis.

Auf dem Backblech lagen in einer geraden rotbäckigen Reihe feste Teigwürste. Noch etwas warm. Ein ganz kleines bisschen. Noch lebendig.

Von Malja ist nur das Bakleva geblieben.

Ogarjow ließ all seine Beziehungen spielen, die enormen Beziehungen eines erfolgreichen, rechtschaffenen Arztes, die er noch nie zuvor genutzt hatte. Sie durchzogen ganz Moskau, liefen in alle Richtungen – für Doktor Ogarjow, von Doktor Ogarjow, bei Doktor Ogarjow. Als würde jemand seinen Namen wie ein tollpatschiges Kind über die Stufen aller möglichen Präpositionen führen. FSB-Generäle, einfache Kripobeamten, Gerichtsmediziner, gewiefte Ermittler, Doktoren der Wissenschaften, Arbeitstiere, Manager der mittleren und höheren Ebenen, Gastarbeiter, Verkäufer, Diebe, sogar ein Zigeunerbaron. Alle hatten Kinder, Rotz, entzündete Mandeln, Fieber mit unbekannter Ursache, Kopfschmerzen, Beulen, Doktor, genau da, außerdem juckt es schrecklich, sie war bei der Geburt sehr schwach, wir dachten schon, sie kommt nicht durch, ich kann nicht schlafen, essen, Aa machen, mir ist ständig schlecht, schwindlig, es tut weh, da auch, ist das sehr schlimm? Helfen Sie Mama, Doktor, ich sterbe ja nicht. Sagen Sie bitte, dass ich nicht sterbe? Auf keinen Fall in meiner Sprechstunde. Sie lachten erleichtert, atmeten durch, blickten sich in die Augen. Kamen selbst, brachten ihre Kinder, ihre Angehörigen, die hatten auch Nachbarn, Großmütter, Mütter, Tanten, Cousinen, ganz entfernt verwandt, siebten Grades, über viele Ecken. Alle, denen er geholfen hatte, alle, die er geheilt und dann vergessen hatte. Einfach Patienten. Danke, Iwan Sergejewitsch, danke, danke, danke. Sein Name verbreitete sich wie Kreise auf dem Wasser. Weiter, immer weiter, und er verlor sich entgegen der Physik nicht, sondern wurde immer stärker.

Zum ersten Mal in seinem Arbeitsleben erkannte Ogarjow plötzlich, dass er alles konnte. Wirklich alles. Jede Waffe organisieren, die Spuren jedes Verbrechens verwischen, er könnte abhauen, und man würde ihn verstecken, jedes beliebige Dokument auftreiben, jede Geldsumme leihen, wohl noch mehr Geld nicht zurückzahlen. Alles, was man sich vorstellen kann. Dokumente fälschen, sein Äußeres, seinen Namen ändern. Jedes, wirklich jedes beliebige Ding auftreiben. In wenigen Stunden. Er könnte wahrscheinlich ungestraft den Kreml beklauen, na vielleicht nicht ungestraft, aber man würde ihn sogar im Gefängnis auf Händen tragen. Sogar im Knast würde es Patienten von ihm geben. Sie waren überall, grüßten ihn auf jedem Flughafen, standen an Haltestellen, gingen durch die Straßen, servierten mit einer leichten Verneigung Lamm mit Rosmarin, hielten öffentliche Vorträge, erhoben sich bereitwillig aus Regierungssesseln, warfen die Fernbedienung zur Steuerung des Landes hin, rissen hastig die Finger vom Atomknopf, um ihm die Hand zu schütteln.

Iwan Sergejewitsch! Erinnern Sie sich an mich?

Er erinnerte sich nicht.

Er erinnerte sich nicht.

Sie konnten nichts tun. Nicht einmal sie.

Malja war trotzdem tot.

Sie war nicht umgebracht worden.

Sie hatte es selbst getan.

Ogarjow ließ trotzdem ein Gerichtsverfahren eröffnen. Der Revierleiter hatte in kürzester Zeit mehr Vorwürfe und Anrufe von Vorgesetzten erhalten als bisher in den zwanzig Jahren seiner durch und durch korrupten Dienstzeit und war bereit, jeden persönlich hochkant hinauszuschmeißen – aus welchem Stock, aus dem achten? Gut, dann aus dem achten –, der noch ein Wort zu mir sagt. Oder auch nur einen Mucks. Wir sollen den Mörder suchen. Na, dann suchen wir ihn, was sitzt ihr hier noch mit euren beschissenen Visagen rum! Raus! Alle raus! Er warf sich eine Nitrokor-Tablette unter die Zunge, wartete, bis der gewohnte schwere Schmerz hinter den Augen einsetzte, der zeigte, dass sie wirkte, dass es gleich nachlassen würde, dass er diesmal noch davon gekommen war … Ein andermal. Der Wodka schmeckte nach dem Nitroglyzerin warm und matt. Widerlich … Unser Dienst ist gleichzeitig gefährlich und schwierig!, trällerte das Handy teilnahmsvoll und kündigte damit den nächsten General an, der in Doktor Ogarjows Schuld stand, weiß der Teufel, wofür, besser wäre es gewesen, wenn er dich verdroschen statt geheilt hätte, du lästiger Mistkerl, und dann noch Bleichmittel über dich geschüttet, zu Befehl, Genosse General, nein, bis jetzt noch nichts Konkretes, jawohl, ich werde Sie auf dem Laufenden halten. Und wozu rufen sie mich alle an, diese Scheißkerle, was wollen sie denn noch? Mir hat Ogarjow den einzigen Sohn gerettet, von der einzigen Frau, die ich je geliebt habe, von Nadjenka, nicht von meiner Frau, alle haben gesagt, da kann man nur operieren, aber Ogarjow hat für anderthalbtausend Rubel, ja, ich hätte ihm die anderthalbtausend Kröten pro Minute lebenslang gezahlt, ich hab doch gleich gesagt – schreiben Sie sich meine direkte Durchwahl auf, sollten Sie einmal, Gott bewahre, Probleme haben, Iwan Sergejewitsch, sollte einmal nur irgendjemand schlecht von Ihnen denken …

Aber er hat nicht angerufen, er ist gleich zu den Obrigen gerannt.

Ich war wohl nicht gut genug.

Scheißkerl.

Jawohl. Zu Befehl. Alles unterliegt meiner persönlichen Kontrolle. Nur liegt hier kein Mord vor. Sie hat sich selbst aus dem Fenster gestürzt. Was hatte denn dieser Gans nicht gepasst?

Zum Ermittler, auf den die ganze Sache abgewälzt wurde, war alles bereits auf ein ganz unanständiges Niveau herabgesunken. Der achtundzwanzigjährige schwabbelige Bursche mit dem trügerisch netten Gesicht, dem, um intelligent zu wirken, einzig die Hilflosigkeit fehlte, fuhr in die Atheistengasse, ups, in die Protopopowskigasse natürlich, wie ins Büro. Er stellte den neuen »BMW« am Randstein ab, ganz schräg und lässig, wie einer, der genau weiß, dass er in ein paar Jahren einen »Lexus« fahren wird. Ein Bezirk im Zentrum, ne. Gott sei Dank war er kein Idiot. Er wusste, wie der Hase läuft. Der Ermittler hob den Kopf, betrachtete zum tausendsten Mal das elegante Hochhaus und stellte sich die Flugbahn vor. Am 3. Juli 2012 gegen 17:30 Uhr wurde vor dem

13-stöckigen Haus in der Protopopowskigasse Nr. 10 die Leiche einer jungen Frau (geb. 1987) aufgefunden, die in einer Wohnung im 8. Stock des oben erwähnten Hauses wohnhaft war. Die Leiche befand sich drei Meter von der Mauer des Wohnhauses entfernt. Es gab natürlich keine Spuren mehr auf dem Asphalt. Weggespült. Eine eckige Kreidelinie, die Grafik einer fremden Angst und Verzweiflung, das allerletzte und schnellste Todesporträt. Der Ermittler zündete sich eine Zigarette an und schirmte dabei die kleine Flamme sorgsam mit der Handfläche ab. Er war fast der Einzige, dem Doktor Ogarjow schnurzegal war, Ogarjow hatte weder ihn noch seine Verwandten noch seine Bekannten behandelt. Überhaupt hatte der Ermittler in dieser Stadt keine Verwandtschaft, seine Verwandtschaft und Moskau waren unvereinbar. Sülze, Salzhering. Schaschliks an den Maifeiertagen. Komm, Wolod, du trinkst doch einen Wodka mit deinem Schwager?

In Moskau gab es so etwas nicht.

Der Ermittler glaubte auch nicht an einen Mord – bis er sich mit Ogarjow getroffen hatte, guten Tag, Iwan Sergejewitsch, hier spricht Kaljagin aus dem zweiundzwanzigsten Revier, können wir uns treffen? Nein, das passt nicht gut, kommen Sie besser zu mir in die Klinik. Eine Stunde später hatten die beiden zwei Schachteln Zigaretten aufgeraucht, wobei mindestens anderthalb auf Ogarjows Konto gingen. Darf man hier etwa rauchen? Ich dachte … Ogarjow deutete mit dem Kopf auf eine Entkeimungslampe. Ich darf. Der Ermittler sprang wie gewohnt schnell von einem Thema zum nächsten, drehte sich im Kreis, um die Spuren zu verwischen, um auszuweichen, als würde er einen wunden

Punkt zu ertasten versuchen und aufmerksam abwarten, wo Ogarjow aufschreien, sich verkrampfen oder wenigstens das Gesicht verziehen würde, weil er etwas verbarg – nur was? Sagen wir, einen Schmerz. Ein sehr charakteristisches Symptom. Wissen Sie, wie man Schmerzen bei einem Kind richtig lokalisiert? Auf die Frage, wo es wehtut, antwortet ein Kind immer – da, egal, wohin man greift. Oder es kann überhaupt noch nicht sprechen. Oder noch schlimmer, es brüllt unaufhörlich, ist ganz blau und schrecklich und scheint ganz aus einem anschwellenden, Blasen werfenden, unerträglichen Schrei zu bestehen.

Bei der Stelle, die tatsächlich wehtut, versucht das Kind, Ihre Hand wegzustoßen.

Ogarjow versuchte das nicht.

Er schwieg immer mehr. Ja, nein, weiß nicht. Zutreffendes bitte unterstreichen. Ein weißer Kittel, dunkelblaue Jeans, Chucks, die mit fröhlichen bunten Farbklecksen übersät waren. Malja hatte sie in einem Wiener Schaufenster gesehen, irgendwo am Ring, sie hatte erfreut aufgekreischt und ihn an der Hand ins Geschäft gezogen. Schau mal, wie lustig! Die kaufen wir! Die ziehst du zum Arbeiten an. Unglaublich komisch! Der Ermittler musterte das Zimmer mit einem Blick: eine Liege, ein Waschbecken, ein Stuhl wie beim Zahnarzt, ein Tisch, ein Schrank, einige unbekannte Geräte. Brutal aussehende Instrumente waren vorsorglich mit einem Tuch zugedeckt und ruhten sich aus. Fünf seltsame Stofftiere, hässliche Plüschklumpen. Wahrscheinlich, damit die Kinder nicht weinen, obwohl sie bei denen ganz sicher losheulen.

Was haben Sie denn da?

Viren.

Wie bitte?

Ogarjow nahm eine zottige, violette, schreckliche Kugel mit großen Augen und setzte sie auf seine Handfläche. Er begab sich auf das Niveau seines Gesprächspartners herab und sagte – das ist der Epstein-Barr-Virus, ein ziemlich schreckliches Ding, sage ich Ihnen. Es verursacht die infektiöse Mononukleose. Die Amerikaner sagen außerdem Kusskrankheit dazu … Der Ermittler hörte mit offenem Mund zu, wie ein kleines Kind und begriff alles, genau wie die Kleinen, wie viele Kinder hatten das Zimmer verlassen und drückten nicht nur einen neuen Holzspatel an die Brust (den bekamen nur die Mutigsten, die nicht an Mamas Hand hingen und kein einziges Mal schrien), sondern auch eine echte Kostbarkeit, einen zukünftigen Beruf, einen kleinen, unklaren, allerersten Traum.

Was willst du werden, wenn du groß bist?

Arzt.

Ogarjow blieben die Worte im Mund stecken, die Stoffviren hatte auch Malja gekauft, in Amerika bestellt, warum auch nicht, in Moskau kann man überhaupt nichts kaufen, hier ist nichts normal, nicht einmal die Preise. Sie hatten auf dem Boden gesessen, das Päckchen geöffnet, darin herumgekramt und Styroporkugeln verschüttet – schau, ein humanes Papillom. Und das? Ein Grippevirus. Ach, wie schön, ein wahres Prachtstück. Und das da, das so gelb wie die Sonne ist? Herpes. Pfui, ich dachte, es wäre ganz was anderes. Und das rosarote dort? Sie hielt ein wie eine Sprungfeder gewundenes glupschäugiges blasses Treponema am Schwanz. Das ist Syphilis, du Dummchen, weg damit, was soll ich denn mit Syphilis, ich bin doch Kinderarzt! Man weiß nie, ich hab gedacht, sicher ist sicher. Und außerdem ist es so bemitleidenswert, schau mal die Augen an. Ist es nicht süß?

Ein heißer lebendiger Hals unter dem aufgeknöpften Hemd, ein heißes Quadrat auf dem von der Sonne aufgeheizten Parkettboden, hinter dem Ohr, unter den Locken war die Haut immer feucht und schmeckte bitter vom Parfüm.

Der Ermittler bemerkte plötzlich, dass Ogarjow ihm zum ersten Mal in die Augen sah, direkt, völlig ausdruckslos, wie über ein imaginäres Visier hinweg.

Der Ermittler hatte schon zwei Mordversuche überstanden, beide Male hatte er nicht so viel Angst gehabt wie jetzt.

Er stand auf, nahm all seine Kraft zusammen, um nicht hektisch zu wirken, na schön, danke, dass Sie sich mit mir getroffen haben, ich spreche Ihnen noch einmal mein Beileid aus, hier ist für alle Fälle meine Visitenkarte. Eine kräftige, vom endlosen Waschen spröde Hand. Verlassen Sie die Stadt vorerst nicht, in Ordnung? Ogarjow schaute ihn verständnislos an, als würde ihm gerade erst bewusst, dass er nicht allein im Zimmer war.

Kein Mord, sagen Sie? Und was für ein Mord. Und *was* für einer!

In den nächsten Tagen wühlte der Ermittler mit der Nase in der Erde, um Ogarjow zu den Hauptverdächtigen reihen zu können. Doch es gelang ihm nicht. Das Alibi war hieb- und stichfest – zum Zeitpunkt des Vorfalls befand sich Hr. Ogarjow I. S. in der italienischen Visumstelle, Stempel, Quittungen, sekundengenaue Abrechnung, ein Dutzend

Zeugen, alle erinnerten sich an ihn, immer erinnern sich alle, der Ermittler brachte die Tussi, die von Hrn. Ogarjow I. S. einen Stapel Dokumente übernommen hatte, zur Hysterie, hier, sehen Sie, Pässe, Tickets, die Hotelreservierung, Mietauto, aber nein, er war es, ich bin mir zu hundert Prozent sicher, dass er es war. Pferdeschwanz, Pickel, ein vom Weinen geschwollenes Näschen. Dumme Gans. Der Ermittler hielt zwei Pässe mit Schengenvisa für ein Jahr in der Hand. Er zuckte mit den Schultern. Warum zum Teufel zieht es alle immer ins Ausland, als wäre es das Schlaraffenland? Ach, wenn er jetzt nur eine Angel hätte und mit seinen Burschen zwei Wochen an die Wolga fahren könnte. Still, schön. Eine Plötze schwimmt durchs Wasser. Dämmerung.

Nein. Nicht er. Nicht Ogarjow. Ich sage es Ihnen doch, Genosse Oberstleutnant, sie ist selbst gesprungen. Da können Sie mir die Eier auf heißem Sand abhacken – sie hat es selbst getan.

Maljas Vater kam nach einer Woche angeflogen. Nachdem sie. Nachdem. Man könnte denken, dass ihn wichtige Staatsangelegenheiten aufgehalten hatten. Ein verdammter Entscheider. Ogarjow öffnete die Tür, trat zur Seite und ließ ihn herein. Es war schließlich seine Wohnung. Nicht Ogarjows, sondern die von Maljas Vater. Seine. Er bezahlte sie. Ogarjow streckte die Hand aus und hielt sie sinnlos in der Luft. Dann senkte er sie. Alles klar. Schwiegersohn. Eingeheirateter. Eidam. Guten Tag. Maljas Vater antwortete nicht und ging direkt in die Küche. Natürlich. Wo sollten zwei russische, Verzeihung, sowjetische Menschen denn sonst reden? Er war riesig. Auf einem gewaltigen Knochengerüst saß rosiges üppiges Fett. Den zerquetschten Ohren nach zu urteilen war er einmal ein Kämpfer gewesen. Vielleicht kämpfte er noch immer. Aber auf keinen Fall gegen das Verbrechen. Eher dafür. Er hatte ein rotes Proletengesicht. Helle Wimpern. Ein vollgefressener Bandit. In Moskau gab es solche fast nicht mehr. Man hatte sie in den Neunzigern vertrieben. In der Provinz hatten sie anscheinend überlebt. Und wurden dort sogar gebraucht.

Ogarjow suchte zwischen den mächtigen Windungen und Furchen nach Malja.

Nein. Sie hatten nichts gemeinsam.

Absolut nichts.

Die Küche war sauber, sogar steril. Keine Spuren. Malja hatte nicht gekocht. Sie hatte es nicht gekonnt. Nur ihr Bakleva. Ogarjow konnte es auch nicht. Essen liebte sie hingegen sehr. Lass uns etwas Leckeres schnabulieren. Sie knabberte ständig an etwas, an einer Gurke, an einer Karotte, an einer knackigen Selleriestange. Schlug ihre Zähne hinein und saugte alles Lebendige aus den Fasern. Lustig, nicht wahr? Das geht auch mit einem Apfel, er muss nur fest sein.

Ogarjow schwieg. Maljas Vater ebenfalls. Beide sahen in unterschiedliche Richtungen, jeder sah seine Malja. Ogarjow hielt es als Erster nicht mehr aus. Er war viel zu schuldbewusst. Sind Sie nicht müde von der Reise? Maljas Vater sah ihn verständnislos an. Ein sehr teurer Anzug. Er war im Flugzeug fast nicht zerknittert. Dann stand er plötzlich auf, ging in die Diele hinaus und kam ohne Schuhe zurück, die ebenfalls sehr teuer waren. Er hatte sie ausgezogen. Schwarze Socken. Seide und Kaschmir. Eine kompakte Wolke stickigen Fußgeruchs. Er wollte bei seiner Tochter den Boden nicht schmutzig machen.

Aber nicht doch, nicht doch, Maljetschka. Ich brauche keine Pantoffeln. Ich gehe lieber barfuß.

Ogarjow begriff, dass er gleich in Tränen ausbrechen, richtig losheulen würde, und deshalb begann er hektisch herumzuschusseln, in der Küche herumzurennen, Wasser, nein-nein, das macht nichts, alles gut, nur Wasser, in Moskau kann man beruhigt Leitungswasser trinken, man muss es nur eine Zeitlang laufen lassen, sonst ist es warm, aber Malja hat nur Wasser aus Flaschen getrunken, keine Sorge, ich habe aufgepasst, sie mochte kein Leitungswasser, und abgekocht schmeckt es nicht.

Maljas Vater schwieg noch immer, doch dann fragte er plötzlich – hast du sie gesehen? In der Leichenhalle, hast du sie dort gesehen? War es sicher sie?

Ogarjow zuckte mit dem Kopf, es war natürlich nur ein Krampf, ein echter Krampf, den man auslegen konnte, wie man wollte, doch Maljas Vater verstand ihn richtig. Er schwieg wieder eine Weile, obwohl in der Küche auch so schon fast kein Platz mehr war. Malja hat gesagt, begann Ogarjow und schwieg dann wieder. Denn sie hatte schließlich nichts gesagt. Sie hatte fast nichts über den Vater gesagt. Papa. Du würdest ihn nicht mögen. Warum, Malja? Weil er ein Gauner und ein Dieb ist. Was? So ist es! Liest du denn *Nawalny* nicht? Nein, tu ich nicht und dir rate ich auch davon ab. Schließlich ist es dein Vater. Du hast auch einen Vater. Und was ist mit ihm?

Was war denn wirklich mit ihm?

Ihre Dokumente, wo sind die?

Ogarjow verließ das Zimmer und kam mit einer Mappe zurück. Er hatte sie gerade noch zusammenstellen können. Er hatte Dokumente aus Büchern, zwischen Lappen hervorgefischt und genervt in Regalen herumgekramt. Malja, wo ist deine Geburtsurkunde? Weiß ich nicht, warum? Das ist doch ein wichtiges Dokument, wie kannst du das nicht wissen? Und wenn du sie brauchst? Dann werde ich mich selbst vorweisen! Du kannst doch nicht so eine Chaotin sein! Sie lachte. Lachte nur. Dann weinte sie noch. Eine Bescheinigung über die nicht abgeschlossene Hochschule, alte Fotos. Die kleine Malja. Die kleine Malja. Die größere Malja. Im College. In London. Im Profil. Immer allein. Da. Die Geburtsurkunde. Endlich. Geburtsjahr 1987. Eine grünliche abgegriffene Bescheinigung. Nun würde sie abgeholt werden. Und eine Sterbeurkunde ausgestellt.

Ogarjow legte die Mappe auf den Tischrand. Maljas Leben wog fast nichts. Fast nichts.

Bitte. Das ist alles, was ich gefunden habe. Sie wird nicht beerdigt werden können, bevor die Ermittlungen abgeschlossen sind.

Welche Ermittlungen?

Ich bin davon überzeugt, dass das … Dass sie …

Ogarjow begriff, dass er nicht noch eine Erklärung schaffen würde. Er konnte das Wort »Mord« einfach nicht aussprechen. Maljas Vater schaute ihn an und legte die tiefe Stirn in weiche rötliche Falten. Ein kahl werdender Scheitel. Ein Kiefer wie ein Bügeleisen. Sommersprossig, dick, böse. Stumpfsinnige Kraft.

Dann fragte er plötzlich – hat sie ihre Tabletten nicht mehr geschluckt oder wie? Hat sie damit aufgehört?

Welche Tabletten?

Ogarjow erschrak plötzlich, erschrak zu Tode, als hätte er etwas Nichtwiedergutzumachendes getan. Die Halsschlagader durch eine feine Bewegung verletzt. Ein Millimeterbruchteil. Die Lieblingstasse des Vaters zerbrochen. Oder Malja zum Fenster geschickt. Selbst.

Keine Angst, es ist nicht hoch. Und nicht schlimm.

Welche Tabletten?

Na, diese, wie hießen sie noch gleich? Risperidon. Und dann noch welche. Weiß ihren Namen nicht mehr.

Risperidon? Warum? Welche Tabletten?! Malja war vollkommen gesund. Das heißt, sie war natürlich hin und wieder erkältet, aber das war eine gewöhnliche virale Atemwegsinfektion … Ein normaler Ablauf. Keinerlei Komplikationen. Sie können mir glauben, sie war nicht krank, ich bin Arzt …

Einen Scheiß bist du, aber kein Arzt.

Maljas Vater stand auf, steckte sich die Mappe unter den Arm und ging in die Diele. Ogarjow lief ihm fast hinterher, verstand nichts, spürte nicht, wie seine Hände zitterten.

Was für ein Risperidon?! Wovon reden Sie überhaupt?! Ogarjow versuchte, sich fieberhaft zu erinnern, blätterte durch Karteikarten, Maschkowskis Medikamentenhandbuch, das Arzneimittelverzeichnis, Vidal … Das Herz? Vielleicht das Herz? Rosa Lippen, Nägel, Augenhaut, nein, keine Zyanose. Unter der Hand pochte es gleichmäßig, häufig …

Tuck-tuck.

Maljas Vater sah sich nach einem Schuhlöffel um, fand aber keinen und zwängte die angeschwollenen Elefantenfüße mit Hilfe eines Fingers mühevoll in die Schuhe. Dann richtete er sich auf, purpurrotes venöses Blut war in Stirn und Wangen geströmt und hatte sogar das Weiß der Augen leicht rosa gefärbt.

Lass die Schlüssel beim Concierge unten. Ich hole sie morgen ab. Und lass ja die Möbel da, Doktor.

Er schlug die Tür zu – ohne Wut. Setzte nur einen Schlusspunkt.

Ogarjow ging zum Regal, zog den Maschkowski heraus und fuhr mit einem blinden Finger über das Alphabet. Ra, re, ri …

Risperidon.

Wirkstoff. Benzisoxazol-Derivat. Ein weißes bis beiges Pulver, praktisch unlösbar im Wasser, leicht lösbar in Dichlormethan, Methanol und Salzsäure.

Indikationen. Schizophrenie (akute und chronische) und andere psychotische Zustände mit Prävalenz einer produktiven (Wahn, Halluzinationen), negativen (Affektverflachung, emotionaler und sozialer Rückzug) oder affektiven (ängstliche Depression) Symptomatik.

Schizophrenie.

Nein. Natürlich nicht. Das konnte einfach nicht sein.

Der Brief kam erst nach vierzehn Tagen. Zwei Wochen! Malja hätte es sich wahrscheinlich früher gewünscht, aber die »Post Russlands« hatte ihren eigenen Bezug zu Raum und Zeit, fast wie bei Einstein. Aber nein, Einstein passt hier nicht. Plancks Quantenphysik schon eher. Ogarjow hielt das weiße dünne Kuvert in den Händen. Das Absendedatum stimmte einfach und schrecklich mit Maljas Sterbedatum überein. Das heißt, dass sie, bevor sie starb, auf die Post gegangen war. Sie war um die Ecke gebogen, dann noch einmal, durch den Park gegangen, betrachtete die Muttis mit den Kinderwagen und hatte wohl Angst, es sich anders zu überlegen. Hatte einfach Angst. Dann stand sie Schlange bei der Post – beide standen sie an diesem Tag Schlange, Ogarjow in der Visumstelle und Malja in der Postfiliale. Wie sie alles geplant hatte, mit einer ganz unschizophrenen Genauigkeit, wie sie Mamas Geist an den heißen Schultern gehalten, wie sie sie an der Hand gezogen, aufzuhalten versucht haben musste. Mama hatte bei der Post gearbeitet. Malja war auf der Post gewesen, als sie beinahe schon gestorben war.

Ogarjow sah die blauen, nicht sehr geraden Adresszeilen und dachte daran, dass sie zwei Jahre zusammengelebt hatten. Nein, falsch, er hatte sie zwei Jahre geliebt, fast ganze zwei Jahre, es fehlten nur mehr wenige Monate, die heute nie mehr, durch nichts mehr zu vervollständigen waren. Noch nicht beschriebene, aber bereits herausgerissene Seiten. Zwei Jahre, und er sah zum ersten Mal ihre Handschrift. Zuvor nur einen komischen Schnörkel. Malja, unterschreib da und da. Gut. Eine herausgestreckte Zungenspitze. Wie ein Kind erwartete sie sich Lob für etwas Nichtiges, Langweiliges, aber mit unverfälschter Eifrigkeit Erledigtes.

Hab ich das gut gemacht?

Natürlich, das hast du. Gehen wir jetzt.

Maljas Handschrift. Blaue runde nach links geneigte Buchstaben. Der Buchstabe »D« im Wort »Doktor« hatte einen verschämten Kringel. An Doktor Ogarjow I. S.

Malja hatte den Brief in die Klinik geschickt, hatte anscheinend gewusst, dass er auf keinen Fall in ihrer Wohnung bleiben würde, sie hatte alles gewusst, sowohl über ihn selbst als auch über ihren Vater. Störung des Denkvermögens, sagen Sie? Geistesverwirrung? Probleme mit der Adäquatheit? Mit der Emotionalität? Sie hatte gelacht, sich auf die Zehenspitzen gestellt, sich für einen Kuss zu ihm hochgestreckt. Wie immer zum Abschied. Nein-nein, über der Schwelle darf man nicht. Sie war ganz heiß unter dem Hemd. Ogarjow tastete mit der freien und völlig blinden Hand nach der Türklinke, zum Teufel mit ihnen, dann komme ich eben eine halbe Stunde zu spät, und sie vollführten beim Küssen in der Diele eine ganze Minute lang eine Art Tanz. Sie kniff mit aller Kraft die Augen zu. Zwei vorsichtige Schritte zur Seite. Der Beistelltisch. Noch zwei. Malja besann sich plötzlich, stemmte die Hände auf seine Brust und stieß ihn weg, nein, eigentlich war es kein Wegstoßen, eher ein Wegschieben. Sie hatte begriffen, wohin dieser Tango führte – in Richtung Schlafzimmer. Wenn wir überhaupt bis dorthin gekommen wären. Wie immer. Wie immer.

Nein!, sagte sie bestimmt. Nein. Es geht doch um Italien! Du darfst dich nicht verspäten. Missmutig und enttäuscht küsste er sie mit unbequem vorstehenden Jeans noch einmal. Diesmal wirklich nur zum Abschied. Na schön. Wenn ich wieder da bin, gibt es aber keine Ausreden mehr. Sie antwortete nicht, sie schaute, schaute, schaute mit flatternden

Wimpern. Hatte ihre goldenen, ganz leicht erschrockenen Augen weit geöffnet. Sie wusste, wenn sie sich damals geliebt hätten, wenn sie damals …

Er wäre einfach gestorben. Hätte nicht weiterleben können. Er hätte es nicht können.

Sie verstand alles. Alles. Sie machte sich Sorgen. Dachte bis zur letzten Sekunde an ihn. An sie. An uns. Nicht an sich. Wenn das Schizophrenie ist, empfehle ich sie jedem.

Ogarjow kniff die Augen zusammen – und öffnete das Kuvert.

Es enthielt ein Foto, ein einziges. Ein Farbbild. Der Bauernhof, auf dem sie in der Toskana gewohnt hatten. Den sie von den Mauern der Stadt aus gesehen hatten, nachdem sie mit den Augen die Kluft, unter anderem auch die Kluft der Zeit übersprungen hatten, um nicht schwindlig zu werden. Tausende Jahre Geschichte unter den Füßen. Die jahrhundertealten Steine der Brüstung, Maljas leichte, zärtliche Hand. Ein Häuschen und ein noch kleineres Häuschen. Der blaue Fleck des Pools, der krause borstige Garten. In der riesigen kühlen Küche warteten still Käse, Tomaten, Pfirsiche und eine Flasche Wein. Noch eine hatte sich in Ogarjows Rucksack versteckt. Die zauberhafte Stimme des Vermentino.

Gehen wir? Nein, warte noch eine Sekunde. Ich möchte das fotografieren.

Malja schimpfte leise mit der störrischen Tasche – da ist sie nicht, da auch nicht, warum jubelst du mir die ganze Zeit dummes Zeug unter? – angelte den alten Fotoapparat heraus, den sie so liebte, wie man nur ausrangierte, von niemandem mehr gebrauchte und deshalb besonders vertraute Dinge liebte. Gott sei Dank, wenigstens keine analoge Kamera. Das Anvisieren dauerte unerwartet lange, sie suchte nach der richtigen Perspektive – oder schaute einfach. Staunte. Konnte den Blick nicht abwenden. Prägte sich das Bild ein. Jetzt dachte Ogarjow, dass sie es sich einfach eingeprägt hatte.

Die gerade einsetzende Dämmerung. Das kupferfarbene Licht der Toskana. Ein Haus, in dem man leben möchte.

Ogarjow zog sie mit sich. Er wollte schnell wieder zurück sein, um zu Abend zu essen, ganz lange, bis es dunkel wurde. Draußen am Tisch sitzen, Wein trinken, turteln, reden. Zusehen, wie ein dicker Gecko, die Beine und den Schwanz von sich gestreckt, ganz oben auf einer runden Lampe liegt, während um seinen unbeweglichen Kopf flauschige Nachtfalter herumschwirren und dabei immer wieder aufblitzen und riesig erscheinen. Malja nannte ihn unseren Gecko. Schau, schau nur, er hat es da wie in einem Spa. Wärmt sich den Wanst! Und kann gleichzeitig futtern. Sehr bequem.

Der Gecko war wirklich ihrer. Alles war ihres. Alles rundherum.

Ogarjow streckte sich fast unbewusst nach ihr, um ihr Haar zurechtzuzupfen, sie zu küssen, sie einfach anzufassen. Sie trug ein kurzes Sommerkleid von der Farbe der Nacht, der Laternen, der Schatten ihrer Masten, der glänzenden Bürgersteige: blasser als die Arme, dunkler als das Gesicht. Nicht einmal Gott drückt sich genauer aus. Kann es nicht. Allenfalls kann er es leise singen.

Einmal sprangen zwei ineinander verkeilte Eidechsen aus dem Gebüsch. Die etwas größere befreite sich, krallte sich den Schwanz der kleineren und begann, plötzlich hart und weit ausholend ihre Freundin auf die porösen Platten des Wegs zu dreschen. Wie eine neugierige Säuferin, die eine Plötze auf den Rand des Biertisches schlägt. Malja schrie auf und fuhr hoch.

Huch, was ist das? Was tun sie?

Lass sie. Sie kämpfen.

Die Eidechsen verschwanden unversöhnt ins Gebüsch zurück, und Malja und er saßen immer weiter und weiter dort, jeden Abend, durch die dunkle Luft flatterten hektische nicht sichtbare Fledermäuse (man bemerkte sie nur, wenn sie für einen Moment einen Stern verdeckten), und der Wein ging nie aus, Pflaumen und Kirschen lagen immer noch auf der Tonschale, und außerdem ging das Allerwichtigste nie aus, das Gefühl der Unendlichkeit, das sehr echt und einfach war. Als hätte Gott nicht sie selbst, sondern alles um sie herum erschaffen. Nur damit sie es sich einprägten und lieb gewannen. Einfach sahen.

Können wir jetzt bitte gehen? Du druckst dieses Foto sowieso nie aus!

Aber sie hatte es doch ausgedruckt.

Das Handy klingelte so durchdringend wie ein Schlag auf die Ohren. Mit beiden Handflächen, schnell und böse. Wie ein Krimineller. Ein rasanter Anstieg des Blutdrucks in den Gehörgängen. Barotrauma des Trommelfells. Ruptur. Gehörlosigkeit. Schmerzschock.

Ogarjow Iwan Sergejewitsch? Die Visumstelle macht sich Sorgen. Ihre Dokumente sind schon seit gut zehn Tagen fertig. Holen Sie sie ab?

Das Foto lag noch immer in seiner Hand. August in Italien. Im Voraus geplant. Liebevoll, sorgfältig. Jeden Tag. Ogarjow begriff plötzlich, dass er nicht wusste, ob Malja beerdigt worden war oder nicht. Der Vater hatte sie fortgebracht, hatte sie aus der Leichenhalle geholt, die kleine kalte Malja. Allein. Vielleicht hatte er sie im Zimmer eingesperrt und ihr verboten, zu weinen oder ans Telefon zu gehen. Vielleicht hatte er sie verbrannt. Das wäre das Beste. Das hätte sie selbst gewollt.

Sie hatte den Fotoapparat in die Tasche gesteckt und ihn gebeten – wenn ich sterbe, lass mich bitte verbrennen und streue meine Asche genau hier aus. In Ordnung? Verschütte sie einfach von der Mauer aus. Das wäre schön für mich.

Ogarjow lachte und küsste ihr Haar. Auf den heißen Scheitel. Du stirbst nicht, versprach er. Brauchst dir gar keine Hoffnungen zu machen. Du stirbst nicht, und damit hat es sich. Sie nickte sehr ernst. Als würde sie ihm glauben. Und sagte zum letzten Mal damals, genau damals:

Lass uns für immer hierbleiben.

Und er dachte kurz nach und antwortete wieder – nein.

In der Visumstelle händigte man Ogarjow ein weiteres dickes Kuvert aus, dieses Mal mit den Pässen. Ogarjow hatte Mühe, es zum Auto zu tragen. Zweimal blieb er stehen und versuchte, durch das Papier zu tasten, während er in Wirklichkeit einfach Atem schöpfte. Nicht zu sterben versuchte. Nicht jetzt. Nein, Malja. Warte noch ein wenig. Im Auto war es stickig wie in einem zugeklappten Koffer. Die üble stinkende Moskauer Hitze hatte sich über die bereits gelähmte

Stadt gelegt. Die reinste Mikrowelle, lachte Malja, zupfte ihr Kleid zurecht und zappelte auf dem heißen Sitz herum. Mein Popo klebt schon fest. Schalte bitte die Klimaanlage ein. Ogarjow gehorchte. Ihm war kalt, kalter Schweiß, kalte ungehorsame Finger, träge schwarze Flecken vor den Augen. Agonie. Ohnmacht. Kollaps. Schock. Er rieb sich mit aller Kraft die Ohren, die ebenfalls kalt und klebrig waren. Nein, sie konnten nichts davon erfahren haben. Sie konnten ihn nicht eingezogen haben, das konnte nicht sein. Die widerwärtige russische Bürokratie in Kombination mit der süßen italienischen Faulheit. Nein …

Beide Pässe waren da.

Gott sei Dank.

Beide.

Malja blickte ihn fröhlich vom Foto an, direkt durch das feste Laminat. Im Nacken zusammengebundenes Haar, lange durchsichtige Ohrringe aus Bergkristall. Ihre Lieblingsohrringe. Tröpfchen. Wo sind meine Tröpfchen? Hast du sie gesehen? Er hatte sie nicht gesehen, er weinte und drückte das raue Büchlein in seinen Fingern. Gültigkeitsdatum 19.09.2020. Jahresvisum. Geburtsdatum. Die komische kleine Unterschrift, die sich gerade noch ins vorgegebene Quadrat quetschte, die Arme, sie hatte zwei Formulare verpatzt, dem alten Beamten zugelächelt, nach Sonne und Äpfeln geduftet.

Sie war gestorben. Mein Gott. Gestorben.

Ogarjow schluchzte laut auf, gequält vom echtesten, physischsten, brutalsten, schrecklichsten Schmerz. Er schrie fast auf, wie Anja damals. Als sie sich schließlich durchgerungen hatte zurückzurufen. Malja und er waren erst seit Kurzem zusammen gewesen, sie waren am Höhepunkt, kamen gerade aus Leningrad zurück und holten das notdürftig reparierte Auto vom Service. Malja sagte – ach, du Ärmstes, und streichelte seine Motorhaube, als wäre es eine Kuh, die fortgelaufen war, sich verirrt und an einem Ast aufgeschürft hatte. Sie fuhren hungrig, glücklich, lachend und einander ins Wort fallend dahin – wohin? Nein, das weiß ich nicht mehr. Anscheinend wollten sie irgendwelche speziellen Fleischtaschen kaufen. Moskau war weiß, erfroren, halb leer, und sie küssten sich wie Verrückte an jeder Ampel und zogen eine lange und beachtliche Schlange hinter sich her.

Kein Einziger hupte oder drängelte. Kein Einziger.

Und dann rief Anja an.

Sie sprach leise, als würde sie ihm ganz aus der Nähe ins Ohr flüstern. Komm bitte zurück. Ich kann ohne dich nicht sein. Ganz und gar nicht. Sie bat ihn nicht einmal. Sondern beklagte sich einfach. Ogarjow bekam einen Hustenanfall und versuchte, mit dem Lachen aufzuhören. Wie viel sie damals gelacht hatten, Allmächtiger, die ganze Zeit, er hatte nicht gewusst, dass es das geben konnte, ein dummer Scherz hing noch in der Luft, und Malja, die sich nicht mehr einkriegte vor Lachen, warf ihren Kopf auf seine Knie, sodass der Fahrer im ramponierten Kleintransporter der Marke »GAZelle« neben ihnen eine ganz spezielle Vorstellung davon hatte, was bei ihnen vor sich ging, und wie eine Zeichentrickfigur vor Neid und Staunen Stielaugen bekam. Malja hob den Kopf an, schaute hinüber und fiel vor Lachen geschüttelt wieder vornüber. Es wurde grün. Der Besitzer der »GAZelle« gab Vollgas und nahm frische Komplexe und einen unerfüllbaren ausländischen Traum von einem hübschen Mädchen mit sich, das einfach so, während der Fahrt, am helllichten Tag … Ächz!

Anja schwieg. Sie wartete zurückhaltend am Telefon. Lauschte.

Du kommst nicht zurück?

Und Ogarjow sagte hastig, fröhlich – nein! Eher zur glücklichen Malja, die sich endlich mit rosigen Wangen aufgerichtet hatte und der es genau jetzt, in dieser Sekunde, einfiel, seinen Hosenschlitz aufzuknöpfen. Wenn es doch dieser Trottel in der »GAZelle« so wollte.

Nein!, wiederholte Ogarjow noch einmal.

Und da schrie Anja auf, kurz und schrecklich. Wie man nur von einem unerwarteten, unerträglichen Schmerz aufschreit, gegen den man sich unmöglich wappnen kann. So hatte er beim Militär geschrien, als ihm der Kompaniechef bewusst und gezielt den Stiefel direkt in die Leiste gestoßen hatte. Das Licht war augenblicklich ausgeschaltet worden. Aber während er das Bewusstsein verlor, hatte Ogarjow noch seinen eigenen kurzen und heiseren Schrei gehört.

Er ließ das Telefon fallen, versuchte, es aufzuheben, es am Boden zu ertasten, schaffte es nicht und stieß fast grob die endgültig außer Rand und Band geratene Malja weg. Sie blickte nur von unten herauf und verstand alles. Sie hörte auf zu lachen, schaltete die Warnblinkanlage ein, sprang aus dem Auto – Vorsicht, da ist die Fahrbahn! Ging sie fort? Verließ sie ihn?! Nein. Sie lief nur um das an einer Ampel erstarrte Auto herum, zog Ogarjow fast gewaltsam heraus –

setz dich rein, nicht da, rechts! – und nahm flink seinen Platz ein. Ogarjow zitterte vor Mitleid, vor Scham, er konnte niemandem wehtun, wollte es nicht, durfte es nicht – und hatte es doch getan. Nicht nur wehgetan, er hatte sie umgebracht. Schon wieder. Zum wiederholten Mal. Gedankenlos. Leichthin.

Malja fuhr los und parkte das Auto nach dreihundert Metern problemlos und präzise direkt am Randstein. Ogarjow hatte gar nicht gewusst, dass sie das konnte. Du kannst also Auto fahren? Das wollte er fragen, konnte es aber nicht. War das deine Frau am Telefon? Er nickte und versuchte mit aller Kraft, nicht loszuheulen. Willst du, dass ich dich zu ihr fahre? Er schüttelte den Kopf, widersagte ihr ein weiteres Mal – nein, das will ich nicht, und Anja weinte schließlich irgendwo dort, völlig allein, mitten im Nichts, wo sie sich dank Ogarjow befand, und mit jedem Schluchzer wurde ihr wahrscheinlich, wenn auch nur ein bisschen, aber doch leichter. Vielleicht stimmte das auch nicht, aber Ogarjow wollte es so.

Macht nichts, sie wird es schon schaffen. Bestimmt. Alle schaffen es, sie auch.

Nun wusste Ogarjow, dass nicht alle es schafften. Er konnte es nicht. Es waren nur zwei Jahre vergangen, das Auto war noch dasselbe, und sowohl Moskau als auch Ogarjow und die damalige Kälte unterschieden sich in nichts von der heutigen Hitze, aber Malja war nicht da. Malja war nicht da! Sie saß nicht neben ihm, das war eine Lüge. Ogarjow log. Er sah sie nicht mehr. Er sah sie nicht, verstehen Sie? Lebendig sah er sie nicht. Nicht einmal im Schlaf. Sie kam nicht, weiß

Gott, warum. Wollte sie nicht? War sie beleidigt? Hatte sie Angst, ihn zu erschrecken? Vielleicht ließ man sie einfach nicht?

Ogarjow krümmte sich von einem neuen Schmerzanfall, schlug die Zähne in die Hand, versuchte, eine Qual mit einer anderen auszutreiben, aber umsonst, umsonst. In ihm zersprang trotzdem etwas, versuchte hämmernd, den engen Brustkorb aufzureißen, ins Freie durchzubrechen. Die Seele? Ein Dämon? Der lang erwartete Gefäßkrampf? Ogarjow war bereit, an alles Mögliche zu glauben, das war die Verzweiflungsstufe, die Erwachsene, kluge, gebildete Menschen dazu bringt, Tische zu rücken, zu Idolen zu beten, zu Kräuterweiblein und Hexenmeistern zu gehen. Was auch immer, wenn es nur nicht so wehtat. Was auch immer. Akutstadium der Trauer. Seelische Pulpitis. Ein feiner göttlicher Bohrer, der sich die immer noch lebendige menschliche Seele bedächtig auf seine Metallspitze wickelt.

Ogarjow kniff mit aller Kraft die Augen zusammen, aber statt Malja tauchten vor den Augen wieder schwarze Nähte auf. Die Totenstarre ist in allen untersuchten Muskelgruppen gut ausgeprägt. Die Haut ist blass, fühlt sich kalt an, die hintere Fläche des Brustkorbs und der Wirbelsäulenbereich sind mit ergiebigen dunkelroten flüssigen Blutflecken durchsetzt. Das Gesicht ist symmetrisch. Der Mund halb offen.

Karger hatte recht gehabt. Man durfte nicht. Man durfte das nicht lesen.

Und schauen durfte man auch nicht.

Die tote Malja hatte in wenigen Sekunden die lebende für immer verdrängt.

Was hieß es, ein Profi zu sein? Ideale Fähigkeiten und Fertigkeiten, vollständiges Wissen, schnelles Treffen von Entscheidungen, überlegene Denkgeschwindigkeit. Ein Instrument, das man ruhig von der rechten in die linke Hand gibt. Eine raue Staffelei. Eine Palette. Eine blind vertraute, durchdachte göttliche Werkbank. Sobald ein Patient ins Zimmer kam, sah Ogarjow bereits, was mit ihm los war. Und das war kein größeres Wunder als die zwei Fische und fünf Brote. Er hob die Augen – haben Sie eine Aufnahme der Zyste dabei? Der Mann, der noch keinen Laut von sich gegeben hatte, prallte erschrocken wie vor einem Feuer zurück, gerade dass er nicht irgendwo in Deckung ging. Aber wie, Herr Doktor, ich habe doch … Eine kaum merkliche Asymmetrie des Gesichts, eine Verschiebung des Augapfels im Millimeterbereich, die Farbe der Haut. Der Geruch. Die Oberkieferhöhle. Der Höhepunkt der Karriere. Allmacht, Gleichgültigkeit, Müdigkeit. Ich denke, in Ihrem Fall kommen wir gut ohne Operation aus.

Ogarjow kannte die besten Ärzte der Stadt. Und sie alle kannten ihn. Mitglieder einer Sekte. Priester eines Gottes. Das war eine gewaltige, optimal organisierte Zentrale, ein glänzendes reibungsloses Getriebe, in das jeder Mensch hineingeraten wollte. Sogar ein gesunder. Vor allem ein gesunder. Die Suche nach seinem eigenen Arzt, die so viel Kraft kostete, führte im Endeffekt nicht nur zum Ergebnis, sondern auch zum wertvollen Gefühl der Geborgenheit, das alle Mühen und Kosten wettmachte. Der eigene Arzt, welche Spezialisierung er auch hatte, reichte einen problemlos an einen anderen, genauso bewährten weiter. Wir kommen von Iwan Sergejewitsch Ogarjow zu Tatjana Nikolajewna Bachmutowa! Wir kommen zu Iwan Sergejewitsch Ogarjow von Luzenko Konstantin Jefimowitsch! Das war wie ein Brandmal. Das Zeichen der Zugehörigkeit zu den Auserwählten. Die ersten Reihen der Geimpften, Überlebenden, Geretteten. Der Gauner.

Ogarjow konnte sie nicht ausstehen, die Gauner. Kein einziger guter Arzt konnte es, wenn man ehrlich ist. Wozu um den heißen Brei reden? Mit den Gaunern hatte man mehr Scherereien, sie verbrauchten viel mehr Zeit und pöbelten unverhältnismäßig öfter. Naiv zogen sie die Aufmerksamkeit des Arztes ganz nichtsnutzig auf sich. Kleinigkeit. In Wirklichkeit wurden Gauner genauso behandelt wie gewöhnliche, namenlose Menschen aus dem allgemeinen, ungezählten Volk. Mit denselben Präparaten, denselben Händen. Man ließ ihnen nur ein klein wenig mehr Zeit zugutekommen, die von der eigenen, persönlichen, unwiederbringlichen Zeit gestohlen wurde. Jede Sekunde, die einem Gauner geschenkt wurde, wurde aus dem echten, einzigen Leben des Arztes herausgerissen. Das war im direkten Sinne des Wortes ein ungegessenes Stück Brot. Ein Brotkanten, der auf die Tischdecke geworfen wurde, eine weggeschobene Suppe, ein Kind, das eingeschlafen war, während es auf die Gutenachtgeschichte gewartet hatte. Die Frau, die du nicht mehr geküsst hast. Mama, mit der du am Ende nicht mehr hast sprechen können. Ein so schreckliches Opfer konnte man nur den Seinen darbringen. Somit war die zusätzliche Aufmerksamkeit, die dem Patienten zugutekam, der die richtige Parole nannte, in Wirklichkeit ein Zeichen der Wertschätzung des Arztes, der ihn geschickt hatte.

Eine große Bruderschaft. Geheim. Äskulaps Kinder. Einfach Kinder.

Ogarjows Notizbuch (in seinem Kopf, so war es am sichersten; Namen, Diagnosen, Telefonnummern, Daten bewahrte er am liebsten ganz altmodisch auf, indem er sie sich merkte) umfasste Dutzende Ärzte aller Fachgebiete. Der einzige Facharzt, zu dem er in seiner ganzen Arbeitszeit nie jemanden geschickt hatte, war Karger Galina Leonidowna. Gerichtsmedizinerin. Expertin der Abteilung für Obduktionsgutachten. Hochschulausbildung, 25 Jahre Berufserfahrung, eine Ärztin der höchsten Qualifikationsstufe.

Eine Schönheit mit schwarzem Haar, sehnig wie ein hochgezüchtetes Pferd. Blaue Augen unter finsteren dicken Brauen. Braune Haut. Sie nannte sich selbst – alte Schachtel. Und lachte dabei nur mit den Augen. Sie war tatsächlich um zehn Jahre älter als Ogarjow, was damals (und übrigens auch jetzt) vollkommen unwichtig war. Sechstes Studienjahr. Fünfundzwanzig Jahre. Gerichtsmedizin. Leichenhalle. Als man sie zum ersten Mal hingebracht hatte, drängten sie sich, die fast Erwachsenen, Verlegenen, dort hinein, und sie kam heraus, sehr gerade, sehr streng, maß sie alle mit einem Blick. Und war eindeutig unzufrieden. Sie warnte sie – hier bei mir auf dem Tisch liegen auch Menschen. Nur tote. Und wenn es jemand riskiert, auch nur die kleinste Respektlosigkeit zu zeigen … Genau das sagte sie, riskiert. Sie schaute sie noch einmal an und griff sich aus der Menge die schwangere Larotschka heraus, die sich vorsorglich ein parfümiertes Taschentuch an die Lippen presste. Sie bestimmte, nachdem sie durch ihre wie bei einem Windhund gekrümmte, feine Nase geschnuppert hatte – Escape? Larotschka nickte. Das hätten Sie nicht tun sollen. Ein gutes Parfüm. Sie werden es noch bereuen, aber es ist zu spät. Und tatsächlich, die unglückliche Larotschka übergab sich das ganze Praktikum hindurch wie eine Katze maunzend in der Toilette und konnte danach ihr ganzes Leben lang nichts mehr von Calvin Kleins legendärem Aroma hören, ohne Krämpfe zu bekommen, nicht einmal den Duft von Schwarzer Johannisbeere und Pfirsichen hielt sie aus. Der gemächliche, in nichts lösliche Geruch des Todes.

Karger selbst roch nach gar nichts, sie war steril, schnell, geschäftig, mit fehlerlosen Bewegungen, aber unter der Eiskruste, das spürte Ogarjow, befand sich etwas Weiches, Heißes, Lebendiges. Sie gefiel ihm sehr, wirklich, wie ihm kaum jemand zuvor und – vor Malja – danach gefallen hatte. Karger war lebendig. Mutig. Fröhlich. Sie arbeitete direkt in der Hölle, in ihrem wahren, nicht ausgedachten Zentrum – Erstochene, Erhängte, Zerquetschte, vollständig Verbrannte, Verweste, Ertrunkene, Leichenstarre, Mumifikation, Leichenwachs. Eine Arbeit, die mit dem Leben unvereinbar ist. Aber Karger hatte weder ihren Sinn für Humor verloren noch den Menschenverstand noch den geraden Rücken.

Sie sah ihn natürlich nie direkt an. Er fiel ihr in der neugierig die Hälse reckenden, ständig hin- und hertrappelnden Gruppe überhaupt nicht auf. Dann begann Ogarjow, länger dortzubleiben, erst fünf bis zehn Minuten, dann eine Stunde, half unmerklich, übernahm die unangenehmsten (aus Ungewohntheit ekelerregenden) Aufgaben. Er drängte sich nicht auf, stellte Fragen zur richtigen Zeit und zum richtigen Thema. Karger schätzte das. Den Tag, an dem sie ihm anbot, gemeinsam Tee zu trinken, betrachtete Ogarjow als Auszeichnung. Persönlich. Verdient. Ein Banner, eine Reihe von Kriegern, glühende Ohren, ein feierlicher Befehl, der über die runden geschorenen Köpfe hinwegdonnert. Tee trinken in der Leichenhalle. Karger lächelte, nun nicht mehr nur mit den Augen, stellte ihm Fragen, hielt aber unfehlbar Distanz. Gleichmäßig. Ruhig. Nur mit dem Blick. Später hatte er sich das genauso angeeignet. Von ihr. So zu schauen, dass selbst der rasendste Mistkerl sich scharf einbremste aus Angst, in eine unsichtbare Wand zu knallen.

Ach was, Wand, weil er einfach Angst hatte.

Ogarjow kam auch dann noch, als der gerichtsmedizinische Kurs zu Ende war. Er dachte sogar ernsthaft über eine Karriere als Charon nach. Er schenkte Karger fast ein Jahr. Nein, natürlich schenkte sie es ihm. Er begleitete sie, erst zur Haltestelle, dann bis zum Haus. Im Stadtbezirk Birjulewo. Ein ganz und gar unkönigliches Hochhaus, das überhaupt nicht zu Kargers Haltung, Gang, Status passte. Pfui Teufel, was für scheußliche Hinterhöfe. Zu Fuß, U-Bahn, Autobus, wieder zu Fuß. Lange-lange. Sich unterhaltend. Zugegeben, weiter als bis zur Eingangstür führte das Ganze nie. Karger lächelte, nahm ihm die Tasche ab, die Ogarjow wie ein kleiner Schuljunge für sie trug. Milch, ein Brotlaib, Tütensuppe. Als Hausfrau, das sage ich gleich, bin ich ein hoffnungsloser Fall. Ich kann mir aber durchaus einen Tee selbst kochen. Tee ist für die Armen. Das hat meine Großmutter immer gesagt. Sie trank übrigens ausschließlich »Goldene Ähre«. Kennen Sie das? Das ist ein lösliches Kaffeegetränk aus Gerste und Roggen. Widerliches Zeug. Aber das kennen Sie natürlich nicht. Woher auch? Sie sind doch Jahrgang neunundsechzig? Sie fragte das so, dass Ogarjow unverzüglich im Moskauer Asphalt versinken wollte. Mein Jahrgang ist neunundfünfzig. Zu meiner Zeit begannen die Menschen in den Kosmos zu fliegen. Und Sie – Tee, Tee.

Dem hatte er nichts entgegenzusetzen. Und es war auch gar nicht nötig. Ogarjow gefiel ihr einfach nicht, das war klar. Ein Lausejunge.

Auf Wiedersehen, Iwan Sergejewitsch. Auf Wiedersehen, Galina Leonidowna.

Ogarjow schüttelte die ausgestreckte Hand. Kurze Nägel, kräftige, ehrliche Finger. Auf dem Zeigefinger hatte sie von der ständigen Schreibarbeit eine kleine feste Schwiele.

Die Eingangstür schloss sich, und der alte Aufzug beförderte ruckartig die Frau nach oben, mit der Ogarjow hätte glücklich sein können. Wahrscheinlich. Die Geschichte duldet keinen Konjunktiv, wie ein hakennasiger Liebhaber des russischen Wortes gesagt hatte. Eine sentimentale Naschkatze. Ein besinnungsloser Emporkömmling, ein inbrünstiger Monarchist. Er hatte nicht recht, nein. Natürlich hatte er nicht recht. Die Geschichte duldet überhaupt nichts außer Schmerz. Und auch den nur mit letzter Kraft.

Ogarjow stand da, ging nicht weg, wartete geduldig, bis das Fenster der Einzimmerwohnung erleuchtet wurde, in die er einfach nie eingeladen wurde. Karger lebte völlig allein, ohne Mann, ohne Kind, ohne Hund. Sogar ohne Gummibaum. Ich kann nicht, Iwan Sergejewitsch. Ich sehe in allen Tote. Alle rundherum tot. Eine anhaltende Krankheit des dritten Studienjahrs. Erinnern Sie sich, wie manche das Kindbettfieber bei sich vermuteten? Ogarjow lachte, bei ihm war es die Mukoviszidose. Der Schweiß auf der Oberlippe war zu salzig, verstehen Sie? Er hatte sich bereits nach einem Friedhof umgesehen, kein Scherz. So war das also. Wozu da eine Familie? Und diese Einsamkeit, die ehrlich und einfach und schrecklich geschnitten war, stand ihr auch gut zu Gesicht. So wie die rote Fuchsmütze. Wie das Muttermal auf der braunen warmen Wange. Wie die Ehrlichkeit, die sogar für eine Gerichtsmedizinerin erstaunlich war. Keine Geheimnisse! Ich hasse Geheimnisse!

Aber es gab auch keine Geheimnisse.

Mageninhalt. Schürfsaum. Gewebeverlust. Metallisierung der Ränder. Poesie des Todes. Abstriche. Schnitte. Eine dunkle warme Strähne direkt an der Wange. Nein, das ist eine posthume Verletzung, sehen Sie? Es gibt keinen Bluterguss. Ogarjow sah es. Er bemerkte alles, alles, die neuen Schuhe, die auf wundersame Weise vom bescheidenen Budget abgezwackt worden waren. Den Knopf, der so zugeknöpft war, dass sich ein Schatten auf die kühle Grube hinter dem Schlüsselbein legte. Das runde, rosige, durchscheinende Ohrläppchen, das statt eines Lochs für Ohrringe ein weiteres braunes Muttermal aufwies. Lustig.

Im Dezember, Ogarjow erinnerte sich genau, dass es Dezember war, sagte Karger schließlich zu ihm – vergeuden Sie Ihre Zeit nicht mit mir, Iwan Sergejewitsch. Es reicht. Und gehen Sie nicht in die Gerichtsmedizin. Sonst geht das mit Ihnen nicht gut aus. Was?, Ogarjow verstand nicht, war ganz perplex von dem unerwarteten Ausbruch. Wie sich herausstellte, tat der Abbruch dieser nicht vorhandenen Verbindung mehr weh als bei lebendigen, sterblichen, menschlichen Beziehungen. Wie meinen Sie das?

Es wird mit Ihnen sonst nicht gut ausgehen. Sie leben ohnehin Ihr ganzes Leben als Arzt. Und das ist furchtbar.

Warum? Ogarjow begriff wieder nichts, kein einziges Wort. Er hatte sie noch nicht einmal geküsst, verdammt noch mal! Sie kein einziges Mal angefasst. Er hatte es nur gewollt.

Sterben muss man als Mensch, Iwan Sergejewitsch. Sich verstehen, auf sich hören. Das Wichtige in diesem Leben erkennen. Das, was für einen selbst wichtig ist. Ärzte haben dafür nie genug Zeit. Wir sterben falsch. Dabei ist das wichtig. Richtig sterben. Als Mensch.

Ogarjow schwieg. Quetschte die Plastiktüte in seinen Fingern mit dem ewigen Brotlaib und der ewigen Milch zusammen, die in dem kleinen Geschäft an der Ecke gekauft worden waren. Essen Sie auch was anderes als Weißbrot und Milch? Das ist doch nicht normal! Ich esse das Brot gar nicht, Iwan Sergejewitsch. Ich enthülle Ihnen nun, wenn es denn schon sein muss, ein schreckliches Geheimnis. Die Milch trinke ich auch nicht. Das ist für meine Nachbarin. Sie kann fast nicht mehr gehen. Sie ist alt. Rheumatoide Arthritis.

Karger stellte sich auf die Zehenspitzen, kitzelte ihn mit dem Fuchspelz und küsste Ogarjow auf die Wange. Ihre Lippen waren kühl. Glatt. Leblos.

Glauben Sie mir, ich weiß, wovon ich spreche. Die Toten werden einem nicht lästig. Deshalb behandeln Sie die

Lebenden, solange Sie können. Und dann lassen Sie den Beruf hinter sich. Wenn Sie es schaffen, natürlich. Viele schaffen es nicht. Das ist schade. Denn man wird nicht nach den anderen gefragt. Das ist alles gelogen. Man fragt nach uns selbst.

Wer fragt? Ogarjow erlangte schließlich das Sprechvermögen und die Wut zurück. Man hatte ihn verlassen! Schon wieder! Karger hatte sich nicht für ihn entschieden. Nicht für ihn, sondern für die Leichenhalle.

Karger antwortete nicht, sie zeigte nur mit dem Finger nach oben, entweder auf den schwarzen Himmel von Birjulewo oder auf ihr eigenes, genauso hoffnungsloses schwarzes Fenster.

Die Tür schlug zum letzten Mal hinter ihr zu. Und Ogarjow fiel erst in der U-Bahn auf, dass er ihr die Tüte mit der Milch und dem Brot nicht zurückgegeben hatte. Das hieß, dass die fremde Alte irgendwo dort in Birjulewo hungrig schlafen gehen würde.

Vielleicht hatte man ihm das nicht verziehen. Vielleicht war das der Grund für alles.

Viele Jahre später sprang sie ihm aus der Leichenhalle entgegen, fing ihn ganz erschrocken, klein, mit ausgebreiteten Händen ab – nein, nein, ich lasse dich nicht hinein! Ogarjow bemerkte sie nicht einmal, er ging, ohne irgendetwas zu sehen, durch den endlos nach links hinauf führenden Korridor, drängelte sich an allen Menschen vorbei, die so unerkennbar waren, als wären sie gar keine Menschen, sondern irgendwelche Schatten, undurchsichtige schwere Luft. Der schwarze Himmel und die blendende schwarze

Scheibe der Sonne von Scholochow hörten auf, Literatur zu sein oder Literatur nachzuahmen, überhaupt alles hörte auf zu sein. Ich gehe zu Malja, murmelte er, ich bin Arzt, ich gehe zu Malja, lassen Sie mich durch, lassen Sie mich sofort durch, ich bin Arzt. Und da hielt ihn Karger einfach am Arm fest und zeterte.

Das darfst du nicht, Wanja. Schau nicht hin. Ich bitte dich beim allmächtigen Gott.

Erst da blieb er stehen. Und erkannte sie. Sie hatte sich überhaupt nicht verändert. Galina Leonidowna Karger. Als hätte sie sich in ihrem einsamen Tod konserviert.

Nur das Haar war ergraut.

Und Wanja hatte sie ihn früher nicht genannt. Nie.

Die ganzen vier Stunden bis Rom blieb der Sitz neben Ogarjow leer. Am Fenster. Malja hatte diesen Platz geliebt. Sie schlüpfte aus den Schuhen, zog die Füße hoch, nestelte lange herum, bis sie es sich bequem gemacht hatte. Sie las, knabberte Bonbons, las wieder, einmal brach sie über *Erste Liebe – letzte Liebe* von Gary in Tränen aus, schniefte lange und konnte sich einfach nicht beruhigen, wie ein kleines Kind. Sodass ihr die unerschütterliche Stewardess sogar ein Wasser brachte, in einem kühlen, biegsamen, ganz und gar Nabokov'schen Pappbecher. Ogarjow schlief nicht, er konnte nicht, aber Malja ließ in der Mitte des Fluges ihren schweren Kopf auf seine Schulter sinken. Einmal (nach Lissabon? Nein, es ging wohl nach London) flogen sie in einem halb leeren Flugzeug, und Malja nahm unendlich zufrieden gleich zwei Sitze ein und schlief sofort ein, wie *Alice* bei Carroll, legte auf Ogarjows Knie ihre kleinen warmen Füßchen, die in festem, halb durchsichtigem Perlon steckten und ganz puppenhaft aussahen …

Das kitzelt, Schatz!

Ogarjow erschauerte und öffnete die Augen. Nein, sie war nicht gekommen. Nur der Junge hinter ihm hatte gegen den Sitz getreten. Offenbar hatte seine Mutti ihn dazu angestachelt. Die Stewardess hatte bereits vor dem Abflug versucht, Ogarjow zu überreden, sich umzusetzen, eben wegen dieses Jungen. Die Mutter wollte ihn ans Fenster setzen, weiß Gott, warum. Auf Maljas Platz. Ogarjow sagte knapp – nein. Aber so, dass die Stewardess sofort begriff und ihn in Ruhe ließ. Dafür begriff die Mutter nicht, anscheinend eine typische Sieistdochdiemutter. Sie meckerte lange hinter ihm und war unzufrieden, dass sich die Welt nicht nach ihrem Geheiß und Willen drehte. Sie sah übrigens wie ein Hecht aus: ein langes Gesicht, ein kleiner Mund mit vielen Zähnen, mager. Ihr fünfjähriger, schrecklicher Sprössling wusste noch nicht, in welche furchtbare Lage er geraten war (eine aggressive Ziege als Mutter, das war auf jeden Fall eine Strafe Gottes), war aber bereits nervös, lästig und musste regelmäßig auf die Toilette. Manchmal führte seine Mutter ihn bereitwillig dorthin, dann wieder verweigerte sie es mit sadistischer Hartnäckigkeit. Und Ogarjow, der die Intention erkannte (die Erlaubnis zum Wasserlassen als Preis für gutes Benehmen), tat es für eine Sekunde leid, dass er nicht in der Jugendfürsorge arbeitete. Er hätte ihr diesen Kümmerling weggenommen und ihn einem guten, normalen, fröhlichen Paar gegeben. Am besten Ausländern. Noch besser

Schwulen. Damit er strahlend, lachend, mutig aufwuchs. Frei. Damit er lernte, für sich und andere einzutreten.

Der Kümmerling trat noch einmal gegen den Sitz.

Mit beiden Füßen gleichzeitig.

Ba-am!

Ogarjow drehte sich um und schaute ihn an. Direkt, durchdringend, wie einen Ebenbürtigen. Wie einen Mann. Der Geist des Vaters regte sich unsichtbar, unvergessen in ihm und richtete sich bequemer ein. Erkämpfte sich noch etwas Platz, das Scheusal. Der Kleine schrumpfte gleich zusammen, verlor den Mumm und verbarg seine Augen. Ogarjow blickte nun die Mutter an und warnte sie – halten Sie das Kind im Zaum. Oder ich tue es. Die Mutter schnaufte vor Entrüstung, ihr musste eindeutig Blut abgenommen werden zum Test der Schilddrüsenhormone. Hyperthyreose. Und die Dicke da eine Reihe weiter hat rheumatoide Arthritis. Die Stewardess mit dem einstudierten Lächeln trug violette schwere Krampfadern vorbei, beim Mann da vorn pfiff es deutlich in der Lunge. Ein Emphysem? Nein. Einfach nur eine Raucherbronchitis. Glück gehabt.

Die Kranken drängten sich in einem schrecklichen Kreis um Ogarjow, beklagten sich, jammerten, fielen, zerquetschten einander, krochen aber dennoch heran, fassten fordernd nach seinen Händen, streckten ihm ihre Geschwüre, Krusten, Wehwehchen ins Gesicht. Ogarjow wandte sich ab, schloss die Augen und erkannte plötzlich, dass er nicht mehr konnte. Nicht mehr musste. Kein Arzt mehr sein wollte. Verflucht seien sie. Alle bis zum Letzten. Ich werde euch nicht mehr heilen. Nie mehr sehen. Nicht wissen, dass ihr alle existiert.

Er, der ewige Vermittler, Führer zwischen dem Göttlichen und dem Menschlichen, zwischen dem Fleischlichen und dem Überirdischen, wichtiger als jeder Geistliche, schrecklicher als ein Priester, nahm schließlich seine Reisehöhe ein und stellte vor und unter sich nur eine große Leere fest. Kein Gott. Nichts Lebendes. Nur Wolken, die wie dünne Milch weit unter ihm ausgegossen waren. Es hatte keinen Sinn zu heilen. Es gab niemanden, bei dem man sich beklagen konnte. Niemanden, den man bitten konnte. Es hüpfte nur wie aufgezogen das Herz, das arglos im sperrangelweit geöffneten Brustkorb lag. Und gemeinsam, gleichzeitig mit diesem lebendigen Herzen sprang, gleichmäßig und schrecklich, die schwere Kornzange. Hundertfünfundfünfzig Gramm matter Stahl. Das menschliche Herz ist zu vielem fähig. Praktisch zu allem. Ein sehr starker Muskel. Stärker als jeder Gott. Ogarjows Herz wollte nicht mehr schlagen und nicht mehr heilen.

Achtung, hier spricht der Pilot.

Sehr geehrte Passagiere!

Unser Flugzeug befindet sich im Landeanflug auf den Flughafen Fiumicino. Wir bitten Sie, Ihre Plätze einzunehmen, die Rückenlehnen der Sitze in eine aufrechte Position zu bringen und die Sicherheitsgurte anzulegen. Die Lufttemperatur in Rom beträgt plus 31 Grad. Danke für Ihre Aufmerksamkeit.

Ogarjow stieg als Erster aus, drängte alle beiseite.

Vierzehn verpasste Anrufe von Patienten. Und sechs SMS.

Er nahm die SIM-Karte heraus und warf sie in einen Abfalleimer. Das Handy legte er sorgfältig daneben auf den Boden. Irgendjemand würde es sicher brauchen können.

Bei der Autovermietung Avis war eine lange Warteschlange.

Malja wollte, dass sie einen »Smart« nahmen. Die sind so lustig, findest du nicht? Schrecklich lustig.

Sie nahmen einen »Smart«.

Signor, möchten Sie ein Navigationsgerät?

Der Signor wollte nicht.

Er hätte diese Straße blind fahren können.

Etwa zehn Kilometer vor der Stadt fand Ogarjow schließlich einen passenden Ort. Kein Feld, das an den Rändern von klassischen Mohnblumen gesäumt war. Kein Weingarten. Kein gerundeter Hügel irgendeines Glückspilzes. Eine Lichtung, kurz wie ein Seufzer. Die offensichtlich niemandem gehörte außer Gott. Ja, und wer könnte auch sonst diese stummen Farne brauchen, die stille, weiche Feuchtigkeit, die fast russisch, fast pilzartig war. Diese einfachen Bäume mit italienischen Namen, die einander die Hände reichten, hoch, hoch über dem Kopf, im unerträglichen, grellen, feierlichen Blau. Ogarjow wollte die einzige Tasche aus dem Auto holen, überlegte es sich aber anders. Es war eine fast gewichtslose Reisetasche, braun, glatt, lang. Malja hatte sie Dackel genannt. Und nicht Handgepäck, sondern unseren Handdackel. Sie benannte alles um. So schenkte sie beiläufig, mühelos Leben. Du sitzt allein im Kofferraum, Dackel. Keine Angst, es ist nicht für lange. Ogarjow schaltete sorgfältig die Warnblinkanlage ein, überprüfte die Blinker, das Schloss, dann die eigenen Taschen. Alles war an seinem Platz. Alles richtig. Wie vorgesehen. Wie es sein musste.

Die Lichtung stieg anfangs ungeduldig gemeinsam mit Ogarjow den Hang des Hügels hinauf, dann kam sie in Fahrt, begann zu keuchen, aus dem Schritt zu kommen und endete plötzlich direkt am Rand, als wollte sie sich nach unten stürzen. Traute sich aber nicht. Traute sich nicht. Die Aussicht war umwerfend. Die Engländer sagen atemberaubend. Genau so muss das Paradies sein. Blaue Sommerluft, ein Geruch nach weißen Pilzen, Pinien, eine Spielzeugstadt, die ganz am Horizont auf dem Hügel thronte.

Ogarjow setzte sich direkt ins heiße Gras, das voller Zikaden glockenhell zirpte, die Sonne legte sogleich ihre große Hand auf seine Stirn und streichelte ihm über die Schulter. Stand ihm bei. Er holte Maljas ebenfalls warmen Pass hervor und blätterte ihn noch einmal durch, Seite für Seite. Er zündete das Feuerzeug an. Laminat. Ob das wohl brennt? Es brannte. Es brennt überhaupt alles. Es hängt nur vom Schmelzpunkt, von der Zeit, von der Geduld ab. Zeit und Geduld haben wir jetzt zur Genüge, Malja. Ogarjow zündete sich eine Zigarette an und sah zu, wie ein im Tageslicht fast unsichtbares Flämmchen die Seiten beleckte. Einatmen. Ausatmen. Einatmen. Ausatmen. Der Schmerz verschwand nie, saß daneben, schaute ebenfalls zu, die unbeweglichen schrecklichen Augen wie eine Katze zu Schlitzen verengt. Komplette Rupturen des Iliosakralgelenks rechts und links. Komplette Querfraktur des Brustbeinkörpers zwischen der 3. und 4. Rippe. Komplette Schrägfrakturen der 4.–9. Rippen rechts von der Paravertebrallinie. Rupturen der Zwischenrippenmuskeln zwischen der 8. und 9. Rippe rechts, auf einer Länge von 8,5 cm. Komplette Ruptur der Bandscheibe zwischen dem 11. und 12. Brustwirbel mit kompletter Abtrennung des Rückenmarks.

Malja. Malja. Malja.

Nein. Sie schwieg. Antwortete nicht.

Von irgendwoher kamen Wiedehopfe angeflogen, rotbraun, elegant, ausgelassen. Glatt wie von einem Kind abgeschleckte Milchschokolade. Sie wunderten sich über Ogarjow und plusterten ihre Hauben auf. Sie brachten einen leichten Wind mit sich, wie von ihnen selbst erzeugt. Das kleine Trauerfeuer erzitterte, flackerte, drohte zu erlöschen, und Ogarjow holte hastig alles hervor, was sich in seinen Taschen befand. Die Papiere für das Mietauto, den Voucher für die Ferienwohnung. Vier Wochen stillen Glücks, Letizia hatte wahrscheinlich schon die Kissen aufgeschüttelt und fuhr ein letztes Mal mit ihrer festen Bauernhand über das feste kühle Leinen. Eine Flasche Wein auf dem Tisch, der prächtige Blauregen vor dem Fenster, die in der Sonne raschelnden Blätter des Olivenbaums. Bald werden die Gäste kommen. Das bedeutet Freude. Geld. Arbeit. Ein gutes Paar. Fröhlich. Man sieht, dass sie sich lieben. Irgendwann werden sie mit ihrem Baby herkommen.

Die Flugtickets verbrannten im Nu, die Flamme sprang gierig hoch und hätte beinahe Ogarjows Hand erwischt. Eine aufgeschreckte Drossel flog in der Nähe hoch, und ihre kupferfarbenen Flügel blitzten in der Luft auf. Ogarjow holte seinen Pass hervor und nahm sorgfältig den Umschlag ab, den ihm Malja geschenkt hatte. Das Leder würde zu lange glimmen. Es würde zu schrecklich stinken. Es würde zu weit führen. Wir kommen gut ohne überflüssige Opfer aus.

Ogarjow schaute zu, wie sein Leben brannte, sich mit Maljas vermischte, wie es grau, alt und zu einem Ganzen wurde. Zu etwas Vertrautem. Das war nicht schrecklich, im Gegenteil, es war gut, wie eine Kruste fielen der Kummer und die Sorgen aus Moskau ab, der Kummer und die Sorgen der Patienten, ihre trophischen Geschwüre, chronischen Marotten, erfundenen Ängste, ihr ganz echter unabwendbarer Tod. Die Staus, Bürgermeister, Rechnungen, russischen Märsche, unrussischen Preise, Gastarbeiter, Zigeuner, Beamten, die den absoluten Tiefpunkt des Pennernirwanas erreicht hatten. Es war, als würde Ogarjow gehäutet, er selbst warf die alte enge Haut ab, befreite sich, ohne noch zu wissen, was dort unter dem früheren Leben war, er staunte aber bereits leise über das seltsame, ungewohnte Gefühl der Freiheit. Der Schmerz ging natürlich nicht weg. Aber nun hatte er ganz in ihm Platz. Und damit konnte man leben. Leben. Einfach leben.

Nun hatte er anscheinend verstanden. Begann zu verstehen.

Eine Elster kam geflogen, schwarz-weiß, lang, elegant wie eine Limousine, sie blickte Ogarjow an und fluchte zänkisch auf Italienisch. Offenbar hatten sich die Drosseln beschwert. Ogarjow nickte zustimmend – genug, genug, tut mir leid. Ich gehe schon weg. Ich gehe schon, habe ich gesagt.

Er hatte nichts dabei, in das er die Asche geben konnte, also scharrte er sie in den Passumschlag. Sie war noch heiß, die Hände wurden sofort grau, leblos. Macht nichts, ist ja nicht für lange. Bald ist es so weit, Malja. Du musst dich nur noch ein ganz klein wenig gedulden. Er stieg den Hügel hinab, ohne sich umzudrehen, und ging direkt auf die über dem Horizont flimmernde, schwebende Stadt zu. Ebenjene. Ebenjene. Ebenjene. Ebenjene, Malja.

Zum Abend hin verdichtete sich das märchenhafte Toskanalicht etwas, um bald darauf zur Dämmerung zu werden. Auf dem Platz drängten sich die Touristen, plapperten vielsprachig, naschten Eis, fotografierten einander vor der Ewigkeit. Die allergrößten Idioten formten mit der Hand eine Schale, hielten sie unter die untergehende Sonne und grinsten ins Objektiv. Um die Tische, die direkt aufs Kopfsteinpflaster gestellt worden waren, wuselten bereits die Kellner herum, wechselten die Tischtücher und bereiteten sich auf das wichtigste Ereignis des Tages vor – auf das Abendessen. Es duftete nach Kaffee, heißem Teig, kandierten Früchten, Olivenöl, das langsam in einer mächtigen Kupferpfanne erhitzt wurde. Knoblauch, Basilikum, eine Prise Pfeffer. In dem Restaurant dort hatte Malja Pecorino mit Trüffeln bestellt. In dem Geschäft dort hatte sie ihr Bakleva gefunden. Die vollbusige dunkle Besitzerin legte eine frische Portion auf einer Schüssel aus. Leckte heimlich die süßen Finger ab. Lachte.

Niemand beachtete den staubigen Mann, der entweder verrückt oder nur grauhaarig war, an der Wand stand und als Einziger auf dem Platz nicht lächelte. Was hält er denn dort in der Hand, Liebling? Das ist doch keine Bombe? Was für eine Bombe? Beruhige dich endlich, John. Man darf nicht so paranoid sein. Das hier ist Italien, nicht der Iran. Lass uns lieber noch ein Eis essen. In der Gelateria dort gibt es Schokoladeneis mit Chili! Stell dir vor!

Ogarjow drehte sich um, weil er einen fremden Blick auf sich fühlte – nein, er war nicht der Einzige, der nicht lächelte. Unter der ledrigen riesigen Magnolie stand ein junger Bursche, genauso staubig wie er. Der Bursche war mager, struppig und blass, aus Gewohnheit konstatierte Ogarjow eine Rachitis (woher?) oder nein, wahrscheinlich eine Knochentuberkulose: charakteristisch angeschwollene Gelenke, die merklich auf eine Seite verzogen waren, die Vorstufe eines zukünftigen Krüppels, Schmerzen, Hitze, ein missgebildetes wie zu einem Knoten verschnürtes Gerippe. Wie hast du das überhaupt fertiggebracht, du armes Schwein? In Italien? In der heutigen Zeit? Der Bursche blickte immer noch finster mit den frechen hellen Augen eines abgefeimten Unruhestifters und Raufbolds. Er war bloßfüßig und fummelte ständig an einer roten Schnur an seinem Hals herum, berührte sie mit seinen schmutzigen Fingern, bis die Sonne einen weiteren Schritt zur Seite machte und Ogarjow durch das graue Hemd des Burschen die Borke der Magnolie sah.

Und ein Schild.

Und das Kopfsteinpflaster.

Und den dichter werdenden Schatten.

Das, was er am Hals hatte, war keine Schnur. Nein. Sondern die Folge eines Beilhiebs.

Auf dem Platz wurde es plötzlich kalt.

Eine mittelalterliche Bruchbude, die in ein nettes Hotelzimmer verwandelt worden war. Modern renoviert, eine Badewanne auf gekrümmten Füßchen, umwerfende Fliesen. Mitternacht. Ein hinter den winzigen Fenstern raunender toter Nebel. Dort hat er gestanden, genau dort! Wie kannst du das nicht begreifen, ich habe ihn genau gesehen! Er hat geblutet. Und sein Kopf war abgeschnitten! Komplett! Das war nur ein Traum, Maljetschka, nur ein böser Traum! Ich habe nicht geschlafen! Sie zitterte sogar im flauschigen Bademantel, war ganz nass und erschrocken. Ausgetrockneter Mund, vergrößerte Pupillen. Tremor. Sie weinte nicht einmal, sondern versuchte, sich nur ständig von etwas Grauenvollem, Nächtlichem, für Ogarjow nicht Sichtbarem abzuwenden. Ich habe nicht geschlafen, hörst du? Ich habe nicht geschlafen! Ich wollte nur ein Bad nehmen, dann ist er gekommen!

Laut Kasimir Jossifowitsch Noischewski besteht der Hauptunterschied zwischen einer echten Halluzination und einer Pseudohalluzination darin, dass man sich von einer echten Halluzination abwenden kann, während das bei der Pseudohalluzination unmöglich ist. Letztere folgt den Bewegungen der Augen und des Kopfes.

Ogarjow wandte sich ab und zwinkerte.

Ihn hast du also gesehen, du Ärmste.

He, du, weg mit dir! Weg mit dir, du Scheusal!

Nein. Er war nicht weg. Immer noch da. Zum Teufel mit dir! Schau her!

Ogarjow legte den Passumschlag auf den Rand der Steinbrüstung und schüttelte die Asche sacht nach unten in den Abgrund. Die kleine dichte Wolke hing einige Sekunden in der warmen trägen Luft und zerstreute sich dann.

Alles, wie du es dir gewünscht hast, Malja.

Alles, wie du.

Ogarjow zog das einzig verbliebene Dokument aus der

Tasche, die Akte der gerichtsmedizinischen Untersuchung, von Karger unterschrieben. Malja hatte auf dem unbequemen Tisch gelegen und aus halb geöffneten matten Augen geschaut. Erweichung der Augäpfel. Erstarrung der Muskulatur. Auftreten von Leichenflecken auf den abhängigen Partien … Nehmen Sie die Decke weg. Das darfst du nicht, Wanja. Da nahm er sie selbst weg. Selbst. Sah selbst alles. Es brannte sich für immer in seinem Gedächtnis ein, sodass man nicht die Augen zukneifen, sich nicht abwenden konnte. Diese Abschürfungen. Diese gebrochenen Knochen. Das eingetrocknete Blut. Dieser Schlag. Dieser Schmerz.

Der Junge war nun ganz nah hinter ihm. Allein auf dem leeren, schnell dunkler werdenden Platz. Jemand murmelte schrecklich, monoton, mit einer unmenschlichen Stimme – der Tod trat ein infolge einer stumpfen Verletzung des Körpers, die eine Fraktur des Brustbeinkörpers und der Rippen rechts nach sich zog, eine Ruptur der Bandscheibe mit kompletter Abtrennung des Rückenmarks, eine Fraktur des 10. Brustwirbels, einen Bluterguss in der Lungenwurzel, ein retroperitoneales Hämatom …

Ogarjow klammerte sich an die Brüstung, die Leere unter ihm heulte, darin kreiste und verschwand Malja, er selbst, die graue Asche, graue Schatten, das graue Licht, das zusehends schwarz wurde.

Eine Ruptur des rechten Leberlappens, zählte die Stimme weiter auf, einen Bluterguss im Fettzellgewebe der rechten Nebenniere, einen Bluterguss im Fettzellgewebe der rechten Niere, Frakturen in den rechten Beckenknochen, den rechten oberen und unteren Gliedmaßen, eine durch den Schock verstärkte Blutung in der Bauchhöhle, einen massiven Blutverlust, was bestätigt …

Ach herrje, was für ein Unsinn. Gib her.

Ogarjow rührte sich nicht. Schaute immer noch hinab auf seine weißen Finger, die sich in den Stein krallten. Auf dem Platz wurde gelärmt, gelacht, ein köstlicher Duft zog vorbei, und ein ebensolcher Duft stieg von unten herauf, vom Boden des Abgrunds, in den winzig kleinen Bauernhöfen wurden für die Pizza Olivenzweige in die Öfen geworfen, Frauen klatschten pralle rundbäuchige Teigstücke auf mit Mehl bestäubte Tische, zankten sich, lachten. Sogar die Sonne stand noch auf ihrem alten Platz und hielt ihre leichte Hand an seine linke Schläfe.

Gib her, habe ich gesagt.

Malja, lebendig und warm in einem gelben Kleid, nahm Ogarjow die Akte weg, faltete flugs einen Papierflieger daraus, der etwas schief geraten, aber durchaus flugfähig war. Einsetzbar. Sie holte weit aus, schoss ihn in den Himmel und sah ihm lachend nach.

Das war's, sagte sie. Siehst du, das war überhaupt nicht schlimm.

Der Papierflieger beschrieb einen langen Bogen am Abendhimmel und verschwand. Er landete nirgends, sondern verschwand einfach.

Malja wandte sich um und sagte verärgert zu dem Jungen – geh weg, steh hier nicht wie versteinert herum. Du hast es doch gehört. Und sie nahm Ogarjow ruhig an der Hand. Warum bist du bloßfüßig?, fragte Ogarjow mühevoll mit ausgetrocknetem Mund. Dir wird kalt werden. Aber nein. Ich habe nur meine Sandalen verlegt. Macht nichts, sie werden schon wieder auftauchen.

Sie lachte und schmiegte ihren Kopf wie eine Katze an seine Schulter. Heißes Haar. Rot. Kupferfarben.

Gehen wir nach Hause? Ich bin schrecklich hungrig.

Und Ogarjow löste erst in diesem Moment seine Finger.

*

Der weiße »Fiat Panda« mühte sich stotternd den Hügel hinauf und starb fast bei jedem Kilometer ab. Er war so mitgenommen, dass es schon fast menschlich wirkte. Unnütz, klein, alt, grau. Selbst wenn er in Tränen ausbrechen würde, hätte niemand Mitleid mit ihm. Es war spät. Die Ukrainer hatten alle Fenster bis zum Anschlag geöffnet, um die nicht vorhandene Klimaanlage zu ersetzen, und der heiße Toskanawind streichelte sanft über ihre verdorbenen runden Köpfe. Wenn er zu heißlaufen oder absaufen würde, dann war's das. Selbst würden sie ihn nicht mehr zum Laufen bringen, nicht einmal mit Anschieben. Man könnte natürlich Mechaniker aus der nächsten Stadt rufen, aber die würden sie bis aufs Hemd ausziehen, bis zum letzten Centesimo. Und sie hatten ohnehin keine Kohle. Zumindest nicht für den »Fiat«. Außerdem könnten sie sie noch als Illegale verpfeifen, die verdammten Italiener. Abschaum waren die, keine Menschen. Widerlicher als die Zigeuner. Dabei war das bekanntlich niemand. Die Ukrainer begannen alle gleichzeitig zu rauchen, ohne sich abzusprechen, und erinnerten sich alle gleichzeitig, ohne sich abzusprechen, an die Preise für Rauchwaren. Für ein verdammtes Päckchen dreieinhalb Euro. Das war doch zum Überschnappen. Scheißkrise. Scheißland. Scheißleben.

Der Bauernhof schmiegte sich zwischen zwei Hügel hinein, wie eine Katze. Eine kleine, niedliche, lebendige Katze. Die döst und dabei nach einer fetten Heuschrecke Ausschau hält. Solange sie nicht springt, sieht man sie einfach nicht. Zwei Häuser, ein großes und ein kleineres. Offenbar für Gäste. Das blaue kühle Rechteck eines Pools. Ein Garten. Ein Weingarten stieg geruhsam mit geradem Rücken den Hang hinauf. Vielleicht Agrotourismus. Vielleicht lebten hier auch einfach nur reiche Leute. Irgendwelche Römer oder Milanesen. Aber am besten wären natürlich Engländer. Denn solche Idioten wie die Engländer hat die Welt noch nicht gesehen. Die zahlen alles, was man verlangt. Denen kannst du auf den Kopf scheißen. Kultivierte Menschen, meine Fresse.

Die Ukrainer fuhren zwischen Zypressen durch, die den Weg zum Haupthaus punktierten. Es dröhnte ein solider, teurer Rasenmäher mit gelben Rädern. Gianni Ferrari. Unter einer Überdachung ruhte sich ein krummnasiger Minitraktor aus. Aus klobigen Terrakottatöpfen schoben sich massive zerzauste Rosen über den Rand. Eine reiche Wirtschaft. Vielleicht lässt sich hier Arbeit finden.

Die Ukrainer hupten behutsam, und der Rasenmäher verstummte sogleich. Ein Mann mit nacktem Oberkörper sprang ab und ging zum Tor, während er sich die Hände an den alten Jeans abwischte. Sein Haar war fast weiß von der Sonne, vielleicht war es auch grau. Das war nicht zu erkennen. Ein hartes Gesicht. Harte Muskeln auf sonnengebräunten geraden Schultern.

Der Hausherr. Das sah man gleich. Ein freier Mann.

Die Ukrainer stiegen aus dem Auto und lächelten für alle Fälle demütig. Ihr Italienisch war nicht so schlecht, natürlich hatten sie einen hölzernen slawischen Akzent, dafür waren fast alle Artikel an ihrem Platz. Sogar die bestimmten. Nein. Arbeit gibt es hier leider nicht. Aber ihr könnt Wasser trinken. Und euer Auto auch. Offenbar hat es das mindestens genauso nötig wie ihr. Der Brunnen ist dort. Nein, das ist für den »Fiat«. Für euch bringe ich Wasser aus dem Haus.

Ogarjow ging in die Küche, kühle poröse Fliesen unter den Füßen, ein mächtiger Eichentisch. Brot und Knoblauch. Salz und Pfeffer, Honig und Milch. Leitungswasser, das man trinken kann. Luft, die zum Leben taugt. Ein bewohnbarer Planet. Er füllte einen glatten Tonkrug, der aus dieser Stadt, aus dieser Straße stammte, die direkt zum Platz einbog, auf dem man erst vor zweihundert Jahren mit den Hinrichtungen aufgehört hatte. Die mollige, ständig lachende Paola hatte dieses zerbrechliche Gefäß selbst geformt und bemalt – da, schauen Sie sich diese schiefe handgemalte Blume an und diesen blauen Schnörkel auf dem rotbraunen gebrannten Ton. Sie stammen alle von hier, Paola und ihr Ton, dieser Krug, Paolas Sohn, Tommaso, der ebenfalls mollig war und ständig lachte, er konnte Kreditkarten annehmen (sehr schwierig, Paola lernt das nie!) und die mütterliche Liebe ertragen. Bald würde die Sonne untergehen, Ladenschluss, Tommaso würde endlich dem Geschäft entkommen, das ihm auf tausend Jahre zum Hals raushing, unter dem Gezeter seiner Mutter würde er auf seinen bunten Scooter steigen und in die Diskothek düsen, mit dem Hintern zum Evergreen »Felicità« wackeln, erwachsen werden und mit hochnäsigen Mädchen flirten. Ogarjow presste eine Zitrone ins Wasser. Riss ein paar Blätter vom am Fenster lebenden Basilikum ab und zerrieb sie zwischen den Fingern. Es roch nach Leben. Alles, wie du es dir erträumt hast, Malja. Alles, wie ich es mir erträumt habe.

Juli. Italien. Bauernhof. Sonne. Tolstoi. Nabokov. Böll.

Wenn ihr die Kohlköpfe sehen könntet, die ich hier pflanze.

Die Ukrainer tranken jeder ein ganzes Glas. Und noch eines. Köstlich. Habt ihr Hunger? Nein. Sie waren mit letzter Kraft höflich. Die Würde der Armen. Ogarjow ging noch einmal ins Haus und brachte für jeden von ihnen eine Scheibe ungesäuertes Brot und eine Scheibe gepfefferte orange Wildschweinwurst. Grünes Olivenöl. Es roch nach Gras. Heiße, würzige, ganz kubanisch schmeckende Tomaten. Wie in der Kindheit.

Vielen Dank an den Hausherrn.

Ich bin nicht der Hausherr. Ich arbeite hier nur.

Er wandte sich ab, um nicht zu sehen, wie sie lange Gesichter machten. Sie hörten sogar auf zu kauen. Arbeitstiere, unrasiert, glücklos, leider nicht mehr jung. Verlorene orthodoxe Seelen in einem katholischen leichtlebigen Land. Pech gehabt. Ihr hättet zu den Protestanten gehen sollen, Burschen. Dann hättet ihr keine Arbeit suchen müssen. Sie hätten euch von klein auf nie verlassen, wären immer in eurer Nähe geblieben, wie ein Hund, der auf ein Almosen hofft. Tja, Pech gehabt. Aber nicht einmal ihr. Sondern eure Vorfahren, die aus diesem gesegneten Land weggegangen sind. Pechvögel waren sie. Unsere Vorfahren.

Ogarjow zündete sich eine Zigarette an, kniff die Augen zusammen und schaute sich um – Gott sei Dank, da war sie. Malja stand auf der Festungsmauer und lachte. Der Wind zerrte an ihrem gelben Kleid und fuhr ihr von hinten durch die schweren Locken, um ihren Nacken zu küssen. Sie schauderte – das kitzelt – und winkte Ogarjow zu. Hey! Siehst du mich? Ich sehe dich. Natürlich sehe ich dich. Vorsicht, sonst fällst du noch runter. Der Junge, der vor fünfhundert Jahren hingerichtet worden war, blitzte hinter ihr auf und schubste sie leicht, als wollte er sie hinabstürzen. Ogarjow konnte sich kaum zurückhalten, ihm vorwurfsvoll mit dem Finger zu drohen. Tölpel. Was ist denn das für ein Spiel, hm? Du erschreckst sie doch. Nein, sie hatte sich nicht erschreckt, sie lachte wieder, stieß den Jungen mit dem Ellbogen weg und zeigte Ogarjow aus der Ferne, dass – siehst du, ich halte mich ganz fest an, mach dir keine Sorgen. Ich falle nicht runter. Der Wind zerrte noch einmal an ihrem Saum, wehte ihr die Locken ins Gesicht, die nun vollkommen kupferfarben waren. Vom Toskanalicht. Von den Tränen. Der Abgrund unter ihren Füßen lag mit riesigen, weit ausgebreiteten Armen da und war harmlos, voller Vogelgezwitscher und abendlichen, menschlichen, fröhlichen Stimmen. Sogar von hier aus sah Ogarjow den roten Lack auf Maljas kleinen bloßen Zehen. Auf dem kleinen Zeh war er etwas abgeblättert. Ihr hatte rot schon immer gefallen. Ohne jegliche Beimengung von blau oder gold. Blutrot. Eine fröhliche Farbe.

Aus dem Festungstor tauchte ein Lamborghini auf, der wie ein sehr schöner, aber erbarmungslos plattgedrückter

Traktor aussah. Er hatte genau dieselbe fröhliche Farbe wie Maljas Nagellack. Er kurvte über die Straße, die sich nicht nur an die alten Römer, sondern sogar an die Etrusker erinnerte. Lockige blaue Bärte, lachende Frauen mit Bernsteinketten, die eindeutig griechisch waren, spitzbübische Visagen auf zerbrochenen Vasen. Noch vor ihnen gab es die Villanovakultur, noch früher die Terramarekultur. Zweites Jahrtausend vor Christus. Urnen. Schreiende Händler. Hervorragende Bronzemesser. Sanfte Stiere, die am Himmelsrand entlangwandern. Protoitaliker. Urmenschen. Auch sie lachten, weinten, waren eifersüchtig. Küssten ihre Mädchen. Beweinten die kostbare Asche. Lauschten in die Dunkelheit, in der kaum hörbar die Kinder atmeten. Der Jüngste schnarcht ein bisschen, das sind natürlich adenoide Vegetationen. Gott sei Dank, nur die zweite Stufe. Operieren? Nein. Natürlich nicht. Welcher Idiot hat Ihnen das gesagt?

Mauro, der Fahrer des Lamborghini, ein direkter Nachfahre dieser ewigen Welt, kurbelte wild das Lenkrad auf der Straße, die man sinnvollerweise nicht verließ, denn sie führte immer direkt ins Paradies. Eine Flasche Wein gluckerte auf dem Rücksitz, in einer Papiertüte rempelten einander eine dicke Mortadella und ein runder Pecorino gutmütig an. Erst drei Monate alt. Salz, eine Steinpresse, Schafsmilch. Rums. Das Hinterrad erwischte einen Stein, der Lamborghini brach gefährlich aus und schrammte mit der Seite an der bereitwillig ausgestreckten Hand der Felswand entlang.

Die Ukrainer blickten einander an. Na so was, sagte einer von ihnen im Singsang auf Russisch. Geld für so ein Auto haben, aber keins für ordentliche Fahrstunden.

Ogarjow lachte.

Kiew, die gepflasterte Straße hinunter zur Bessarabska-Markthalle, leicht gesalzene Gurken in einer nassen Zellophantüte, Malja, September, ein gestohlener freier Tag.

Die Ukrainer blickten einander wieder an.

Du bist also Russe, oder wie?, fragte ihr Anführer argwöhnisch.

Ogarjow schaute auf die Stadtmauer. Die Burg Orsini stand an ihrem Platz, aber Malja war verschwunden. War wahrscheinlich mit diesem Nichtsnutz losgezogen, um sich die Touristen anzusehen. Es ist schon längst Zeit, ihm die Ohren langzuziehen, diesem Wichser. Und ihr zu sagen, dass sie nicht allein im Dunkeln nach Hause gehen soll. Lass dich nicht von anderen Männern anfassen. Sprich nicht mit Fremden.

Nein. Ich bin kein Russe, antwortete er den Ukrainern und begriff erst jetzt plötzlich, wie vollkommen, absolut glücklich er war.

Nicht mehr. Jetzt bin ich einfach ein Mensch.

Die Originalausgabe erschien 2014 unter dem Titel
»Безбожный переулок« bei Elena Shubina Publishers.

MIX
Papier aus verantwortungsvollen Quellen
FSC® C014496

Verlagsgruppe Random House FSC® N001967

1. Auflage
Deutsche Erstausgabe August 2019

Originally published in 2014 by AST Elena Shubina Publishers, Moscow
Umschlaggestaltung: semper smile, München
Umschlagmotiv: © Getty Images/Ilias Katsouras jr
Satz: Uhl + Massopust, Aalen
Druck und Einband: GGP Media GmbH, Pößneck
SK · Herstellung: sc
Printed in Germany
ISBN 978-3-442-71813-9

www.btb-verlag.de
www.facebook.com/btbverlag